● ● ● ● ● ● ● ● LE VISAGE DANS L'ABIME

Abraham Merritt

LE VISAGE DANS L'ABIME

LE VISAGE
DANS L'ABIME

Albin Michel

Édition originale américaine
THE FACE IN THE ABYSS

Traduit de l'américain par
PAUL CHWAT

22, rue Huyghens, 75014 Paris.
ISBN 2-226-00066-6

Chapitre premier

Suarra

Nicholas Graydon se trouva à Quito, nez à nez avec Starrett. Plus exactement, c'est là que Starrett le dénicha. Le nom du grand aventurier de la côte Ouest avait souvent été prononcé devant Graydon, mais leurs chemins ne s'étaient jamais croisés. Sa curiosité était vive lorsqu'il ouvrit sa porte au visiteur.

Starrett vint immédiatement au fait. Graydon avait-il entendu parler du convoi apportant à Pizarre le trésor constituant la rançon de l'Inca Atahualpa? Savait-il que ceux qui le conduisaient, en apprenant l'assassinat de leur roi par ce garçon boucher de conquistador, avaient changé de route et caché le trésor quelque part dans le désert andin?

Cette histoire était venue des centaines de fois aux oreilles de Graydon, qui avait même envisagé de se mettre en chasse. Il le dit. Starrett fit un signe d'approbation.

« Je sais où il se trouve », dit-il.

Graydon commença par rire mais finalement se trouva convaincu; convaincu, au moins, de ce que Starrett possédait quelque chose qui méritait attention.

Graydon se sentait un faible pour le gros homme dont la franchise brutale faisait oublier l'ombre de cruauté révélée par son regard et la forme de sa mâchoire. Deux autres gars étaient avec lui, dit Starrett, deux vieux compagnons. Graydon lui demanda pourquoi ils l'avaient choisi, et Starrett le lui expliqua crûment : parce qu'ils savaient qu'il pouvait assumer les frais de l'expédition. Ils recevraient du trésor des parts égales. S'ils ne le trouvaient pas, Graydon étant un ingénieur des Mines de première classe, et la région où ils se rendraient riche en minerais, ils étaient pratiquement assurés de faire quelque précieuse découverte dont ils tireraient profit.

Graydon réfléchit. Rien ne le retenait. Il venait d'avoir trente-quatre ans, et depuis qu'il avait obtenu son diplôme de l'École des mines de Harvard, il y avait de cela onze ans, il n'avait jamais pris de vraies vacances. Il pouvait très bien se permettre cette dépense. A défaut d'autre chose, il trouverait là quelque plaisir.

Après qu'il eut donné un coup d'œil aux deux camarades de Starrett – Soames, un Yankee grand et maigre, taciturne, du genre dur à cuire, et Dancret, un petit Français amusant et cynique – ils rédigèrent un accord qu'il signa.

Pour s'équiper ils se rendirent en chemin de fer à Cerro de Pasco, car c'était la ville la plus importante et la plus proche de l'endroit où allait commencer leur expédition dans le désert. Une semaine plus tard, avec huit bourricots et six *arrieros* (porteurs), ils se retrouvaient au milieu d'un fouillis de pics, à travers lesquels, selon la carte de Starrett, passait leur route.

C'était par cette carte que s'était laissé persuader Graydon. Ce n'était pas un parchemin, mais une mince feuille d'or qui en avait la souplesse. Starrett l'avait sortie d'un petit tube d'or d'un travail ancien, et l'avait déroulée. Graydon l'avait regardée et avait été incapable d'y distinguer la moindre trace de carte – ou de quoi que ce soit d'autre, mais lorsque Starrett l'avait placée sous un angle particulier, les indications étaient apparues clairement.

C'était un magnifique ouvrage de cartographie. En fait, il s'agissait moins d'une carte que d'une gravure. Çà et là, il y avait de curieux symboles dont Starrett disait que c'étaient des signes gravés sur les rochers échelonnés sur leur chemin; des repères destinés à ceux de la vieille race qui partiraient recouvrer le trésor lorsque les Espagnols auraient été chassés du territoire.

Que cela constituât le fil conduisant au trésor de la rançon d'Atahualpa, Graydon l'ignorait. Starrett prétendait que ce l'était. Mais Graydon ne crut pas son histoire sur la façon dont la carte était tombée entre ses mains. Néanmoins, en établissant cette carte, on avait poursuivi un but – un but rendu plus mystérieux encore par la façon astucieuse dont les indications avaient été dissimulées. Au bout de cette piste, il y avait sûrement quelque chose d'intéressant.

Ils trouvèrent les signes gravés sur les rochers aux endroits précis indiqués par la feuille d'or. Joyeux, stimulés par ce qui les attendait, trois d'entre eux dépensant par avance leur part de butin, ils suivirent les symboles et d'un pas ferme pénétrèrent dans le désert inexploré.

Un jour vint où les *arrieros* se mirent à murmurer. On approchait, disaient-ils, d'une région maudite, la cordillère de Carabaya, peuplée seulement par les démons. La promesse d'un supplément d'argent, les menaces, les prières firent qu'ils consentirent à faire encore un bout de chemin, mais un matin, au réveil, les quatre hommes s'aperçurent que les *arrieros* avaient disparu, emportant avec eux la moitié des ânes et la plus grande partie du ravitaillement.

Ils forcèrent l'allure jusqu'au moment où les signes vinrent à manquer : soit qu'ils aient perdu la piste, soit que la carte qui, jusqu'à présent, leur avait été fidèle se mît finalement à leur mentir.

Le pays dans lequel ils avaient pénétré était curieusement inhabité. Ils n'avaient rencontré aucun signe d'Indiens depuis plus d'une quinzaine de jours, depuis une halte dans un village, Quicha, où Starrett avait bu, jusqu'à en être ivre mort, l'alcool de feu que distillent les indigènes. Il devint difficile de se procurer de la nourriture. Il y avait peu d'animaux courants et encore moins d'oiseaux.

Pis que tout était le changement qui s'était produit chez les compagnons de Graydon. Autant les avait gonflés la certitude du succès, autant les mettait à plat l'idée d'un échec possible. Starrett ne dessoûlait plus, alternativement querelleur et bruyant, ou remâchant en silence une rage maussade.

Dancret était muet et irritable. Soames paraissait en être venu à se dire que Starrett, Graydon et Dancret étaient ligués contre lui, qu'ils avaient, soit volontairement perdu la piste, soit effacé les signes. C'était seulement lorsque ses deux compagnons se joignaient à Starrett pour boire avec lui le breuvage Quicha transporté à dos d'âne, que les trois hommes se détendaient. Dans ces moments-là, Graydon avait le sentiment désagréable qu'ils le tenaient pour responsable de l'échec, et que sa vie pourrait bien ne tenir qu'à un fil.

Le jour où commença vraiment la grande aventure de Graydon, ce fut sur le chemin du retour au camp. Il était allé chasser dès le matin. Dancret et Soames étaient partis ensemble pour se lancer dans une nouvelle recherche désespérée des signes disparus.

Le hurlement, brutalement interrompu, de la fille lui avait semblé comme la matérialisation de la menace qu'il avait vaguement senti planer depuis qu'il avait laissé Starrett seul au camp, quelques heures plus tôt. Il prit le pas de course, gravit en trébuchant la pente conduisant au bouquet d'*algarrobas* (caroubiers) où était dressée la tente, se jeta dans les broussailles épaisses menant à la clairière.

Pourquoi la fille ne continue-t-elle pas de crier? se demanda-t-il. Alors il vit Starrett.

A demi accroupi, il tenait la fille, ployée comme un arc, sur un genou. Il lui enserrait le cou de son gros bras, et de ses doigts, lui comprimait brutalement la bouche, la réduisant au silence; sa main droite lui liait les poignets, tandis que sa jambe droite repliée lui immobilisait les genoux comme dans un étau.

Graydon le saisit par les cheveux, lui fit une clé de son bras sous le menton et, il lui tira brutalement la tête en arrière.

« Lâche-la », ordonna-t-il.

A demi paralysé, Starrett relâcha son étreinte, puis, en se tortillant, se remit sur pied.

« De quoi te mêles-tu? »

Ses mains se rabattirent vers son pistolet. Le poing de Graydon l'atteignit à la pointe du menton. Le revolver, à demi dégainé, glissa sur le sol et Starrett partit les quatre fers en l'air.

La fille se redressa d'un bond, et s'enfuit.

Graydon ne lui courut pas après. Elle était partie, sans aucun doute, pour lancer contre eux ses amis, quelque tribu des féroces Aymara dont même les vieux Incas n'avaient jamais pu se rendre tout à fait maîtres, et qui la vengeraient en recourant à des moyens que Graydon répugnait à envisager.

Il se pencha sur Starrett. Le coup, ajouté à la boisson, le maintiendrait probablement quelque temps sans connaissance. Graydon ramassa le pistolet. Il souhaitait le prompt retour au camp de Dancret et Soames. A eux trois, ils pourraient sans doute soutenir une dure bataille... peut-être même trouver le moyen de fuir... mais il fallait qu'ils réintègrent rapidement... la fille allait bientôt revenir avec ses vengeurs... elle était probablement, en ce moment même, en train de leur raconter les mauvais traitements qu'elle avait subis. Il se retourna...

Elle était là, le regardant.

Ébloui de tant de grâce et de beauté, Graydon oublia l'homme à ses pieds, oublia tout ce qui n'était pas elle.

Sa peau était de l'ivoire le plus clair et scintillait à travers les déchirures du souple tissu ambré, ressemblant à de la soie épaisse, qui l'enveloppait. Elle avait des yeux en amande, légèrement inclinés, brillants dans les profondes ténèbres de ses pupilles, d'un éclat de buisson ardent. Son nez était petit et droit; ses sourcils droits et noirs se rejoignaient presque. Sa chevelure était sombre, de jais, vaporeuse et ombrée. Un étroit filet d'or ceignait son large front. Une plume sable et argent de *caraquenque* — cet oiseau dont le plumage, dans les siècles révolus, était exclusivement réservé à la parure des princesses Incas — y était entrelacée.

Ses bras, au-dessus des coudes, portaient des bracelets d'or presque jusqu'à hauteur de ses minces épaules. Ses petits pieds fortement bombés étaient chaussés de hauts cothurnes en peau de daim. Elle était souple et svelte comme la Vierge des Saules qui se présente à Kwannon alors qu'elle traverse le monde des arbres pour les emplir du feu d'une nouvelle jeunesse.

Ce n'était pas une Indienne... ni la fille des anciens Incas... ce n'était pas non plus une Espagnole... elle n'appartenait à aucune race connue de lui.

Ses joues étaient meurtries — la marque des doigts de Starrett. Elle y porta sa longue main et parla — en langue aymara.

« Il est mort?

— Non », répondit Graydon.

Dans la profondeur de ses yeux s'alluma une petite flamme ardente; il aurait pu jurer que c'était de satisfaction.

« Tant mieux! Je n'aurais pas voulu qu'il mourût... » Elle prit un air pensif... « Du moins, pas de cette façon. »

Starrett émit un grognement. Une nouvelle fois, la fille porta la main à son visage contusionné.

« Il est très vigoureux », murmura-t-elle.

Graydon songea qu'il entrait de l'admiration dans ce murmure; il se demanda si toute cette beauté n'était, après tout, que le masque d'une femme primitive adorant la force brutale.

« Qui êtes-vous? », demanda-t-il.

Elle le considéra pendant un long, long moment.

« Je suis... Suarra, finit-elle par répondre.

— Mais d'où venez-vous? Qui êtes-vous? » demanda-t-il derechef.

Elle ne crut pas bon de répondre à ces questions.

« Est-il votre ennemi?

— Non, dit-il. Nous faisons la route ensemble.

— Alors, pourquoi... » Elle désigna de nouveau l'homme étendu : « Pourquoi lui avez-vous fait cela ? Pourquoi ne l'avez-vous pas laissé agir comme il le voulait avec moi? »

Graydon rougit. La question, avec toutes ses subtiles implications, le piquait au vif.

« Pour qui me prenez-vous? répondit-il vivement. Aucun homme ne peut laisser faire une chose pareille! »

Elle le regarda, bizarrement. Ses traits s'adoucirent. Elle fit un pas en sa direction. Elle porta, une fois encore, la main à son visage contusionné.

« Ne vous demandez-vous pas, dit-elle, vraiment, ne vous demandez-vous pas pourquoi je n'ai pas appelé mes compagnons pour lui infliger le châtiment qu'il mérite?

– Je me le demande effectivement. » La perplexité de Graydon était sincère. « Je me le demande vraiment. Pourquoi ne les appelez-vous pas s'ils sont assez près pour vous entendre?

– Et que feriez-vous s'ils venaient?

– Je ne les laisserai pas l'avoir vivant, répondit-il. Ni moi.

– Peut-être, dit-elle lentement, peut-être est-ce pour cela que je ne les ai pas appelés. »

Tout à coup, elle lui sourit. Il fit rapidement un pas vers elle. Elle tendit la main comme pour le mettre en garde.

« Je suis Suarra, dit-elle. Et je suis... la mort! »

Un frisson traversa Graydon. Il prit à nouveau conscience de sa beauté d'un autre monde. Se pourrait-il qu'il y eût une part de vérité dans ces légendes d'une cordillère hantée? Il n'avait jamais douté qu'il existât quelque réalité derrière la terreur des Indiens, la désertion des *arrieros*. Était-elle l'un de ces esprits, l'un de ces... démons? Pendant un moment, le fantasme parut n'être plus fantasme. Puis la raison reprit le dessus. Cette fille, un démon? Il éclata de rire.

« Ne riez pas, dit-elle. La mort dont je parle n'est pas celle que vous connaissez, vous qui vivez par-delà l'horizon de notre terre inconnue. Votre corps peut continuer à vivre – cependant, c'est la mort, et plus que la mort, car il est transformé... et d'horrible façon. Et celui qui occupe votre corps, qui s'exprime par vos lèvres, est transformé... de façon bien plus horrible encore!... Je ne voudrais pas que cette mort vous frappe. »

Pour étranges que fussent ces paroles, c'est à peine si Graydon les entendît; et il n'en comprit certainement pas la signification, car il était éperdument émerveillé par la beauté de Suarra.

« Comment avez-vous évité les messagers, je ne le sais pas. Comment avez-vous pu passer sans qu'ils vous voient, je ne puis le comprendre. Ni comment vous avez pénétré aussi profondément dans ce territoire interdit. Dites-moi... pourquoi, en fin de compte, êtes-vous venus ici?

— Nous sommes venus de très loin, lui dit-il, à la recherche d'un immense trésor d'or et de diamants; le trésor d'Atahualpa, l'Inca. Nous avions certains points de repère. Nous les avons perdus. Nous nous sommes rendu compte que nous aussi nous étions perdus. Et nous avons erré jusqu'ici.

— D'Atahualpa ou des Incas, dit la fille, je ne sais rien. Quels qu'ils aient été, ils n'auraient pu venir en cet endroit. Et leur trésor, aussi important qu'il pût être, n'aurait eu aucune signification pour nous — pour nous, de Yu-Atlanchi, où les trésors sont comme des pierres dans le lit d'un courant. Ce n'aurait été qu'un grain de sable parmi d'autres... » Elle s'interrompit, puis poursuivit, perplexe, comme si elle exprimait pour elle-même ses pensées à haute voix... « Mais pour quelles raisons les messagers ne les ont-ils pas vus? C'est cela que je ne puis comprendre... La Mère doit être mise au courant... Il faut que je me rende rapidement auprès de la Mère...

— La mère? demanda Graydon.

— La Mère-Serpent! » Son regard se reporta sur lui; elle toucha un bracelet de son poignet droit. Graydon, qui s'était rapproché, s'aperçut que ce bracelet retenait un disque sur lequel était gravé un serpent à tête de femme, avec une poitrine et des bras de femme. Il était lové sur ce qui semblait être une grande coupe reposant sur les hautes pattes de quatre bêtes sauvages. Il ne prit pas immédiatement conscience de la forme de ces animaux, tant il était absorbé par l'étude de cet être lové. Il le regarda de près — et de plus près encore. Et il se rendait compte maintenant que la tête penchée en arrière des volutes du corps n'était pas réellement celle d'une femme. Non! Elle était reptilienne.

Ophidienne — mais l'artiste l'avait si puissamment féminisée, si grande était l'idée de féminité dans chacun de ses traits, qu'on ne pouvait y voir qu'une femme, oubliant ce qu'il y avait de serpent en elle.

Les yeux étaient faits de quelque pierre pourpre d'un intense éclat. Graydon eut le sentiment que ces yeux étaient vivants, que loin, très loin, quelqu'un le regardait à travers eux. Qu'ils étaient, en fait, le prolongement de la vision d'un être — ou plutôt d'une *chose*, d'une chose vivante!

La fille toucha l'un des fauves qui soutenaient la coupe.

« Le Xinli », dit-elle.

L'étonnement de Graydon s'accrut. Il connaissait ces animaux. Et le sachant, il savait aussi qu'il se trouvait en présence de l'inimaginable.

C'étaient des dinosaures! Les monstrueux sauriens qui avaient régné sur la terre il y a des millions et des millions d'années, et sans l'extinction desquels, lui avait-on enseigné, l'homme n'aurait jamais pu faire son apparition.

Qui, dans ce désert andin, pourrait ou aurait pu avoir connaissance des dinosaures? Qui aurait pu graver les monstres avec des détails aussi authentiques que ceux qu'il venait d'observer? Car, enfin, ce n'est que tout récemment que la science avait appris ce qu'étaient vraiment leurs os énormes, enfouis depuis tant de temps que la roche avaient formé autour d'eux une matrice infrangible. Péniblement, en mettant en œuvre tous les moyens modernes, en tâtonnant laborieusement, la science avait rassemblé ces os comme un enfant perplexe l'aurait fait d'un puzzle, et elle avait fini par présenter ce qu'elle croyait être la reconstitution de ces monstres appartenant aux premières années cauchemaresques de la terre.

Cependant, en cet endroit, si éloigné de notre civilisation scientifique, quelqu'un avait modelé ces mêmes monstres pour un bracelet de femme. D'où il découlait que celui qui l'avait exécuté devait avoir eu sous les yeux les formes vivantes d'après lesquelles il avait œuvré. Ou, à défaut, avoir eu des copies de ces formes recueillies par des ancêtres qui les avaient vues.

Et comment pouvait-on imaginer l'une ou l'autre de ces hypothèses en contemplant la finesse de Suarra? A quel peuple appartenait-elle? Un nom avait été prononcé – Yu-Atlanchi.

« Suarra, articula Graydon, où se trouve Yu-Atlanchi? Est-ce ici?

– Ici? » Elle rit. « Non! Yu-Atlanchi est la terre des ancêtres. Le territoire inconnu où régnaient autrefois les six Seigneurs et les seigneurs des Seigneurs. Et où règnent seuls maintenant la Mère-Serpent – et quelqu'un d'autre. » Elle rit de nouveau. « De temps à autre, je chasse ici avec... les... » Elle hésita, le regardant bizarrement... « C'est comme cela que celui qui est allongé m'a attrapée. Je chassais. J'avais faussé compagnie à mon escorte, car il m'arrive d'aimer à chasser seule. J'ai franchi ces arbres et j'ai vu votre *tetuane* (hutte). Je me suis trouvée face à face avec... lui. Et j'ai été stupéfaite... trop stupéfaite pour frapper avec l'une de ces choses. » Elle désignait un petit tas à quelques pieds de là. « Avant que j'aie pu me remettre de mon étonnement, il m'avait saisie. Puis, vous êtes arrivé. »

Graydon regarda ce qu'elle avait montré. Il y avait par terre trois minces lances étincelantes. Leur manche étroit était en or; la pointe de deux d'entre elles était une fine opale. La troisième... la troisième était une émeraude exceptionnelle, translucide et impeccable; toutes de six pouces de long et de trois dans leur plus grande largeur, acérées à l'extrême, le fil tranchant.

Cela se trouvait là, par terre, joyau inestimable au bout d'une lance en or! La panique secoua Graydon. Il avait oublié Soames et Dancret. S'ils revenaient maintenant quelle serait leur réaction devant cette fille superbe, avec ses parures d'or, ses lances à pointe de pierres précieuses?

« Suarra, dit-il, il faut partir rapidement : il n'y a pas que cet homme et moi. Il y en a deux autres, et il se peut même qu'ils soient déjà tout près d'ici. Prenez vos lances, et fuyez vite. Autrement, je n'aurai peut-être pas la possibilité de vous sauver.

– Vous pensez que je suis...

– Je vous dis de fuir, l'interrompit-il. Qui que vous soyez, quoi que vous soyez, allez-vous-en tout de suite et tenez-vous à l'écart de cet endroit. Demain, j'essaierai de les emmener. Si vous avez des gens qui doivent se battre pour vous – eh bien, faites-les venir et qu'ils se battent, si c'est ce que vous voulez. Mais emportez vos lances et partez. »

Elle alla vers le petit tas et ramassa les lances. Elle lui en tendit une, celle à pointe d'émeraude.

« Celle-ci, dit-elle, en souvenir de Suarra.

– Non. » Il la rejeta. « Allez-vous-en! »

Si les autres voyaient ce bijou, jamais, il le savait, il ne pourrait leur faire prendre le chemin du retour – à supposer qu'ils puissent le retrouver. Starrett l'avait vu, bien sûr, mais il lui serait peut-être possible de les convaincre que l'histoire de Starrett n'était qu'un rêve d'ivrogne.

La fille le scruta, un vif intérêt dans le regard. Elle fit glisser les bracelets de ses bras, les lui tendit avec les trois lances.

« Voulez-vous les prendre – et abandonner vos camarades? » demanda-t-elle. « Voici de l'or et des pierres précieuses. C'est un trésor. C'est ce que vous cherchiez. Prenez-les et partez, en laissant cet homme ici. Acceptez, et je vous indiquerai un chemin pour sortir de ce territoire interdit. »

Graydon hésitait. L'émeraude, à elle seule, valait une fortune. En quoi, après tout, se devait-il d'être loyal envers les trois autres? Starrett n'était-il pas le responsable? Ils n'en étaient pas moins ses camarades. C'était en connaissance de cause qu'il s'était lancé dans l'aventure avec eux. Il se vit leur faussant compagnie avec l'étincelant butin, se mettant prudemment à l'abri, abandonnant les trois hommes sans qu'ils fussent informés ni préparés à affronter... à affronter quoi, au fait?

Cette perspective ne lui procurait aucun plaisir.

« Non, dit-il. Ces hommes sont de ma race, mes camarades. Quoi qu'il puisse advenir, j'y ferai face avec eux et me rangerai à leurs côtés dans le combat.

— Vous vous seriez pourtant battu contre eux pour moi — en réalité, vous vous êtes battu, dit-elle. Alors pourquoi faites-vous bloc avec eux au moment où vous pourriez vous sauver, partir libre, avec le trésor? Et pourquoi, si vous refusez d'agir ainsi, me laissez-vous aller, sachant que si vous me gardiez prisonnière ou que vous me supprimiez, je ne pourrais pas lancer mes gens contre vous? »

Graydon rit.

« Je ne pouvais pas, bien sûr, le laisser vous agresser, dit-il. Et je crains de vous faire prisonnière car je ne suis pas sûr de pouvoir vous épargner leurs sévices. D'autre part je ne veux pas m'enfuir. Aussi, ne dites pas un mot de plus, mais partez... partez! »

Elle ficha les lances éclatantes dans le sol, refit glisser ses bracelets d'or sur ses bras, lui tendit ses mains blanches.

« Alors, murmura-t-elle, alors, par la sagesse de la Mère, je vous sauverai — si je le puis. »

Le son d'un cor retentit au loin et haut dans les airs. D'autres cors, plus proches, lui répondirent avec des notes douces, comme en quête d'une oreille, dans un mouvement rythmique curieusement étranger à notre monde.

« Ils arrivent, dit la fille. Ceux de ma suite. Allumez votre feu cette nuit. Dormez sans crainte. Mais ne vous aventurez pas au-delà de ces arbres.

— Suarra..., commença-t-il.

— Silence, maintenant, le prévint-elle. Silence — jusqu'à ce que je me sois éloignée. »

Les doux sons du cor se rapprochaient. D'un bond, elle s'écarta de lui et fila comme une flèche à travers les arbres. De la crête dominant le camp, il l'entendit appeler d'une voix claire. Un tumulte de cors se produisit autour d'elle – féerique et inquiétant. Puis, ce fut le silence.

Graydon, debout, écoutait. Le soleil se posa sur les hauts champs de neige des pics majestueux vers lesquels il était tourné et les revêtit d'or fondu. Les ombres améthyste qui enveloppaient leurs flancs s'épaissirent, tremblotèrent et progressèrent rapidement. Il demeurait l'oreille aux aguets, respirant à peine.

Au loin, très loin, les cors retentirent à nouveau; faibles échos du tumulte qui s'était produit autour de la fille.

Le manteau glacé des pics scintilla comme s'il était parsemé de diamants, puis s'obscurcit pour former une frange de rubis étincelants. Les champs dorés se ternirent, prirent une couleur d'ambre. Ils passèrent à un ton de perle rose qui s'estompa en un argent spectral. Tandis que sur le bosquet d'*algarroba* tombait le rapide crépuscule andin.

C'est seulement alors que Graydon, traversé par un brusque et inexplicable frisson de peur, se rendit compte qu'en dehors du son des cors et de l'appel de la fille il n'avait entendu aucun bruit, qu'il fût émis par un homme ou par un animal, ou produit par la traversée d'un buisson ou par un pas sur l'herbe.

Rien que ce tendre ensemble des cors.

Chapitre II

Les guetteurs invisibles

De la paralysie provoquée par le coup, Starrett avait glissé dans une torpeur d'ivrogne. Graydon le traîna jusqu'à la tente, lui poussa un havresac sous la tête et lui jeta une couverture sur le corps. Après quoi, il sortit et alluma le feu. Des bruits de pas se firent entendre dans les broussailles. Soames et Dancret apparurent à travers les arbres.

« Vous avez découvert des signes? demanda-t-il.

– Des signes? Aucun – par le diable! aboya le Néo-Anglais. Dis donc, Graydon, t'aurais pas entendu un truc comme des tas de cors? Même que c'étaient des foutus drôles de cors. Ça semblait provenir de par là-haut. »

Graydon fit oui de la tête; il se rendait compte qu'il fallait leur raconter ce qui s'était passé car ils devaient se préparer à se défendre. Mais jusqu'où pouvait-il aller dans son récit?

Leur parler de la beauté de Suarra, de ses bijoux d'or et de ses lances d'or à pointe de pierres précieuses? Leur révéler ce qu'elle avait dit du trésor d'Atahualpa? Dans ce cas, il n'y aurait plus de discussion possible avec eux. La cupidité les rendrait enragés.

Il entendit l'exclamation poussée par Dancret qui était passé sous la tente; il se leva et fit face au filiforme petit Français bondissant hors de la tente.

« Starrett! Qu'est-ce qui lui est arrivé, hein? interrogea brusquement Dancret. J'ai d'abord cru qu'il était rond. Puis je me suis aperçu qu'il était égratigné comme par un chat sauvage et qu'il avait une bosse grosse comme une orange au menton. Qu'est-ce que tu lui as fait, hein? »

Graydon avait pris sa décision et préparé sa réponse.

« Dancret, dit-il, Soames, il nous arrive un coup dur. Il y a moins d'une heure, je revenais de la chasse et j'ai trouvé Starrett qui se bagarrait avec une fille. C'est pas recommandé dans le coin – c'est même la pire des choses à faire, et vous le savez aussi bien que moi. J'ai dû mettre Starrett k.o. pour arracher la fille de ses griffes. Ses gens vont probablement nous attaquer au lever du jour. Il est inutile de chercher à s'enfuir. On ne sait rien de ce désert.

– Une fille, tu dis? demanda Dancret. Comment qu'elle est? D'où qu'elle vient? Comment s'est-elle tirée? »

« Je l'ai laissée filer, dit-il.

– Tu l'as laissée filer! hurla Soames. Pourquoi as-tu fait ça, nom de Dieu? Pourquoi ne l'as-tu pas ligotée? On aurait pu la garder en otage, Graydon; on aurait eu une monnaie d'échange quand serait venue cette foutue bande d'Indiens.

– Ce n'était pas une Indienne, Soames, dit Graydon, hésitant à poursuivre.

– Tu veux dire qu'elle était blanche – une Espagnole? intervint Dancret incrédule.

– Non, pas Espagnole non plus. Elle était blanche. Oui, blanche comme vous et moi. Je ne sais pas ce qu'elle était. »

Les deux hommes braquèrent leurs regards sur lui, puis se considérèrent mutuellement.

« Il y a quelque chose de bougrement bizarre là-dedans, finit par grommeler Soames. Mais ce que je veux savoir, c'est pourquoi diable tu l'as laissée se débiner?

– Parce que j'ai pensé que nous aurions plus de chances en la laissant partir qu'en la retenant. » Graydon sentait monter sa propre colère. « Je vous dis que nous sommes en présence d'une chose à laquelle aucun d'entre nous ne connaît quoi que ce soit. Et nous n'avions qu'une seule chance de sortir de la mélasse. Si nous l'avions gardée prisonnière, cette chance nous ne l'aurions pas eue non plus. »

Dancret se baissa et ramassa par terre quelque chose, quelque chose qui avait des reflets jaunes à la lueur du feu.

« T'avais raison, Soames, en parlant de choses bizarres, dit-il. Vise-moi ça! » Il lui tendit l'objet étincelant. C'était un bracelet d'or et, au moment où Soames le retourna dans sa main, apparut l'éclat vert des émeraudes. Il avait sûrement été arraché du bras de Suarra au cours de sa lutte avec Starrett.

« Dis-donc, Graydon, qu'est-ce qu'elle t'a refilé, la fille, pour que tu la laisses partir? postillonna Dancret. Qu'est-ce qu'elle t'a dit, hein? »

Soames porta la main à son automatique.

« Elle ne m'a rien donné et je n'ai rien pris, répondit Graydon.

– M'est avis que t'es un foutu menteur, dit Dancret, méchamment. On va réveiller Starrett. » Il se tourna vers Soames. « On va le réveiller en vitesse. M'est avis qu'il nous en dira plus sur tout ça; *oui*. Une fille qui porte des trucs comme ça... et il la laisse partir! Il la laisse partir en sachant qu'il y en a d'autres à l'endroit d'où ça vient, hein, Soames! Foutrement bizarre, non? Allez, viens, on va voir maintenant ce que Starrett va nous raconter. »

Graydon les regarda pénétrer sous la tente. Soames ne tarda pas à sortir, se rendit à une source qui jasait au milieu des arbres; en revint avec de l'eau.

Eh bien, qu'ils réveillent Starrett; qu'il leur raconte ce que bon lui semblera. Ils ne le tueraient pas cette nuit, il en était convaincu. Ils croyaient qu'il en savait trop. Et, au matin...

Que leur réservait le matin à eux tous?

Qu'ils fussent dès maintenant prisonniers, pour Graydon cela était certain. L'avis de Suarra de ne pas quitter le camp avait été explicite. Depuis le tumulte des cors séraphiques et le silence qui avait suivi, il ne doutait plus que, comme elle l'avait dit, ils ne soient tombés dans les griffes de quelque puissance aussi formidable que mystérieuse.

Le silence? Il s'avisa brusquement de ce que la nuit était aussi étrangement calme. Il n'y avait de bruit ni d'insecte ni d'oiseau, non plus que cette agitation post-crépusculaire caractéristique de la vie au désert.

Le camp était cerné par le silence!

Il s'éloigna à travers les *algarrobas*. Il y avait à peine une vingtaine d'arbres. Ils formaient comme un îlot de feuillage émergeant au milieu de la savane couverte de broussailles. C'étaient tous de grands arbres, à distance curieusement régulière les uns des autres; comme s'ils n'avaient pas poussé par hasard; comme si on les avait, en réalité, plantés avec soin.

Graydon alla jusqu'au dernier. Il inspecta les environs. La lune inondait de ses rayons la pente qui se dressait devant lui; les fleurs jaunes des buissons de *chilca* qui se pressaient jusqu'au pied même des arbres avaient des lueurs blafardes dans la lumière argentée. Alentour flottait la fragrance légèrement aromatique du quenuar. Il n'y en avait aucun signe de vie.

Et pourtant...

Les espaces semblaient remplis de guetteurs. Il sentait leurs yeux sur lui. Il explora les buissons et l'ombre; il ne vit rien. Il conserva la certitude d'une multitude cachée, dissimulée aux regards. Hardiment, il sortit du boqueteau et s'exposa à la pleine clarté de la lune.

Aussitôt, le silence devint plus épais. On aurait dit qu'il se durcissait en éveil, vigilant, comme prêt à bondir sur lui s'il avançait un pas de plus.

Un manteau de froid l'enveloppa, et il frissonna. Il se retira rapidement sous l'ombre des arbres; il demeura là, le cœur battant la chamade. Le silence perdit de son acuité, se tapit derrière lui.

Qu'est-ce qui avait provoqué sa frayeur? Qu'est-ce qui, dans cet épaississement du silence, avait fait passer sur lui le souffle de la panique? Il reprit ses esprits, petit à petit, craignant de détourner son visage du silence. Il aperçut le feu brûler. Ses craintes l'abandonnèrent.

Il réagit avec une impétueuse insouciance. Il revint sur ses pas et jeta une bûche sur le feu et éclata de rire en voyant les étincelles s'élancer jusque parmi les feuilles. Soames, qui sortait de la tente pour aller rechercher de l'eau, s'arrêta en entendant ce rire et lui jeta un regard mauvais.

« Ris, dit-il. Ris pendant que tu le peux encore. Peut-être riras-tu jaune quand nous aurons remis Starrett sur pied et qu'il nous racontera ce qu'il sait.

– Je lui ai administré un bon somnifère, plaisanta Graydon.

– Il y en a de meilleurs encore. Ne l'oublie pas. » La voix de Dancret, froide et menaçante, provenait de dessous la tente.

Graydon tourna le dos à celle-ci et, délibérément, fit face au désert. Il s'assit et, au bout d'un moment, s'assoupit...

Un craquement de bois sec le réveilla. Il se leva d'un bond : à mi-chemin entre la tente et lui, Starrett fonçait dans sa direction comme un fou, en hurlant. Avant qu'il pût s'en défendre, le géant lui tombait dessus. L'instant d'après, il était à terre, terrassé. Le gros aventurier lui écrasa le bras avec son genou et le saisit à la gorge.

« Tu l'as laissée filer, hein! rugit-il. Tu m'as assommé et tu l'as laissée filer! Toi aussi, tu vas disparaître, salaud! »

Graydon tenta de desserrer l'étreinte autour de son cou. Il avait du mal à respirer; il avait un bourdonnement assourdissant dans les oreilles, et des taches rouges commençaient à s'agiter devant ses yeux. Starrett l'étranglait. Alors que sa vision s'affaiblissait de plus en plus, il aperçut deux ombres s'élancer à travers le feu et saisir les mains de l'étrangleur.

Les doigts se détendirent. Graydon, titubant, se releva. Starrett était à une douzaine de pas. Dancret, lui enserrant les genoux, était accroché à lui comme un petit chien terrier. Soames était à côté, le canon de son automatique braqué sur l'estomac de Starrett.

« Pourquoi ne m'avez-vous pas laissé le tuer! enrageait Starrett. Est-ce que je ne vous ai pas dit que la fille portait assez de diams' et de jonquaille pour nous permettre de vivre en pères pénards jusqu'à la fin de nos jours? Il y en a d'autres là d'où venaient les bijoux! Et il l'a laissée partir! Laissée partir, le... »

De nouveau, il l'abreuva d'injures.

« Maintenant, écoute-moi bien, Starrett. » Le ton de Soames était résolu. « Tu vas te tenir tranquille, ou bien c'est moi qui te calmerai. On va pas laisser ça nous passer sous le nez, à Dancret et à moi. On va pas laisser ce salaud nous doubler, et on te laissera pas tout foutre en l'air en le tuant. On est sur un gros coup. Alors on va se régaler. On va s'asseoir tranquillement pour écouter Monsieur Graydon nous raconter tout ce qui s'est passé après qu'il t'ait envoyé dans les pommes, quelle combine il a faite avec la fille, et tout. S'il ne veut pas le faire gentiment, alors on fera à Monsieur Graydon des choses qui l'obligeront à cracher le morceau. Voilà, Danc', lâche-lui les jambes. Starrett, si tu lui cherches des rognes avant que je te le dise, je te descends. A partir de maintenant, c'est moi qui commande – moi et Danc'. T'as compris, Starrett? »

Graydon, ayant recouvré ses esprits, glissa prudemment la main en direction de son étui à revolver. Il était vide. Soames eut un ricanement sardonique.

« On te l'a pris, Graydon, dit-il. Le tien aussi, Starrett. C'est régulier, non? Que tout le monde s'assoie! » Il s'accroupit auprès du feu sans cesser de maintenir Starrett dans l'axe de son arme. Et un petit moment après, celui-ci, en grognant, l'imita. Dancret s'installa à son côté.

« Arrive, Graydon, dit Soames. Arrive et accouche. Qu'est-ce que t'as pas voulu nous dire? T'as pris rendez-vous avec elle? Si c'est ça, dis-nous où – parce qu'on ira tous ensemble.

– Où est-ce que t'as planqué les lances en or? grommela Starrett. Tu l'aurais jamais laissée se barrer avec, c'est certain.

– Ta gueule, Starrett, ordonna Soames. C'est moi qui pose les questions. Mais c'est vrai – faut qu'il nous explique ça. Alors Graydon? Est-ce qu'elle t'a refilé les lances et ses bijoux pour que tu la laisses partir?

– Je vous l'ai dit, répondit Graydon. Je ne lui ai rien demandé et je ne lui ai rien pris. C'est cet imbécile d'ivrogne de Starrett qui nous a tous mis dans le pétrin. Rendre la liberté à la fille, c'était la première chose à faire pour assurer notre propre sécurité. J'ai pensé que c'était la meilleure chose à faire. Et je continue à le penser.

– Ouais? ricana le mince Néo-Anglais, vraiment? Je vais te dire, Graydon, si elle avait été Indienne, peut-être que j'aurais été d'accord avec toi. Mais pas quand il s'agit du genre de femme dont nous a parlé Starrett. Non, monsieur, c'est pas normal. Tu sais très bien que si tu avais été régulier, tu l'aurais retenue jusqu'à ce qu'on revienne, Danc' et moi. Alors on se serait réunis et on aurait décidé tous ensemble de la meilleure chose à faire. La garder prisonnière jusqu'à ce que ses gens viennent la chercher et nous versent une rançon pour qu'on la leur rende intacte. Ou la soumettre au troisième degré jusqu'à ce qu'elle nous indique la source de l'or et de tout le saint-frusquin qu'elle portait sur elle. Voilà ce que t'aurais fait, Graydon – si tu n'étais pas un sale chien menteur et un faux jeton. »

Graydon laissa éclater sa colère.

« D'accord, Soames, dit-il. Je vais tout te raconter. Que je lui ai laissé la liberté pour assurer notre propre liberté, je te l'ai dit, c'est vrai. Mais, en plus de cela, de même que je n'aurais pas eu l'idée de confier un enfant à une bande de chacals, de même je n'aurais jamais songé à remettre cette fille entre les mains de vous trois. Je l'ai laissée partir en songeant bougrement plus à elle qu'à nous. Vous êtes contents?

– Ah! Ah! ironisa Dancret. Je vois! Voilà une étrange princesse possédant immense richesse et grande beauté. Nous ne sommes pas dignes de la contempler. " Mon héros, dit-elle, prends tout ce que je possède et abandonne ces mauvais garçons. – Non, non, lui dit-il, – ne cessant de penser que s'il s'y prend bien, il obtiendra beaucoup plus, qu'il nous mettra en dehors du coup et qu'il n'aura pas besoin de partager –, non, mais tant que ces mauvais garçons resteront ici, vous ne serez pas en sécurité. – Mon héros, dit-elle. Je m'en vais et reviendrai avec ma famille et elle se débarrassera de vos méchants compagnons. Mais vous, elle vous récompensera, mon héros, *oui!* " Ah! Ah! voilà comment les choses se sont passées! »

Graydon sentit le rouge lui monter au visage; la méchante fable du petit Français était désagréablement proche de la vérité. Après tout, la promesse non sollicitée de Suarra de le sauver pourrait être interprétée comme l'avait suggéré Dancret. A supposer qu'il leur dise l'avoir informée qu'il était résolu à demeurer à leurs côtés jusqu'à la dernière minute et à partager leur sort, quel que pût être celui-ci? Ils ne le croiraient pas.

Soames l'avait observé, avec la plus grande attention.

« Bon Dieu, Danc', dit-il, je vois que t'as mis dans le mille. Il a changé de couleur. Il nous a doublés. »

Il leva son automatique, le braqua sur Graydon, puis le rabaissa.

« Non, dit-il lentement. Cette affaire est trop grosse pour la rater parce qu'on a appuyé trop vite sur la détente. Si t'as vu juste, Danc', et je le crois, la princesse n'a pas marchandé sa reconnaissance. Bon – elle, on ne l'a pas, mais lui, on l'a. A mon point de vue, reconnaissante comme elle l'est, elle n'acceptera pas qu'il soit tué. Elle reviendra. Alors, on l'échangera contre des trucs qu'ils possèdent et que nous voulons. Ligote-le. »

Il tint Graydon au bout de son revolver. Sans opposer de résistance, Graydon laissa Starrett et Dancret lui lier les poignets. Ils le poussèrent vers un arbre, l'assirent à son pied, le dos contre le tronc. Ils lui passèrent une corde sous les bras, l'attachèrent solidement au fût et lui lièrent les pieds.

« Bon, dit Soames, si ses gars montrent leur nez demain matin, on te laissera discuter avec eux pour qu'ensemble vous déterminiez à quel prix on t'estime. Ils ne nous éjecteront pas. Il y aura obligatoirement des palabres. Et si on n'arrive pas à conclure, alors, Graydon, la première balle qui sortira de ce revolver te transpercera la panse. T'auras quand même le temps de voir, avant de mourir, ce qu'on lui fera, à elle. »

Graydon ne répondit rien. Il savait que tout ce qu'il pourrait dire serait inutile et que rien ne pourrait les détourner de leur objectif. Il s'installa du mieux qu'il put et ferma les yeux. Il les rouvrit à une ou deux reprises pour regarder les autres. Ils étaient assis auprès du feu, têtes rapprochées, parlant à voix basse, le visage tendu, et les yeux enfiévrés par la convoitise du trésor.

Un instant plus tard, la tête de Graydon s'inclina en avant. Il dormait.

Chapitre III

Le lama blanc

Graydon s'éveilla au lever du jour. Quelqu'un avait, durant la nuit, jeté une couverture sur lui, ce qui ne l'empêchait pas d'avoir froid et de se sentir les membres gourds. C'est péniblement qu'il fit fonctionner ses jambes, les levant et les abaissant alternativement pour réactiver la circulation de son sang endormi. Il entendit les autres remuer sous la tente.

Starrett souleva le panneau de l'auvent, passa devant lui sans un mot et se rendit à la source. Il revint et s'occupa, furtivement, du feu. De temps à autre, il dirigeait sur le prisonnier un regard dans lequel on ne pouvait voir ni colère ni ressentiment. Finalement, il se glissa vers la tente, prêta l'oreille et, sans bruit, à pas menus, il rejoignit Graydon.

« Désolé de tout ce qui arrive, murmura-t-il. Mais il m'est impossible de faire quoi que ce soit avec Soames et Dancret. J'ai eu bien du mal à les convaincre de te donner cette couverture. Bois un coup de ça. »

Il appuya une flasque contre les lèvres de Graydon qui en absorba une bonne goulée; cela le réchauffa.

« Chut, lui recommanda Starrett. Ne m'en veux pas. J'étais rond hier soir. Je t'aiderai, si... » Il s'interrompit brusquement, s'occupa des bûches du feu. Soames émergeait de la tente.

« Je vais te donner une dernière chance, Graydon, débuta-t-il sans préambule. Tu nous dis tout sur ton accord avec la fille et nous te ramenons avec nous, nous travaillons tous ensemble et nous partageons tout entre nous. Hier, t'avais un avantage sur nous, mais aujourd'hui, nous sommes à trois contre un et la vérité, la vérité vraie, c'est que tu ne peux pas t'en tirer. Alors, pourquoi ne pas être raisonnable?

— Pourquoi revenir une fois de plus, là-dessus, Soames? demanda Graydon avec lassitude. Je t'ai tout dit. Si t'étais un peu marle, tu me détacherais, tu me rendrais mes revolvers et je me battrais avec vous quand les ennuis commenceront. Car des ennuis, il va y en avoir, bonhomme — et de taille.

« Ouais! grogna le Néo-Anglais. T'essaies de nous foutre la trouille, hein? Bon — il y a un chouette petit truc : on enfonce un bout de bois sous les ongles de chaque doigt, puis on continue à enfoncer. Au bout d'un moment, on se met presque toujours à parler. En cas de silence prolongé, on passe au bon vieux truc du feu. On en approche tes pieds, de plus en plus près. Ouais, y en a pas qui se taisent quand les orteils commencent à grésiller et à griller. »

Soudain, il se pencha et huma les lèvres de Graydon. Il se retourna et face à Starrett fit jaillir son revolver de sa poche arrière et le braqua sur lui. « Tu lui as filé de l'alcool, hein? T'as parlé avec lui, hein? Après avoir décidé ensemble, hier soir, qu'il n'y aurait que moi qui lui parlerais. Très bien, on sait comme ça avec qui tu marches, Starrett. Dancret! Danc'! Arrive, en vitesse! » rugit-il.

Le Français sortit de la tente en courant.

« Ligote-le! » Soames désigna Starrett de la tête. « Un deuxième foutu traître dans le camp. Il lui a donné de l'alcool. Y se sont mis d'accord pendant que nous étions sous la tente. Ligote-le.

– Mais, Soames (le Français hésitait), si on doit se bagarrer, il ne faut pas que deux sur quatre d'entre nous soient inutiles, *non?* Peut-être que Starrett n'a fait que...

– Si on doit se battre, on se défendra aussi bien à deux qu'à trois, dit Soames. Je laisserai pas cette affaire me glisser entre les doigts, Danc'. Je ne pense pas que nous aurons à nous battre. S'ils viennent, je crois que ce sera pour négocier. J'ai dit : ligote-le.

– Bon, ça ne me plaît pas... » commença à dire Dancret; Soames eut un geste d'impatience avec son automatique; le petit Français rentra dans la tente, en ressortit avec un rouleau de corde et se glissa auprès de Starrett.

« Mains en l'air », ordonna Soames. Starrett les projeta en l'air. Mais, à mi-course, il les referma sur Dancret qu'il souleva comme un pantin et qu'il plaça entre lui et le farouche et maigre Néo-Anglais.

« Tire maintenant, minable! » cria-t-il et, en prenant soin de toujours mettre le corps de Dancret, frétillant comme un gardon au bout d'une ligne, dans l'axe du bras armé de Soames, il fonça sur ce dernier. Sa main droite se glissa jusqu'à la ceinture du Français, sortit l'automatique de son étui et le braqua sur Soames pardessus l'épaule qui se tortillait.

« Jette ton arme, l'Amerloque, dit triomphalement Starrett en grimaçant un sourire. Ou bien tire, si ça te fait plaisir. Mais avant que ta balle ait traversé la moitié du corps de Dancret, je t'aurai, par le Christ, transformé en passoire. »

Il y eut un instant de sinistre silence – qui fut interrompu par le brusque tintement de clochettes d'or.

Leur carillon fendit l'épais brouillard de meurtre qui s'était abattu sur le camp. Le pistolet de Soames tomba; la main de fer avec laquelle Starrett étreignait Dancret se desserra.

Au milieu des arbres, à moins de deux cents mètres, apparut Suarra.

Un manteau vert couvrait la jeune fille du cou presque jusqu'à ses petits pieds. Dans ses cheveux scintillait une torsade d'émeraudes. Des bracelets d'or, incrustés des mêmes pierres, lui ceignaient poignets et chevilles. Derrière elle cheminait calmement un lama d'un blanc de neige. Il portait autour du cou un large collier d'or auquel pendaient des rangées de clochettes d'or. A ses flancs d'argent était suspendu, de part et d'autre, un panier fait, semblait-il, de joncs tressés d'un jaune étincelant.

Et nul guerrier ne l'accompagnait. Elle n'avait amené ni vengeurs ni bourreaux. Auprès du lama, il n'y avait qu'un homme d'escorte; drapé dans une volumineuse robe rouge et jaune, dont la capuche lui recouvrait le visage. Pour toute arme, il portait un long bâton vermillon. Il était courbé, et il s'agitait et dansait en marchant, faisant de petits pas en avant et en arrière – mouvements qui donnaient à penser que ses vêtements recouvraient moins un être humain que quelque énorme oiseau. Ils s'approchèrent, et Graydon s'aperçut que la main qui tenait le bâton était mince et blanche avec la pâleur transparente que confère un âge très, très avancé.

Il tira sur ses liens, malade d'horreur. Pourquoi était-elle revenue – comme cela? Sans hommes puissants pour la protéger? Avec personne d'autre que cet unique vieillard? Et couverte de bijoux et d'or? Il l'avait mise en garde; elle ne pouvait ignorer ce dont elle était menacée. A croire qu'elle était venue tout exprès pour attirer les passions dont elle avait le plus à craindre.

« Diable! murmura Dancret, les émeraudes!

– Bon Dieu! Tu parles d'une fille! » murmura Starrett, ses larges narines dilatées, une flamme rouge dans les yeux.

Soames ne dit rien, l'inquiétude et la méfiance se substituant à l'incrédulité. Il ne parla pas davantage quand la fille et son escorte s'arrêtèrent tout près de lui. Mais on voyait croître le doute dans ses yeux et son regard explorait le sentier par lequel ils étaient venus, fouillant chaque arbre, chaque buisson. Il n'y découvrit aucun signe de mouvement, aucun bruit.

« Suarra! cria Graydon, désespéré. Suarra, pourquoi êtes-vous revenue? »

Elle s'avança vers lui et sortit un poignard de sous son vêtement. Elle trancha les courroies qui le retenaient à l'arbre. Elle glissa la lame sous les cordes qui entravaient ses poignets et ses chevilles; le libéra. Il se leva en titubant.

« N'êtes-vous pas content que je sois revenue? » demanda-t-elle d'une voix douce.

Avant qu'il ait pu répondre, Soames s'avança. Et Graydon sut qu'il avait pris une décision, qu'il avait résolu de passer à quelque action. Il fit une profonde, gauche et ironique révérence à la jeune fille; puis il s'adressa à Graydon.

« Bon, dit-il, tu resteras détaché, pour autant que tu feras ce que je te demanderai de faire. La fille est revenue et c'est ça l'essentiel. Elle semble t'avoir à la bonne, Graydon. Je compte là-dessus pour la convaincre de répondre à nos questions. Oui, monsieur, et toi aussi, tu l'as à la bonne. C'est pas inutile non plus. Je pense que tu n'aimerais pas être attaché et assister à certaines choses qui pourraient lui arriver, hein... et il lorgna méchamment Graydon. Mais il te suffit de faire une seule chose si tu veux que tout se passe bien. Ne lui adresse pas la parole tant que je ne serai pas près de vous. Souviens-toi, je connais la langue aymara aussi bien que toi. Et je veux être tout près pour écouter tout ce que tu lui diras, vu? C'est tout. »

Il se tourna vers Suarra.

« Votre visite nous a procuré une grande joie, princesse, dit-il en aymara. Elle ne sera pas de courte durée, si les choses se passent comme nous le désirons – et je pense qu'elles se passeront effectivement comme nous le désirons... » Cette phrase comportait une menace implicite, mais si elle le remarqua, elle n'en fit rien voir. « Vous nous êtes étrangers, comme nous le sommes pour vous. Nous pouvons apprendre beaucoup les uns des autres.

– C'est vrai, répondit-elle calmement. Je pense toutefois que votre désir d'en apprendre sur moi est plus grand que celui que j'ai d'en apprendre sur vous, car, ainsi que vous ne l'ignorez sûrement pas, j'ai déjà eu une leçon pas tellement agréable. » Elle dirigea son regard sur Starrett.

« Les leçons, dit-il, seront agréables ou désagréables, cela dépendra de vous.

– Il vaudrait mieux pour vous ne pas proférer de menaces! l'informa-t-elle. Moi, Suarra, je n'ai pas l'habitude qu'on me menace – et si vous voulez m'en croire, vous vous en abstiendrez désormais!

– Ouais, vraiment? » Soames avança d'un pas vers elle, ses traits étant devenus sinistres et laids. Le personnage en cagoule, vêtu de rouge et jaune, émit un bref ricanement. Suarra sursauta; sa colère s'évanouit et elle reprit un ton amical.

« Je me suis laissée emporter, dit-elle à Soames. Toutefois, il n'est jamais prudent de proférer des menaces à l'encontre de gens dont on ignore la force. Et souvenez-vous : de moi, vous ne savez rien. Cependant, je sais tout ce que vous désirez apprendre. Vous désirez savoir comment je me suis procuré ceci... et ceci... et ceci... »

Elle toucha son diadème, ses bracelets de poignets et de chevilles. « Vous voulez savoir d'où ils proviennent, et s'il y en a d'autres, et, dans ce cas, par quel moyen il vous serait possible d'en posséder autant que vous pourriez en emporter. Eh bien, vous saurez tout cela. Je suis venue vous le dire! »

Cette déclaration, si franche et si nette, eut pour effet de faire renaître le doute et la méfiance chez Soames. Ses yeux s'étrécirent de nouveau pour scruter la piste qu'avait empruntée Suarra.

« Soames! » Dancret lui agrippa le bras, sa main et sa voix tremblaient l'une comme l'autre : « Les paniers sur le lama! Ce ne sont pas des joncs – c'est de l'or, de l'or pur, de l'or pur et malléable, tressé comme de la paille! Diable! Soames, tu parles d'un filon! »

Les yeux de Soames étincelèrent.

« Va surveiller le chemin par où ils sont venus, Danc', répondit-il. Je ne comprends pas très bien. Ça me semble trop beau pour être vrai. Prends ton fusil et mets-toi en planque près des arbres pendant que j'essaierai de piger ce qui se passe.

– Vous n'avez aucune crainte à avoir, dit la jeune fille, comme si elle avait compris les paroles échangées, je ne vous veux aucun mal. S'il devait vous arriver des ennuis, ce serait de votre faute, pas de la mienne. Je suis venue vous indiquer le chemin du trésor. Rien d'autre. Venez avec moi et vous verrez l'endroit où des bijoux comme ceux-là... » (elle toucha les pierres mêlées à ses cheveux) « poussent comme des fleurs dans un jardin. Vous verrez l'or sourdre, vif, de... ». Elle hésita, puis elle reprit comme si elle récitait une leçon, « sourdre comme de l'eau. Vous pourrez vous baigner dans ce courant, vous y désaltérer si vous en avez envie, emporter autant d'or qu'il vous sera possible. Ou bien, si vous avez trop de peine à quitter cet endroit, eh bien, vous pourrez y rester éternellement; et même, vous y intégrer. Devenir des hommes d'or ».

Elle se détourna d'eux et alla vers le lama.

Ils la dévisageaient et s'entre-regardaient; sur le visage de trois d'entre eux, la cupidité et la méfiance; sur celui de Graydon, l'ahurissement.

« La route sera longue », elle leur faisait face, une main sur la tête du lama. « Vous êtes mes invités – dans un certain sens. C'est pourquoi j'ai apporté de quoi vous distraire en attendant le départ. »

Elle se mit à déboucler les paniers. Graydon se rendait compte que son escorte était un curieux domestique, pour autant qu'il fût un valet. Il ne fit aucun geste pour l'aider. Il se tenait muet, immobile, le visage recouvert.

Graydon s'avança pour aider la jeune fille. Elle lui sourit, avec un rien de timidité. Au fond de ses yeux, il y avait une lueur plus chaude que celle de la sympathie; ses mains prirent les siennes.

Aussitôt, Soames s'interposa.

« Vous feriez bien de vous rappeler ce que je vous ai dit, déclara-t-il d'un ton sec.

« Aidez-moi », dit Suarra. Graydon souleva le panier et la déposa auprès d'elle. Elle fit glisser un loquet, rabattit les souples brins de métal et sortit un chatoyant paquet. Elle le secoua et cela se mit à flotter dans le vent du matin, comme une étoffe d'argent. Sur le sol, cela ressemblait à des fils de la Vierge tissés par des araignées d'argent.

Elle sortit ensuite des coupes d'or et des plats creux, en forme de bateau, également en or, deux grandes aiguières dont les anses figuraient des serpents ailés et aux écailles faites, semblait-il, en rubis fondus. Puis, de petits paniers en brindilles d'or. Ils contenaient des fruits, des pains rares et parfumés et des gâteaux curieusement colorés. Suarra dressa le couvert. Elle se mit à genoux au haut bout de la nappe, prit l'une des aiguières, la déboucha et versa dans les coupes un vin ambré.

Elle leva les yeux sur eux, fit de sa blanche main un geste gracieux.

« Prenez place, dit-elle. Mangez et buvez. »

Elle fit signe à Graydon, lui désigna la place auprès d'elle.

En silence, le regard fixé sur l'amas étincelant de victuailles, Starrett, Dancret et Soames s'installèrent devant les autres assiettes. Soames tendit la main, en prit une, la soupesa, répandant son contenu sur la nappe.

« De l'or! dit-il dans un souffle. Frangine, t'es une bonne môme, reprit-il déjà à moitié ivre. Continue à nous traiter comme ça et nous finirons par être tous potes.

– Que dit-il? demanda Suarra à Graydon.

– Il se déclare satisfait de votre... façon de recevoir, répondit sèchement Graydon.

– Tant mieux. » Suarra se leva à son tour. « Maintenant, en route!

– On y va, frangine, n'aie pas peur, dit Soames en grimaçant un sourire. Danc', toi tu restes ici et tu surveilles les choses. Viens,

Bill... » Il appliqua une claque dans le dos de Starrett. « Tout va bien. Viens, Graydon... on passe l'éponge. »

Starrett se leva avec peine. Il passa son bras sous celui du Néo-Anglais. Ils allèrent en titubant vers la tente.

Graydon lambinait. Soames l'avait oublié, au moins pour un temps. Il songeait à profiter au mieux de ces instants avec l'étrange jeune fille dont la beauté et la douceur l'avaient ému plus qu'aucune autre femme auparavant. Il s'approcha au point que l'odeur de sa chevelure vaporeuse l'ébranla; au point qu'en lui touchant l'épaule, il sentit une flamme lui traverser tout le corps.

« Suarra... » commença-t-il. Elle se retourna et le fit taire en lui appuyant ses doigts effilés sur les lèvres.

« Pas maintenant... murmura-t-elle. Pas maintenant... ne me dis rien maintenant de ce qui occupe ton cœur... Pas maintenant..., et peut-être jamais! J'ai promis de te sauver... si je le peux. Cette promesse en a engendré une autre... » Son regard se porta sur le personnage muet, de façon significative. « Aussi cesse de me parler, ajouta-t-elle précipitamment, ou s'il te faut me parler... que ce soit de... choses banales. »

Elle se mit à emballer les coupes et la vaisselle d'or. Il proposa de l'aider. Elle accepta sans commentaire, et ne lui adressa plus un regard.

Lorsque la dernière coupe étincelante fut remise dans le panier, il fit demi-tour et se dirigea vers la tente pour empaqueter ses effets, bâter son âne. Il perçut les voix de Starrett et de Soames.

« Mais elle n'est pas Indienne, Soames, disait Starrett. Elle est plus blanche que toi et moi. Qu'est-ce qu'ils sont? Et la fille – par le Christ!

– Ce qu'ils sont, nous arriverons à le trouver, t'en fais pas, dit Soames. La fille, je m'en fous – prends-la si ça te fait plaisir. Mais je traverserais une douzaine d'enfers pour arriver à l'endroit d'où provient la camelote dont ils trimbalent sur eux des échantillons. Mon gars, avec ce qu'on pourrait transporter sur les ânes et le lama en un aller et retour, on pourrait acheter le monde.

– Oui... à moins qu'il y ait un piège quelque part, dit Starrett, méfiant.

– Nous avons les cartes en main. » L'effet du vin se dissipait chez Soames. « Qu'est-ce qu'il y a contre nous? Un vieux mannequin et une fille. Maintenant, je vais te donner mon avis. J'ignore ce qu'ils sont, mais qu'ils soient ceci ou cela, tu peux parier qu'ils ne sont pas nombreux. S'ils l'étaient, ils nous tomberaient dessus sans ménagement. Non, ils sont vachement désireux de nous voir partir et ils sont prêts à nous laisser emporter tout ce que nous pourrons pour que nous nous tirions. Ils veulent se débarrasser de nous, vite et au meilleur compte possible. Ouais, c'est ça qu'ils veulent. Pourquoi? Parce qu'ils savent foutrement bien qu'on est capables, à nous trois, de les balayer.

— A nous trois? dit Starrett en écho. Quatre, tu veux dire. Il y a Graydon.

— Graydon ne compte pas, le salaud! Tu oublies qu'il nous a doublés, non? Bon! On s'occupera de monsieur Graydon le moment venu. Pour l'instant, il nous est utile à cause de la fille. Elle s'est cramponnée à lui. Mais au moment du partage, nous ne serons que trois. Et nous ne serons que deux si tu fais encore des choses comme celles de ce matin.

— Ça va, Soames, grommela Starrett. Je t'ai dit que c'était la faute à l'alcool. C'est fini, maintenant que j'ai vu cette camelote. Je marche avec vous à cent pour cent. Fais ce que tu veux de Graydon. Mais je veux la fille. Je suis prêt à conclure un marché avec vous, à abandonner une part du gâteau.

— Par l'enfer! dit Soames d'un ton affecté. On est ensemble depuis un certain nombre d'années, Bill. Il y en a suffisamment pour nous trois. La fille, on peut t'en faire cadeau. »

De petites lueurs rouges dansaient devant les yeux de Graydon. La main tendue, prêt à soulever le panneau de la tente, il se retint.

Ce n'était pas le moment de secourir Suarra. D'ailleurs, désarmé, qu'aurait-il pu faire? D'une façon ou d'une autre, il lui fallait récupérer ses revolvers. Et le danger n'était pas imminent — ils n'entreprendraient rien avant d'être arrivés à l'emplacement du trésor où Suarra avait promis de les conduire.

Il recula d'une douzaine de pas, attendit un instant ou deux, puis se dirigea bruyamment vers la tente. Il rejeta le panneau et entra.

« T'as mis un bout de temps à venir, grogna Soames. Tu lui parlais — après ce que je t'ai dit?

— Pas un mot », mentit gaiement Graydon — il s'occupait de ses affaires. « A propos, Soames, est-ce que tu ne crois pas que la plaisanterie a assez duré et que tu devrais me rendre mes revolvers? »

Soames ne répondit pas.

« Bon, très bien, dit Graydon Je pensais seulement que cela

serait très utile au moment décisif. Mais si tu veux que je me contente de regarder quand vous vous bagarrerez, moi, je m'en fous.

— Tu ferais mieux de ne pas t'en foutre, dit Soames. Si on en arrive à un moment décisif, on ne prendra pas le risque de se faire tirer une balle dans le dos. Voilà pourquoi tu n'as pas de revolver. Et si le moment décisif vient vraiment, on ne prendra aucun risque avec toi non plus. Pigé? »

Graydon haussa les épaules. L'emballage se termina en silence, la tente pliée, les bourricots chargés.

Suarra les attendait, debout près du lama blanc. Soames alla à grands pas vers elle, sortit son automatique de son étui, le balança au bout de son bras tendu.

« Vous savez ce que c'est? lui demanda-t-il.

— Bien sûr, répondit-elle. C'est l'arme de mort de votre race.

— Bon, dit Soames. Et ça donne la mort rapidement, plus rapidement que les lances ou les arcs... » Il éleva la voix pour être sûr d'être entendu aussi par la muette escorte... « Eh bien, moi et ces deux hommes en ont, et d'autres plus mortelles encore. Celles de cet homme, on les lui a enlevées. Vos paroles doivent être la plus vraie des vérités. J'espère qu'elles le sont, dans l'intérêt de vous-même et de cet homme, et de celui qui vous accompagne. Vous m'avez compris? demanda-t-il avec le sourire d'un loup affamé.

— Je comprends. » Le calme se lisait dans les yeux et sur le visage de Suarra. « Vous n'avez rien à craindre de nous.

— On ne craint rien, dit Soames. Mais vous, vous avez beaucoup à craindre de nous. »

Pendant un instant encore, il garda sur elle un regard menaçant; puis, il replaça le revolver dans son étui.

« Vous irez en tête, ordonna-t-il. Votre homme derrière vous. Ensuite, lui... » Il désigna Graydon. « Nous trois marcherons derrière — armes de mort prêtes. »

Chapitre IV

La chose qui s'enfuit

Ils marchaient dans la savane depuis une heure peut-être lorsque Suarra tourna à gauche et pénétra dans la forêt couvrant les flancs d'une haute montagne. Les arbres se refermèrent sur eux. Graydon était incapable de discerner la moindre piste, elle avançait pourtant sans hésitation. Une autre heure s'écoula et le chemin se mit à grimper, l'ombre à s'épaissir. Elle s'approfondit de plus en plus et la jeune fille ne fut plus qu'une apparence furtive.

A une ou deux reprises, Graydon avait jeté un coup d'œil sur les trois hommes qui le suivaient. L'obscurité accroissait leur inquiétude. Ils cheminaient côte à côte, l'œil et l'oreille aux aguets pour capter le moindre premier signe d'embuscade. Et alors que la verte nuit s'intensifiait encore, Soames lui ordonna de rejoindre Dancret et Starrett. Ensuite Soames accéléra l'allure et vint se mettre juste derrière le personnage encapuchonné. Dancret plaça Graydon entre Starrett et lui, grimaça un sourire.

« Soames a modifié son plan, murmura-t-il. S'il y a des ennuis, il abat le vieux diable – tout de suite. Il garde la fille comme monnaie d'échange avec ses gens. Et il te garde comme monnaie d'échange avec la fille. Qu'est-ce que t'en dis, hein? »

Graydon ne répondit pas. Lorsque le Français l'avait serré contre lui, il avait senti un automatique dans sa poche. En cas d'attaque, il pourrait sauter sur Dancret, s'emparer du pistolet et défendre ses chances. Il abattrait Soames sans plus de remords que Soames n'en éprouverait à l'abattre lui-même.

Les bois devinrent sombres au point que les personnages de tête ne formèrent plus qu'une imprécise forme dansante. Puis les ténèbres commencèrent à s'éclaircir. Ils venaient de traverser une sorte de ravin, de gorge, dont les parois invisibles s'étaient resserrées sur eux et qui, maintenant, reculaient peu à peu.

Au bout de quelques minutes, à travers la brume, apparut devant eux un prodigieux portail, une crevasse dont les flancs s'élevaient à des milliers de pieds. Au-delà, le soleil répandait un flot de lumière. Suarra s'arrêta sur le seuil rocheux, les mettant en garde d'un signe, inspecta soigneusement les lieux et, d'un geste, les invita à avancer.

En clignant des yeux, Graydon franchit le portail. Il découvrit devant lui une plaine herbeuse, parsemée d'énormes pierres isolées émergeant de la verdure, pareilles aux menhirs des druides. Il n'y avait pas d'arbres. La plaine épousait la forme d'un plat; un gigantesque ovale, d'une telle symétrie qu'on l'aurait cru modelé par le pouce de quelque potier cyclopéen.

Ils se trouvaient sur une large corniche en bordure de cette vaste cuvette. Ce plateau était situé à une bonne trentaine de mètres au-dessus du fond de la vallée se relevant jusque-là comme le côté d'une soucoupe.

Ils avancèrent le long du chemin en forme de bord de plat. Vint midi, et dans un second ravin donnant sur l'étrange route, ils sortirent des sacoches de quoi faire un rapide déjeuner. Ils ne prirent pas le temps de décharger les ânes. Un ruisseau murmurait dans la passe, ils y remplirent leurs bidons et y firent boire les animaux. Cette fois, Suarra ne s'était pas jointe à eux.

Au milieu de l'après-midi, ils étaient à proximité de l'extrémité nord de la cuvette. Le vent s'était levé, soufflant de la forêt lointaine et courbant les hautes têtes de l'herbe poussant loin au-dessous d'eux.

Brusquement, profondément mêlé au vent, Graydon perçut une faible clameur, à grande distance, un sifflement strident, qu'on aurait dit provenir d'une armée de serpents en marche. La jeune fille s'arrêta, le visage tourné en direction du bruit.

« Il y a un danger, dit-elle. Un danger mortel pour vous. Il se peut qu'il s'éloigne, mais ce n'est pas sûr. Jusqu'à ce que nous sachions ce qu'il en est, il faut vous cacher. Emmenez vos animaux et attachez-les dans les broussailles, là-bas... » Elle pointait son index vers le flanc de la montagne présentant à cet endroit assez d'anfractuosités pour s'y abriter. « Vous quatre, vous vous cacherez derrière des arbres. Muselez vos animaux de telle sorte qu'ils ne fassent aucun bruit.

— Voilà! grogna Soames. Voilà le piège! Frangine, tu sais ce que je t'ai dit. Nous irons au milieu des arbres, mais... tu nous accompagneras pour qu'on puisse t'avoir sous la main.

— Je vous accompagnerai », déclara-t-elle avec gravité.

Soames la considéra, puis se retourna brusquement.

« Danc', ordonna-t-il, Starrett, mettez les bourricots à l'abri. Graydon... toi, tu resteras avec les ânes et tu veilleras à ce qu'ils ne fassent pas de bruit. Nous serons tout près, avec les fusils. Et la fille sera avec nous – ne l'oublie pas. »

De nouveau, le sifflement se fit entendre sous le vent.

« Faites vite », commanda la jeune fille.

Lorsque les arbres et les broussailles se furent refermés sur eux, Graydon, accroupi derrière les ânes, réalisa brusquement qu'il n'avait pas vu l'assistant secret de Suarra battre en retraite avec eux et chercher refuge dans le bois. Il écarta les buissons et, prudemment, jeta un coup d'œil. Il n'y avait personne dans le sentier.

Une brutale bourrasque agita les arbres. Le vent apporta avec lui un concert de sifflements, plus proches et plus stridents.

Une chose rouge vif jaillit d'entre les arbres qui, à cet endroit, n'étaient éloignés que de quelques centaines de mètres. Cela détala à travers la plaine pour atteindre le pied de l'un des monolithes. Cela escalada son flanc jusqu'au faîte. Puis, cela s'arrêta, paraissant scruter la forêt d'où cela était sorti. Graydon eut l'impression d'un immense insecte, mais il éprouva également une incroyable et monstrueuse idée d'humanité.

La chose écarlate dévala le monolithe et, à travers les herbes, se précipita dans sa direction. De la forêt s'élança ce qu'il prit, à première vue, pour une meute d'énormes chiens de chasse, puis il comprit que ce pouvait être n'importe quoi, sauf des chiens. Ils avançaient par bonds comme des kangourous et, en sautant, ils avaient des reflets bleu et vert dans le soleil, comme s'ils portaient une armure de mailles faite d'émeraudes et de saphirs. Et jamais chiens n'avaient aboyé comme ils le faisaient. C'était d'eux que provenait le sifflement d'enfer.

La chose écarlate fila à droite, à gauche, frénétiquement, puis s'accroupit au pied d'un autre monolithe, immobile.

Des arbres émergea une autre forme monstrueuse. Comme les créatures en chasse, elle étincelait, mais comme si son corps était enfermé dans un coffre de jais poli. Elle avait la taille d'un cheval de trait géant. Son cou était long et reptilien. Sur l'encolure, un homme se tenait à califourchon.

Avec précaution, Graydon prit ses jumelles et les braqua sur la meute. Juste dans le champ de vision, une de ces créatures était venue s'offrir à son regard. Elle se tenait droite, le flanc de son côté, à l'arrêt comme un chien de chasse.

C'était un dinosaure!

Ramené à la taille d'un grand chien danois, mais il n'y avait pourtant pas d'erreur possible. Et ce qu'il avait pris pour des mailles de saphir et d'émeraude étaient les écailles. Elles s'enchevauchaient comme celles de l'*armadillo*. En jouant sur leurs surfaces et leurs bords polis, le soleil leur donnait l'éclat de pierres précieuses.

La créature fit pivoter sa tête sur son petit cou de taureau. Elle paraissait diriger son regard droit sur Graydon. Il aperçut des yeux rouges, féroces, dans l'arc osseux que formait un large front. Sa gueule était celle du crocodile, mais plus petite et aplatie. Les mâchoires étaient garnies de crocs jaunes et acérés.

Le cavalier arriva à sa hauteur. Comme les autres, la créature qu'il chevauchait était un authentique dinosaure, mais celui-là avait la taille géante de ces monstres. Il avait des écailles noires, une queue plus longue, et un cou de serpent plus gros que l'anneau central du python géant.

Le cavalier appartenait à la même race que Suarra. Sa peau avait la même blancheur éburnéenne, ses traits la même régularité ultra-classique. Mais son visage portait la marque de l'arrogance et de la froide cruauté. Il portait un vêtement vert qui lui collait au corps comme le gant à la main, sa chevelure était d'or étincelant. Il était assis sur une selle légère attachée à la base du long cou de sa monture. De grosses rênes montaient jusqu'aux mâchoires de la petite tête serpentine, couleur de jais, du dinosaure.

Les jumelles de Graydon échappèrent à sa main tremblante. Quel genre d'homme était-ce que celui qui chassait avec des dinosaures en guise de chiens et un dinosaure pour monture!

Il dirigea son regard sur le monolithe au pied duquel s'était recroquevillée la chose écarlate. Elle n'y était plus. A moins de trois cents mètres, il aperçut un éclat de rouge à travers les hautes herbes. La chose s'enfuyait en direction de la berge de la crevasse...

Une clameur déchirante s'éleva – on eût dit d'un millier de chuintantes fumerolles. La meute avait trouvé la piste et déferlait comme une lame de fond étincelante.

La chose écarlate bondit hors des herbes. Elle se déplaçait en tanguant sur quatre longues pattes en forme d'échasses, la tête à près de quatre mètres au-dessus du sol. Posé sur ses pattes-échasses, un corps presque rond et pas plus gros que celui d'un garçon parvenu au milieu de sa croissance. De part et d'autre du corps s'étendaient deux bras vigoureux – des bras humains que l'on aurait tendus jusqu'à ce qu'ils atteignent le double de leur taille normale. Corps, bras et jambes étaient recouverts d'un joli pelage écarlate. Sa gueule, tournée vers ses poursuivants, Graydon ne put la voir.

La meute s'élançait à ses trousses. La chose se précipitait, tel un éclair, droit vers la berge.

Graydon entendit, derrière lui, un bruit de rochers que l'on griffe dans une frénétique tentative de les escalader. Des mains grises apparurent en bordure de la route, agrippant la pierre avec des doigts longs de trente centimètres faisant penser à des aiguilles d'os épointées. Elles s'accrochèrent et progressèrent. Suivirent des bras grêles, aux poils écarlates.

Par-dessus le bord se montra une face, aussi grise que les mains. Au milieu, il y avait deux grands yeux ronds, dorés et immobiles.

Un visage humain – et pas humain!

Un visage tel qu'il n'en avait jamais vu à une créature vivante... pourtant, l'humanité de celui-ci ne faisait aucun doute... l'humanité qui recouvrait comme un voile l'invraisemblable face.

Il crut voir un bâton rouge jaillir de l'air et atteindre le visage – le bâton rouge du bouffon escortant Suarra. Qu'il l'ait réellement vu ou pas, les griffes lâchèrent leur étreinte et régressèrent. La figure grise disparut.

Du versant invisible s'éleva une lamentation aiguë, désespérée, suivie d'un sifflement de triomphe. Puis, à portée de sa vue, apparut le dinosaure noir, son cavalier à chevelure dorée criant à tue-tête. Derrière lui, bondissait la meute. Ils traversèrent la plaine comme un nuage d'orage pris en chasse par des éclairs émeraude et saphir. Ils pénétrèrent dans la forêt et s'effacèrent aux regards.

Suarra sortit de l'ombre des arbres, les trois aventuriers sur ses talons, pâles et tremblants. Elle dirigea les yeux du côté par où étaient partis les dinosaures, son visage était figé, ses yeux emplis de dégoût.

« Suarra! hoqueta Graydon. Cette chose – cette chose qui s'est enfuie – qui était-ce? Mon Dieu! elle avait un visage humain!

– Ce n'était pas un homme. » Elle secoua la tête. « C'était une araignée tisseuse. Peut-être a-t-elle tenté de s'échapper. Ou peut-être Lantlu s'est-il arrangé pour qu'elle soit tentée de s'évader. Car Lantlu adore chasser au Xinli... » La haine faisait trembler sa voix. « Et il se contentera d'une araignée tisseuse s'il n'y a rien de mieux!

– Une araignée? Elle avait un visage humain! » Soames faisait écho à Graydon.

« Non, répéta-t-elle. Ce n'est pas... un homme. Du moins, pas un homme comme vous. Il y a très, très longtemps, ses ancêtres étaient des hommes tels que vous, c'est vrai. Mais maintenant... c'est... seulement une araignée. »

Elle se tourna vers Graydon.

« Yu-Atlanchi, par son art, l'a façonné, lui et son espèce. Souviens-toi de lui, Graydon, quand tu arriveras au terme de notre voyage! »

Elle sortit sur le sentier. Le personnage encapuchonné s'y tenait, attendait aussi tranquillement que s'il n'avait jamais bougé. Elle alla chercher le lama blanc et reprit sa place en tête de la petite caravane. Soames tapota l'épaule de Graydon, le tirant de la méditation inquiète dans laquelle l'avait plongé l'énigmatique avertissement qu'il avait reçu.

« Reprends ta place, Graydon, marmonna-t-il. Nous suivrons. Il faudra que je te parle plus tard. Tu pourras peut-être récupérer tes revolvers, si tu te montres raisonnable.

– Pressons, dit Suarra, le soleil se couche et nous devons nous dépêcher. Avant demain midi vous verrez votre jardin de joyaux et l'or vif qui ruisselle dont vous ferez ce que vous voudrez – à moins que l'or ne fasse ce qu'il veut de vous. »

Elle jeta un rapide regard sur les trois hommes, une ombre d'ironie dans les yeux. Soames serra les dents.

« Continue ton boulot, frangine, dit-il d'un ton sardonique. Tu n'as rien d'autre à faire qu'à nous montrer le chemin. Ta tâche sera alors terminée. Nous nous occuperons du reste. »

Elle haussa les épaules, indifférente. Ils se remirent en marche le long du sentier bordant la crevasse.

La plaine était silencieuse, déserte. Aucun bruit ne parvenait des forêts au loin. Graydon s'efforçait de trouver une saine explication au spectacle dont il venait d'être le témoin. Une araignée tisseuse, c'est ainsi que Suarra avait appelé la chose écarlate, disant qu'à une époque, ses ancêtres avaient été des hommes comme eux. Il se rappela ce que, lors de leur première rencontre, elle lui avait raconté des pouvoirs de cette mystérieuse Yu-Atlanchi. Voulait-elle dire que son peuple avait maîtrisé les secrets de l'évolution de façon si parfaite qu'ils avaient appris également à en inverser le cours? Qu'ils étaient à même de contrôler... la dégénérescence!

Dans le fond, pourquoi pas? Dans sa longue ascension depuis le magma primitif des plages basses des premières mers chaudes, l'homme avait revêtu des myriades de formes. Et, en s'élevant d'une forme à l'autre, se transformant en vertébré, remplaçant le sang froid par le sang chaud, il ne demeurait pas moins de la même famille que le poisson qu'il attrape aujourd'hui, que les créatures velues dont la fourrure vêt ses femmes, que les singes qu'il ramène de la jungle pour en faire des objets d'étude ou de distraction. Il n'est pas jusqu'aux araignées tissant leurs toiles dans les jardins, jusqu'au scorpion qui décampe au bruit de ses pas, qui ne soient ses frères de sang abyssalement lointains.

Lorsque saint François d'Assise parlait de sa sœur la mouche, de son frère loup, de son frère serpent, il exprimait une vérité scientifique.

Toute la vie sur la Terre a une origine commune. Aujourd'hui différents, multiformes tel Protée, il n'en reste pas moins que l'homme et le tigre, le poisson et le serpent, le lézard et l'oiseau, la fourmi et l'abeille, tous proviennent de ces gouttes jadis similaires de gelée, errant il y a des millions et des millions d'années sur les littorals peu profonds des premières mers. Le protæbion, c'est ainsi que Gregory d'Edimbourg baptisa la première matière vivante à partir de laquelle se développa toute vie.

Les germes de toutes ces formes qu'avait revêtues l'homme au cours de sa lente ascension sommeillaient-ils encore en lui?

Roux, le grand savant français, avait pris des œufs de grenouilles et, en agissant sur eux, avait fabriqué des grenouilles géantes et des naines, des grenouilles à deux têtes et un corps, des grenouilles avec une tête et huit pattes, des grenouilles à trois têtes avec autant de pattes qu'un myriapode. Et, à partir de ces œufs, il avait aussi fabriqué des êtres qui ne ressemblaient en rien à des grenouilles.

Le Russe Vornikoff et l'Allemand Schwartz avaient fait des expériences avec des formes de vie encore plus évoluées, produisant des *chimères*, êtres de cauchemar qu'ils avaient été obligés de tuer — et rapidement.

Si Roux et d'autres avaient réalisé tout cela — et ils l'avaient réalisé, Graydon le savait — n'était-il pas possible que des savants plus avancés aient réussi à réveiller les germes sommeillant chez l'homme et à créer également des créatures comme la chose écarlate? Un homme-araignée!

C'est dans la nature même qu'ils en avaient puisé l'idée. De temps à autre, la nature produisait des anomalies, des monstres humains portant extérieurement, sinon intérieurement, le stigmate de la bête sauvage, du poisson, voire du crustacé. Des bébés avec des ouïes dans la gorge; des bébés avec une queue; des bébés à fourrure. L'embryon humain est passé par tous ces stades, à partir de l'unique cellule protoplasmique, résumant le drame multiséculaire de l'évolution en moins d'une année.

Ne serait-il donc pas possible qu'il existât en Yu-Atlanchi des gens pour lesquels le creuset de la naissance n'eût plus de secrets; des gens capables de donner la forme de leur choix à l'espèce humaine?

Un métier à tisser est une machine morte que les doigts animent plus ou moins maladroitement. L'araignée est tout à la fois la machine et l'artisan, filant et tissant avec plus de sûreté et d'art que ne le peut faire un mécanisme sans vie manœuvré par l'homme. Quelle est la machine de fabrication humaine ayant jamais atteint – ou même approché – la délicatesse et la beauté d'une toile d'araignée?

Graydon eut brusquement la vision de tout un monde nouveau, effroyablement grotesque – des hommes-araignées et des femmes-araignées disséminés sur de gigantesques toiles et tissant avec des doigts-aiguilles de merveilleux tissus, des hommes-taupes et des femmes-taupes creusant, ouvrant des labyrinthes de passages souterrains, *cloaques* à l'intention de ceux qui les avaient conçus; un peuple d'amphibiens s'affairant dans les eaux – une humanité fantasmagorique, monstrueusement appariée à l'organisation parfaite de la nature, encore que la matrice en demeure plastique.

Agité d'un frisson, il rejeta cette vision de cauchemar.

Chapitre V

Les cors des elfes

Le soleil était à mi-chemin de sa descente à l'ouest lorsqu'ils parvinrent aux confins de la plaine ovale. Là, saillait un bastion qui allait presque jusqu'à la falaise de droite. Ils s'engagèrent en file indienne dans l'étroit intervalle qui séparait celle-ci de celui-là et, dans la semi-obscurité de ce ravin, ils avancèrent sur un sol de pierres lisses montant constamment, mais selon une pente douce. Le soleil se dissimulait derrière les pics à l'ouest, et le crépuscule était tombé lorsqu'ils émergèrent du défilé.

Ils se trouvaient en bordure d'un petit terrain marécageux. A gauche se poursuivait l'arc de la montagne circulaire. En réalité, l'endroit était moins marécageux que nu. Le sol était fait de sable blanc propre. Il était piqueté de tertres, de monticules au sommet plat, comme s'ils étaient constamment balayés par le vent. Sur les pentes de ces buttes croissait une herbe haute et rare. Les tertres s'élevaient à une trentaine de mètres les uns des autres, avec une singulière régularité, comme des tumulus, des tombes dans un cimetière de géants. Le petit désert avait une superficie d'environ deux hectares. La forêt l'environnait. On entendait le murmure d'un ruisseau.

Suarra leur fit traverser les sables jusqu'à un monticule situé presque au centre du terrain.

« Vous camperez ici, dit-elle. Vous avez de l'eau tout près. Vous pouvez allumer un feu et dormir sans crainte. Il nous faudra partir à l'aube. »

Elle les quitta et se dirigea avec la robe rouge et jaune vers l'une des buttes proches. Le lama blanc la suivit. Graydon s'attendait que Soames l'arrêtât, mais il n'en fit rien. Au lieu de cela, il transmit du regard quelque message à Dancret et à Starrett. Graydon eut l'impression qu'ils se réjouissaient de ce que la jeune fille ne partageât pas leur camp, que la distance ainsi mise entre elle et eux les arrangeait.

Et leur attitude à son égard avait changé. Ils étaient redevenus amicaux.

« Ça t'ennuierait d'emmener boire les bourricots? demanda Soames? Nous mettrons le feu en route et préparerons la croûte. »

Graydon acquiesça de la tête et conduisit les animaux au ruisseau. En les ramenant, après qu'ils eurent bu leur content, il jeta un coup d'œil en direction du monticule vers lequel était allée Suarra. Une petite tente carrée était à son pied, que la lumière crépusculaire faisait miroiter comme de la soie. Le lama était à l'attache à côté, mâchonnant placidement de l'herbe et du grain. Les paniers d'or tressé pendaient toujours à ses flancs. On ne voyait ni Suarra ni l'homme à la cagoule. Il supposa qu'ils étaient sous la tente.

A son propre tertre, un feu crépitait et on préparait le souper. Lorsqu'il y arriva, Starrett désigna la petite tente d'un geste du pouce.

« On l'a sortie des sacs de selle, dit-il. On aurait dit un parapluie plié et c'est comme ça qu'elle s'est ouverte. Qui aurait jamais pensé trouver un truc pareil dans un tel désert!

– Il y a peut-être encore des tas de choses que nous n'avons pas vues dans ces sacs de selle, murmura Dancret.

– C'est sûr, dit Soames. Et ce que nous avons déjà vu comme butin suffirait à assurer nos vieux jours. Hein, Graydon?

– Elle vous en a promis beaucoup plus, répondit Graydon, inquiet de ce que dissimulaient les paroles du Néo-Anglais.

– Ouais, dit Soames, ouais – je l'imagine. Mais – bon, mangeons. »

Les quatre hommes prirent place autour des bûches qui se consumaient, ainsi qu'ils l'avaient fait tant de soirées avant la bagarre avec Starrett. Et, à la surprise de Graydon, ils ne parlèrent pas de l'étrange tragédie de la plaine. Leur conversation était exclusivement consacrée au trésor si proche et à la façon dont ils l'utiliseraient quand ils seraient de retour dans leur propre monde. Ils discutèrent, pièce par pièce, du magot contenu dans les bagages du lama; des bijoux de Suarra et de leur valeur. On aurait dit qu'ils s'acharnaient à lui communiquer le virus de la rapacité qui les rongeait.

« Bon Dieu! Avec ses émeraudes seulement, on n'aurait plus jamais à s'en faire, ni les uns ni les autres! » ne cessait de répéter Soames, avec des variantes.

Graydon les écoutait avec une inquiétude croissante. Il se cachait quelque chose derrière ce refus concerté d'aborder la destruction de la chose écarlate par les dinosaures. Cette constante référence au riche butin à portée de main, cette insistance à mettre l'accent sur les commodités et le luxe que celui-ci leur procurerait avaient quelque chose d'absurde.

Graydon se rendit brusquement compte qu'ils avaient peur, que la terreur de l'inconnu le disputait en eux à la soif du trésor. Et que, par conséquent, ils étaient doublement dangereux.

Finalement, Soames jeta un coup d'œil à sa montre.

« Près de huit heures, dit-il tout à coup. Le jour se lève vers cinq heures. Il est temps de vider son sac. Graydon, approche. »

Les quatre hommes tinrent une conférence à l'abri du monticule. D'où ils étaient accroupis, on ne voyait pas la tente de Suarra, de même qu'ils étaient dissimulés aux regards de tout guetteur du petit pavillon de soie qui ressemblait maintenant à une grosse mite d'argent immobile dans la lumière lunaire.

« Graydon, débuta le Néo-Anglais, nous avons pris une décision sur cette affaire. Nous agirons un peu différemment. Nous sommes prêts à passer l'éponge, ça nous ferait plaisir. Nous sommes là, quatre Blancs au milieu d'un tas de Dieu sait quòi. Les Blancs doivent se serrer les coudes. Pas vrai? »

Graydon fit un signe approbatif, attendant la suite.

« Nous sommes donc d'accord, dit Soames. Je ne conteste pas que ce que nous avons vu aujourd'hui nous en a foutu un drôle de coup. Nous ne sommes pas équipés pour affronter quoi que ce soit du genre de cette meute de démons sifflants. Mais on peut en jouer un air et revenir outillés. Tu piges? »

Une nouvelle fois, Graydon approuva d'un geste de la tête, curieux de connaître ce qu'il sentait venir.

« Il y a sur le lama et la fille, assez de camelote pour nous rendre tous heureux, poursuivit Soames. Mais cela suffit aussi pour financer la plus grande des petites expéditions qui aient jamais découvert la piste d'un trésor. Et c'est exactement ce que nous avons décidé de faire, Graydon. Nous emparer des paniers et de tout ce qu'ils contiennent. Piquer la camelote de la fille. Mettre les voiles, et revenir. On rassemblera une petite troupe de durs à cuire. Nous prendrons, pour nous quatre la moitié de ce que nous trouverons, les autres se partageront la deuxième moitié. On emmènera aussi une paire d'avions, et il nous faudra pas longtemps pour découvrir d'où vient la fille. Je parie que ces démons sifflants ne résisteront pas longtemps aux mitrailleuses et aux bombes que lâcheront les appareils. Et quand la fumée se sera dissipée, nous lèverons le butin, puis on s'en retournera pour s'installer au sommet du monde. Qu'est-ce que tu dis de ça? »

Graydon essaya de gagner du temps.

« Comment allez-vous faire pour vous emparer maintenant de la camelote? demanda-t-il. Et si vous y arrivez, comment ferez-vous pour fuir avec?

– C'est facile. » Soames s'inclina et se rapprocha de Graydon. « Nous avons tout combiné. Il n'y a que la fille et ce vieux diable dans la tente. Ils ne nous surveillent pas, ils sont trop sûrs de nous. Bon, si tu es avec nous, nous nous glisserons jusque là-bas. Starrett et Danc', eux, s'occuperont du mannequin. Pas de coups de feu. On lui glissera simplement un couteau entre les côtes. Toi et moi, nous ferons notre affaire de la fille. On lui fera aucun mal. On fera que la ligoter et la bâillonner. Ensuite, on amarre la cam' sur une paire de bourricots, et on se débine.

– Se débine où? » demanda Graydon. Il se rapprocha un peu de Dancret, prêt à s'emparer de l'automatique que celui-ci avait dans sa poche.

« On les met, nom de Dieu! grommela Soames. Starrett et moi, on a vu un pic à l'ouest qu'on a repéré tous les deux en venant ici. Quand on y sera, je saurai où nous nous trouverons. Et en voyageant de jour et de nuit, on pourra très bien être sur le chemin qui y conduit demain à cette heure-ci. Ces bois ne sont pas épais et c'est la pleine lune. »

Graydon bougea sa main avec d'infinies précautions et toucha la poche de Dancret. L'automatique s'y trouvait toujours. Avant d'accomplir ce geste désespéré, il allait tenter de lancer un dernier appel... à la peur.

« Mais t'as oublié qu'une chose, Soames, dit-il. On se lancera à notre poursuite. Que pourrions-nous faire avec ces bêtes infernales à nos trousses? On les aura sur le poil en un rien de temps. Pas moyen de fuir avec des choses comme ça. »

Il s'aperçut aussitôt de la faiblesse de son argumentation.

« Y aura rien de tout ça, grimaça Soames méchamment. C'est justement là qu'est la question. Personne ne s'inquiète de la fille. Personne ne sait où elle est et elle ne tient pas à ce que ça se sache. Elle avait bougrement pas envie qu'on la voie cet après-midi. Non, Graydon, j'imagine qu'elle a faussé compagnie à ses gens pour t'aider à sortir de là. Je te tire mon chapeau, t'as pas perdu le temps et tu l'as bien accrochée, c'est sûr. Le seul qui pourrait nous créer des ennuis, c'est le vieux démon. On le surinera avant qu'il ait le temps de s'en apercevoir. Il ne restera plus que la fille. Elle sera foutrement contente de nous montrer le moyen de nous tirer, s'il arrive que nous nous paumions une nouvelle fois. Mais Starrett et moi, on connaît ce pic, je te dis. On l'emmènera pour qu'elle ne puisse lancer personne sur nos talons, et quand nous serons arrivés à l'endroit à partir duquel nous connaissons le pays, on la relâchera, et elle rentrera chez elle. Et c'est pas plus difficile que ça, hein, les gars? »

Starrett et Dancret hochèrent la tête, approbatifs.

Graydon fit semblant de réfléchir. Il savait exactement ce que Soames avait en tête – se servir de lui dans le meurtre de sang-froid qu'ils avaient mis au point tous les trois et, une fois hors d'atteinte, l'assassiner lui aussi. Ils ne permettraient pas non plus que Suarra s'en retourne pour raconter ce qu'ils avaient fait. Elle serait poignardée, après avoir été jetée dans les bras de Starrett.

« Alors, Graydon, murmura Soames qui s'impatientait, le plan est bon et réalisable. Tu marches avec nous? Sinon... »

La lame étincela dans sa main. En même temps, Starrett et Dancret se rapprochèrent de lui. Leur mouvement lui donna l'avantage qu'il recherchait. Il plongea la main dans la poche du Français, en sortit le revolver tout en projetant son pied sur le côté, le coup atteignit Starrett au bas-ventre. Le gros homme culbuta en gémissant. Graydon se redressa d'un bond. Mais avant qu'il ait pu braquer l'arme sur Soames, Dancret lui saisissait les chevilles, et ses jambes se dérobèrent sous lui.

« Suarra! » cria Graydon en tombant. Du moins, son cri pourrait-il la réveiller et la mettre en garde. Il ne put articuler qu'à demi le second cri qu'il s'apprêtait à émettre. Les mains osseuses de Soames lui enserraient le cou.

Il éleva les bras et tenta de briser l'étreinte. Elle se relâcha un peu, assez pour lui permettre de prendre une inspiration. Il agrippa aussitôt les poignets de Soames, accrocha les doigts d'une de ses mains dans le coin de la bouche du Néo-Anglais, et tira de toutes ses forces. Soames émit une série de crachements, et ses mains lâchèrent. Graydon tenta de se redresser, mais le maigrichon lui passa un bras sur la nuque et lui tint le cou serré dans l'étau formé par son coude replié et son épaule.

« Surine-le, Danc' », grogna Soames.

Graydon se tortilla brusquement, amenant le Néo-Anglais sur lui. Il était tout juste temps car, alors qu'il exécutait ce mouvement, Dancret frappait, la lame manquant Soames d'un rien.

C'est alors que Starrett poussa un hurlement.

« Le lama! Il fout le camp! Le lama! »

« Regarde, Soames, regarde! » Le petit Français tendait l'index. « Il est lâché! Par le Christ! Le voilà qui s'en va avec l'or... avec les bijoux... »

Les paniers d'or étincelant à ses flancs, le lama blanc s'éloignait à toutes pattes, à une centaine de pas d'eux, se dirigeant vers le défilé qu'ils avaient emprunté pour venir.

« Arrêtez-le! hurla Soames, oubliant tout le reste. Cours après, Starrett! Par ici, Danc'! Je vais lui barrer la route! »

Ils s'élancèrent sur la lande baignée par les rayons de lune. Le lama changea d'allure, trottina doucement vers l'un des monticules, dont il gagna le sommet.

« Cernez-le! On l'a! » cria Soames. Les trois hommes se ruèrent vers le tertre sur lequel l'animal blanc se tenait tranquillement, regardant autour de lui. Ils escaladèrent la butte par trois côtés. Alors que leurs pieds foulaient l'herbe rare, une musique douce se fit entendre, l'un de ces cors d'elfe dont Graydon avait ouï le chœur si joyeux environner Suarra au premier jour de leur rencontre. D'autres lui répondirent, proches, venant de toutes parts. A nouveau, le solo. Puis, le chœur s'élança en tourbillonnant vers le monticule du lama, resta suspendu au-dessus de lui, puis s'abattit comme une pluie de sons ailés.

Graydon vit Starrett chanceler comme sous l'effet de quelque coup, puis agiter ses bras repliés comme pour se défendre d'un adversaire invisible. Le gros homme se tint ainsi un moment, exécutant de frénétiques moulinets. Il se jeta sur le sol et roula jusqu'au sable. Les cors des elfes s'en éloignèrent pour porter leur attention sur Soames. Il s'était plaqué, face au sol, sur le versant du monticule dont il s'efforçait péniblement de gagner le sommet. Il avait un bras levé pour se protéger la figure.

Se protéger la figure contre quoi?

Graydon ne voyait que le tertre et, au sommet, le lama dans la lumière lunaire, Starrett au pied du monticule, et Soames qui en avait presque atteint le faîte. Dancret étant sur l'autre versant, il lui était absolument impossible de le voir.

Soames était parvenu au bord du sommet plat du monticule. Le lama baissa la tête pour le contempler. Alors qu'il se hissait par-dessus le bord et qu'il tendait la main pour saisir la bride de l'animal, celui-ci fit un rapide demi-tour, sauta vers le versant opposé et bondit sur le sable.

La clameur des cors environnant Soames n'avait jamais cessé. Graydon le vit grimacer de douleur, frapper, baisser la tête et protéger ses yeux comme d'une pluie de coups. Il traversa d'un bon le tertre et dévala sa pente, à peu de distance du lama. Comme il en atteignait le pied, Starrett se relevait, titubant comme un ivrogne.

Les cors se turent brusquement, comme des bougies soufflées

par une subite rafale de vent. Dancret contourna la butte en courant. Les trois hommes discutèrent, faisant force gestes. Leurs vêtements étaient en loques, et Soames ayant bougé et se trouvant en plein dans un rayon de lune, on pouvait voir sur son visage des taches de sang.

Le lama traversait le terrain sablonneux, d'un pas lent, comme s'il voulait les inciter à continuer la poursuite. Il était curieux de voir comme, à certains moments, sa silhouette se dessinait nettement, et comme à d'autres, elle s'estompait jusqu'à n'être presque plus que fantomatique. Lorsqu'il réapparaissait, on aurait cru que les rayons de lune prenaient consistance en donnant naissance au lama. Celui-ci s'estompa – pour refaire son apparition sur la trame des rayons, comme un dessin sur un métier enchanté.

Starrett porta la main à sa ceinture. Avant qu'il ait pu mettre en joue le blanc animal avec son revolver, Soames lui saisit le poignet. Graydon savait qu'il mettait Starrett en garde contre le danger que pourrait représenter le bruit d'un coup de feu, et qu'il exigeait le silence.

Les trois hommes se séparèrent, Dancret et Starrett à droite et à gauche pour flanquer le lama, Soames s'en approchant avec précaution pour éviter qu'il ne prenne peur et ne s'enfuie. Mais, alors qu'il en était tout près, l'animal se mit à galoper gracieusement en direction d'une autre butte.

L'espace d'un instant, Graydon crut voir sur la crête de ce monticule le personnage bariolé, son bâton rouge levé en direction du lama. Il regarda plus attentivement et jugea que ses yeux lui avaient joué un tour, car la crête était déserte. Le lama y accéda par bonds légers. Comme ils l'avaient fait auparavant, Soames et les deux autres le cernèrent. Ils escaladèrent le monticule.

Aussitôt, les cors des elfes retentirent, menaçants. Les trois hommes hésitèrent, interrompirent leur ascension. Puis Starrett se laissa glisser en bas, recula de quelques pas, leva son revolver et tira. Le lama blanc tomba.

« L'imbécile! Le sacré imbécile! » grommela Graydon.

Le silence qui suivit le coup de feu fut rompu par une tempête des cors des elfes. Elle s'abattit sur le trio. Dancret poussa un cri de douleur et courut vers le camp en battant l'air de ses bras. A mi-parcours, il tomba et demeura immobile. Et Soames et Starrett, eux aussi, frappaient l'air à grands coups, en se courbant et en esquivant avec des gestes de boxeur. Les cors des elfes faisaient maintenant un vacarme endiablé, la mort se glissant sous leurs notes.

Starrett tomba à genoux, se releva et s'éloigna en titubant. Il retomba, non loin de Dancret et, comme lui, resta immobile. C'était maintenant au tour de Soames d'aller au tapis, ayant lutté jusqu'au bout. Les trois hommes gisaient, inertes, sur le sable.

Graydon se secoua, résolut d'agir et s'élança en avant. Il sentit qu'on lui tapotait l'épaule. Son corps fut frappé d'engourdissement. Il tourna la tête avec peine. Le personnage bariolé se tenait derrière lui. C'était le bâton rouge de celui-ci qui l'avait privé du pouvoir de bouger, tout comme il avait paralysé l'homme-araignée pour le livrer aux mâchoires des dinosaures.

Le bâton rouge s'orienta vers les trois corps. Aussitôt, comme sous l'effet d'un ordre, la clameur des cors s'éloigna d'eux, s'éleva haut dans les airs, et se tut. Au sommet du monticule, le lama se relevait péniblement. Une bande de carmin rayait l'un de ses flancs d'argent, la marque laissée par la balle de Starrett. Le lama descendit la pente en boitillant.

En passant devant Soames, il le renifla. Le Néo-Anglais souleva la tête. Il essaya de se mettre debout, et retomba. Le lama le renifla une nouvelle fois; Soames parvint à se mettre à quatre pattes; les yeux fixés sur les paniers d'or, il se mit à ramper derrière l'animal.

Le lama allait d'un pas lent, raide. Il se dirigea vers le corps de Starrett et le frôla comme il l'avait fait pour Soames. Et la tête massive de Starrett se souleva et il essaya de se mettre debout, échoua tout comme avait échoué Soames et, comme lui, il se mit à ramper derrière la bête.

Le lama s'arrêta auprès de Dancret. Celui-ci bougea, tituba, et le suivit à quatre pattes.

Le lama atteignit le feu de camp et poursuivit sa route. Les trois rampants parvinrent au feu et allaient emboîter le pas au lama quand le personnage bariolé abaissa sa baguette. Les trois hommes cessèrent aussitôt de ramper. Ils s'effondrèrent auprès des cendres ardentes comme si toute vie les avait brutalement abandonnés.

Graydon fut libéré de son étrange paralysie aussi vite qu'il en avait été la proie. Suarra accourut près de lui aux côtés du lama qu'elle caressait et dont elle s'efforçait d'étancher le sang.

Graydon se pencha sur le trio. Ils avaient une respiration stertoreuse, les yeux mi-clos et révulsés, de telle sorte qu'on n'en voyait que le blanc. Leurs chemises étaient réduites en charpie. Et ils avaient sur la figure, la poitrine et le dos des douzaines de petits trous, aux bords si nets qu'ils paraissaient avoir été faits à l'aide d'un poinçon d'acier bien aiguisé. Certains saignaient mais, sur la plupart d'entre eux, le sang avait déjà séché.

Il les examina, intrigué. Les blessures étaient certes assez graves mais, à ce qu'il lui semblait, ce n'était pas à elles qu'était dû l'état dans lequel se trouvaient les trois hommes. L'hémorragie n'avait pas été d'une importance suffisante pour provoquer la perte de connaissance; aucune artère n'avait été atteinte, aucune grosse veine non plus.

Il prit un seau et alla tirer de l'eau au ruisseau. A son retour, il constata que Suarra avait remis le lama sur pied et l'avait reconduit à sa tente. Il s'arrêta, débarrassa l'animal des paniers d'or, et examina la blessure. La balle avait labouré presque entièrement la partie supérieure du flanc gauche, mais sans toucher l'os. Il retira le plomb, nettoya et pansa la blessure avec des bandes d'étoffe de soie que lui tendit la jeune fille. Il accomplit tout cela en silence, elle-même ne disant pas un mot non plus.

Il reprit de l'eau au ruisseau, et regagna son propre camp. Il remarqua que le personnage à la cagoule avait rejoint la jeune fille. Il sentit, au passage, les yeux dissimulés se poser sur lui. Il étala des couvertures et y installa Soames, Dancret et Starrett. Ils étaient sortis de leur torpeur et paraissaient dormir normalement. Il lava le sang qui leur maculait le visage et le corps, et appliqua de la teinture d'iode dans les plus profonds des trous en forme de coups de bec. Rien n'indiquait que ses soins les eussent réveillés.

Graydon les couvrit, s'éloigna du feu et s'allongea sur le sable. Le pressentiment d'un malheur ne le quittait pas, il s'attendait à un funeste coup du sort. Et au moment où il s'assit là, combattant la dépression qui sapait son courage, il entendit des pas légers, et Suarra prit place auprès de lui. Il mit sa main sur la sienne. Elle se pencha vers lui, son épaule le frôlant, ses cheveux vaporeux lui caressant la joue.

« Cette nuit est la dernière, Graydon, murmura-t-elle d'une voix tremblante. La dernière nuit! Aussi ai-je obtenu la permission de m'entretenir avec toi un instant. »

Il ne répondit rien, se contentant de la regarder et de lui sourire. Elle interpréta comme il convenait ce sourire.

« Ah, mais c'est ainsi, Graydon, dit-elle. J'ai promis. Je t'avais dit que je te sauverais si je le pouvais. Je me suis rendue auprès de la Mère et lui ai demandé de t'aider. D'abord, elle a ri. Mais quand elle vit combien je prenais la chose au sérieux, elle s'est montrée gentille. Finalement, elle m'a promis, de femme à femme – car, après tout, la Mère *est* femme –, elle m'a promis que si tu possédais en toi ce qui lui ferait écho, elle t'aiderait lorsque tu seras devant le Visage et...

– Le Visage, Suarra? l'interrompit-il.

– Le Visage dans l'abîme! dit-elle en frissonnant. Je ne peux t'en dire davantage là-dessus. Il... Tu devras te présenter devant lui. Toi, et ces trois-là. Et, oh! Graydon, ne te laisse pas vaincre par lui... Il ne faut pas... »

Elle retira sa main de sous la sienne, la serra très fort. Il l'attira près de lui. Elle se reposa un instant sur sa poitrine.

« La Mère a promis, dit-elle, et j'ai alors connu l'espoir. Mais elle y a mis cette condition, Graydon... si, grâce à elle, tu échappes au Visage, il te faudra immédiatement quitter cette terre interdite, n'en parler à personne au-delà de ses frontières, à personne, même à l'être qui t'est le plus proche ou le plus cher. Je l'ai promis en ton nom, Graydon. Donc..., elle hésita, donc... cette nuit est la dernière... »

Son cœur s'obstinait à ne pas y croire. Mais il ne prononça pas une parole et, après un court silence, rêveuse, elle dit :

« Est-ce qu'il y a une jeune fille qui t'aime – ou que tu aimes – dans ton pays, Graydon?

– Non, Suarra, répondit-il.

– Je te crois, dit-elle simplement, et je partirais avec toi, si cela était possible. Mais je ne le peux pas. La Mère m'aime et a confiance en moi. Et moi aussi je l'aime – énormément. Je ne pourrai pas la quitter, même pour... »

Elle arracha brusquement sa main de la sienne, la serra et s'en frappa la poitrine.

« Je suis lasse de Yu-Atlanchi! Oui, lasse de son antique sagesse et de ses gens immortels! Je voudrais aller dans le monde moderne, où il existe des bébés, beaucoup de bébés, et le rire des enfants, où la vie s'écoule rapidement, impétueusement, même si c'est finalement par la porte ouverte de la mort qu'elle finit par s'écouler. Car, en Yu-Atlanchi, ce n'est pas seulement la porte de la mort, mais aussi la porte de la vie, qui est fermée. »

Il lui prit la main dont elle se frappait, et la calma.

« Suarra, dit-il, je marche dans les ténèbres, et tes paroles m'éclairent bien peu. Dis-moi, quel est ton peuple?

– Le peuple ancien, lui dit-elle. Le plus ancien. Il y a des siècles et des siècles, il est venu du sud où il avait vécu tranquille au cours d'autres siècles. Un jour, la terre se mit à trembler et à vaciller. C'est alors que survinrent le grand froid et les ténèbres, et les tempêtes glacées. Et une grande partie de mon peuple périt. Le restant de la population s'embarqua sur des bateaux pour se rendre au nord, emmenant avec elle les vestiges du peuple serpent qui lui avait enseigné l'essentiel de son savoir. Et la Mère est la dernière représentante de ce peuple.

« Les gens étaient venus s'installer là. A cette époque, la mer était proche et les montagnes n'étaient pas encore nées. Ils découvrirent que des hordes de Xinlis occupaient le territoire. Ils étaient grands, bien plus grands que ceux de maintenant. Les gens de ma race détruisirent la plupart d'entre eux et élevèrent et dressèrent pour leur propre usage ceux qu'ils avaient épargnés. Et pendant une autre ère, ils vécurent ici comme ils avaient vécu dans le sud, où leurs maisons étaient maintenant enfouies sous des montagnes de glace.

« Puis il y eut des tremblements de terre et les montagnes commencèrent à se dresser. La science de ces gens n'était pas assez forte pour qu'ils pussent empêcher les montagnes de naître, mais ils pouvaient contrôler leur croissance autour des villes. Lentement, régulièrement, au cours d'une autre ère, les montagnes gagnèrent en hauteur. Et, finalement, elles ceignirent Yu-Atlanchi comme un vaste mur, un mur qu'il était impossible de franchir. Mais mon peuple s'en moquait; en réalité, il s'en réjouissait. Parce que, à cette époque, les Seigneurs et la Mère avaient fermé la porte de la mort. Et mon peuple ne se souciait plus de se rendre dans le monde extérieur. Et c'est ainsi qu'il vécut pendant d'autres siècles encore. »

Elle redevint muette, songeuse. Graydon la regardait, luttant pour dissimuler son incrédulité. Un peuple qui avait vaincu la mort! Comment croire en cela? Un peuple si vieux que ses antiques cités étaient recouvertes par les glaces de l'Antarctique! Cela, à la rigueur, c'était possible. Il est certain que le continent antarctique avait jadis bénéficié des rayons d'un chaud soleil. La preuve en était donnée par les fossiles de palmiers et d'autres végétaux tropicaux qu'on y avait trouvés. Il est certain que ce qu'on appelle aujourd'hui les pôles ne l'ont pas toujours été. Que le changement soit intervenu à la suite d'une brusque inclinaison de l'axe de la terre, ou par un rajustement progressif, c'est un point sur lequel les scientifiques ne sont pas d'accord. Mais quoi qu'il se soit produit, cela a dû se passer il y a au moins un million d'années. Si l'histoire de Suarra est vraie, si elle ne se fait pas uniquement l'écho d'un mythe, l'origine de l'homme remonte à des temps incroyablement reculés.

Et pourtant... il se pourrait... les mystères ne manquent pas... des légendes de territoires disparus et de civilisations oubliées qui doivent trouver quelque fondement dans la réalité... la Terre Mère de Mu, l'Atlantide, la race inconnue qui régna sur l'Asie, venue de Gobi, alors que ce sinistre désert était un vert paradis... oui, c'était possible. Mais que ce peuple ait vaincu la mort? Non! Ça, il ne pouvait pas le croire.

Il s'exprima avec une irritation qui démentaient ses doutes.

« Puisque ton peuple possédait une telle sagesse, une telle science, pourquoi n'est-il pas sorti pour régner sur le monde?

– Pourquoi l'aurait-il fait? demanda-t-elle à son tour. S'il était sorti, qu'aurait-il pu faire d'autre que d'édifier le reste du monde sur le modèle du Yu-Atlanchi actuel – comme celui-ci a été édifié sur le modèle du vieil Yu-Atlanchi? Ne t'ai-je pas dit que lorsque fut fermée la porte de la mort, la porte de la vie l'a été aussi? Il est vrai qu'il y a toujours eu des gens qui auraient préféré que l'on ouvre ces portes toutes grandes – mon père et ma mère étaient de ceux-là, Graydon. Mais ils sont peu nombreux, si peu nombreux! Non, mon peuple n'avait aucune raison de franchir la barrière. Il trouvait ici tout ce qu'il désirait, tout ce dont il avait besoin.

« Et il y avait une autre raison. Mon peuple avait maîtrisé le rêve. Au moyen du rêve, les gens créent leurs propres mondes, y agissent selon leur gré, y vivent une vie après l'autre s'ils le veulent. Dans leurs rêves, ils modèlent monde après monde – et chacun de ces mondes a autant de réalité pour eux que celui-ci en a pour toi. Pourquoi s'en iraient-ils ou pourquoi sortiraient-ils pour se rendre dans ce monde unique alors qu'ils peuvent à volonté en créer des myriades bien à eux?

– Suarra, dit-il soudain, dis-moi seulement pourquoi tu voulais me sauver?

– Parce que, murmura-t-elle lentement, parce que tu m'as fait éprouver ce que je n'avais encore jamais éprouvé. Parce que tu me rends heureuse, parce que tu me rends triste! J'ai envie d'être près de toi. Quand tu partiras, le monde s'assombrira...

— Suarra! » cria-t-il, et il la serra contre lui, sans qu'elle lui oppose cette fois de résistance. Il chercha sa bouche et leurs lèvres s'unirent.

« Je reviendrai, murmura-t-il. Je reviendrai, Suarra.

— Reviens! » Elle lui passa ses doux bras autour du cou. « Reviens-moi, Graydon! »

Elle l'écarta, se releva.

« Non! Non! sanglota-t-elle. Non, Graydon! Je suis mauvaise. Non... cela signifierait la mort pour toi.

— Aussi vrai que Dieu existe, lui dit-il, je te reviendrai. »

Elle tremblait; elle se pencha, pressa une nouvelle fois ses lèvres contre les siennes, échappa à ses bras et courut vers la tente de soie. Elle s'arrêta un instant, tendit tristement les mains vers lui, et disparut sous la tente d'où il lui sembla que lui parvenait le faible son de sa voix, que seul son cœur pouvait entendre...

« Reviens! Reviens-moi! »

Chapitre VI

Le Visage dans l'abîme

Le sable blanc de la lande pâlissait dans l'aube naissante. Un vent froid soufflait des hauteurs. Graydon se rendit auprès des trois hommes et écarta les couvertures. Ils respiraient normalement, paraissaient dormir d'un profond sommeil. Les étranges orifices de leurs blessures s'étaient refermés. Pourtant on aurait dit des morts, livides et blêmes comme le sable pâle s'étendant sous les lueurs de l'aube.

Il prit le revolver que Soames portait à sa ceinture, se réjouit de ce qu'il était convenablement chargé et le glissa dans sa poche. Ensuite il vida toutes leurs armes. Quel que soit le péril auquel ils auraient à faire face, il avait la certitude qu'il serait d'une nature telle que les armes à feu se révéleraient inutiles. En outre, il n'avait nulle envie de se retrouver à leur merci.

Il retourna auprès du feu, fit le café, prépara le petit déjeuner et revint vers les trois dormeurs. Alors qu'il les observait, Soames grogna et s'assit. Ses yeux sans expression se fixèrent sur Graydon, puis il se leva en titubant. Il inspecta les environs d'un regard inquiet. Il aperçut les paniers d'or auprès de la tente de Suarra. De ternes ses yeux devinrent brillants, et son visage s'imprégna d'une sorte de joie mauvaise.

« Tiens, Soames, avale un peu de café chaud. » Graydon lui toucha le bras.

Soames se retourna en poussant un grognement, sa main se portant sur la crosse de son automatique. Graydon fit un pas en arrière, ses doigts se refermant sur le revolver qu'il avait dans sa poche. Mais Soames ne fit pas d'autre geste dans sa direction. Il regardait à nouveau les paniers, brillant dans le soleil levant. Il bougea Starrett avec son pied, et le gros homme se leva, les jambes molles, en grommelant. En remuant, il réveilla Dancret.

Soames montra les paniers d'or du doigt, prit d'un pas raide la direction de la tente de soie, son pistolet inutile à la main, Starrett et Dancret sur ses talons. Graydon s'apprêta à les suivre. Quelqu'un lui donna une légère tape sur l'épaule. Suarra était à son côté.

« Laisse-les agir à leur guise, Graydon, dit-elle. Ils ne peuvent plus faire de mal à personne, à présent. Et personne ne peut plus rien pour eux. »

Ils regardèrent en silence Soames ouvrir brutalement le panneau d'entrée de la tente où il pénétra. Il en ressortit un instant plus tard, et les trois hommes se mirent à arracher les piquets d'or. Soames fit un paquet de la tente et des piquets et les jeta dans l'un des paniers. Ils revinrent en se traînant jusqu'au camp, Starrett et Dancret tirant les paniers derrière eux.

Alors qu'ils paraissaient devant lui, Graydon éprouva un sentiment de surprise mêlée d'un rien de terreur. Ils avaient perdu une partie de leur caractère humain. Leurs regards étaient vides sauf quand, en tournant la tête, ils les posaient sur le fardeau d'or. Ils parvinrent aux ânes et fixèrent les paniers sur deux d'entre eux.

« Le moment est venu de nous mettre en route, Graydon, observa Suarra. Le Seigneur de la Folie s'impatiente. »

Il la regarda, puis éclata de rire, pensant qu'elle plaisantait. Elle porta son regard sur le personnage bariolé.

« Pourquoi ris-tu? demanda-t-elle. Il est là, à nous attendre – le Seigneur Tyddo, le Seigneur de la Folie, de tous les Seigneurs, le seul qui n'ait pas abandonné Yu-Atlanchi. La Mère ne m'aurait pas laissée faire ce voyage sans lui. »

Il la considéra plus attentivement – cela, sûrement, était une blague. Mais le sérieux, la gravité se lisaient dans ses yeux lorsqu'il croisa son regard.

« Je m'incline devant la sagesse de la Mère, dit-il d'un ton aigrement ironique. Elle ne pouvait choisir meilleure escorte. Pour notre bien à tous. »

Elle rougit, lui prit la main.

« Tu es en colère, Graydon. Pourquoi? »

Il ne répondit pas; elle soupira et s'éloigna lentement.

Il se rendit auprès du trio. Ils étaient debout, près des cendres fumantes, muets et immobiles. Il fut secoué par un frisson tant ils avaient l'allure de morts en attente d'un ordre macabre. Il éprouva un sentiment de pitié à leur égard.

« En route, cria-t-il à Suarra. Pour l'amour de Dieu, en route! »

C'était maintenant la mystérieuse escorte de Suarra qui marchait en tête, tandis qu'entre lui et la fille trottinaient les ânes.

« Allons, Soames, dit-il. Viens, Starrett. C'est l'heure de partir, Dancret. »

Docilement, les yeux fixés sur les paniers de métal jaune, ils prirent la piste, cheminant côte à côte, le maigrichon à gauche, le géant au centre, le petit à droite. Ils avançaient comme des marionnettes. Graydon leur emboîta le pas.

Ils traversèrent la lande sablonneuse, et prirent une piste serpentant à travers une végétation dense, des arbres énormes. Ils la suivirent pendant une heure. Elle déboucha brusquement sur une large plate-forme de pierre nue. Devant eux se dressaient les parois d'une montagne découpée. Ses précipices avaient des centaines de pieds de profondeur. Ils étaient séparés par une étroite crevasse qui s'élargissait vers le haut. La plate-forme en constituait le seuil.

Celui que Suarra avait appelé le Seigneur de la Folie franchit le seuil, suivi de Suarra; vinrent ensuite les trois hommes à la démarche raide. Ce fut enfin le tour de Graydon.

Le chemin descendait. Il ne vit ni arbres ni la moindre végétation, à moins que l'on ne désigne ainsi le vieux lichen, gris et sec, qui recouvrait le sentier et crissait sous les pieds. Mais il donnait de l'adhérence, ce lichen; il facilitait la descente. Il recouvrait la pierre des parois qui se dressaient droites, de chaque côté. Du bord de la gorge, à des dizaines de mètres plus haut, tombait une faible lumière. Mais on eût dit que le lichen la captait pour la diffuser. Il ne faisait pas plus sombre qu'aux premières heures d'un crépuscule septentrional; on distinguait parfaitement tous les objets. Ils descendaient, et descendaient toujours; une demi-heure; une heure. La route continuait à s'étendre droit devant eux, d'une largeur constante, la lumière ne diminuant pas.

Puis le lichen devint de plus en plus rare sur les parois et sous les pieds. Et plus il se raréfiait, plus faible devenait la lumière.

Finalement, il n'y eut plus de lichen. Il avançait dans une semi-obscurité dans laquelle c'est à peine s'il pouvait distinguer, sinon comme des ombres, ceux qui le précédaient. Et il était maintenant certain que les pierres s'étaient réunies au-dessus d'eux, qu'ils étaient enterrés. Il lutta contre l'impression de suffocation qui s'associa à l'acquisition de cette certitude.

Et pourtant, il ne faisait pas si noir, après tout. Étrange, pensa-t-il, étrange que la lumière puisse pénétrer dans ce chemin couvert, et plus étrange encore était cette lumière elle-même. Elle semblait être dans l'air, être partie intégrante de l'air. Elle ne provenait ni des parois ni d'un toit. Elle paraissait s'infiltrer, se glisser, tout au long du tunnel, sa source se situant très loin au-dessus, une lumière dont on aurait dit qu'elle était fournie par le rayonnement d'atomes qui devenaient progressivement plus denses. Le chemin était de plus en plus éclairé, puis il tourna brusquement.

Ils se trouvaient dans une caverne qui ressemblait à un grand auditorium carré destiné à quelque gigantesque scène. Peut-être cette idée était-elle venue à l'esprit de Graydon à cause de la paroi de pierre lisse qui s'élevait à une hauteur de trente mètres. Elle formait comme un rideau, levé à deux ou trois centimètres du sol. C'est par cette fente que s'écoulaient les atomes qui voletaient lentement dans le tunnel et dont le rayonnement emplissait celui-ci d'une luminosité en constante progression. Ici, ils s'écoulaient rapidement, comme d'innombrables essaims de lucioles qui porteraient chacune une lampe minuscule ayant l'éclat du diamant.

Alors qu'il inspectait l'endroit en quête d'une issue, le rideau de pierre bougea. Il s'ouvrit en deux sans bruit, l'ouverture ainsi créée ayant un peu plus d'un mètre de large. Il tourna la tête – le maigrichon, le petit, le géant se tenaient à son côté, le regard vide, indifférent...

Il crut voir la canne rouge du Seigneur de la Folie passer au-dessus de leurs têtes... comment cela aurait-il pu être possible?... Le personnage muet, bariolé était là-bas, bâton en main, loin à l'entrée de la caverne.

Il entendit le juron nasillard de Soames, le hurlement de Starrett, le sifflement de Dancret. Il se retourna vers eux. Disparue, elle avait totalement disparu cette extraordinaire inertie qui l'avait tant intrigué, disparue cette imprécision dans les gestes et les propos. Ils étaient vivants, actifs, redevenus eux-mêmes.

« Qu'est-ce que c'est que ce foutu endroit, Graydon? Comment diable suis-je arrivé là? » Soames lui enserra le poignet dans sa main de fer. Suarra répondit pour lui.

« C'est la maison du trésor où j'avais promis...

– Ouais? » Le grognement bestial le fit taire. « C'est à toi que je parle, Graydon. Comment suis-je arrivé ici? Tu le sais, Danc'? Et toi, Bill? »

Leur air interloqué lui servit de réponse. Il colla son fusil dans les côtes de Graydon.

« Vas-y, accouche! »

Ce fut encore Suarra qui répondit avec calme.

« Que vous importe la façon dont vous êtes venus, puisque vous voilà ici, tous les quatre. Là, d'où sort la lumière, se trouve la caverne où les bijoux poussent sur les murs comme des fruits, et où l'or coule comme de l'eau. Vous pouvez faire comme chez vous et vous servir. Allez-y, servez-vous. »

Il abaissa son fusil, lui scruta le visage, d'un air méchant. « Et, qu'est-ce qu'il y a encore là-dedans, frangine?

– Il n'y a rien d'autre, dit-elle. Sauf un grand visage sculpté dans la pierre. »

Les secondes s'écoulèrent lentement tandis qu'il la jaugeait. « Seulement un visage sculpté dans la pierre, hein? dit-il enfin. Bon, alors nous allons y jeter un coup d'œil tous ensemble. Dis à ton homme qu'il vienne ici.

– Non, dit-elle fermement. Nous ne vous accompagnerons pas plus loin. Vous devez y aller seuls. Je vous ai dit et je vous répète, vous n'avez rien à craindre, à l'exception de ce qui est en vous. Imbéciles que vous êtes! Si nous avions voulu vous tuer, est-ce que nous n'aurions pas pu vous livrer aux Xinlis? Avez-vous oublié la nuit dernière, lorsque vous poursuiviez le lama? J'ai tenu la promesse que je vous ai faite. Inutile de discuter davantage. Et prenez garde à moi, veillez à ne plus me mettre en colère! »

Graydon vit Soames pâlir lorsqu'elle lui parla du lama, et il remarqua le regard furtif de celui-ci en direction de Dancret et de Starrett qui, eux aussi, avaient blêmi. Le Néo-Anglais resta une minute plongé dans ses réflexions. Quand il reprit la parole, ce fut sur un ton calme et sans s'adresser à elle.

« Très bien. Nous avons déjà fait tant de chemin que nous ne repartirons pas sans jeter un coup d'œil sur les lieux. Danc', prends ton fusil et va à l'endroit par où nous sommes entrés. Braque le vieux mannequin et monte la garde. Bill et moi, nous resterons auprès de la fille. Et toi, monsieur Graydon, tu vas aller bigler la taule et nous dire ce que tu vois. Tu peux prendre ton flingue. Si on t'entend tirer, on saura qu'il y a quelque chose, sauf de l'or et des bijoux et... quoi déjà?... ah! ouais, un visage de pierre. Vas-y, monsieur Graydon... en route. »

Il le poussa vers l'orifice d'où sortaient les rayons, et Starrett et lui encadrèrent la fille. Graydon observa qu'ils prenaient grand soin de ne pas la toucher. Il jeta un rapide coup d'œil sur Dancret, à l'entrée de la caverne. Suarra leva le visage dans sa direction. Dans ses yeux se lisaient la tristesse, l'angoisse – et l'amour!

« Souviens-toi! dit-il. Je te reviendrai! »

Soames ne pouvait connaître le sens caché de cet adieu, il le prit à la lettre.

« Si tu ne reviens pas, ricana-t-il, il lui arrivera des drôles de bricoles! C'est moi qui te le dis, mon pote. »

Graydon ne répondit pas. Il se dirigea vers l'ouverture du rideau, libérant son automatique tout en marchant. Il entra et se trouva en plein dans la course des rayons. Le couloir pratiqué avait un peu plus de trois mètres de long. Parvenu au bout, il demeura figé. Le pistolet tomba de sa main inerte et heurta bruyamment la pierre.

Il parcourut du regard une vaste caverne pleine d'atomes à l'éclat de diamant. Cela ressemblait à un immense globe vide qui aurait été coupé en deux et dont on aurait jeté l'une des moitiés. La luminosité jaillissait de ses parois cintrées, et celles-ci, d'un noir de jais, étaient polies comme des miroirs. Les rayons qui en sortaient paraissaient provenir de l'infinie profondeur des parois elles-mêmes et circulaient à une vitesse prodigieuse en tous sens – pareils à ceux jaillissant des inconcevables profondeurs d'une eau noire sous laquelle brillerait un soleil incandescent à l'éclat de diamant.

Sur ces parois cintrées, suspendus comme les grappes d'inestimables joyaux dans les vignobles enchantés du paradis d'El-Chiraz ou comme les fleurs dans le jardin du roi des Djinns, poussaient des bouquets de pierres précieuses!

De gros cristaux, certains taillés en cabochon, d'autres à facettes, des sphériques et des polygonaux, auxquels une lumière joyeuse donnait vie et qui possédaient l'âme de ce feu qui confère aux joyaux leur attrait, des joyaux inconnus, merveilles d'une si extraordinaire beauté que le cœur cessait de battre lorsqu'on les contemplait.

Mais si Graydon était pétrifié, si son automatique avait glissé de sa main inerte, les bouquets de joyaux de la salle des rayonnements n'en étaient pas responsables.

C'était... le Visage!

De l'endroit où il se trouvait, une volée de marches cyclopéennes descendait au cœur de la caverne. A gauche, il y avait la demi-sphère de pierre étincelante de gemmes de toutes sortes. A droite, le vide. Un abîme dont il ne pouvait voir l'autre bord, mais qui tombait à pic de l'escalier dans un trou sans fond.

Le Visage le regardait de l'extrême bout de la caverne. Sans corps, son menton reposait sur le sol. Colossal, ses yeux faits de bleu clair étaient à hauteur des siens. Il était taillé dans la même roche noire que les parois, mais sans la moindre étincelle des voletantes luminescences.

C'était, tout à la fois, le visage d'un homme et celui d'un ange déchu, luciférien, impérieux, cruel et magnifique. Sur son large front trônait la puissance, une puissance qui aurait pu être bienfaisante à l'égal de celle d'un dieu, si elle en avait ainsi décidé, mais qui avait au contraire choisi le service de Satan.

Le sculpteur émérite, quel qu'il ait été, en avait fait le suprême symbole de l'éternel et impitoyable appétit de pouvoir de l'homme. Cet appétit était concentré dans le Visage, on lui avait donné corps et forme, on l'avait rendu tangible. Et comme y répondant, Graydon le sentit monter et s'éveiller en lui, devenir rapidement de plus en plus fort, s'enfler constamment, telle une vague, recouvrant et menaçant de submerger les barrières de raison qui avaient endigué cet appétit.

Au fond de lui, quelque chose résistait à cette marée montante du mal, luttait pour l'empêcher de répondre à l'invitation du Visage, combattait pour qu'il détourne les siens des yeux bleu pâle.

C'est alors qu'il s'aperçut que tous les rayons, tous les atomes lumineux étaient dirigés en plein sur le Visage et qu'un large cercle d'or était posé sur son front. De ce cercle tombaient des gouttelettes d'or, de la sueur d'or. Elles coulaient lentement sur ses joues. Des yeux s'évadaient aussi des gouttes d'or, comme des larmes. Et de chaque coin de son impitoyable bouche dégouttaient des globules d'or, sorte de salive. Sueur d'or, larmes d'or et salive d'or dégoulinaient pour se rejoindre dans un ruisseau d'or qui, venu de derrière le Visage, rejoignait le bord de l'abîme d'où il s'élançait dans les profondeurs.

« Regarde-moi dans les yeux! Regarde-moi dans les yeux! »

Il lui sembla que le Visage avait parlé, qu'on ne pouvait lui désobéir. Il obéit effectivement. La vague monta d'un bond, brisa toutes les amarres.

La terre et la domination de la terre, voilà ce que lui promettaient les yeux du Visage! Et ils firent couler en lui une brûlante extase, une incitation à la témérité, un sentiment joyeux de libération à l'égard de toutes les lois.

Il banda ses muscles pour dévaler les marches, pour courir droit à ce gigantesque masque de pierre noire qui suait, pleurait, salivait de l'or, pour s'emparer de ce qu'il lui offrait, quel qu'en fût le prix...

Une main s'abattit sur son épaule, une voix lui parvint aux oreilles, la voix de Soames :

« Tu mets un sacré bougre de temps, non... »

Puis ce fut un hurlement hystérique, aigu :

« Bill, Danc', venez vite! Regardez ça! Par le Christ... »

Il fut précipité par terre; on le fit bouler. Dans leur course impétueuse, les trois hommes le piétinèrent, lui lancèrent des coups de pied à lui en couper le souffle. En suffoquant, il se mit à quatre pattes, fit des efforts pour se relever.

Brusquement, les cris et les murmures du trio se turent. Ah... il connaissait la raison de ce silence... ils regardaient les yeux du Visage... ils lui faisaient la même promesse qu'à lui...

Par Dieu! on ne pouvait pas les laisser emporter ça! La terre et la domination de la terre... C'était à lui qu'il appartenait de les emporter... c'est à lui que le Visage les avait d'abord promises...

Il s'élança à la poursuite du trio...

Il reçut un coup en pleine poitrine, frappé comme par l'aile d'un immense oiseau. Sous le choc, il recula et se retrouva de nouveau à quatre pattes. Il se remit sur ses jambes en sanglotant, chancela, puis regagna les marches en titubant... les yeux du Visage... les yeux... il y puiserait la force... ils allaient...

Sur l'air irradiant qui le séparait du Visage, le corps vaporeux à demi recouvert d'écailles, était allongée la forme fantomatique de cet être, mi-femme mi-serpent, dont Suarra portait l'image à son bracelet, cet être qu'elle avait appelé la Mère-Serpent.

Tout à la fois réelle et irréelle, elle flottait. Les atomes endiamantés, tournoyants, l'environnaient et la traversaient. Il la voyait et, à travers elle, il pouvait encore voir nettement le Visage. Son regard pourpre ne la lâchait pas.

La Mère-Serpent... qui, de femme à femme, avait promis à Suarra qu'elle viendrait à son secours... s'il possédait en lui ce qui lui permettrait de profiter de son aide.

Suarra!

A son souvenir, la passion et le poison que les yeux du Visage avaient déversés en lui disparurent. Il plongea hardiment son regard dans les yeux du Visage. Ce n'étaient que des cristaux bleu pâle. Le Visage lui-même n'était qu'une pierre taillée. Le charme qu'il exerçait sur lui était rompu!

Il regarda au bas de l'escalier. Soames, Starrett et Dancret étaient à son pied. Ils couraient toujours – droit vers le Visage. Dans la luminosité cristalline, ils ressemblaient à des personnages animés découpés dans du carton noir. Une silhouette mince et efflanquée, une silhouette géante et une autre, petite, courant côte à côte. Ils étaient maintenant à la pointe de l'énorme menton. Il les observa alors qu'ils s'y étaient arrêtés un instant, se battant, essayant de s'écarter mutuellement. Puis, comme un seul homme, et comme répondant à l'appel d'une irrésistible injonction, ils entreprirent l'escalade du menton escarpé, grimpant vers le froid regard bleu et vers ce qu'il leur avait promis.

Et ils se trouvaient à présent au beau milieu des rayons conducteurs, au cœur de la tempête d'atomes lumineux. Ils se détachèrent sur la pierre noire, un peu plus sombres qu'elle, immobiles comme trois hommes de carton.

Ils devinrent gris, leurs contours se firent de plus en plus vaporeux. Ils interrompirent leur escalade. Ils se contorsionnèrent...

Ils disparurent!

A l'endroit où ils s'étaient tenus, ne subsistaient que trois traînées d'un nuage taché de sang. Les traînées se dissipèrent.

Elles furent remplacées par trois grosses gouttes d'or.

Paresseusement, elles se mirent à couler le long du Visage. Elles se rassemblèrent. N'en firent plus qu'une. Elle roula lentement vers le sinueux ruisseau d'or; s'y mêla; fut emportée jusqu'au bord de l'abîme...

Puis tomba dans le gouffre.

D'un point situé très haut au-dessus du gouffre éclatèrent les cors des elfes, le bruit de rapides battements d'ailes invisibles. Et tout à coup, dans l'étrange lumière de la caverne, Graydon les vit. Ils avaient des corps de serpents aux écailles d'argent. Ils étaient ailés. Ils plongeaient, planaient, tourbillonnaient devant le Visage avec des ailes de neige.

Des serpents ailés, aux plumes d'oiseaux de paradis, aux becs comme des rapières acérées. Des serpents ailés lançant leurs péans de trompettes féeriques tandis que le ruisseau sinueux que Soames, Dancret, Starrett alimentaient partiellement, tombait goutte à goutte, lentement, très lentement, au fond de l'abîme.

Graydon s'affala sur une marche, écœuré, dégoûté jusqu'au plus profond de lui-même. Il franchit à quatre pattes l'ouverture du rideau de pierre, échappant à l'éclat de la lumière diamantine, au spectacle du Visage et au vacarme des trompettes des serpents volants.

Il vit Suarra courir vers lui.

Et il perdit connaissance.

Chapitre VII

La frontière surveillée

Graydon rouvrit les yeux dans une clairière de la forêt dont le feuillage vert pâle répandait sur lui son ombre. Il était allongé sur sa couverture et, tout près de lui, son âne broutait tranquillement.

Quelqu'un bougea dans l'ombre et se dirigea vers lui. C'était un Indien, mais Graydon n'en avait jamais vu qui lui ressemblât tout à fait. Ses traits étaient nets et fins, sa peau tirant davantage sur l'olivâtre que sur le brun. Il était vêtu d'un corselet et d'un kilt de soie bleue fourrée. Un minuscule cercle d'or ceignait son front, il portait sur son dos un grand arc et un carquois rempli de flèches, et à la main une lance de métal noir. Il lui tendit un paquet enveloppé de soie.

Graydon ouvrit le paquet. Il contenait le bracelet de Suarra à l'effigie de la Mère-Serpent et une plume de *caraquenque* à la tige finement incrustée d'or.

« Où est celle qui m'a fait parvenir cela? » demanda-t-il. L'Indien sourit, secoua la tête, et se posa deux doigts sur les lèvres. Graydon comprit; le messager avait reçu des consignes de silence. Il remit la plume dans son écrin et la plaça dans une poche sur son cœur. Le bracelet, il l'enfila à grand-peine à son poignet.

L'Indien dressa l'index vers le ciel, puis vers la gauche en direction des arbres. Graydon comprit qu'il leur fallait se mettre en route. Il acquiesça de la tête et s'empara de la bride du bourricot. Une heure durant, ils marchèrent dans la forêt dépourvue de pistes pour autant qu'il pouvait en juger. Ils débouchèrent dans une étroite vallée encaissée entre de hautes collines. Au crépuscule, ils atteignirent une bande de pierre plate à travers laquelle vagabondait un petit ruisseau. C'est ici, indiqua l'Indien par signes, qu'ils passeraient la nuit.

Graydon attacha l'âne à un endroit où il pourrait brouter, alluma un feu et se mit en devoir de préparer un semblant de repas avec les vivres dont le stock s'amenuisait. L'Indien avait disparu. Il ne tarda pas à revenir avec une paire de truites. Graydon les fit cuire.

La nuit tomba et, avec elle, le froid andin. Graydon s'enroula dans sa couverture jusqu'aux oreilles, ferma les yeux et se mit à reconstituer dans la mesure du possible, chacune des étapes du voyage de l'après-midi, imprimant dans sa mémoire tous les repères qu'il avait soigneusement notés depuis qu'ils avaient émergé des arbres. Mais ceux-ci se fondirent bientôt en une fantasmagorie de cavernes incrustées de joyaux, de grands visages de pierre, de bondissants hommes d'or, en livrées de fou de cour, puis Suarra se mit à flotter parmi ces fantômes qu'elle chassa avant de disparaître, elle aussi...

L'après-midi était déjà avancé lorsque, après qu'ils eurent franchi une autre ceinture d'arbres, l'Indien s'arrêta au bord d'un vaste plateau s'étendant à l'ouest et à l'est. Il écarta quelques broussailles et pointa son index vers le bas. Graydon, suivant le doigt tendu, vit, à une trentaine de mètres sous lui, une apparence de piste – quelque coulée d'animal, pensa-t-il, sans trace du pied de l'homme. Il tourna son regard vers l'Indien, qui hocha la tête, désignant successivement du doigt l'âne et Graydon, puis la piste et la direction de l'est. Ensuite, il se montra lui-même et enfin le chemin par où ils étaient venus.

« C'est suffisamment clair! dit Graydon. La frontière de Yu-Atlanchi. Et voici l'endroit par où il m'est ordonné de m'éloigner sans retour. »

L'Indien rompit son silence. Il ne pouvait avoir compris ce qu'avait dit Graydon, mais il avait reconnu le nom de Yu-Atlanchi.

« Yu-Atlanchi », répéta-t-il d'un ton grave, en étendant la main derrière lui en un large geste. « Yu-Atlanchi! La mort! La mort! »

Il s'écarta et attendit que Graydon et l'âne fussent passés devant lui. Lorsque l'homme et l'animal furent parvenus en bas, il agita la main en signe d'adieu et disparut dans la forêt.

Graydon parcourut à petits pas environ deux kilomètres en direction de l'est, ainsi qu'on le lui avait indiqué. Il s'affala dans les broussailles et attendit une heure. Puis il fit demi-tour, revint sur ses pas et, poussant le bourricot devant lui, regrimpa la côte. Il n'avait qu'une idée, qu'un seul désir, rejoindre Suarra. Quel que puisse être le danger. Il s'approcha du bord du plateau et tendit l'oreille. Aucun bruit ne lui parvenait. Il passa devant l'âne, fit encore quelques pas.

Aussitôt, juste au-dessus de sa tête, retentit le son d'un cor, menaçant, irrité. Il y eut un bruissement de grandes ailes.

Instinctivement, il leva rapidement le bras. Celui au poignet duquel il avait passé le bracelet de Suarra. Les pierres pourpres étincelèrent dans le soleil. Le cor retentit à nouveau, sur le ton de la protestation. L'air fut agité de sifflements, comme si quelque invisible créature ailée cherchait frénétiquement à s'opposer à son envol.

Quelque chose frappa le bracelet en luisant comme un éclair. Quelque chose comme la pointe d'une épée lui traversa l'épaule exactement à la base du cou. Il sentit le sang couler. Quelque chose le frappa à la poitrine. Il bascula par-dessus le bord du plateau et boula jusqu'à la piste en bas.

Quand il revint à lui, il était allongé au pied de la côte, l'âne à son côté. Il avait dû rester évanoui un bon bout de temps car son épaule et son bras étaient raides, et les taches sur le sol témoignaient de ce qu'il avait perdu beaucoup de sang.

Il se releva en grognant. La blessure était trop mal placée pour qu'il pût la voir mais, pour autant qu'il pût en juger, elle formait un trou net. Quel que fût l'objet qui l'avait provoquée, il avait traversé les muscles de l'épaule et du cou. Il devait avoir raté l'artère d'un cheveu, songea-t-il, en pansant avec difficulté la coupure.

Il ne connaissait pas la nature de l'objet, mais il savait *qui* l'avait blessé. Un de ces serpents à plumes qu'il avait vus au-dessus de l'abîme du Visage! Un de ces messagers, ainsi que les avait appelés Suarra, et qui, inexplicablement, les avaient laissés franchir tous les quatre les frontières de la terre interdite.

Il aurait pu le tuer... il avait eu sûrement l'intention de le faire... Qu'est-ce qui avait empêché que le coup fût mortel? Il s'efforça de réfléchir... Dieu! comme la tête lui faisait mal! Qu'est-ce qui avait détourné l'objet meurtrier? Mais le bracelet, bien sûr... l'éclat des pierres pourpres!

Cela devait signifier que les messagers n'attaqueraient pas le porteur du bracelet. Qu'il constituait un passeport pour la terre interdite. Était-ce pour cela que Suarra le lui avait envoyé? Afin qu'il puisse revenir?

Bon, il ne pouvait répondre à cette question, maintenant... il devait d'abord soigner ses blessures... trouver de l'aide... en quelque lieu sûr... avant de pouvoir rejoindre Suarra...

Graydon reprit la piste en titubant, l'âne sur ses talons. Le soir, il bivouaqua tant bien que mal. Patiemment, l'animal attendit que le soleil fût haut levé, tandis que l'homme s'agitait et gémissait auprès des cendres du feu éteint, la fièvre cheminant lentement à travers toutes les veines de son corps. Et c'est tout aussi patiemment qu'il trottina derrière les chasseurs indiens tombés par hasard sur Graydon alors que la mort était à son chevet, et qui, étant des Aymara et non des Quicha, le transportèrent au petit hameau isolé de Chupan, point le plus proche dans ce désert où vivait un vieux *padre* de sa race susceptible de prendre soin de lui et de le traiter avec des remèdes indiens, peu orthodoxes, mais puissamment efficaces.

Deux mois s'écoulèrent avant que Graydon, ses blessures guéries et ses forces revenues, fut en état de quitter Chupan.

Pendant sa convalescence, il avait eu largement le temps d'analyser ce dont il avait été le témoin. Le trio s'était-il vraiment transformé en gouttelettes d'or? Il y avait peut-être une autre explication : la caverne du Visage pouvait être un laboratoire de la nature, un creuset à l'intérieur duquel, sous l'effet de rayons inconnus, se produisait la transmutation d'un élément en un autre. La pierre dans laquelle était sculpté le Visage pouvait contenir une substance que ces rayons transformaient en or. Le vieux rêve des anciens alchimistes avait peut-être été réalisé par la science d'une civilisation ancienne qui avait su maîtriser l'atome. L'Anglais Rutherford n'avait-il pas déjà réussi à transformer un métal ferrugineux en cuivre pur grâce à l'isolement de quelques électrons? L'uranium, le générateur énergétique du radium, ne produisait-il pas, aussi, du plomb terne et inerte?

La concentration des rayons sur le Visage était prodigieusement dense. Sous le bombardement de ces particules gorgées d'énergie, les corps des trois hommes pouvaient s'être désintégrés rapidement. Les trois gouttelettes d'or avaient pu sourdre de la pierre qui était derrière eux; ils avaient disparu tous les trois, puis il avait vu les gouttes et pensé que les trois hommes s'étaient liquéfiés... une illusion.

Et, certes, la sueur, les larmes, la salive du Visage n'étaient peut-être pas de l'or. C'était l'action des rayons sur elles qui leur donnait cette apparence. Le génie qui avait taillé le Visage dans la pierre avait pu manigancer tout cela...

L'attrait du Visage? Son pouvoir? Le même génie s'était emparé de la pierre, l'avait travaillée, et avait reproduit si parfaitement la faim de puissance de l'homme que quiconque le regardait en était inévitablement saisi. Le subconscient répondait à l'appel de ce dont le Visage donnait une image si extraordinairement fidèle. Proportionnée à la force de ce désir qu'il avait en lui, s'opposait la force de la réplique ou l'effondrement de la résistance morale. Le plus fort l'emporte sur le plus faible. Simple rapport de forces psychiques...

Les serpents ailés – les messagers? Là, on se trouvait sur un terrain qui avait déjà fait l'objet de maintes réflexions : dans son livre, *La Chose sacrée,* Ambrose Bierce était parvenu à la conclusion qu'il pouvait exister des êtres de ce genre; l'Anglais H. G. Wells avait émis la même idée dans *L'Homme invisible;* et Maupassant l'avait exploitée à fond, peu de temps avant de sombrer dans la folie, dans son histoire de revenants, *Le Horla*. La science tenait la chose pour possible, et les savants du monde entier cherchaient à en découvrir le secret pour l'utiliser dans la prochaine guerre.

Oui, l'explication concernant les messagers invisibles était facile.

Supposons une chose qui n'absorbe ni ne réverbère la lumière. Dans ce cas, les rayons lumineux passent sur cette chose comme l'eau d'une rivière rapide sur un gros galet submergé. On ne voit pas le galet. Pas plus qu'on ne verrait l'objet sur lequel passeraient les rayons lumineux. Ceux-ci décriraient une courbe en passant sur lui et transmettraient à l'œil de l'observateur telle image qui se situerait derrière l'objet. Celui-ci, entre les deux, serait invisible. Et cela ne pourrait être dû qu'au fait qu'il n'absorberait ni ne renverrait la lumière.

Un homme voyage dans le désert. Il voit brusquement surgir devant lui un ruisseau et de verts palmiers. Ceux-ci n'existent pas. Ils se situent loin derrière la montagne au pied de laquelle ils semblent être. Les rayons lumineux transmettant leur image se sont dirigés verticalement, ont décrit un angle au-dessus de la montagne et se sont réfléchis dans l'air chaud plus dense. C'est un mirage. L'exemple n'était pas rigoureusement analogue, mais le principe de base était le même.

Ah! oui, pensa Graydon, il n'était pas difficile d'expliquer les messagers ailés : le premier oiseau, l'archéoptéryx ne possédait-il pas encore les mâchoires, les dents et la queue de ses ancêtres reptiliens? Mais que ces créatures comprennent et exécutent les ordres que leur donnent les hommes? Eh bien, pourquoi pas? On peut dresser un chien dans ce sens. Il n'y avait pas là de quoi surprendre. Le chien est intelligent. Il n'y a aucune raison pour que ces objets-vivants le soient moins. Et cela expliquait que son assaillant invisible avait reconnu le bracelet de Suarra.

La Mère-Serpent? Bon, il lui faudrait la voir pour croire en cet hybride de serpent et de femme. Que cette occasion lui soit donc donnée!

Ayant ainsi fourni une explication, à tout sauf à la Femme-Serpent, Graydon cessa de se torturer l'esprit et, en conséquence, son état s'améliora plus vite.

Quand il fut complètement rétabli, il voulut acquitter la dette de reconnaissance qu'il avait contractée envers ceux à qui il devait la vie. Il envoya des messagers à Cerro de Pasco pour y quérir des fonds et des cadeaux. Le *padre* reçut les ornements d'autel dont il rêvait depuis si longtemps, et les Indiens, après avoir reçu ses dons, rendirent grâces à leurs saints patrons ou à leurs dieux secrets d'avoir mis Graydon sur leur route.

Lui aussi avait eu de la chance. Il avait perdu son fusil dans ses pérégrinations, et ses messagers avaient pu en trouver un excellent, à longue portée, à Cerro.

Et maintenant, avec toutes les munitions nécessaires, quatre automatiques, et tout l'équipement indispensable? Graydon avait repris la route du sentier hanté. Il était accompagné par l'âne qui avait patiemment partagé ses aventures dans la terre inconnue.

Depuis son départ de Chupan, il s'était régulièrement dirigé vers la cordillère. Ces derniers jours, il n'avait trouvé aucune trace d'Indiens. Quelque chose lui murmurait d'être prudent.

Prudent? Cette idée le fit sourire. Ce mot ne convenait guère à ce voyage – celui d'un homme qui se mettait de propos délibéré à portée de la puissance que Suarra avait appelée Yu-Atlanchi! Prudent! Graydon rit franchement. Toutefois, se dit-il, rien n'empêche qu'on agisse avec prudence, fût-ce en forçant les portes de l'Enfer. Et le pays de Suarra, d'après les phénomènes qu'il avait pu y constater, semblait beaucoup ressembler à l'empire des damnés, à supposer qu'il ne soit pas pire. En retournant cette intéressante idée, il fit l'inventaire de ce dont il disposait pour cette aventure.

Un fusil de premier ordre et des munitions en suffisance; quatre automatiques en état de marche, deux dans l'un de ses paquets, un autre à la ceinture, et le quatrième glissé dans l'étui sous son aisselle. Tout cela était bel et bon, mais il se pourrait que Yu-Atlanchi possédât, ce qui était probablement le cas, des armes devant lesquelles son fusil et ses revolvers feraient l'effet d'un arc et de flèches. De quelle utilité seraient un fusil et des pistolets pour attaquer l'armure d'écailles des dinosaures?

Que possédait-il d'autre? La réponse lui fut fournie par la lueur pourpre venue de son poignet, l'éclat des pierres serties dans le bracelet de Suarra. Cela équivalait à une centaine de fusils et de pistolets, si, comme il l'espérait, ce bracelet était vraiment un passeport pour la terre interdite...

Lorsque le crépuscule tomba sur le quatorzième jour de sa randonnée, il se trouva dans une petite vallée qu'enserraient étroitement des montagnes chichement boisées. Un ruisseau faisait entendre son gai murmure et son rire cristallin. Graydon décida d'installer son camp sur sa rive et commença par débarrasser l'âne de son fardeau et de ses harnais, puis, l'ayant entravé, il le laissa brouter tandis qu'il faisait son feu pour mettre l'eau de son thé à bouillir, et préparer son dîner.

Après s'être sustenté Graydon s'allongea un instant pour réfléchir. Son bras droit était étendu sur sa couverture. A la lueur du feu mourant, les pierres pourpres du bracelet luisaient et pâlissaient, luisaient et pâlissaient. Elles paraissaient devenir de plus en plus grosses et sans qu'il pût résister, le sommeil s'empara de Graydon.

Il franchit en rêve un désert éclairé par la lune. Une menaçante masse de ténèbres l'enveloppa, puis disparut. Il eut la vision d'une immense vallée circulaire bordée par des pics grimpant jusqu'au ciel. Il aperçut l'éclat d'un lac, l'argent d'un puissant torrent jaillissant du cœur d'une falaise. Il vit un tourbillon de colosses, gigantesques formes de pierre baignant dans la lumière laiteuse de la lune, chacun d'eux défendant le noir accès d'une caverne.

Sous l'effet hypnotique des pierres de son bracelet, une cité surgit devant lui; une cité aux toits de rubis, aux tours d'opale, si fantastique qu'on l'eût dit construite par les Djinns dans la matière des rêves.

Il se laissa conduire magnétiquement jusqu'à une vaste salle à colonnes où le plafond élevé déversait des rayons de pâle azur. Ces colonnes s'élevaient très haut, se déployant au sommet en larges pétales d'opales, d'émeraudes et de turquoises émaillées d'or. Et brusquement, au fond de la salle il reconnut la Mère-Serpent!

Elle était lovée dans un lit de coussins, au bord d'une large alcôve installée à une certaine hauteur du sol. Entre elle et lui tombaient des rayons d'azur, formant devant l'immense niche un rideau vaporeux qui la laissait voir et la dissimulait tout à la fois.

Son visage était sans âge, ni jeune ni vieux; affranchi du temps. Elle aurait pu être née hier – ou il y a un million d'années.

Ses yeux, très écartés l'un de l'autre, étaient ronds et lumineux; c'étaient de vives pierres précieuses brillant de mille feux pourpres. Elle avait le front large et bas; un nez fin et long, les narines légèrement dilatées. Le menton était petit et pointu. La bouche, menue, en forme de cœur; rouge vif étaient les lèvres.

Sur les épaules étroites, enfantines, tombaient des cheveux brillant comme des coulées d'argent. Ils se rejoignaient en pointes de flèches sur son front. Cela donnait à son visage la même forme de cœur qu'avaient ses lèvres.

Ses petits seins nus, haut placés, pointaient durement leur galbe vers lui.

Le visage, le cou, les épaules et la poitrine avaient une couleur de perles légèrement teintées de rose.

Les anneaux commençaient à apparaître juste au-dessous de ses seins dressés, à demi enfouis dans un nid de coussins de soie; les anneaux formaient une spirale que recouvraient de luisantes écailles en forme de cœur; chacune de ces écailles d'opale et de nacre était ciselée de façon exquise, comme par un lapidaire des fées.

Le menton pointu était posé sur des mains aussi petites que celles d'un enfant. Pareils à ceux d'un enfant étaient également les bras minces, les coudes à fossettes reposant sur l'anneau supérieur.

Son visage, à la fois visage de femme et face de serpent, exprimait une impressionnante sagesse et une inimaginable lassitude.

La Femme-Serpent, son souvenir ou celui de ses sœurs, lui semblait pouvoir être à l'origine de ces légendaires princesses Naga dont la sagesse avait édifié les cités des Khmers disparus dans la jungle cambodgienne. Elle pouvait même être en germe dans la légende de Lilith, première épouse d'Adam, chassée par Ève. C'est ainsi que Graydon la vit – ou ainsi qu'il crut la voir en rêve. La beauté de ce petit visage en forme de cœur, l'éclat argenté de sa chevelure, son exquise grâce enfantile l'émurent au plus haut point.

Il ne prêta aucune attention à ses anneaux, à sa... monstruosité. Elle semblait s'être introduite dans son cœur pour y pincer quelque corde profondément enfouie et qui était restée muette depuis qu'il était au monde.

Et dans ce rêve – si rêve il y avait – il savait qu'elle n'ignorait rien de tout cela et qu'elle s'en réjouissait pleinement. Son regard s'adoucit et se posa sur lui; l'anneau de perle rose sur lequel reposait son corps se déroula et sa tête se balança à une hauteur équivalant à deux fois la taille d'un homme grand. Elle lui fit un signe de tête. Elle souleva ses petites mains jusqu'à son front et les réunit en coupe; puis, d'un geste curieusement hiératique, elle les abaissa, inclinant les paumes, comme pour en laisser couler quelque chose.

Derrière elle se dressait un trône qui paraissait taillé à même un saphir colossal. Il était ovale, haut de plus de trois mètres, et évidé comme le mausolée d'un saint. Il reposait sur l'extrémité en coupelle d'un pilier fait de cristal de roche laiteux. Six trônes plus petits étaient à son pied. L'un était rouge, comme taillé dans le rubis; un autre était noir, comme taillé dans le jais; les quatre autres, placés entre le rouge et le noir, étaient jaune d'or.

La Mère-Serpent entrouvrit ses lèvres pourpres; d'entre elles s'échappa une langue mince, pointue, écarlate. Qu'elle eût parlé ou non, Graydon entendit sa pensée.

« Je soutiendrai les mains de cet homme. Suarra l'aime. Il me plaît. Suarra mise à part, aucun des habitants de Yu-Atlanchi ne m'intéresse. Le choix de cette enfant s'est porté sur lui. Qu'il en soit ainsi! Je suis lasse de Lantlu et de sa clique. D'une part, Lantlu se rapproche plus que je ne le souhaite de cette ombre de Nimir qu'ils appellent le Maître des ténèbres. D'autre part, il voudrait m'arracher Suarra. Il ne le faut pas.

— Selon l'antique pacte (c'était le Seigneur de la Folie qui parlait) selon ce pacte, Adana, tu ne dois pas faire usage de ta sagesse contre qui que ce soit de la vieille race. Tes ancêtres en ont fait le serment. Ce serment a été prononcé il y a très, très, très longtemps, avant que la glace ne nous entraîne au nord de la patrie-mère. Le serment n'a jamais été rompu. Toi-même, Adana, ne peut le rompre.

— Sssss! (la langue écarlate de la Mère-Serpent s'agita de colère) c'est toi qui le dis! Il y avait une contrepartie dans ce contrat. La vieille race n'avait-elle pas juré de ne jamais comploter contre n'importe lequel d'entre nous, du peuple serpent? Cependant, Lantlu et ses partisans complotent avec l'ombre. Ils complotent en vue de libérer Nimir des fers qu'il y a longtemps nous avons forgés pour lui. Libre, il cherchera à nous anéantir... Prends garde à cela, Tyddo! Lantlu complote avec Nimir, qui est notre ennemi; par conséquent, il complote contre moi — la dernière représentante du peuple serpent. L'ancien pacte est rompu. Par Lantlu, non par moi... Elle se balança en avant. Supposons que nous quittions Yu-Atlanchi? Que nous en franchissions les frontières comme l'ont fait mes ancêtres et les Seigneurs qui étaient tes pairs? Que nous l'abandonnions à sa pourriture? Le Seigneur de la Folie ne répondit pas. Bon. Je vois là où il ne demeure guère que la folie, il te faut évidemment rester. Elle hocha sa tête enfantine en sa direction et poursuivit. Mais, moi, qu'est-ce qui me retient? Par la sagesse de mon peuple! Voilà une race de singes gris pelés que nous avons arrachés à leurs arbres. Nous les en avons arrachés, nous les avons éduqués et en avons fait des hommes. Et que sont-ils devenus? Des habitants du rêve, des amoureux des fantômes, des esclaves de l'illusion optant toujours pour les ténèbres, épris de cruauté, ayant extérieurement conservé la beauté mais, sous leur masque, hideux. Ils m'écœurent. Yu-Atlanchi se pourrit; non! Yu-Atlanchi est pourri. Que périsse ce pays!

— Il y a Suarra, dit, d'une voix douce, le Seigneur de la Folie. Et il y en a d'autres qui sont encore sains. Les abandonneras-tu? »

Le visage de la Femme-Serpent s'adoucit.

« Il y a Suarra, murmura-t-elle, et il y a... les autres. Mais ils sont si peu! Par mes ancêtres, si peu!

— Si c'était uniquement leur faute! dit le Seigneur de la Folie. Mais ce n'est pas le cas, Adana. Il eût mieux valu pour eux que nous rasions la barrière derrière laquelle ils étaient à l'abri. Il eût mieux valu pour eux que nous les laissions agir à leur guise contre le désert, et contre les ennemis qu'il pouvait contenir. Il eût mieux valu pour eux que nous ne fermions pas la porte de la mort.

— La paix! répondit tristement la Femme-Serpent. C'est par ma langue de femme que je m'exprimais. Il y a toutefois une raison plus profonde pour que nous ne les abandonnions pas. L'ombre de Nimir recherche un corps. Ce qu'est cette ombre, ce que peut être encore la force de Nimir, dans quelle mesure il a oublié ses vieux stratagèmes, ou quels sont ceux qu'il a pu apprendre au fil des siècles, tout cela, je l'ignore. Mais il est une chose, en revanche, que je sais : si l'ombre cherche un corps, c'est en vue de libérer Nimir de la pierre. Nous devons nous préparer au combat, vieillard. Nimir libéré, et vainqueur, c'est *nous* qui devrions partir! Notre départ ne s'effectuerait pas en bon ordre, et de la façon que nous souhaiterions. Et, avec le temps, il étendrait sa domination sur l'ensemble du monde, ainsi qu'il avait envisagé de le faire il y a des siècles. Et il ne faut pas que cela soit! »

Le Seigneur de la Folie s'agita sur son trône rouge, battant des bras, mal à l'aise, avec l'air d'un gros oiseau rouge et jaune.

« Bien, dit la Femme-Serpent, réaliste, je suis heureuse de ne pas pouvoir lire l'avenir. Si la guerre doit éclater, je n'ai nulle envie d'être affaiblie par la certitude de la défaite. Pas plus que je ne tiens à être importunée par la certitude de la victoire. Si l'on doit faire tous les efforts qu'exige la guerre, on est bien en droit d'exiger que le doute leur donne un intérêt. »

Graydon, en dépit de l'inquiétante étrangeté de tout ce qu'il lui semblait voir et entendre, ne put retenir son rire à ces paroles, cette réflexion était si étonnamment féminine. La Femme-Serpent le regarda, à croire qu'elle l'avait entendu. Dans ses yeux brillants, on devinait une certaine malice.

« Quant à cet homme que recherche Suarra, dit-elle, qu'il vienne me trouver! Il y a bien du vrai dans ce que tu as dit de notre erreur qui consiste à rendre la vie trop facile à Yu-Atlanchi, Tyddo. Ne la renouvelons pas. Quand cet homme, par son astuce et son courage, aura trouvé le chemin qui le conduira à moi, quand il se présentera physiquement devant moi comme il est déjà présent dans ma pensée, je lui conférerai la puissance. S'il triomphe, Suarra sera sa récompense. Entre-temps, à titre d'indication, je lui enverrai mes messagers ailés afin qu'ils le reconnaissent, et que lui sache qu'il n'a plus rien à craindre d'eux. »

Le temple s'estompa, puis disparut complètement. Graydon eut l'impression d'être pris dans une tempête de sonneries de cors. Il crut qu'il ouvrait les yeux, qu'il rejetait sa couverture, qu'il se levait...

Et tout autour de lui, lançant de pâles flammes d'argent, s'amoncelaient les anneaux des serpents à plumes d'argent! Lovés, ils formaient d'innombrables spirales; il y en avait des centaines et des centaines, des petits et des grands, aux plumes étincelantes, se battant joyeusement à coups de becs en forme de rapières, lançant des notes de cor...

Puis ils disparurent.

Graydon se réveilla à l'aube. Encore tout illuminé par son rêve divinatoire il expédia rapidement son petit déjeuner, alla chercher son âne et attacha son chargement. En sifflant, il se mit en route, escaladant la montagne. L'ascension n'offrait pas de difficulté. Une heure plus tard, il en avait atteint le sommet.

A ses pieds, le terrain descendait en pente douce vers une plaine plate, parsemée d'énormes pierres dressées. De cette plaine, et à moins de cinq kilomètres de l'endroit où il se trouvait, s'élevaient les escarpements d'une haute montagne. Ses précipices formaient l'arc d'un immense cercle, s'étendant à perte de vue...

Les remparts de Yu-Atlanchi!

Chapitre VIII

Les hommes-lézards

Il ne pouvait pas y avoir de doute. Derrière la muraille qui s'offrait à son regard s'étendait bien Yu-Atlanchi où se trouvait Suarra! La plaine piquetée de menhirs géants était bien celle où avait détalé l'homme-araignée. Le sentier qu'avait suivi Graydon pour se rendre au Visage devait se trouver juste sous ses pieds.

Haut dans l'air, il entendit un doux appel de cors. Les notes retentirent par trois fois, puis par trois fois encore, venant du pied de la côte au sommet de laquelle il cheminait; du fin fond de la plaine d'autres cors se firent entendre; enfin, d'un point proche de la paroi de la montagne, survint un dernier appel solitaire.

Il entama la descente.

Ce fut au début de l'après-midi qu'il atteignit la montagne. La pierre était basaltique, noire et adamantine. Ses flancs se dressaient presque à pic. L'escalade en était impossible. Quel chemin lui fallait-il prendre? Comme en réponse à sa question, il entendit une fois encore le doux son d'un cor haut dans le ciel, au sud.

« C'est au sud qu'il faut aller », dit Graydon, reprenant sa marche avec entrain.

Ses yeux se posèrent sur un terrain verdoyant, une large bande verte cheminant au long de l'escarpement à une trentaine de mètres au-dessus de la base. En se rapprochant, il vit qu'il s'était produit un éboulement à cet endroit. De la rocaille parsemée de gros galets s'entassait contre la falaise. Des broussailles et de petits arbres y avaient poussé et grimpaient jusqu'au sommet du ressaut.

En examinant ce dernier pour voir ce qui l'avait provoqué, Graydon aperçut, dans la paroi surmontant le monticule, une étroite crevasse. Il l'étudia, poussé par la curiosité. Le bourricot le regarda jusqu'à ce qu'il fût à mi-côte puis, avec un braiment de protestation, grimpa à son tour.

Il hâta le pas. Il traversa les dernières broussailles. Il constata alors qu'à son extrémité, la fissure avait un peu plus d'un mètre de large. Il y faisait noir. Il s'agenouilla et y promena les rayons de sa lampe électrique. Des pierres jonchaient le sol, mais l'endroit était sec. Cela fait, il se mit à ramasser du bois pour son feu.

Lorsqu'il se fut débarrassé de sa dernière brassée de petit bois, il retourna à la fissure. Après une centaine de pas, la lumière de sa lampe se heurta à un mur de pierre – le bout, supposa-t-il. Mais lorsqu'il y parvint, il s'aperçut que la crevasse virait à angle droit. A sa gauche, il entendit l'eau couler, des gouttes sourdaient de la pierre, étaient recueillies dans un petit bassin naturel, puis emportées par un mince ruisseau. Il dirigea la lumière vers le haut. S'il ne put découvrir un toit, il ne vit pas davantage le ciel.

Bon, il se livrerait le lendemain à son exploration. Il conduisit l'âne dans l'abri et l'attacha à un éperon de pierre. Après avoir mangé, il s'enroula entièrement dans sa couverture et s'endormit.

Il se réveilla de bonne heure, vivement désireux de voir où menait la fissure. Sans prendre la peine de déjeuner, il s'y lança. Lorsqu'il fut à environ trois cents pas de la source minuscule, le couloir tournait brusquement, pour reprendre cette fois son orientation première. Non loin de là, il y avait un rideau gris, laissant passer un jour pâle. Il éteignit sa lampe, avança à quatre pattes...

C'était la lumière du jour. Il abaissa le regard sur une crevasse dans la montagne, large d'une trentaine de mètres, aux parois lisses et à pic. Elle était orientée plein est, face au soleil levant. Il n'y avait rien, en dehors de cela, pour expliquer le volume de lumière qui filtrait dans l'étroit canyon.

Graydon revint, fit boire l'âne et le mit à l'attache au milieu des broussailles.

« Nourris-toi de bon cœur, Sancho Pança, dit-il. Dieu seul sait quand tu pourras prendre ton prochain repas. »

Il fit du feu et se mit en devoir de déjeuner lui-même. Il attendit que le bourricot se fût empli la panse, chargea les paquets, et finit, après moult difficultés par conduire l'animal jusqu'à l'entrée du canyon. Après quoi, l'âne battit l'amble devant lui, sans y mettre trop de mauvaise volonté.

De temps à autre, Graydon apercevait, haut perchés dans les falaises de droite, des trous à peu près ronds, ouvertures paraissant être des bouches de tunnel ou de grotte. De la roche ocre, elles le contemplaient de leurs yeux énormes sans pupilles. Avec cette acuité des facultés qu'engendre le désert, Graydon avait l'impression que se terrait en ces lieux une chose meurtrière. Il se tenait sur ses gardes, le fusil prêt. Il y avait un relent dans l'air, une odeur de musc, légèrement acide, vaguement familière. Cela ressemblait à l'odeur forte des alligators dans quelque marigot infesté de la jungle.

L'odeur se fit plus forte. Le nombre des bouches de grotte augmenta. Le bourricot manifesta quelque nervosité, s'arrêtant et humant l'atmosphère.

Graydon entendit soudain des cris humains. Il bondit en avant. Trois Indiens, semblables à celui qui l'avait mené à la frontière de la terre interdite, à la seule différence qu'ils étaient revêtus de jaune et non de bleu, se tenaient juste en face de lui. Ils étaient entourés par une vingtaine de créatures qu'à première vue il prit pour des lézards géants, et qui attaquaient les trois hommes à coups de crocs et de griffes. Mais, à seconde vue, il s'aperçut que si ces êtres n'étaient pas entièrement des hommes, ils l'étaient du moins à cinquante pour cent.

Ces monstres avaient un peu plus d'un mètre vingt de haut. Le cuir de leur peau était de couleur jaune sale. Elles se balançaient sur de fortes pattes courtaudes dont les pieds étaient comme des sabots plats et garnis d'ergots. Ils avaient des bras courts et musclés. En guise de mains, des pelotes, à peu près semblables aux pieds mais aux griffes plus longues.

Ce fut au spectacle de leur face que se glaça le sang de Graydon. Il y entrait incontestablement un élément humain. Ces êtres étaient un mélange inexplicable, inextricable d'homme et de lézard, de la même façon qu'étaient mêlés l'homme et l'araignée dans cette monstruosité écarlate que Suarra avait appelée l'araignée tisseuse.

Derrière un front étroit et en pointe, la tête était couverte d'écailles violacées qui se dressaient droites comme de multiples crêtes. Leurs yeux étaient rouges, ronds et immobiles. Ils avaient un nez plat mais, au-dessous, les mâchoires s'étiraient en un large museau de quinze centimètres, armé de crocs jaunes, puissant et cruel comme celui d'un crocodile. Ils ne possédaient pas de menton, et seulement des rudiments d'oreilles.

Ce qui l'écœura le plus, ce furent les dégoûtants morceaux d'étoffe qui ceignaient leurs reins.

Les trois Indiens, dos à dos, formaient un triangle et frappaient violemment les hommes-lézards avec des sortes de massues en métal brillant. Qu'ils s'en fussent bien tirés avec une demi-douzaine de créatures, les têtes écrasées en fournissaient la preuve. Mais voilà que, très rapidement, un Indien puis un second, fut projeté à terre et enfoui sous les corps hideux.

Graydon secoua sa paralysie et adressa un cri à l'Indien qui était resté debout.

Il leva sa carabine, ajusta rapidement sa cible, et tira. L'homme-lézard qu'il avait choisi chancela sous le choc de la balle, puis s'écroula. Au bruit de la détonation, se réverbérant comme un coup de tonnerre miniature contre les parois rocheuses, la meute se tourna d'un seul mouvement vers lui, gueules ouvertes, tous crocs dehors, le regard fixe, le corps replié, le considérant de leurs yeux rouges immobiles.

L'Indien se baissa, souleva le corps de l'un de ses camarades, et se dégagea d'un bond. Libéré de la crainte de le toucher, Graydon vida son arme sur les agresseurs. Il changea promptement de chargeur. Puis, alors qu'il commençait à les abattre, ils sortirent de leur stupeur, bondirent vers les murs et, comme de véritables lézards, escaladèrent les faces lisses des falaises. Avec des sifflements et des cris aigus, ils s'élancèrent comme des flèches dans les bouches sombres des grottes.

L'Indien était debout, son camarade blessé dans les bras. Sur son visage brun aux traits fins se lisaient la surprise et le respect. Graydon se passa la bretelle de fusil autour du cou, et tendit les deux bras dans un geste de paix. L'Indien posa doucement l'autre par terre et s'inclina profondément en portant le dos de ses deux mains à son front.

Graydon avança en sa direction. Il s'arrêta un instant pour regarder de plus près les créatures tombées sous ses balles.

L'une d'elles était étendue, face contre terre. Elle avait perdu sa bande-culotte pleine de taches. Sa colonne vertébrale se terminait par une queue épointée couverte d'écailles.

Il prit conscience de ce que le premier Indien était près de lui. Méthodiquement, il se mit en devoir d'écraser à l'aide de sa massue les têtes des êtres abattus par Graydon.

« Ceci, dit-il en aymara, afin qu'ils ne puissent plus vivre. C'est le seul moyen. » Graydon alla vers le second Indien. Il était inconscient et grièvement blessé. Graydon sortit sa trousse d'urgence de son sac de selle, soigna et pansa les plaies les plus graves. Il leva les yeux vers l'autre Indien qui se tenait au-dessus de lui, l'observant avec des yeux où dominait la crainte respectueuse.

« Si nous pouvions l'emmener dans un endroit où ces brutes ne risqueraient pas de venir nous déranger, je pourrais mieux m'occuper de lui », dit Graydon, s'exprimant lui aussi en aymara. Il se releva.

« Un petit bout de chemin, répondit l'Indien, et nous serons à l'abri de ces brutes, Seigneur tout-puissant!

– Allons-y », dit Graydon, en anglais cette fois, souriant du titre que lui avait donné l'Indien.

Il se pencha et souleva les épaules du blessé. L'Indien lui prit les pieds. Bourricot une fois de plus en tête, ils s'engagèrent dans le canyon.

Les ouvertures des grottes les observaient. A l'intérieur, rien ne bougeait, mais Graydon sentait peser sur lui le regard démoniaque des hommes-lézards terrés dans l'ombre de leurs tanières.

Chapitre IX

L'antre de Huon

Les grottes des hommes-lézards se firent plus rares dans la falaise et finirent par disparaître. Les Indiens, de toute façon, ne leur prêtaient aucune attention, apparemment convaincus que Graydon saurait répondre à toute nouvelle attaque des monstres.

L'homme qu'ils portaient gémit, ouvrit les yeux, et parla. Son camarade fit un signe d'assentiment et lui posa les pieds par terre. Il se tint droit, regardant Graydon avec l'étonnement dont avait déjà témoigné son camarade, puis, après avoir vu le bracelet de la Mère-Serpent, il eut une expression de crainte respectueuse. Le premier Indien se mit à parler rapidement, trop rapidement pour que Graydon le comprît. Quand il eut terminé, le second lui prit la main, la posa d'abord sur son cœur, ensuite sur son front.

« Seigneur, dit-il, ma vie vous appartient.

– Où est-ce que vous vous rendez? » demanda Graydon.

Ils échangèrent un regard, mal à l'aise.

« Seigneur, nous nous rendons au lieu qui est le nôtre, finit par répondre l'un d'eux, évasivement.

– C'est ce que je suppose, dit Graydon. Ce lieu est-il... Yu-Atlanchi? »

De nouveau, ils hésitèrent avant de répondre.

« Nous ne pénétrerons pas dans la cité, seigneur », dit finalement le premier Indien.

Graydon mesura leurs échappatoires, leur répugnance à répondre nettement, se demandant jusqu'à quel point il pouvait compter sur leur reconnaissance. Ils ne lui avaient posé aucune question quant à l'endroit d'où il venait, ni sur ce qu'il était. Mais il fallait mettre cette retenue sur le compte de la courtoisie car ils étaient manifestement dévorés par la curiosité. Il sentit qu'il ne pourrait escompter une telle considération de la part des autres Indiens qu'il serait susceptible de rencontrer une fois à l'intérieur de la terre interdite. Il ne pourrait rechercher aucun secours, du moins pas tout de suite, de la part de la Mère-Serpent. Il était persuadé que sa vision du temple n'avait pas été une illusion. Les cors des serpents volants qui lui avaient indiqué le chemin, et l'immunité dont il jouissait de leur part, en étaient une preuve. Mais la Femme-Serpent avait aussi déclaré qu'il devrait parvenir jusqu'à elle par la seule vertu de sa propre astuce et de son propre courage avant qu'elle puisse lui apporter son aide.

Il se tourna vers le blessé; sa décision — bonne ou mauvaise — était prise.

« Tu as dit que ta vie m'appartenait? »

L'Indien lui reprit la main et, de nouveau, la porta successivement à son cœur et à son front.

« Je veux entrer dans Yu-Atlanchi, dit Graydon, mais, pendant quelque temps, je ne veux pas qu'on m'y voie. Peux-tu me conduire, m'abriter, nul autre que toi ne sachant où je suis jusqu'à l'heure que j'aurai choisie pour m'avancer seul?

— Te moques-tu de nous, seigneur tout-puissant? demanda le premier Indien. En quoi a-t-il besoin que nous le guidions celui qui arbore le symbole de la Mère et qui porte ceci? ajouta-t-il en désignant le fusil.

— Je ne me moque pas, dit Graydon. Connaissez-vous le seigneur Lantlu? »

Leurs traits se durcirent, la méfiance se lut dans leur regard; il vit que les deux hommes haïssaient le maître de la meute des dinosaures. Bien! il allait leur en dire un peu plus.

« Je cherche la Mère, dit-il. Le seigneur Lantlu se dresse entre elle et moi. Pour certaines raisons, je dois venir à bout de lui sans aucune aide. C'est pourquoi il me faut le temps d'établir un plan, et jusqu'à ce que celui-ci soit prêt, le seigneur Lantlu ne doit rien savoir de moi. »

Leurs visages exprimèrent le soulagement et, aussi, une curieuse satisfaction. Ils chuchotèrent entre eux.

« Seigneur, dit le premier, veux-tu jurer sur la Mère (ils s'inclinèrent une fois de plus devant le bracelet), que tu nous as dit la vérité; que tu n'es ni l'ami – ni l'espion – du seigneur Lantlu? »

Graydon leva le bracelet.

« Je te le jure, dit-il. Que la Mère m'anéantisse entièrement, corps et âme, si ce que je vous ai dit n'est pas la vérité! »

Il baisa le petit serpent lové.

Les Indiens se remirent à chuchoter.

« Viens avec nous, Seigneur, dit celui qui s'était voué à Graydon. Nous allons te conduire chez le seigneur Huon. Jusqu'à ce que nous y soyons arrivés, ne nous pose plus de questions. Tu nous as demandé un abri pour te protéger du seigneur Lantlu. Nous te conduirons au seul abri contre lui. Et tu auras cet abri – s'il plaît au seigneur Huon. S'il te le refuse, nous t'accompagnerons et mourrons avec toi. Pouvons-nous faire davantage?

– Par Dieu! s'exclama Graydon, ému jusqu'au tréfonds du cœur, ni vous ni nul autre homme ne pourraient davantage pour son prochain. Mais je ne pense pas que votre seigneur Huon, bien que je ne sache rien de lui, vous tiendra rigueur de m'avoir conduit auprès de lui. »

Il rejoignit rapidement le blessé; les plaies et les entailles étaient relativement graves, mais aucune artère n'avait été sectionnée et aucun organe vital touché.

« Tu as perdu beaucoup de sang, lui dit Graydon. Je pense qu'il faut te porter. »

Mais le blessé n'accepta pas.

« Le poison des Urds apporte le sommeil, expliqua le premier Indien. Le sommeil s'achève dans la mort. L'eau de feu du seigneur tout-puissant a vaincu ce sommeil et l'a réveillé. Maintenant, il a peur de se rendormir si on le porte car, dit-il, l'eau de feu ne le brûle plus. »

Cette façon de considérer l'iode qu'il avait utilisée pour les blessures fit sourire Graydon. Cependant, le raisonnement n'en était pas moins logique. Si le venin des hommes-lézards avait une action narcotique, la marche, en l'absence de tout agent neutralisant, contribuerait à l'élimination du poison. Il souleva les pansements couvrant les entailles les plus profondes pour y verser une nouvelle dose d'iode. Au raidissement des muscles, il comprit qu'elle agissait.

« C'est bon, dit l'Indien, l'eau de feu me brûle.

— Elle brûle le poison, dit gaiement Graydon. Si tu as un autre médicament, tu feras bien de t'en servir.

— Il y en a là où nous allons, dit le premier Indien. Mais s'il n'avait pas eu le tien, seigneur, il serait maintenant très enfoncé dans le sommeil des Urds — et ce n'est pas un sommeil paisible. Maintenant, allons le plus vite possible. »

Ils reprirent leur route en longeant le canyon. Ils avaient peut-être parcouru quinze cents mètres quand, brusquement, les deux parois des falaises se rapprochèrent. Elles étaient séparées par une fissure d'environ six mètres de large, découpées comme au ciseau dans le roc, et aussi noire qu'une nuit sans étoiles.

« Attends », dit le premier Indien, qui se dirigea vers l'entrée de la crevasse. Il sortit de son sac un objet ayant l'allure d'une boule de cristal de roche, grosse à peu près comme une balle de tennis, l'arrière incrusté dans un cône de métal. Il leva le globe au-dessus de sa tête. Il en jaillit une lumière qui inonda le tunnel. Ce n'était pas un rayon; cela ressemblait à un nuage lumineux se déplaçant à grande vitesse. Il remit le globe dans son sac et leur fit signe d'approcher et ils pénétrèrent dans la fissure. Elle n'était plus sombre. Il y régnait une pâle luminosité, comme si le nuage émis par le globe y avait répandu une brume phosphorescente. Ils parcoururent quelque trois cents mètres. L'Indien ne se resservit pas de son globe, la lumière persistait cependant.

Il s'arrêta. Graydon s'aperçut qu'ils étaient arrivés au bout de la fissure. A l'extérieur, c'était l'obscurité. Très au-dessous, on entendait le bruit d'une eau bouillonnante. L'Indien souleva le cône. Et un nouveau nuage lumineux en jaillit.

Graydon sursauta. La vapeur lumineuse se répandait au-dessus d'un abîme. Soudain, la face d'une falaise surgit, à une trentaine de mètres. Le nuage de lumière s'y était heurté. Aussitôt, une partie de la falaise se leva comme un immense rideau. Par le portail ainsi découvert sortait une langue de métal, plate, de trois mètres de large. Elle léchait l'abîme, suivant le sentier de lumière. Elle s'arrêta à leurs pieds.

Les Indiens adressèrent à Graydon un sourire rassurant.

« Suis-moi, seigneur, dit l'un d'eux. Il n'y a pas de danger. »

Graydon avança sur l'enjambement, le bourricot sur les talons. Le grondement du torrent, à une trentaine de mètres au-dessous, parvenait jusqu'à lui.

Ils atteignirent l'extrémité de cet étrange pont. Les Indiens vinrent se placer à sa hauteur. Ils firent encore cinquante pas. En regardant en arrière, l'entrée du passage lui apparut comme une grande porte sur le crépuscule. Il perçut un léger soupir, et l'espace crépusculaire s'effaça. Le rideau de pierre était tombé.

Il se trouvait dans un vaste cube creux d'une trentaine de mètres de côté. Les murs et le plafond étaient faits de pierre noire polie, et dans cette pierre étaient incrustés de petits corpuscules à l'éclat changeant, pareils à ceux qu'il avait vus sortir des murs d'ébène de la caverne du Visage. Ils étaient la source de la lumière.

L'endroit était vide sans trace du passage par lequel ils étaient arrivés, ni de système d'ouvertures. Cependant, Graydon entendit un murmure, comme si de nombreuses personnes chuchotaient dans la pièce, puis une phrase prononcée d'un ton sec, dite trop rapidement pour qu'il pût la comprendre.

L'Indien indemne salua et avança de quelques pas. Il répondit à l'interpellateur avec une égale vélocité d'élocution. Mais Graydon n'eut aucune peine à en saisir le sens. Il racontait le combat avec les hommes-lézards. Il acheva son récit; il y eut un bref instant de silence, puis l'interlocuteur invisible émit un nouvel ordre bref. L'Indien lui fit signe.

« Seigneur, lève le bracelet », dit-il.

A cet instant, bien sûr, Graydon se rendit compte que l'interlocuteur invisible n'était pas réellement dans la chambre de pierre, mais derrière le mur. Sa voix parvenait, sans doute, par un système de tube, et il y avait probablement des judas. Toutefois, il ne put rien détecter de tel. Il leva le poignet auquel était accrochée l'image en or de la Mère-Serpent. Les yeux pourpres étincelèrent. Les murmures se firent plus forts, des exclamations éclatèrent; un nouvel ordre suivit.

« Pose ton arme, seigneur, dit l'Indien, et avance vers le mur. N'aie pas peur. Nous resterons près de toi... »

Il fut interrompu par la voix grave de l'interlocuteur invisible. L'Indien secoua la tête et se plaça auprès de Graydon, son camarade de l'autre côté. Graydon, sachant qu'ils avaient reçu l'ordre de demeurer en arrière tandis qu'il avancerait seul, posa son fusil par terre et leur chuchota d'obéir. Il avança, tout en libérant son revolver de son étui sous l'aisselle. Au moment où il s'arrêta, la lumière clignota et s'éteignit.

Le noir ne dura qu'un instant. Lorsque reprit le rayonnement, un tiers de la paroi avait disparu. A sa place s'étendait un couloir, large et bien éclairé. De chaque côté, il y avait des Indiens en rangs. Une autre rangée se tenait entre lui et ses deux guides restés avec l'âne. Ils portaient des lances à la pointe de métal noir et brillant; ils avaient de petits boucliers ronds dans la même matière. Leur chevelure noire et raide était tenue par de minces filets d'or. Ils n'avaient pour tout vêtement qu'une petite jupe en soie jaune matelassée. Graydon vit tout cela en un clin d'œil avant que son regard ne se pose sur l'homme qui était auprès de lui.

C'était un géant, dont le visage indiquait un pur spécimen de la race de Suarra et de Lantlu; il dépassait d'une bonne vingtaine de centimètres le mètre quatre-vingts de Graydon. Ses cheveux étaient blanc d'argent, s'arrêtant à la nuque et retenus par un filet de laque ambre. Quatre balafres lui sillonnaient parallèlement la figure de la tempe droite au menton. Son nez avait été fracturé et écrasé. Des épaules tombait une cotte de mailles en métal noir, attachée comme celles que portaient les Croisés. Elle était serrée à la taille par une ceinture. Des chausses de mailles lui couvraient les fesses et les jambes jusqu'aux genoux, où elles faisaient des poches. Les mollets étaient protégés par les cordons des sandales dont il était chaussé. Il était amputé de l'avant-bras droit. Un meurtrier trident de métal était attaché au coude par une bande d'or et retenu par une bretelle à l'épaule. Il avait à la ceinture une hachette double, identique à celles figurant dans les armes de la Crète antique.

Il paraissait redoutable, mais il avait, au coin de l'œil, les rides du rire, de la bonne humeur et de la tolérance; et même la méfiance et la surprise qu'il éprouvait en ce moment n'avaient pu les effacer entièrement. De même, bien qu'il eût une chevelure d'argent, il n'était pas âgé; la quarantaine au maximum, estima Graydon.

Il s'exprimait en aymara, d'une voix vive, rauque, rugissante de basse.

« Ainsi, tu désires voir Huon! Eh bien, tu le verras. Et ne va surtout pas voir une marque d'ingratitude dans le fait que je t'ai fait attendre aussi longtemps et t'ai enlevé ton arme. Mais le Ténébreux est subtil, et Lantlu, puissent ses Xinlis le déchiqueter, l'est aussi. Ce ne serait pas non plus la première fois qu'il aurait tenté d'introduire chez nous des espions prétendument désireux de nous rendre service. Mon nom est Regor, certains m'appellent Regor le Noir. Ma noirceur n'est pas celle du Ténébreux; toutefois, moi aussi, je suis subtil. Mais il se peut que tu ignores tout de ce Ténébreux, hein, mon garçon?

– J'ai entendu un peu parler de lui, répondit prudemment Graydon.

– Ah oui! tu as entendu un peu parler de lui! Eh bien, qu'est-ce que ce petit peu t'en a fait penser?

– Rien! répondit Graydon, citant un proverbe aymara qui comporte un certain sens, on ne sait pourquoi, indécent, rien qui me ferait souhaiter être assis côte à côte avec lui pour casser des œufs de concert.

– Oh! Oh! rugit le géant en agitant dangereusement son trident. Mais c'est bon ça! Il va falloir que je dise à Huon que...

– Et de plus, n'est-il pas l'ennemi de... cette femme? ajouta Graydon en levant le bracelet.

Regor le Noir se retint de rire; il donna un ordre au garde.

« Suis-moi », dit-il à Graydon. Celui-ci, en jetant un coup d'œil en arrière avant de répondre à cette invitation, vit l'un des deux Indiens ramasser son fusil avec précaution, et tous les deux se mettre en marche de part et d'autre du bourricot. Il se demanda, inquiet, tout en essayant de régler son pas sur celui de Regor, s'il avait verrouillé son arme avant de la jeter; puis il se dit qu'il l'avait fait.

Mais un doute plus grave commença à croître en lui. Il avait échafaudé tous ses espoirs en se fondant sur l'idée que Huon, quel qu'il pût être, était un ennemi juré de Lantlu, qu'il se réjouirait de l'aide qu'il lui apporterait et qu'il lui accorderait la sienne en retour. Et il avait eu l'intention de lui raconter toute l'histoire de sa rencontre avec Suarra, et de ce qui s'était produit par la suite. A présent, agir ainsi lui paraissait témoigner d'une trop grande naïveté. La situation n'était pas du tout aussi simple que cela. Après tout, que savait-il de ces gens aux sinistres stratagèmes – leur peuple-araignée et leur peuple-lézard, et Dieu savait encore quelles autres monstruosités.

Et, après tout, savait-il vraiment de cette créature manifestement mystérieuse, incroyable, la Mère-Serpent?

Sa vigilance fut brutalement remise en éveil. Devant lui, le couloir était barré par d'immenses portes de métal noir. Elles étaient gardées par une double rangée de soldats en kilt jaune; au premier rang, des lanciers; au second, des archers armés de longs arcs de métal. Ils étaient placés sous les ordres d'un capitaine, un Indien trapu, un nabot, qui laissa presque échapper sa hache à double tranchant en apercevant Graydon.

Regor lui chuchota quelques mots. Le capitaine approuva d'un signe de tête, et frappa le sol du pied. Les battants de la grande porte s'ouvrirent, plis de rideaux transparents pareils à une cascade de toiles d'araignée, à travers lesquels un soleil eût dardé ses rayons.

« Je vais parler de toi à Huon, grommela Regor d'une voix caverneuse. Attends patiemment. » Il se mêla aux voiles arachnéens. Les portes se refermèrent sans bruit derrière lui.

Et, en silence, Graydon attendit; les gardes en kilt jaune l'observaient fixement, et de longues minutes s'écoulèrent. Une cloche tinta; les grandes portes s'ouvrirent. De derrière les arantèles lui parvint un murmure. Le capitaine fit signe aux deux Indiens. En passant devant lui avec l'âne, ils pénétrèrent dans la pièce dérobée. Il s'écoula un temps plus long encore, puis la cloche se fit à nouveau entendre et, à nouveau la porte s'ouvrit. Le capitaine fit un signe, et Graydon avança et traversa les voiles arachnéens.

Il fut ébloui par ce qui lui parut être des flots de lumière solaire passant à travers des vitres jaunes. Les détails s'aiguisèrent. Il eut une vague impression de murs tendus de tapisseries aux couleurs changeantes.

Un rire de femme éclata. Il tourna la tête en direction du rire et s'élança en avant, le nom de Suarra sur les lèvres mais quelqu'un l'attrapa par le bras et le retint... Et il vit que la rieuse n'était pas Suarra. Cette femme était étendue sur un divan bas, la tête dressée reposant sur une longue main blanche. Son adorable visage était empreint d'une ironie tout à fait étrangère à la douceur de la jeune fille. Il y avait une touche de cruauté sur ses lèvres parfaites, et une sorte de refus inhumain dans ses yeux sombres – rien de la tendresse qui se lisait dans ceux de Suarra; cela ressemblait davantage à ce qu'il avait vu sur le visage de Lantlu au moment où la meute des dinosaures avait repéré l'araignée écarlate.

« Notre hôte inattendu paraît impétueux, Dorina, dit une voix d'homme s'exprimant en aymara. Si c'est simple hommage à votre beauté, j'applaudis. Il m'a semblé toutefois y deviner comme un parfum de... retrouvailles. »

Celui qui avait parlé se leva d'une chaise placée à la tête du divan. Son visage avait l'extraordinaire beauté que tous les membres de cette race étrange paraissaient avoir reçu en partage. Les yeux étaient de ce bleu profond qui est habituellement un signe de bonté, bien qu'on en détectât aucune, pour l'heure, dans les siens. Comme ceux de Regor, ses cheveux roux étaient pris dans un filet ambre. Sous la robe blanche en forme de toge qui l'enveloppait, Graydon devina un corps athlétique.

« Vous savez que je ne suis pas une faiseuse de rêves, Huon, dit la femme d'une voix traînante. Moi, je suis une réaliste. Où aurais-je pu le rencontrer, sinon en rêve? Pourtant, bien que n'étant pas rêveuse, peut-être ai-je connu... »

Sa voix était légèrement languissante, mais le regard qu'elle adressa à Graydon était chargé d'une ironie méchante. Huon rougit, ses yeux devinrent froids; il lança un mot dur. Aussitôt, Graydon eut la poitrine serrée comme dans un étau, les côtes écrasées, le souffle coupé. Ses mains se levèrent pour desserrer cette étreinte; elles se refermèrent sur un bras mince, tendineux, qui donnait moins une sensation de chair que de cuir. Il tourna la tête. Un visage à moitié humain, agnathe, le dominait d'une soixantaine de centimètres. De longues mèches rouges emmêlées tombaient sur son front qui descendait abruptement. Ses yeux étaient ronds et dorés, pleins de mélancolie; mais, aussi, d'intelligence.

Un homme-araignée!

Un autre bras tendineux, couvert de poils écarlates, lui enserra la gorge. Un troisième le saisit sous les genoux et le souleva!

Il entendit Regor émettre un rugissement de protestation. A l'aveugle, il frappa le visage agnathe qui était tout près du sien et, au moment où il frappa, les pierres pourpres du bracelet d'or étincelèrent comme une minuscule gerbe de feu. L'homme-araignée poussa un gémissement, et Huon un cri aigu.

Il se sentit tomber, tomber toujours plus vite dans le noir, puis il ne sentit ni n'entendit plus rien...

Chapitre X

Les hors-la-loi de Yu-Atlanchi

Il reprenait péniblement conscience; une voix irascible poussait des hurlements de colère.

« Il porte l'antique symbole de la Mère. Il échappe à la vigilance des guetteurs. Il met en déroute les Urds puants au service du Ténébreux, qui crachent leur venin en son nom! Chacune de ces choses à elle seule suffit pour qu'on lui accorde attention! Je te le répète, Huon, c'est un homme digne d'être reçu avec courtoisie; un homme qui avait quelque chose à dire et ce quelque chose avait un intérêt, non seulement pour toi, mais pour toute la communauté. Et tu le jettes entre les pattes de Kon, sans l'entendre! Qu'en dira Adana lorsqu'elle sera au courant? Nous nous sommes suffisamment efforcés d'obtenir son aide, sans avoir jamais pu franchir le mur de son indifférence! Cet homme aurait pu la rallier à notre cause!

– Cela suffit, Regor, cela suffit! » La voix de Huon trahissait son découragement.

« Cela ne suffit pas, tempêta le géant. Était-ce le Ténébreux qui t'avait demandé d'agir ainsi? Par le Seigneur des Seigneurs, ton cas doit être soumis à la communauté!

– Il est évident que tu as raison, Regor. Tu as le devoir de rassembler la communauté, si tu penses que c'est la meilleure chose à faire. Quand l'étranger sortira de son évanouissement, et je suis en fait persuadé que ce n'est pas grave, je lui présenterai mes excuses. Et ce n'est pas moi, mais la communauté qui décidera ce qu'il convient de faire de lui.

– Toutes choses qui, me semble-t-il, ne sont pas flatteuses pour moi, intervint Dorina, d'une voix suave, trop suave. Voudrais-tu insinuer, Regor, que je suis un agent du Ténébreux, car, de toute évidence, c'est moi qui ai attisé la colère de Huon?

– Je n'insinue rien du tout..., commença le géant.

– Dorina, je répondrai à cela, interrompit Huon. Et je te dirai que ce n'est pas la première fois que j'ai des doutes. Prends garde à ce qu'un jour ces doutes ne se muent en certitudes. Car alors, je te tuerais, Dorina, et nul en Yu-Atlanchi, qu'il vive en surface ou sous terre, n'aura le pouvoir de te sauver. »

Il prononça ces paroles sur un ton relativement calme, mais avec une froide implacabilité.

« C'est toi qui oses dire cela, Huon... »

Graydon n'ignorait pas qu'il entre plus de vérité dans des oreilles que l'on croit fermées que dans celles que l'on croit ouvertes. C'est pourquoi il s'était tenu tranquille, suivant la conversation, rassemblant ses forces. Mais une douleur sourde le fit gémir et retint la femme de dire ce qu'elle avait sur le bout de la langue. Il porta son regard sur le visage de Huon où ne se lisait que l'inquiétude; puis sur Dorina, dont les yeux noirs lançaient des éclairs, s'efforçant, ses longues mains blanches serrées sur sa poitrine, de maîtriser sa colère.

Ses yeux se posèrent sur un personnage écarlate se tenant derrière eux. Il s'agissait de Kon, l'homme-araignée, et Graydon lui réserva toute son attention. Il aurait pu sortir d'une vision de cauchemar de Dürer dans le *Sabbat des Sorcières*, s'échappant du tableau pour devenir réalité en passant par un bain écarlate. Et pourtant, il n'y avait rien de démoniaque en lui, rien du prince des Ténèbres. Il possédait, en fait, une espèce de charme grotesque.

La tête de l'homme-araignée s'élevait à un mètre au-dessus de Huon. Le torse, le corps étaient sphériques, et un peu plus gros que ceux d'un jeune homme. Le corps rond reposait sur quatre pattes minces et en forme d'échasses; du milieu de ce corps en partaient deux autres, moitié plus longues, et qui se terminaient par des mains ou des griffes, dont les doigts, délicatement fins et acérés comme des aiguilles, avaient trente centimètres de long.

Il n'avait pas de cou. A la jonction de la tête et du corps, il y avait deux petits bras dont les extrémités ressemblaient aux mains d'un enfant. Sur ces mains était posé le visage encadré de mèches rousses et dépourvu de menton et d'oreilles. La bouche avait une forme humaine, mais le nez était un bec étroit. A l'exception du visage, des mains et des pieds, de couleur gris ardoise, il était recouvert d'un duvet rouge vif.

Les yeux, les grands yeux d'or phosphorescent, sans paupières et sans cils, avaient aussi une expression humaine, tristes, étonnés, un air aussi de s'excuser – on eût dit qu'ils étaient le reflet de l'état d'esprit actuel de Huon. Tel était Kon, au sommet de la hiérarchie de son espèce en Yu-Atlanchi, et que Graydon allait être appelé à connaître beaucoup plus intimement.

Il se leva, mal assuré sur ses jambes, soutenu par le bras de Regor. Il regarda la femme droit dans les yeux.

« J'avais cru, marmonna-t-il, j'avais cru... que vous étiez... Suarra!

La colère disparut du visage de Dorina, qui se creusa, comme sous l'effet de la peur : Huon redoubla d'attention; Regor fit entendre un grognement.

– Suarra! » dit la femme dans un souffle, desserrant ses poings.

Si le nom de Suarra provoquait chez elle de la crainte, et Graydon en fut un peu étonné, il ne produisait pas le même effet sur Regor.

« Je te l'avais bien dit, Huon, que cette affaire n'était pas comme les autres, cria-t-il joyeusement, et en voici une nouvelle preuve : Suarra, que la Mère adore – et il est l'ami de Suarra! Ah! il y a un sens à tout cela, une voie s'ouvre...

– Tu l'empruntes un peu trop vite », intervint Huon. Mais en dépit de cette mise en garde, on sentait chez lui une certaine ardeur, une exaltation contenue. Il s'adressa à Graydon.

« De tout ce qui s'est passé, je suis désolé. Même si vous êtes un ennemi, j'en suis désolé. Nous ne réservons jamais aux étrangers un accueil particulièrement cordial, mais cela n'aurait jamais dû se produire. Je ne puis en dire davantage.

– C'est inutile, répondit Graydon, sur un ton quelque peu ironique. S'il ne fut pas particulièrement cordial, l'accueil n'en a pas moins été suffisamment chaleureux. C'est oublié.

– Parfait! » On put lire un éclair de satisfaction dans les yeux de Huon.

« Qui que *vous* puissiez être, poursuivit-il, *nous* sommes des hommes pourchassés. Ceux qui voudraient nous anéantir sont puissants et malins, et nous devons constamment nous méfier des pièges qu'ils sont susceptibles de nous tendre. Mais si vous cherchez à joindre la Mère-Serpent – et Suarra – et que ce soit le hasard qui vous ait conduit vers nous, il est bon que vous sachiez que nous sommes des hors-la-loi en Yu-Atlanchi, bien que nous ne soyons pas les ennemis de ces deux femmes. Donnez-nous la preuve de votre honnêteté et vous nous quitterez, sans qu'il vous soit fait aucun mal, pour suivre votre voie comme vous l'entendez; ou si vous sollicitez notre aide, en vous rappelant que nous sommes des hors-la-loi, nous vous l'accorderons dans la limite de nos moyens. Si vous ne parvenez pas à nous convaincre, vous mourrez comme sont morts tous ceux qui ont été utilisés comme appâts pour nous prendre au piège. Ce ne sera pas une mort agréable; nous ne nous délectons pas de la souffrance, mais c'est la sagesse qui nous dicte notre conduite afin de décourager ceux qui voudraient suivre votre exemple.

– Ce n'est que juste, dit Graydon.

– Vous n'appartenez pas à notre race, dit Huon. Vous pouvez être un prisonnier qu'on a envoyé pour nous trahir en vous promettant la vie sauve et la liberté en guise de récompense. Le bracelet que vous portez peut vous avoir été donné pour fermer nos yeux à la méfiance. Nous ne savons pas vraiment si les Messagers vous ont laissé le champ libre. On a pu vous conduire à travers les antres des Urds jusqu'à l'endroit où vous ont trouvé les hommes qui vous ont mené ici. Que vous ayez abattu un certain nombre d'Urds ne prouve rien. Il y en a des quantités, et Lantlu et le Ténébreux, dont ils sont les esclaves, n'attachent pas le moindre prix à leur existence. Je vous dis tout cela, ajouta-t-il sur un ton d'excuse, afin que vous compreniez les doutes qu'il vous faudra dissiper pour avoir la vie sauve.

– Et ce n'est que juste », répéta Graydon. Huon se tourna vers la femme qui, depuis qu'il avait prononcé le nom de Suarra, n'avait cessé d'observer Graydon avec stupéfaction et un intérêt dont rien ne l'avait détournée.

« Resteras-tu avec nous et nous aideras-tu à le juger? lui demanda-t-il.

– Comme si, dit-elle de sa voix traînante et en s'étendant sur son divan, comme si, Huon, j'avais eu la moindre intention de n'en rien faire! »

Huon s'adressa à l'homme-araignée; un bras rouge se tendit et amena un tabouret aux pieds de Graydon. Regor posa sa masse sur un autre; Huon se laissa choir dans un fauteuil. Les yeux de cet étrange quartette fixés sur lui, Graydon entreprit de conter son histoire.

Lorsqu'il évoqua le Seigneur de la Folie, il s'aperçut que la conviction qu'il disait la vérité les gagnait, et qu'elle s'approfondit lorsqu'il fit allusion à la vision qu'il avait eue de Lantlu au milieu de sa meute sifflante. Mais il fut stupéfait de voir cette conviction se transformer en une foi horrifiée lorsque son récit les conduisit dans la caverne du grand Visage de pierre.

Car au moment où il décrivit ce visage du mal suprême, et la transmutation apparente des trois hommes en gouttes de sueur d'or, Dorina se couvrit la face de ses mains tremblantes, celle de Huon fut vidée de son sang, et Regor marmonna; seul Kon, l'homme-araignée, ne manifesta aucune émotion, le regardant de ses yeux d'or brillants et tristes.

Quelque obscur instinct lui recommanda la prudence. Aussi ne dit-il rien de sa vision du temple, mais il leur parla de son réveil, de l'Indien qu'il avait trouvé à son chevet et qui lui avait servi de guide, et de la façon impulsive dont il était revenu sur ses pas. Il leur montra la balafre laissée par la blessure qui avait été sa punition.

« Quant à ce qui m'a commandé de revenir en arrière, dit-il, je ne puis vous le dire, du moins pas maintenant. C'était un ordre auquel je ne pouvais pas désobéir... C'est tout ce que je puis dire, répéta-t-il. Et tout ce que j'ai dit est la vérité. Comment m'est parvenue l'injonction n'a aucun rapport avec la question, c'est à elle que je dois d'être ici. Attendez... il y a autre chose...

Il sortit de sa poche le paquet contenant la plume de *caraquenqu* que lui avait envoyée Suarra, l'ouvrit et le leur tendit.

« C'est à Suarra », dit Dorina dans un souffle, et Huon approuva de la tête.

Leur conviction ne pouvait plus être mise en cause. Mais il pouvait encore être bon d'exciter leur propre intérêt personnel.

« Et il y a encore autre chose, dit-il lentement. Regor a dit tout à l'heure que tout cela avait un sens. Il est possible que je n'en sache pas plus que vous au sujet de ce sens. Mais voilà ce qui est arrivé... »

Il leur parla des cors des elfes qui l'avaient conduit à travers la plaine des monolithes et, finalement, jusqu'à la crevasse dans les remparts. Huon prit une profonde inspiration et se redressa, l'espoir illuminant son visage, et Regor se leva d'un bond, faisant des moulinets avec son bras auquel était greffée une massue.

Huon prit Graydon par les épaules.

« Je te crois! dit-il d'une voix tremblante. Il se tourna vers Dorina : Et toi?

— Bien sûr que c'est la vérité, Huon! » répondit-elle; mais quelque rapide calcul lui fit baisser les paupières et assombrit son visage. Graydon crut même qu'elle lui lançait un regard menaçant.

« Tu es notre hôte, dit Huon. Demain matin, nous te présenterons à la communauté, et tu lui répéteras ce que tu nous as dit. Ce sera ensuite à toi de décider si tu désires solliciter notre aide, ou si tu préfères continuer à agir seul. Tout ce qui est à nous t'appartient, et tu peux nous le demander. » Il hésita, puis exprimant brusquement un désir sur lequel il aurait voulu garder le silence. « Par la Mère, j'espère que tu te rangeras de notre côté! Regor, veille à ce qu'on prenne soin du petit animal. Prends ceci, Graydon. » Il se baissa et ramassa le fusil. « Demain, tu nous montreras ce que c'est. Je vais te conduire à tes appartements. Attends-moi, Dorina. »

Graydon, au moment où il lui emboîtait le pas, jeta un coup d'œil en arrière. Dorina était debout. Cette fois-ci, son visage lui parut nettement menaçant.

Chapitre XI

Le peuple immortel

« Debout, mon garçon, prends un bain et déjeune. La communauté ne va pas tarder à se réunir, et je suis ici pour t'y conduire. »

En clignant des yeux et sans comprendre, Graydon considéra l'homme qui le réveillait. Regor se tenait au pied de sa couche, le visage éclairé par un large sourire que ses balafres transformaient en grimace de bienveillante gargouille. Il avait troqué son armure contre les vêtements collants qui correspondaient, semblait-il, à la mode masculine en Yu-Atlanchi. Il restait cependant Regor le Noir, car ses vêtements étaient noirs, et noir également le manteau qui pendait de ses immenses épaules.

Graydon jeta un coup d'œil circulaire sur la chambre où l'avait conduit Huon. Il rassembla les fils de sa mémoire.

Huon l'avait observé, tout en bavardant, tandis que deux hommes bruns, muets, procédaient à sa toilette et, par des massages, faisaient disparaître sa fatigue en même temps que les traces des ergots de Kon. Puis il avait pris place à son côté pendant qu'il mangeait des viandes au goût inconnu que lui avaient servies, dans des plats de cristal, deux jeunes Indiennes aux grands yeux étonnés. C'est Huon personnellement qui lui avait versé le vin, tout en lui posant de multiples questions sur les gens qui vivaient à l'extérieur de la terre secrète. Il n'avait pas paru très intéressé par leurs arts, leurs sciences ou leurs gouvernements; mais il l'avait été vivement, en revanche, par la manière dont ils mouraient et par la façon dont on traitait les vieillards, par les habitudes d'accouplement; il voulait savoir si les enfants étaient nombreux et comment on les élevait. Il était revenu sans cesse sur la question de la mort et des formes sous lesquelles elle se présentait, comme si le sujet exerçait sur lui une irrésistible fascination.

Et, finalement, il était resté assis en silence, à réfléchir; puis, poussant un soupir, avait dit :

« Il en était ainsi jadis... était-ce préférable? »

Il s'était levé, d'un seul coup, et avait quitté la chambre. La lumière ayant baissé, Graydon s'était alors jeté sur sa couche pour sombrer dans un profond sommeil.

Pourquoi Huon avait-il mis avec tant d'insistance à l'interroger sur la mort? Il y avait là quelque chose de troublant. Graydon se rappela brusquement que Suarra lui avait dit que son peuple avait fermé la porte de la mort. Il se rendit compte qu'il n'avait pas pris cette affirmation à la lettre. Était-ce possible qu'elle exprimât tout simplement la réalité?

Il sortit de sa rêverie, se secoua nerveusement, et abandonnant sa couche, se rendit à une fontaine creusée à même le sol, s'aspergea d'eau et se sécha avec des serviettes de soie. Il regagna sa chambre pour y trouver une table sur laquelle étaient posés des fruits, des sortes de gâteaux qui lui semblèrent de froment et du lait. Il s'habilla rapidement et prit place non loin de Regor, qui était resté silencieux jusque-là.

« Mon garçon, dit-il, je me suis flatté devant toi d'être subtil. Et ma subtilité me dit que tu l'es aussi et que, très subtilement, hier soir, tu as passé sous silence une grande partie de ton histoire. Notamment l'ordre que t'a donné la Mère.

– Seigneur Dieu! s'exclama Graydon, en utilisant l'équivalent aymara. Cette découverte n'a rien de subtil. Je vous ai avertis que je ne pouvais vous dire comment...

– Ce n'est pas à cela que je fais allusion. Ce que tu as pris grand soin de taire, c'est la récompense que t'a promise la Mère si tu obéis à ses ordres et si tu t'arranges pour parvenir jusqu'à elle. »

Graydon sursauta, étonné, s'étouffant avec un morceau de gâteau.

« Ah! Ah! rugit Regor en lui appliquant une claque sonore dans le dos. Est-ce que je ne suis pas subtil, dis? Dorina n'est pas là, murmura-t-il d'un air matois, en levant les yeux au plafond, et je ne suis pas obligé de rapporter à Huon tout ce que j'entends. »

Graydon virevolta sur son tabouret et le regarda en face. Regor lui retourna un regard moqueur, mais il y avait tant d'amicale sincérité dans ses yeux que Graydon sentit chanceler sa résolution. Huon, ainsi que cela avait été le cas pour Lantlu, lui faisait éprouver un sentiment de solitude; il y avait en eux quelque chose d'étranger, d'inhumain. Mais il n'éprouvait rien de pareil à l'égard de Regor. Cet homme lui semblait appartenir au même monde que lui. Et il avait donné des preuves certaines de sa bonté.

« Tu peux me faire confiance, mon garçon, Regor répondait à sa pensée. Tu as agi sagement hier soir, mais ce qui était alors sagesse pourrait ne plus l'être maintenant. Peut-être te décideras-tu plus facilement... quand tu sauras que je connais Suarra, et que je l'aime comme ma propre fille?

– Faisons un marché, Regor. Question contre question. Réponds à la mienne et je répondrai à la tienne.

– Marché conclu! » grogna Regor.

Graydon en vint directement à l'affaire qui le préoccupait. « Huon m'a posé de nombreuses questions hier soir. Et la plupart avaient trait à la mort dans mon pays, aux formes qu'elle prenait, à la façon dont elle nous frappait; et à la durée de la vie humaine là-bas. On aurait pu penser qu'il ignorait tout de la mort, à l'exception de celle que l'on donne en tuant. Pourquoi Huon éprouve-t-il une telle curiosité pour... la mort?

– Parce que, dit calmement Regor, Huon est immortel!

– Immortel? répéta Graydon incrédule.

– Immortel, reprit Regor, à moins, bien sûr, que quelqu'un ne le tue, ou qu'il opte pour l'exercice d'un certain... choix que nous avons tous la possibilité de faire.

– Que vous avez tous! répéta encore Graydon. Toi aussi, Regor?

– Même moi, répondit le géant, s'inclinant avec urbanité.

– Mais que n'ont sûrement pas les Indiens, cria Graydon.

– Non, pas eux, répliqua Regor sans s'énerver.

– Ils meurent donc. Ils meurent comme les gens de mon peuple.

Alors, pourquoi n'ont-ils pas appris à Huon ce que peut être la mort? Pourquoi me le demander, à moi?

– Il y a deux réponses à cela, dit Regor d'un ton très docte. D'abord, toi – et, par conséquent, ta race – tu es plus proche de nous que ne le sont les Emers ou, comme vous les appelez, les Aymaras. Donc, Huon estime que tu es susceptible de lui apprendre ce qui adviendrait si l'on prenait la décision de rouvrir la porte de la mort en Yu-Atlanchi. C'est, entre autres raisons, parce que nous nous interrogeons sur la mort que nous sommes des hors-la-loi. La seconde réponse c'est que, sauf cas rarissimes, nous tirons les Emers. Pour cette raison aussi nous sommes des hors-la-loi.

Une idée cauchemardesque donna à Graydon la chair de poule. Suarra était-elle aussi... immortelle? Et si tel était le cas, alors, par le nom du Seigneur, quel âge avait-elle? Cette pensée était décidément désagréable. Ils n'avaient rien d'humain, ces gens de la terre secrète; des anormaux! Suarra, c'était certain, toute douceur, n'était pas l'un de ces... monstres! Il n'osa pas poser franchement la question; il l'aborda d'une façon détournée.

« Dorina aussi, je suppose? demanda-t-il.

– Naturellement, dit placidement Regor.

– Elle ressemble beaucoup à Suarra, hasarda-t-il. Elle pourrait être sa sœur.

– Oh! non, dit Regor. Voyons... elle était, je crois, la sœur de la grand-mère de Suarra... ou de son arrière-grand-mère, je ne sais plus... »

Graydon lui adressa un regard soupçonneux. Est-ce que Regor ne se payait pas sa tête, après tout?

« Une sorte de tante, observa-t-il sur un ton sarcastique.

– C'est à peu près cela, convint Regor.

– Nom de Dieu! » hurla Graydon, au comble de l'exaspération, en abattant bruyamment son poing sur la table. Regor se montra surpris, puis il sourit.

« Qu'est-ce que cela peut faire? demanda-t-il. Un bébé de chez toi, né la veille, si son cerveau lui permettait de penser, te considérerait probablement comme venu du fond des âges, tout comme tu le penses de moi. Mais il tiendrait cela pour naturel. Toutes ces choses sont relatives. Et si nos âges te choquent, ajouta-t-il avec onctuosité, réjouis-toi de ce que ce soit Dorina la sœur de l'arrière-grand-mère de Suarra, et pas le contraire. »

Graydon éclata de rire; après tout, cela était d'un réconfortant bon sens. Néanmoins Suarra pouvait être vieille de plusieurs siècles!... Bon, mais, il ne servait à rien de se lamenter à ce sujet. S'il en était vraiment ainsi elle n'en demeurait pas moins la jeune princesse du printemps qu'il avait imaginée!

« Encore une question, et je serai prêt à répondre aux tiennes. Aucun de vous ne m'avait entièrement cru avant que j'aie parlé du Visage, et ce que je vous en ai dit vous a effrayés. Pourquoi?

– Ce n'est qu'une ombre, répondit Regor en pâlissant. Une ombre du mal à laquelle tu as donné corps. Une antique légende à laquelle tu as donné réalité. Que ce soit... Je n'en dirai pas davantage.

– Tu t'exprimes par énigmes. Comme si j'étais un gosse. As-tu peur d'appeler cette ombre par son nom? Eh bien! pas moi... c'est l'ombre de Nimir. »

La mâchoire de Regor s'affaissa et se referma avec bruit. Il fit un pas vers Graydon, le visage dur, les yeux froids, l'air à la fois menaçant et soupçonneux.

« Tu en sais trop, je pense! Et en sachant trop, tu ne crains pas assez...

– Ne sois pas stupide, dit sèchement Graydon. Si je savais de quoi tu as peur, te l'aurais-je demandé? Je connais le nom, et c'est tout – sauf qu'il est l'ennemi de la Mère. Comment je suis venu à le savoir, je te le dirai plus tard, quand tu auras répondu à ma question. Et sans devinettes, cette fois. »

Pendant une longue minute, le géant fixa son regard sur lui, puis haussa les épaules et prit un siège lui faisant vis-à-vis.

« Tu as éveillé mes soupçons, dit-il d'une voix relativement calme. De toute la communauté, je suis le seul, au moins je le pense, à connaître le nom de Nimir. On l'a oublié. Le Seigneur du Mal, ce nom, tout le monde le connaît. Mais pas le nom qu'il portait avant... »

Il se pencha vers Graydon, posa sa main sur son épaule, et sa bouche sévère trembla.

« Par la Puissance qui nous domine tous, je désire te croire, mon garçon! Je ne voudrais pas que meure cet espoir! »

Graydon saisit son bras mutilé.

« Et par la Puissance qui nous domine tous, tu peux me croire, Regor. »

Regor hocha la tête, le visage ayant retrouvé sa sérénité.

– Donc, voilà ce qu'il en est, commença-t-il. Il y a de cela longtemps, très longtemps, Yu-Atlanchi était gouverné par les Sept Seigneurs et Adana, la Mère-Serpent. Ils n'étaient pas pareils aux autres hommes, ces Seigneurs. Maîtres de la connaissance, détenteurs d'étranges secrets, possédant d'étranges pouvoirs. Ils avaient vaincu la mort comme la vie, retardant la mort à leur gré, manipulant la vie selon leur volonté. Ils arrivèrent dans ce pays avec la Mère et son peuple, il y a des siècles et des siècles. Grâce à leur sagesse, ils avaient cessé d'être humains, ces Seigneurs; bien qu'ils aient dû, jadis, avoir été des hommes comme toi et moi.

« Vint une époque où l'un d'entre eux se mit à comploter en secret contre les autres, montant une machination pour s'emparer de leur puissance. Lui, devant régner en maître absolu, non seulement sur Yu-Atlanchi, mais sur l'ensemble de la Terre. Lentement, progressivement, il s'arma de pouvoirs meurtriers, ignorés des autres.

« Quand il estima que sa force était arrivée à maturité, il frappa. Et faillit triompher. Il aurait triomphé, n'eussent été l'astuce et la sagesse de la Mère.

« Ce Seigneur, c'était Nimir.

« Ils le vainquirent, mais ils ne purent le détruire. Cependant, grâce à leurs stratagèmes, ils purent l'emprisonner en aménageant un certain endroit où leur science leur permit de l'enfermer dans la pierre d'une paroi rocheuse sur laquelle ils sculptèrent un grand visage ressemblant à celui de NIMIR. Ce n'était pas par dérision... ils avaient un objectif... mais quel pouvait avoir été cet objectif... nul ne le sait. Et, par leur art, ils firent entrer en action des forces qui le maintiendraient solidement enfermé tant que persisterait l'unité du pays. Des fruits de joyaux ou des flots d'or, tels que ceux que tu as décrits, la légende ne dit rien.

« Tout cela achevé, les six Seigneurs et Adana, la Mère, retournèrent en Yu-Atlanchi. Et pendant de longues années, l'ancienne paix régna.

« Le temps succéda au temps. Un par un, ceux dont les yeux avaient vu le Seigneur du Mal devinrent de plus en plus las e ouvrirent la porte de la mort. Ou bien ouvrirent la porte de la vie par laquelle ils introduisirent des bébés, franchissant ensuite le noi portail, ce qui est le prix des enfants en Yu-Atlanchi! Ainsi vint l jour où, dans cette terre secrète, il ne resta plus personne qui connût toute la vérité, à l'exception d'une poignée de faiseurs de rêves

« Puis, il n'y a pas si longtemps, compte tenu de la façon dont on mesure la durée en Yu-Atlanchi, se répandit la rumeur que ce méchant Seigneur avait fait sa réapparition, ou plutôt, son ombre; un fantôme des ténèbres qui murmurait; sans apparence physique, mais cherchant un corps; promettant tout à ceux qui lui obéiraient; murmurant, murmurant qu'il était le Seigneur du Mal, et que les Urds, les hommes-lézards, étaient ses esclaves.

« Lorsque, pour la première fois, nous parvint une rumeur au sujet de cette ombre et de ses chuchotements, nous nous mîmes à rire. Un faiseur de rêves s'était réveillé, disions-nous, et quelqu'un a cru à ses balivernes. Mais lorsque les partisans de l'ombre devinrent plus nombreux, nous rîmes beaucoup moins fort. Car la cruauté et la méchanceté se développèrent rapidement et, qu'il s'agît du Seigneur du Mal ou d'un autre, nous nous rendions compte que les racines de l'arbre antique de Yu-Atlanchi étaient empoisonnées.

« Des six Seigneurs, il n'en restait plus qu'un et il s'était éloigné de nous depuis longtemps. Nous avons donc cherché à obtenir une audience auprès de la Mère, mais elle est demeurée indifférente à nos appels.

« Ensuite, Lantlu s'empara du pouvoir, et dans l'antique cité, la vie devint intolérable pour beaucoup d'entre nous. A la suite de Huon, nous avons trouvé un refuge dans ces cavernes. Et, au fil des années, l'ombre sur Yu-Atlanchi se fit de plus en plus sombre. Mais nous persistions à dire : “ Ce n'est pas l'ancien Seigneur du Mal! ”

« Et voilà que tu arrives. Et que tu nous dis : “ J'ai vu cet endroit secret! J'ai plongé mes yeux dans ceux du Visage! ” »

Regor se leva et fit les cent pas dans la pièce; de petites gouttes de sueur perlaient à son front.

« Et nous savons désormais, poursuivit-il, que l'ombre n'a pas menti, qu'elle ne fait qu'un avec le Seigneur du Mal. Qu'il a trouvé le moyen de s'échapper partiellement et que, une fois réincarné, comme il cherche à l'être, il aura le pouvoir de briser tous ses liens, de retrouver une liberté totale et de régner dans ce pays et, le moment venu, sur toute la Terre, comme, il y a des siècles, il fut empêché de le faire. »

Il reprit ses inquiètes allées et venues, fit une nouvelle pause, face à Graydon.

« Nous avons peur, mais ce n'est pas la mort qui nous effraye, dit-il, et ces paroles faisaient écho à celles de Suarra, c'est quelque chose de bien pire que n'importe quelle mort pourrait l'être. Nous avons peur de *vivre* – sous la forme et de la façon que pourraient imaginer ce Seigneur du Mal et Lantlu. Et qu'ils imagineraient à notre intention, sois-en certain. »

Il se couvrit la figure avec son manteau. Lorsqu'il le retira, il s'était repris.

« Eh bien, mon garçon, courage, tonna-t-il. Ni Lantlu ni le Maître des ténèbres ne nous ont encore entre leurs mains! A toi, maintenant. Que t'avait promis la Mère? »

Graydon, le cœur battant de sourde horreur, lui conta en détail ce qu'il avait vu et entendu lors de sa vision. Regor écoutait en silence. Mais, progressivement, l'espoir grandissait dans ses yeux; et lorsque Graydon eut répété la menace qu'avait proférée la Mère-Serpent contre Lantlu, il bondit en poussant un juron de joie.

« Il faut que tu parviennes jusqu'à elle, et tu y parviendras, dit-il. Je ne dis pas que ce sera facile. Mais il y a moyen – oui, il y a moyen. Et tu porteras à la Mère un message de notre part; tu lui diras que nous sommes prêts à rejoindre ses rangs et à combattre du mieux que nous pourrons à ses côtés. Et qu'il y a peut-être en Yu-Atlanchi plus de gens qu'elle ne le pense qui méritent d'être sauvés, ajouta-t-il avec une pointe d'amertume. Dis-lui que nous au moins, tous et chacun, sacrifierions joyeusement nos vies si cela devait l'aider à vaincre. »

Venu de très loin, le doux tintement d'or d'une cloche se fit entendre.

« La communauté est réunie, dit Regor. C'est le signal. Lorsque tu seras en sa présence, ne dis rien de ce que tu viens de me raconter. Contente-toi de répéter ton histoire d'hier soir. Dorina sera là. Et je ne t'ai rien dit. Tu comprends, mon garçon?

– Parfait, répondit Graydon.

– Et si tu es un gentil jeune homme, lui dit Regor s'arrêtant à la porte voilée et en lui enfonçant son trident dans les côtes, si tu es un très gentil jeune homme, je te raconterai encore autre chose.

– Oui, quoi? dit Graydon, impatient.

– Je te dirai l'âge exact de Suarra! » répondit Regor et, dans un éclat de rire, il franchit la portière.

Chapitre XII

La vieille cité secrète

Graydon se dit qu'il lui faudrait réviser son jugement sur Regor le Noir. Il avait ri intérieurement en l'entendant se vanter de sa subtilité, car il l'avait considéré comme étant aussi facile à percer que l'air. Il savait maintenant qu'il avait eu tort. L'espiègle allusion à l'âge de Suarra indiquait combien Regor avait su lire en lui. Toutefois, ce n'était là qu'un œuf de l'omelette. Plus important était le fait que Regor se fût aperçu qu'il avait dissimulé l'essentiel de son histoire.

Il y avait, de plus, son indépendance d'esprit qui se manifestait tant en paroles qu'en actes; il était possible qu'il fût l'homme de Huon, mais il gardait sa liberté de pensée. Sa méfiance à l'égard de Dorina en était la preuve. Et la façon dont il s'y était pris, la veille au soir, pour jeter ce sinistre doute dans l'esprit de Huon témoignait certes de sa subtilité. Il possédait aussi le sens de l'humour qui faisait totalement défaut à Huon, Graydon en était intimement persuadé.

Le couloir qu'ils traversèrent était court. Il se terminait par une énorme porte de métal noir gardée par les Indiens en kilt jaune.

« Souviens-toi! » Regor le mit en garde. La porte s'écarta, découvrant d'arachnéens rideaux. Il les ouvrit et Graydon les franchit à sa suite.

Il se trouva sur le seuil d'une immense chambre dont le haut plafond déversait une lumière dorée et éblouissante qu'on aurait dit provenir du plein soleil. Sa vue s'étant éclaircie, il aperçut une double rangée de sièges en demi-cercle qui paraissaient taillés dans du corail rose. Ils étaient occupés par une centaine de gens appartenant à Huon, les hommes étaient en jaune et les femmes, vêtues de couleurs vives possédaient une troublante beauté. Graydon, scrutant leurs visages, frissonna; il éprouva à nouveau un étrange sentiment de solitude.

Face à l'hémicycle sur une estrade basse était posé un large banc de corail rose, garni de coussins, avec, devànt, un piédestal ressemblant à la tribune d'un président de séance. C'est là qu'était assise

Dorina, Huon se tenant debout à son côté. Il descendit rapidement les marches, salua Graydon avec une extrême courtoisie, et, lui prenant la main, lui fit gravir l'estrade où Dorina répondit à son salut par un négligent haussement de ses cils noirs et un mot prononcé nonchalamment. Regor se laissa tomber auprès d'elle; puis Huon lui fit faire face à l'assemblée, levant le bras porteur du bracelet, à la vue duquel les murmures s'intensifièrent et d'autres mains se tendirent pour le saluer.

« Voici, entama Huon, la communauté hors-la-loi de Yu-Atlanchi, haïssant Lantlu et le Maître des ténèbres, haïe par eux, fidèle à la Mère, et prête à se mettre à son service si elle les y autorise. J'ai partiellement raconté ton histoire à la communauté et lui ai annoncé que je te croyais. Toutefois, bien que j'ai reçu le nom de chef, je ne suis que l'un d'entre eux. Ils ont le droit de te juger. Parle, ils t'écoutent. »

Graydon rassembla ses idées, puis se lança dans son récit. Leur intérêt augmentait au fur et à mesure qu'il avançait dans sa relation et il eut l'impression qu'en ce qui concernait l'opinion qu'ils se faisaient de lui, cette audition n'était qu'une simple formalité; que Huon les avait convaincus de sa sincérité avant qu'il ne parût devant eux. Cette pensée consolida son assurance et, comme il sentait croître leur sympathie et leur accord, il se trouva plus à l'aise et les mots coulèrent plus facilement.

Lorsqu'il les eut finalement conduits à la caverne du Visage, il ne douta plus de son succès : penchés dans une attitude d'attention figée, pâles, les lèvres blanchies, les yeux emplis d'horreur, ils étaient, pensa Graydon, comme des séraphins apprenant brusquement que Satan et ses légions avaient forcé une porte du Paradis. Mais si l'on pouvait lire l'horreur dans leur regard il n'y avait nulle trace de panique, ni de désespoir. Quand il eut terminé, un long soupir se fit entendre, puis le silence tomba. C'est Huon qui le rompit :

« Vous avez entendu. Maintenant, que celui ou celle qui met en doute la parole de cet homme se lève et l'interroge. »

Un murmure parcourut la communauté tandis qu'ils se tournaient les uns vers les autres; de petits groupes se formèrent et se mirent à chuchoter. Puis une voix s'éleva parmi eux.

« Huon, nous le croyons. Et c'est très vite qu'il doit parvenir auprès de la Mère. Reste à déterminer de quelle façon.

– Graydon, prononça Huon en se tournant vers lui, je t'ai promis hier soir que si nous te croyions, tu pourais agir à ta guise, comme te le conseillerait ton propre jugement — ou que tu pourrais prendre place parmi nous et faire appel à nos cerveaux pour t'aider. Il te faut maintenant choisir. Nous ne dupons personne avec de belles promesses dont nous savons qu'elles seront difficiles à réaliser. Et il se pourrait bien que notre secours te vaille plus de désagréments que d'avantages. Avant de te décider, vois à quelle table tu entends risquer ta mise! »

Il descendit de l'estrade et gagna l'extrême bout de la chambre. Il rejeta de côté les épaisses tentures qui couvraient le mur. Elles dissimulaient une pierre noire éclatante. Huon y posa la main et, lentement, une petite ouverture ronde y apparut. Il s'en échappa un relent d'air frais odorant. Huon fit signe à Graydon de s'approcher et celui-ci découvrit alors le Yu-Atlanchi secret.

Très au-dessous de lui étincelaient les eaux bleues d'un lac tout en longueur. (L'antre de Huon se situait à l'une de ses extrémités étrécies.) Il était bordé par des plages de sable d'or et des marais en fleurs. Au-delà des marais, il y avait une épaisse forêt s'étendant sur des kilomètres et des kilomètres, pour être repoussée finalement comme une verte vague par des falaises, abruptes et grises et s'élevant à des centaines de mètres. Il regarda le lac, suivant des yeux son cours de plus en plus large en direction du sud. Le paysage baignait dans une légère brume, mais il vit au loin une tache de couleur donnant l'impression qu'on avait, à cet endroit, renversé une gigantesque boîte à bijoux. En face, les falaises avançaient dans l'eau, rétrécissant à nouveau la largeur du lac. Et il y avait dans ces falaises une rangée d'énormes ovales noirs, pareils à des fenêtres ouvrant sur les ténèbres. Auprès de chacun d'eux, une gigantesque statue.

C'était évident! Cette tache de bijoux répandus était l'ancienne cité secrète. Les trous d'ombre noirs étaient les cavernes qu'il avait aperçues lorsque l'avait fait comparaître la Mère-Serpent; les formes en faction étaient les colosses, et là, à gauche, où un précipice formait un puissant contrefort, cette verge d'argent brillant, c'était la cascade dont il avait eu la vision...

Huon lui tendit un masque de cristal qu'il appliqua sur ses yeux. La tache de couleur se rapprocha, s'étendit devant lui et se transforma en une cité avec des donjons et des tourelles, une cité construite par les Djinns à l'aide de blocs et d'écailles d'or rutilant aux toits faits de tuiles de turquoise et de saphir, de rubis incandescent et d'éclatant diamant. Il voyait l'écume de la chute d'eau s'agiter comme des voiles. Il vit aussi qu'aucun des colosses ne ressemblait à l'autre, que certains avaient des formes féminines et que d'autres, comme les dieux de l'ancienne Égypte, arboraient des têtes d'animaux et d'oiseaux. Il estima leur hauteur, à une trentaine de mètres. Ses yeux s'attardèrent sur l'une de ces statues, un corps nu de femme, aux proportions héroïques et cependant exquises. Elle avait un visage de grenouille souriant.

Derrière la cité s'élevait une longue colline basse. A son faîte, un édifice dont les dimensions auraient fait paraître petit l'immense temple à colonnes de Karnak. Il était en marbre et il veillait sur la cité aux joyaux comme une vestale vêtue de blanc. Le devant était garni de piliers, énormes mais absolument nus. Le bâtiment était d'une simplicité cyclopéenne, et, comme les colosses, il paraissait monter la garde.

Il ne remarqua pas de rues, mais des sentiers feuillus à rare circulation. A l'ouest, au sud et à l'est, son regard était arrêté par les remparts escaladant le ciel des montagnes. Le pays secret était une vaste cuvette circulaire qui, selon lui, devait avoir une cinquantaine de kilomètres de diamètre.

« Voilà, Huon avait l'index pointé sur le temple, voilà ta destination. C'est là qu'habitent la Mère... et Suarra. »

Le trou se referma; Huon laissa tomber les tentures et reconduisit Graydon à l'estrade.

« Tu as vu, dit-il. Ce que tu n'as pu voir, ce sont les obstacles qui se placent entre toi et le temple, vers lequel le chemin paraît si court et si net. La cité est bien gardée, Graydon, et tous les gardes sont des créatures de Lantlu. Tu ne pourrais atteindre le temple sans être pris une vingtaine de fois. Aussi te faut-il renoncer à tout espoir d'arriver jusqu'à la Mère en cachette, sans aide. Inévitablement, tu serais conduit devant Lantlu. Selon l'antique loi, la vie te serait alors confisquée...

« Mais il se pourrait qu'en entrant hardiment dans la ville, exhibant ton bracelet à titre de passeport, et demandant en son nom audience à la Mère, il se pourrait que tu arrives ainsi simplement à tes fins. Il se pourrait que Lantlu, intrigué par la façon mystérieuse dont tu as passé devant les messagers, dont tu as été guidé jusqu'en Yu-Atlanchi, n'ose pas t'assassiner ou t'empêcher de voir la Mère.

– Au mieux, ce qu'il ferait, grommela Regor, serait de t'ecueillir correctement, de tirer de toi tout ce qu'il serait possible, de te faire attendre sous prétexte qu'il faut préparer la Mère à ta visite, il te verserait probablement une drogue quelconque dans ta boisson et, pendant ton sommeil, il consulterait le Maître des ténèbres sur ce qu'il conviendrait de faire de toi. Je ne pense pas que tu puisses jamais parvenir jusqu'à la Mère par cette voie. Lantlu est tout sauf idiot!... »

La communauté manifesta son accord par un murmure, et Huon lui-même par un hochement de tête.

« Il lui faut pourtant calculer ses chances, dit-il. Et si nous rejetons ce plan, il y a la question de notre appui. Franchement, Graydon, il ne peut pas être très important. Parmi ceux de la vieille race, peu sont encore vivants. Nous sommes peut-être deux mille en tout. Et nous en représentons à peine une centaine. A l'intérieur de la cité, environ trois cents sont de notre côté et nous sont plus utiles là-bas qu'ici. Pour le reste, les faiseurs de rêves se chiffrent par un demi-millier. Les autres sont dans le camp de Lantlu, partageant ses plaisirs et ses objectifs, partisans, plus ou moins, du Maître des ténèbres.

« Nous ne sommes pas en situation d'affronter ouvertement Lantlu. Les Xinlis sont sous ses ordres, qu'il s'agisse des meutes de chasse ou des montures – et ces dernières sont aussi redoutables que les chasseurs. Par le Maître des Ténèbres, il contrôle les Urds, les hommes-lézards. Contre tout cela, nous ne disposons que d'épées et de lances, d'arcs et de flèches. Nous avions jadis de tout autres armes – des sons qui jaillissaient comme de rapides étincelles, s'enflammaient et tuaient tout ce sur quoi ils tombaient; des ombres qui se dirigeaient à l'endroit précis qu'elles voulaient atteindre et transformaient en blocs de glace tous ceux sur qui elles se posaient; des figures de flammes qui consumaient toutes les choses vivantes qu'elles touchaient; et d'autres bizarres engins de mort. Mais comme le racontent nos légendes, à la suite d'une certaine guerre, ces armes nous ont été retirées et cachées dans une caverne, afin que nous ne puissions plus jamais les utiliser les uns contre les autres. Ou il se peut qu'elles aient été détruites. Quoi qu'il en soit, nous n'en disposons plus...

« Je te dis cela, Graydon, ajouta Huon avec une pointe d'amertume, pour te montrer pourquoi nous ne te prenons pas la main pour marcher sur le temple blanc en ta compagnie. Si nous avions, ne fût-ce qu'une seule de ces armes d'autrefois...

– S'il nous en restait, ne fût-ce qu'une, nous t'accompagnerions sans la moindre hésitation, rugit Regor. La Mère sait où elles sont, si elles existent encore, et c'est pourquoi il faut que tu parviennes jusqu'à elle pour la persuader de nous les confier. Par tous les enfers, si le Maître des Ténèbres est le Seigneur du Mal, alors Adana ferait bien de veiller à sa propre sécurité. Il se peut que lui aussi sache où sont cachées ces armes!

– Voici ce que nous pouvons faire, Graydon, poursuivit Huon. Nous pouvons nous arranger pour te cacher chez des amis dans la cité, si nous réussissons à t'y amener sans que tu sois découvert. Après quoi, nous devrons dresser un plan pour te faire pénétrer dans le temple. Cela fait, si Lantlu cherche à s'emparer de toi, ce sera la guerre ouverte entre la Mère et lui. Et, franchement, c'est cela qui nous intéresse. Le danger, c'est qu'on te découvre avant que tu l'aies atteinte. Je crois pourtant que tu as une meilleure chance de réussir avec notre aide que tout seul!

– Je le crois aussi, répondit Graydon. Mais, d'une façon ou d'une autre, Huon, quelque chose me dit que nos fortunes sont liées. Que si je réussis, il y aura un espoir pour vous et pour tous ceux qui voudraient voir se transformer Yu-Atlanchi. En tout cas, si vous voulez m'accepter, je me range entièrement de votre côté. »

Le visage de Huon s'éclaira, il prit les mains de Graydon, tandis que Regor marmonnait et lui tapotait l'épaule, et que de la communauté s'élevait un soupir de soulagement. Et, brusquement, au milieu de tout cela, tendrement languissante, la voix de Dorina se fit entendre :

« Mais il me semble que vous avez oublié de toutes les solutions la plus simple. De toute évidence, c'est autant Suarra que la Mère qui a conduit Graydon ici. Et, de toute évidence, Suarra, c'est le moins qu'on puisse en dire, s'intéresse à lui. Et Suarra est l'enfant chérie de la Mère. Alors, que l'on fasse savoir secrètement à Suarra que Graydon est de retour, qu'elle fasse à son tour connaître l'endroit où elle désire le rencontrer; puis, après s'être vus, qu'elle lui dise le meilleur moyen de parvenir jusqu'à Adana. »

Graydon vit Regor lui lancer un regard soupçonneux, mais Huon applaudit à l'idée et, au terme d'une brève discussion, la communauté l'approuva. On décida donc d'adresser immédiatement un messager à Suarra pour l'informer de la présence de Graydon, et, comme preuve que c'était exact, il écrivit, à la suggestion de Regor, une courte phrase : « Par ta plume de *caraquenque* que je porte sur mon cœur, ceci est la vérité », cela et rien de plus. C'est aussi à la suggestion de Regor que le rendez-vous fut fixé à la première caverne des colosses, près de la grande cascade et presque au niveau du lac.

« Il n'y a rien qui puisse l'empêcher de s'y rendre, insista Regor. Elle pourra dire qu'elle est envoyée par la Mère pour une raison à elle. Nul n'osera s'interposer -- et pourquoi le ferait-on? Elle s'est déjà rendue aux cavernes. Il faudrait que cela se passe bien après la nuit tombée, disons à la cinquième heure. Moi et une demi-douzaine d'entre nous suffirons à assurer la garde de Graydon. Je connais un chemin par lequel il y a peu de risques d'être découvert. »

On fixa donc les choses ainsi. On prépara le message pour Suarra, et le porteur, l'un des Indiens, se mit en route. Graydon ne se faisait pas une idée nette de la façon dont ce message parviendrait jusqu'à elle. Il s'imagina vaguement qu'il serait transmis par l'intermédiaire d'autres Indiens sûrs aux Emers qui étaient les serviteurs et les gardes du corps du temple et ne devaient allégeance qu'à la Mère-Serpent et au Seigneur de la Folie.

Ce jour-là, Graydon le passa avec Huon et quelques représentants de la communauté, qu'il considéra comme des compagnons gais, spirituels et délicieux; les femmes, surtout, avaient un charme vraiment dangereux. Il dîna en leur compagnie. Dorina, manifestement, lui témoigna une attention particulière, mais la jalousie de Huon était en sommeil. A l'instar de Huon, elle était curieuse des choses touchant à la mort, et Graydon ne trouva pas spécialement gaie cette partie de la soirée qu'il passa auprès d'elle. Finalement, elle garda le silence pendant quelques minutes, puis dit :

« Si Huon remporte cette bataille et vient à gouverner Yu-Atlanchi, il menace d'ouvrir la porte de la mort pour nous tous. Pourquoi n'aurions-nous pas le droit de choisir? »

Sans lui donner le temps de répondre, elle le fixa à travers ses paupières baissées et déclara de la plus définitive des façons :

« Eh bien, *moi*, pour commencer, je n'ai pas l'intention de mourir! Tu pourras le dire à la Mère, si jamais tu arrives jusqu'à elle! »

Puis elle fit brusquement demi-tour et s'en alla.

Plus tard, alors qu'il se couchait, Regor vint s'asseoir pour bavarder avec lui.

« Mon garçon, dit-il, j'ai de mauvais pressentiments. J'avais moi-même l'idée de proposer cette rencontre avec Suarra, néanmoins elle ne me plaît pas du tout venant de Dorina. Et Suarra ne doit pas nous rencontrer à la cinquième heure, mais à la troisième. Et l'endroit ne sera pas la première caverne, mais la caverne de la femme-grenouille.

— Mais le message est parti, dit Graydon. Comment Suarra en sera-t-elle informée?

— Ne t'inquiète pas de cela, répliqua le géant. Avec ma subtilité habituelle, j'ai adressé un message à moi en même temps que l'autre. Même le messager qui en était porteur ignorait de quoi il s'agissait. Si Suarra nous renvoie une plume de *caraquenque*, cela signifiera qu'elle a compris. Sinon, eh bien, nous devrons nous rendre à la première caverne. »

Il hocha sombrement la tête.

« Je te le répète. Je n'aime pas que cette idée soit venue de Dorina... »

Il grogna un « bonne nuit » et sortit de la pièce, digne et à grands pas.

Chapitre XIII

La caverne de la femme-grenouille

Au matin du troisième jour, Regor informa Graydon que Suarra avait reçu son message, et qu'elle avait fixé leur rendez-vous pour cette nuit. Elle avait envoyé une plume de *caraquenque* pour montrer qu'elle avait compris et qu'elle se trouverait à la caverne de la femme-grenouille.

« Huon lui-même ignore que c'est là que nous irons, dit Regor. Sinon, Dorina aurait fini, à force de cajoleries, à le lui faire dire. Et deux nuits de sommeil n'ont pas amoindri ma méfiance. En formulant sa suggestion, elle n'avait pas seulement en tête de te faciliter la route conduisant à Adana, ou de satisfaire ton désir de revoir la jeune femme dont, façon de parler, elle est la tante », acheva-t-il dans un sourire.

Graydon avait lui-même beaucoup pensé à la chose; et, à présent, il rapportait à Regor la curieuse conversation qu'il avait eue avec Dorina.

« Il est possible, dit-il, qu'elle imagine un piège pour me faire tomber entre les mains de Lantlu. Elle peut se dire que si je parviens jusqu'à la Mère, et que si Lantlu est vaincu, Huon régnera et ouvrira la porte de la mort, ce dont elle semble avoir très peur. Tandis que si je suis définitivement mis à l'écart, les choses se poursuivront, pour l'essentiel, comme maintenant, ce qui lui donnera le temps de faire revenir Huon sur sa décision. C'est le seul fondement qui m'apparaisse à tes soupçons, pour autant qu'ils soient fondés. »

Regor l'avait écouté, plongé dans ses réflexions.

« Ce n'est un secret pour personne que Dorina n'est pas d'accord avec Huon sur ce point. Cela a toujours été un objet de conflit entre eux. Son désir d'être père est aussi grand que celui qu'elle a d'être immortelle. Avant que nous ne nous installions ici, il l'avait suppliée de s'unir à lui pour que soient rouvertes les deux portes. Elle a refusé. D'autres femmes auraient accepté. Mais Huon est l'homme d'une seule femme. Il tuerait Dorina s'il venait à découvrir qu'elle le trahit, mais il n'aura d'enfant d'aucune autre femme. »

Il arpenta la pièce en grommelant.

« Il y a cependant un autre aspect du problème que, selon moi, ne néglige pas non plus Dorina : si tu es pris, il y a de fortes chances pour que Suarra le soit aussi. Elle court un grand risque en venant à ton rendez-vous. Suffisant pour encourir la condamnation du Conseil, que contrôle Lantlu – ce qui signifierait, au minimum, sa mise hors-la-loi. Le Conseil n'outrepasserait pas ses droits en agissant ainsi. Mais si je connais quelque chose aux femmes, et compte tenu que la Mère-Serpent est femme, elle n'admettrait pas que sa filleule souffrît. Et la question sera effectivement soulevée, et d'une façon telle qu'elle ne pourra être résolue que par la lutte ouverte contre Lantlu. Et c'est précisément ce que ne veut pas Dorina, si toutefois tu as vu juste.

– Bon Dieu, Regor! s'exclama Graydon, consterné, pourquoi ne pas m'avoir dit tout cela avant que je leur raconte la façon dont Suarra était revenue vers moi? Voilà qui va la mettre sous la coupe de Lantlu si cette mégère l'en informe.

– Non, répondit le géant, non. La Mère est intervenue, et je pense qu'elle interviendra encore... pour Suarra. Mais elle ne le fera peut-être pas pour toi. Tu m'as raconté aussi qu'elle avait dit que tu devais parvenir jusqu'à elle uniquement grâce à ton courage et ton astuce. Je ne pense donc pas qu'on doive compter cette nuit sur une quelconque protection au-delà de la façon dont nous nous débrouillerons nous-mêmes. »

Il se remit à grommeler inintelligiblement.

« En outre (il darda son bras artificiel vers Graydon à la manière d'un index), Adana est femme, par conséquent versatile. Elle pourrait se dire qu'après tout, tu n'es pas indispensable au bonheur de Suarra, à moins que toute cette affaire ne finisse par l'ennuyer pour un temps, et il se pourrait que cette courte abstention n'intervienne au moment le moins propice pour toi...

– Par l'enfer! cria Graydon, en bondissant sur ses pieds, tu es certes un compagnon encourageant, Regor!

– Bien, ricana Regor, si c'est une pensée réconfortante qu'il te faut, en voici une. La Mère, c'est vrai, est une femme – mais certainement pas une femme humaine. C'est pourquoi nul d'entre nous ne peut deviner ce qu'elle fera ou ne fera pas! »

Il laissa Graydon aux prises avec la déprimante certitude que Regor avait entièrement raison.

Le reste de la journée, Graydon le passa avec Huon et certains membres de la communauté, comme la veille, tous désireux d'en savoir davantage sur le monde extérieur à la terre secrète. Dorina ne se montra pas. Ils s'intéressèrent à son fusil et à ses pistolets, sceptiques quant à leur effet sur les dinosaures; à l'image des enfants, les explosions les captivaient plus que l'œuvre des balles. Les Xinlis, expliquèrent-ils, n'étaient vulnérables qu'en un seul point non protégé du cou sous la mâchoire, et un coup de lance donné de bas en haut, à cet endroit était à peu près le seul moyen de les tuer. Il y en avait environ deux cents dans les meutes de chasse, et une vingtaine de monstres au plus étaient utilisés comme montures. Ils se reproduisaient peu et leur nombre diminuait lentement mais régulièrement à la suite des combats qu'ils se livraient entre eux. Il existait un amphithéâtre où étaient organisées régulièrement des courses de grands dinosaures; il servait aussi d'arène pour les luttes entre les combattants sélectionnés des meutes de chasse et de petites bandes d'hommes-lézards, contre lesquels étaient périodiquement lancées des expéditions pour empêcher leur prolifération. Et Graydon découvrait à présent pourquoi aucun Indien ne mourait d'une façon telle qu'elle aurait permis à Huon d'obtenir les éclaircissements qu'il souhaitait sur les divers aspects de la mort. Lorsqu'ils commençaient à vieillir, on les donnait en pâture aux meutes.

Lantlu avait aussi, semblait-il, la passion de la chasse à l'homme. Ceux qui outrageaient la loi, ceux qui l'outrageaient lui-même, étaient fréquemment conduits – ouvertement en ce qui concernait les premiers, secrètement en ce qui concernait les autres – derrière les contreforts, lâchés et pris en chasse. C'était ainsi, il le découvrait également, que Regor avait récolté ses balafres et perdu son bras. Ayant eu l'audace de s'élever contre l'une des cruautés de Lantlu, il avait été pris au piège, lâché et chassé. Il était parvenu à échapper à ses poursuivants, à l'exception d'un dinosaure en quête de gibier; il l'avait combattu et tué. Horriblement blessé, il avait par un miracle de vitalité gagné l'antre de Huon, où on lui avait donné des soins et sauvé la vie. Lantlu avait mis sa tête à prix pour tout juste un peu moins que celle de Huon.

Très vite, les idées de Graydon sur ce peuple perdu se clarifièrent. Rares survivants d'une race plus avancée, c'était une certitude, que toutes celles qui lui avaient succédé sur terre – une race qui avait atteint un niveau scientifique jamais égalé depuis par l'homme – ils étaient les seuls vestiges d'une puissante vague de civilisation préhistorique, petite rivière devenue rapidement stagnante. Hyper-abrités, hyper-protégés, immunisés contre toutes les attaques et dispensés de tout effort, ils avaient conservé la beauté du corps; mais l'initiative, le besoin de progrès, le désir de reconquérir les connaissances perdues de leurs ancêtres s'étaient atrophiés, ou, au mieux, avaient atteint un stade comateux voisin de la mort. Mises à part leur beauté et l'idée inquiétante de leur âge, ils avaient l'aspect de gens normaux, d'une charmante courtoisie.

Il s'était, semblait-il, produit un net clivage parmi eux. Huon et la communauté constituaient un retour vers une période plus humaine de la race. Lantlu et ses partisans avaient pris la direction opposée, celle de la cruauté, de l'indifférence à la souffrance, du plaisir à l'infliger, s'enfonçant progressivement vers le sombre gouffre du mal, devenant ainsi les parfaits instruments du Ténébreux. Quant à ceux que l'on désignait sous le nom de « faiseurs de rêves », ils étaient absolument à l'écart de tout ce qui était humain, ils ne vivaient plus que dans un état absolu d'hallucination. Graydon crut comprendre pourquoi Huon désirait ouvrir les mystérieuses portes; c'était pour se débarrasser de cette immortalité qui avait été la malédiction de la race; la vague conviction qu'en agissant ainsi, il retournerait aux sources salutaires de la jeunesse qui restitueraient à son peuple son ancienne vigueur.

Car, à présent, Graydon ne contestait plus la réalité de l'immortalité. En se penchant sur le cas de Kon, il ne pouvait douter que la science qui avait effectué ce monstrueux mélange d'homme et d'araignée était parfaitement capable de réaliser le miracle de l'infinie prolongation de la vie. Le peuple-lézard en fournissait une preuve supplémentaire. Et, par-dessus tout, il y avait la Femme-Serpent, Adana, la Mère-Serpent, dont l'incontestable réalité lui disait : « Si je puis être telle que je suis, et là où je suis, tout est possible! »

La journée s'écoula lentement, le crépuscule se mit à tomber sur la cuvette cerclée de montagnes de la terre secrète. Un peu avant l'instant fixé pour le départ, Regor lui apporta une cotte de mailles noire, et la lui passa avec l'aide de Huon. Elle était extraordinairement légère et souple. Il mit sa ceinture et y introduisit l'un de ses automatiques et quelques chargeurs supplémentaires. Bien qu'il eût été incapable de l'attraper, il conserva son second automatique dans l'étui placé sous son aisselle gauche – il ignorait pour quelle raison, sauf que le fait de le sentir à sa place habituelle le rassurait. Il vit qu'ils n'avaient pas grande confiance en ses armes, aussi, pour leur faire plaisir, laissa-t-il Regor attacher à sa ceinture un fourreau contenant une courte épée de métal noir, et il accepta qu'il lui remît une massue à la forme bizarre. S'il devait y avoir un combat, dit Regor, ce serait au corps à corps; et Graydon pensa que le géant savait de quoi il parlait, et que ces armes étranges pourraient être utiles. Il se dit toutefois qu'il ferait d'abord confiance à son automatique.

Sa carabine posait un problème. Comme il y avait une chance pour que Suarra ait un plan qui lui permettrait d'arriver jusqu'à la Mère-Serpent, de telle sorte qu'il ne reviendrait pas dans l'antre de Huon, il ne tenait pas à la laisser sur place. Mais d'autre part, si l'éventuel combat devait être du genre corps à corps, ainsi que le prévoyait Regor, non seulement la carabine serait d'une utilité secondaire par rapport au pistolet, à la massue et au poignard mais elle constituerait un handicap; il trouva une solution de compromis, demandant qu'un des soldats indiens soit autorisé à la porter, et à marcher juste derrière ou près de lui tant que ce serait possible. Cela fut accepté. Puis Huon lui ajusta un protège-tête, capitonné qui lui couvrait les oreilles et tombait sur les épaules.

Cela fait, il posa les mains sur les épaules de Graydon.

« Graydon, quelque chose me dit que ta venue a donné le branle aux balances du destin de Yu-Atlanchi, depuis si longtemps immobiles. Tu es le poids nouveau qui les agite. Cela les fera-t-il pencher du côté du bien ou du côté du mal – qui le sait? Lorsque les plateaux reviendront au repos, sera-ce Lantlu qui l'emportera sur ses adversaires, ou, au contraire, leur poids sera-t-il supérieur au sien – qui le sait? Mais il me semble qu'un fort vent de changement souffle sur Yu-Atlanchi. D'une manière ou d'une autre, l'ordre ancien touche à sa fin. Nous ne nous rencontrerons sûrement plus jamais ici... Je pressens que si nous nous revoyons encore une fois, ce sera pour un court instant... nous nous séparerons sous un ciel pourpre... d'où choiront des ombres... des ombres meurtrières et froides... de froides ombres meurtrières qui se heurteront à des figures de flammes... et puis... nous ne nous reverrons plus... Je te salue, Graydon! »

Il fit brusquement demi-tour et quitta la pièce à larges enjambées.

Graydon frissonna comme si deux mains glacées s'étaient furtivement posées sur ses épaules, à l'endroit qu'avaient occupé celles de Huon.

« Du moins, vous devez vous revoir, dit brusquement Regor. Ce n'est donc pas cette nuit que la mort viendra te traquer! »

Ils passèrent dans une salle de garde où les attendaient une douzaine d'Aymara en kilts. C'étaient des hommes robustes, armés de massues et de lances, avec, à la ceinture, la petite épée. A l'un d'eux, Regor tendit la carabine et expliqua ce qu'il devrait faire. L'Indien le regarda d'un air soupçonneux, jusqu'à ce que Graydon, en souriant, fasse à plusieurs reprises jouer le dispositif de sécurité pour lui montrer que la gâchette ne pouvait fonctionner quand l'arme était verrouillée. Rassuré, il passa la bretelle par-dessus sa tête et prit sa place dans le rang, le fusil ballottant à son côté.

Ce fut Regor qui marcha en tête de la colonne. Ils commencèrent par longer un large tunnel bien éclairé, d'où partaient des couloirs plus étroits. Graydon avait beaucoup réfléchi aussi aux propriétés réfléchissantes des murailles, mais sans en découvrir le secret. Ou bien la pierre avait été recouverte d'une substance vitreuse dotée de qualités radioactives ignorées de la science moderne, ou bien les Anciens avaient trouvé un procédé pour traiter la structure atomique de la pierre de façon à ce que soient créés des centres lumineux à l'intersection de certains plans de cristaux. La lumière, dont le doux éclat rappelait celui de la luciole, n'émettait pas de chaleur. Elle ne projetait pas d'ombre.

Ils avaient parcouru près de deux kilomètres lorsque le tunnel s'élargit pour former une crypte.

« C'est ici, dit Regor que nous commençons à être en danger. »

Il se tint près de la muraille, l'oreille aux aguets; puis il retira de sa ceinture l'un des objets coniques. Il l'appuya contre un symbole sculpté au niveau de son épaule. Le mur commença à se lever lentement comme un rideau sur une section de deux mètres. Quand l'ouverture fut à quelques pouces du sol, deux des Indiens se mirent à plat ventre pour y regarder. Le rideau se souleva encore de trente centimètres, ils se glissèrent en dessous et disparurent. Regor laissa tomber sa main et le mouvement de la pierre cessa. Cinq minutes s'étaient peut-être écoulées, lorsque les deux hommes revinrent en rampant et firent un signe de tête au géant. Il réappuya le cône contre le symbole. La pierre s'éleva rapidement, ouvrant un portail par lequel, en se baissant, s'engouffrèrent les Emers, Regor et Graydon sur leurs talons.

Après quelques mètres de marche, plié en deux, Graydon put se redresser. Son regard donnait sur une vaste caverne qu'emplissait une pâle lumière rougeâtre, si pâle en vérité que c'est à peine si elle perçait les ténèbres.

Les Indiens, silencieux comme des fantômes, se mirent rapidement en marche. Graydon, sur le point de parler, saisit le geste de mise en garde que lui adressa Regor. Comment se guidaient les Indiens, il n'aurait su le dire, mais le fait est qu'il n'y eut pas la moindre hésitation dans leurs mouvements et que jamais ils ne ralentirent le pas.

Ils se rapprochèrent soudain de lui, à le toucher, et au même instant passèrent de l'opacité à l'obscurité totale. Ils maintinrent leur vitesse. Regor poussa un rugissement, comme une expiration longtemps contenue, suivi d'un ordre à voix basse. Les Indiens s'arrêtèrent. Une luminescente boule vaporeuse jaillit et se répandit à toute vitesse devant eux. A sa suite naquit une pâle lueur, dont on eût dit qu'elle revêtait les particules de l'air d'une poussière phosphorescente. Ils dévalèrent un couloir en pente abrupte révélé par la lumière; ils parcoururent environ six cents mètres avant que la lueur se mît à pâlir.

Ils devaient avoir parcouru plus de six kilomètres depuis qu'ils avaient quitté l'antre, et la marche commençait à faire son effet sur Graydon. La pâle lumière continuait à faiblir, mais loin devant eux se trouvait une ouverture ovale au-delà de laquelle paraissaient luire des rayons de lune. Ils étaient maintenant hors du passage et avaient franchi l'ouverture. Là, Graydon s'arrêta, cloué sur place par la stupeur et l'effroi.

Il se trouvait enfermé dans un nouvel antre dont il ne pouvait apercevoir ni les parois ni le plafond. L'endroit était inondé de lumière argentée. Sur des couches basses, gisaient, parmi des coussins, des corps de vingtaines et de vingtaines d'hommes et de femmes, au visage empreint de la beauté extra-terrestre de Yu-Atlanchi, et comme endormis. La chevelure soyeuse, dorée, noire, bronze roux; les lèvres rouges, les jolis seins en fleur, tout cela le fit penser à des statues exquisement peintes.

Mais en palpant les cheveux, la joue d'un de ces êtres, il comprit qu'il ne s'agissait pas d'effigies, mais de corps autrefois doués de vie; transmués, par quelque alchimie de ce mystérieux pays, non pas en pierre, mais en une substance impérissable couleur de chair vivante et de texture identique.

« Les morts de Yu-Atlanchi! dit Regor. Les Anciens qui ont péri avant que ne fût fermée la porte de la mort. Et ceux qui, depuis lors, ont volontairement ouvert cette porte, de façon que puisse circuler parmi nous une vie nouvelle. Les morts! »

Les Indiens étaient inquiets, vivement désireux de quitter ces lieux. Ils abandonnèrent rapidement cet endroit blafard et silencieux, Regor lui-même sembla soulagé lorsqu'ils se furent engagés dans un autre couloir à travers le rocher.

« Encore quelques pas, mon garçon, rugit-il, et nous en serons sortis. Par toutes les écailles de la Mère, je serai heureux de me retrouver une fois encore à l'air libre. »

Un court instant plus tard, ils sortaient avec mille précautions du tunnel, et Graydon sentit la fraîcheur de l'air sur son visage; il leva les yeux vers un ciel où une demi-lune jouait à cache-cache avec les nuages.

Ils dévalèrent une piste étroite. Là, les Indiens reformèrent les rangs, une partie marchant en tête, l'autre formant l'arrière-garde. A droite, la verdure était haute, masquant le lac. En regardant haut derrière lui, il aperçut la statue colossale d'une femme, en pierre d'un blanc pur, les bras dressés vers les cieux, la gardienne de cette caverne qu'ils venaient de traverser. Puis, la végétation lui boucha la vue.

Le sentier se mit à grimper en passant derrière une haute corniche pour se transformer en une volée abrupte de marches étroites. Il les gravit jusqu'à l'ouverture de la caverne de la femme-grenouille. Il leva les yeux sur la figure colossale, une femme courtaude, nue, et taillée dans une pierre verte qui scintillait sous la lune. Son visage grotesque lui souriait, surplombant des épaules et des seins exquis. Auprès d'elle béait la bouche de la caverne, d'un noir d'encre.

Les Indiens semblaient s'être dispersés. Regor le suivait de loin. Il se trouvait sur le bord intérieur d'une immense plate-forme en pierre lisse. Juste en face de lui, à huit cents mètres, sur l'autre rive du lac, se dressait la cité secrète.

Plus que jamais, sous la lune, on l'eût dit construite par les Djinns. Elle était plus grande, beaucoup plus grande qu'il ne l'avait imaginée. A droite, surplombant la cité, se dressait le temple, d'un blanc de vestale, majestueux, serein.

Au moment où Graydon pénétra dans la caverne, il se produisit un bruissement tout près de lui. Une petite main s'empara de la sienne. Il plongea son regard dans de doux yeux noirs, une mèche de cheveux vaporeux lui caressa la joue, dont l'odeur le fit chanceler.

« Suarra! » murmura-t-il. Et il répéta : « Suarra!

– Graydon! susurra sa douce voix. Tu m'es donc vraiment revenu, mon aimé! »

Elle lui avait mis les bras autour du cou, ses lèvres étaient près des siennes, et lentement, lentement, elles se rapprochèrent. Elles se rencontrèrent et s'unirent... et, pendant un long moment, rien au monde n'exista plus qui ressemblât au danger ou à la souffrance, au chagrin ou à la mort.

Chapitre XIV

L'ombre du masque de lézard

L'ombre de la femme-grenouille se détachant nettement sous la lumière de la lune s'étendait, en un fantastique profil, d'un bord à l'autre de la grande plate-forme. Derrière eux, il y avait l'obscurité de la caverne, et, entre eux et la cité, le lac brillait, tel un vaste miroir d'argent que ne troublait nulle vague. Au-dessous de la plate-forme, les Indiens veillaient.

« Graydon! Graydon! Tu n'aurais pas dû revenir! Oh! comme c'était mal de ma part de te rappeler!

– Folie! tonna Regor qui sembla surgir de la nuit comme un grand oiseau brusquement réveillé. Vous vous aimez, n'est-ce pas? Alors que pouvait-il faire d'autre? De plus, il s'est fait de solides amis, Huon et Regor le Noir, et quelqu'un plus fort que nous tous, ou, par Riza le mangeur de foudre, il ne serait pas ici! Je veux parler de la Mère elle-même. Enfant, dit-il malicieusement, t'a-t-elle indiqué comment le ramener à elle?

– Ah! Regor, loin de là, soupira Suarra. Et c'est cela qui rend mon cœur si lourd. Car, lorsque j'ai reçu ton message, je l'ai mise franchement au courant et ai sollicité son aide, ajoutant toutefois que je me sentirais obligée d'aller au rendez-vous, qu'elle me l'accorde ou pas. Elle hocha simplement la tête et déclara : “ Naturellement, car tu es femme. ” Puis, après un court silence, elle reprit la parole : “ Va, Suarra, il ne t'arrivera rien de mal. ” – C'est pour lui que je demande protection, Mère. Ne me confieras-tu pas le soin de lui exprimer ton désir qu'il se présente devant toi sous ta protection? – S'il t'aime, il parviendra jusqu'à moi par ses propres moyens! », me répondit la Mère.

– Personne ne t'a vue? Personne ne t'a suivie? interrogea Regor.

– Non, dit Suarra, non, j'en suis absolument certaine. Nous sommes passés par le palais des araignées tisseuses et par le chemin secret qui mène sous la cascade; de là nous sommes sortis pour prendre le sentier caché qui suit le rivage.

– Vous êtes venus en silence? Vous n'avez rien entendu, rien vu, en passant devant la première caverne?

– Dans le plus grand silence, répondit-elle. Quant à la caverne, le sentier passe très au-dessous d'elle, si bien qu'on ne peut ni voir ni être vu. Et je n'ai rien entendu, rien en dehors du bruit du torrent.

– Où était Lantlu? » Regor ne paraissait toujours pas satisfait.

– Il nourrissait les Xinlis cette nuit! dit-elle en frissonnant.

– Alors, dit Regor avec satisfaction, nous savons au moins où *il* est.

– Très bien, dit Graydon, mais il n'empêche que le résultat de notre entreprise dépend de ma soumission personnelle aux ordres de la Mère. Et c'est strictement à moi qu'elle a confié le soin d'accomplir ce...

– Graydon, l'interrompit Suarra de sa voix douce, nous disposons d'un autre moyen. Si tu le veux, nous irons ensemble chez Huon! J'aime la Mère. Mais si tu le désires, je ne retournerai pas auprès d'elle. J'entrerai avec toi dans la communauté. Voilà ce que je suis prête à faire pour toi, mon aimé. »

Ces mots provoquèrent un hoquet de surprise chez Regor, et Graydon se demanda avec inquiétude ce qu'il fallait répondre. La proposition était tentante. Après tout, il y avait un moyen pour eux de sortir de l'antre de Huon. Et une fois les limites franchies, il était probable que la Mère-Serpent hésiterait, qu'elle ne lancerait pas les Gardiens ailés à leurs trousses – par égard pour Suarra. Et s'il pouvait, sans risque pour elle, emmener Suarra, que lui importait, Yu-Atlanchi ou l'un quelconque de ses habitants?

Rapidement, d'autres idées lui vinrent. La Mère l'avait secouru deux fois. Elle l'avait sauvé du Visage! Elle avait ordonné à ses Messagers de le protéger et de le guider. Elle avait mis sa loyauté et son courage à l'épreuve. Et elle lui avait fait, dans une certaine mesure, confiance.

Et puis, il y avait... le Ténébreux! Cette ombre de Nimir, Seigneur du Mal, qui la menaçait... Huon et la communauté, qui lui avaient également fait confiance... et Regor... plaçant ses espoirs dans sa rencontre avec la Femme-Serpent pour débarrasser le pays du mal et les délivrer tous de leur condition de hors-la-loi.

Non, il ne pouvait fuir tout cela, pas même pour Suarra! Il le lui dit. Et lui en donna les raisons.

Il sentit Regor se détendre tandis qu'il éprouvait la curieuse sensation que d'une certaine manière, cette créature inhumaine, étrangement belle, répondant au nom d'Adana, avait approuvé sa décision, et qu'en conséquence elle avait finalement pris une résolution qui, jusqu'à présent, avait été pour elle un objet d'hésitation.

Suarra ne se montra pas particulièrement surprise. Au point qu'il se demanda si c'était de sa propre initiative qu'elle avait formulé son offre.

« Bien, dit-elle avec calme, il nous faut donc dresser un autre plan. Et il y en a un auquel j'ai réfléchi. Écoute attentivement, Regor. Dans sept nuits, ce sera la pleine lune et on célébrera le Ladnophaxi, la fête des faiseurs de rêves. Tout se passera à l'amphithéâtre. Il n'y aura que quelques gardes dans la cité. Ramène Graydon chez Huon. A la cinquième nuit, glisse-toi hors de l'antre, contourne la tête du lac et traverse les marais. Que Graydon revête des habits d'Emer, qu'il se teigne le visage et le corps; confectionne-lui une perruque noire taillée imitant la chevelure des Emers. On ne peut transformer ses yeux gris, et c'est un risque qu'il nous faut prendre.

« Tu connais le palais de Cadok. C'est le secret ennemi de Lantlu et l'ami de Huon, tu le sais. Conduis-y Graydon. Cadok le cachera jusqu'à la nuit du Ladnophaxi. J'enverrai un guide digne de confiance. Ce guide le conduira au temple, et ainsi, il trouvera le moyen de parvenir jusqu'à la Mère. Et ce sera par son courage et par son astuce. Car cela exigera du courage. Et n'est-ce pas son astuce qui lui a fait rejeter la proposition que je lui ai faite? Que les conditions de la Mère soient donc remplies!

– Ce plan est bon! tonna Regor. Par la Mère, ce plan est bon au point qu'on le croirait conçu par elle! Qu'il en soit ainsi. Et maintenant, Suarra, apprête-toi à te mettre en route. Cela fait longtemps que tu es ici. A chaque battement de cœur la peur se glisse un peu plus près de moi, c'est un sentiment auquel je ne suis guère habitué et qui ne me dit rien qui vaille.

– C'est un bon plan, dit Graydon. Et, cœur de mon cœur, pars maintenant comme t'en prie Regor. Car, moi aussi, j'ai peur pour toi.

Elle lui passa les bras autour du cou, ses lèvres se posèrent sur les siennes, il sentit ses joues mouillées de larmes.

« Mon amour! » murmura-t-elle, et elle répéta : «Mon amour! » Puis elle disparut.

« Hummmph! Regor poussa un gros soupir de soulagement, la voie se dégage. Il ne nous reste plus qu'à attendre la cinquième nuit. Et commencer à te peinturlurer, ricana-t-il.

– Un instant! – Graydon écoutait, tous nerfs tendus. – Un instant, Regor! Peut-être sommes-nous en danger... peut-être un piège lui a-t-il été tendu. Écoute... »

L'espace de quelques minutes, ils gardèrent le silence et n'entendirent aucun bruit.

« Elle est en sécurité, finit par grommeler Regor. Tu as entendu ce que la Mère lui avait promis. Mais nous, nous ne le sommes pas, mon garçon. Le chemin du retour est tout aussi dangereux qu'il l'était à l'aller. Allons-y...

Il rappela les gardes de faction par un léger sifflement. Ils se glissèrent sur la plate-forme. Graydon, plongé dans ses réflexions, suivait d'un regard absent le profil fantastique de la femme-grenouille lorsque, soudain, il vit surgir une gigantesque tête de lézard derrière elle.

« Regor! » cria-t-il, portant la main à sa ceinture pour s'emparer de son automatique. « Regor! Regarde! »

Il fut environné par une forte odeur de musc qui lui leva le cœur. Des griffes saisirent ses chevilles et le projetèrent sur le rocher. Tandis qu'il tombait, le monstre glissa le long de la pierre et Graydon vit qu'il avait un corps d'homme!

Il se colleta avec la créature qui l'avait jeté à terre. Il entendit hurler Regor. Ses doigts s'agrippaient à la peau ayant la consistance du cuir et sur laquelle ils glissaient. Les mâchoires étaient si proches que l'haleine fétide lui donnait la nausée. Et, tout en se battant, il se demanda pourquoi son adversaire ne le déchiquetait pas avec ses crocs. Sa main se posa sur le manche du poignard qu'il portait à la ceinture. Il le sortit et en lança la pointe, au hasard, de haut en bas. L'homme-lézard poussa un cri perçant et boula loin de lui.

Comme il se remettait péniblement sur ses pieds, il s'aperçut qu'il avait été traîné sur plusieurs mètres à l'intérieur de la caverne. Regor était sur la plate-forme, faisant des moulinets de sa meurtrière prothèse, fauchant une meute sifflante d'hommes-lézards qui l'encerclaient. Auprès du géant ne se tenaient que deux des Indiens de Huon, se battant avec la même énergie que lui.

L'agresseur de Graydon était sur la plate-forme. Il lui sembla que c'était un homme véritable. Recouvert d'un masque de lézard. Faisant cercle autour de lui, le protégeant, il y avait des Indiens en kilt vert. Il riait et le son de ce rire humain passant à travers les mâchoires garnies de crocs était horrible.

« Pris! hurlait le masque de lézard. Pris au piège, vieux renard!

– Graydon! mugit Regor. A moi, Graydon.

– J'arrive! » cria-t-il, et il s'élança en avant.

Une pluie de corps s'abattit sur lui, de corps couverts de cuir. Des mains armées de griffes le saisirent. Il luttait désespérément pour se tenir debout...

Il n'y avait plus maintenant qu'un seul Indien auprès de Regor, celui qui portait sa carabine. Tout en combattant, Graydon vit qu'on arrachait la lance de ce soldat, il le vit passer la bretelle du fusil par-dessus sa tête et brandir l'arme comme un bâton. Et brusquement, un éclair jaillit du canon, accompagné d'une détonation, suivie de trois autres dont l'écho se répercuta dans la bouche de la caverne comme un roulement de tonnerre.

Graydon était maintenant par terre et ne pouvait en voir davantage, étouffant sous les hommes-lézards.

Il était à présent ficelé comme un saucisson, les bras collés aux flancs, les jambes attachées ensemble. Il fut promptement ramené dans l'ombre épaisse. Il n'eut que le temps de jeter un dernier regard sur l'entrée de la caverne avant qu'elle disparaisse à ses yeux.

Elle était vide. Regor et l'Indien, l'homme au masque de lézard et ses soldats, des hommes-lézards, ils étaient tous partis!

Les hommes-lézards transportèrent Graydon avec une relative douceur. Ils constituaient un groupe important; il les entendait siffler et piailler de toutes parts, et la puanteur saurienne musquée était presque suffocante. Pour autant qu'il puisse en juger, il n'avait reçu de blessures d'aucune sorte. En bonne partie grâce à l'armure, mais pas uniquement grâce à elle, car elle ne protégeait ni ses mains ni son visage, et il avait perdu sa capuche de mailles pendant la bagarre. Il se rappela que les créatures n'avaient pas tenté d'utiliser leurs ergots ou leurs crocs contre lui, qu'elles n'en étaient venues à bout qu'en l'étouffant simplement sous leur poids, comme si elles avaient reçu l'ordre de le faire prisonnier, mais sans lui faire de mal.

Reçu l'ordre? Mais cela signifiait que celui qui avait donné cet ordre savait qu'il serait à la caverne de la femme-grenouille cette nuit-là! Et par conséquent, qu'ils avaient été trahis en dépit de toutes les précautions prises par Regor.

Dorina!

Son nom parut s'inscrire dans l'ombre en lettres de feu.

Il lui vint une autre idée qui l'ébranla. Si les ennemis de Huon avaient été informés de ce qu'il viendrait ici, ils devaient également en connaître la raison. Bon Dieu! Suarra aurait-elle été enlevée, elle aussi?

On avait délibérément cherché à le séparer de Regor, c'était certain. Cela avait débuté par la première attaque sournoise à la suite de laquelle il avait été ramené dans la caverne; la seconde phase avait été constituée par la ruée sur lui des hommes-lézards, et par la vague sous laquelle avait été submergé Regor.

Tandis que la meute sifflante continuait à le porter à travers les ténèbres, c'était constamment à Dorina que revenait sa pensée, Dorina, qui ne voulait pas ouvrir la porte de la vie avec Huon;

Dorina, qui ne désirait pas qu'il rencontrât la Mère avant qu'elle ne soit parvenue à convaincre Huon de maintenir fermée la porte de la mort, Dorina, qui ne voulait pas mourir!

Il se demanda combien de chemin ils avaient parcouru dans ces ténèbres, au milieu desquelles le peuple lézard se déplaçait comme en plein jour. Il n'aurait pu dire à quelle allure ils allaient. Il lui sembla toutefois qu'ils avaient fait plusieurs kilomètres. Était-il toujours dans la caverne de la femme-grenouille? Sur quoi veillait donc le colosse dans ce vaste espace sans lumière, si c'était bien sa caverne?

Il sortit de cette obscurité, sans que rien ne l'eût laissé prévoir, comme si on lui avait fait traverser un immatériel rideau.

Ses yeux furent frappés par une lumière rouge, plus claire que la pâle brume rubis qu'il avait traversée avec tant de précaution en compagnie de Regor au moment où ils avaient quitté l'antre de Huon, mais d'une tout aussi troublante qualité d'ombre piquetée de taches lumineuses rouille. Il était entouré d'hommes-lézards, une centaine au moins. Huit de ces créatures l'avaient installé sur les coussinets de leurs avant-bras et le transportaient au-dessus de leurs têtes. Sous cette étrange lumière, leur cuir avait une teinte orange sombre; les crêtes d'écailles écarlates ornant leurs crânes reptiliens prenaient une couleur violet-rouge pernicieuse. Ils cheminaient, s'adressant mutuellement des sifflements, sur le sable jaune.

Il était couché sur le dos et, pour tourner la tête, il lui fallait faire un douloureux effort. Il leva les yeux. Il n'aperçut aucun plafond au-dessus de lui, il n'y avait que cette obscurité rouillée. Progressivement, la lumière devint moins faible, mais sans que jamais ne s'efface l'impression que l'ombre en constituait une partie intégrante.

Les hommes-lézards émirent brusquement un sifflement fort et prolongé, auquel répondit, venu d'un point éloigné situé devant eux, un chuintement. Ils accélérèrent l'allure.

Soudain, la lumière devint beaucoup moins vague. Ses porteurs firent une halte et le mirent debout sur le sol. Des ergots recourbés se glissèrent sous ses liens dont ils le libérèrent. Graydon s'étira, des crampes dans les bras et les jambes, et regarda autour de lui.

Devant, à une trentaine de mètres, il y avait un immense écran de pierre noire. Il était semi-circulaire et épousait la forme d'une coquille vide. Sa base, entre les deux extrémités de l'arc, mesurait aussi une trentaine de mètres en tout; sa surface était entièrement garnie de délicats dessins, en creux ou en relief, parcourus par des formes étranges, symboles dont il ignorait le sens.

Près de son centre se dressait un trône de jais dont, curieusement, l'aspect ne lui était pas inconnu. Il ressentit un picotement dans le cuir chevelu et eut soudain la certitude que c'était l'exacte reproduction du trône en saphir du Seigneur des Seigneurs installé dans le temple. L'écran et le trône étaient posés sur une estrade à quelques dizaines de centimètres au-dessus du sol, et une large rampe y donnait accès. Entre le trône et le début de la rampe, il y avait une immense cuvette de cette même pierre ébène dont le fond était enchâssé dans la roche. Cela ressemblait, pensa-t-il, à des fonts baptismaux d'une taille peu commune et destinés à des enfants de géants. Au bout de chacune des ailes de l'écran incurvé, on trouvait ce qui, à distance, paraissait être un banc de pierre bas.

Vide était le trône noir, vide l'estrade. D'où lui venait l'impression que de chaque pouce de cet endroit surélevé, quelque chose — quelqu'un — le regardait, le toisait, le pesait, lisait en lui avec une froide et méchante ironie?... quelque chose de mauvais... quelque chose d'incroyablement mauvais... pareil à la force qui l'avait submergé et qui provenait de... du Visage dans l'abîme...

Il tourna le dos à l'estrade, faisant effort pour garder sa raison. Il se trouva face à une horde d'hommes-lézards. Ils étaient des centaines, rangés en bon ordre, à la même distance à peu près que celle qui les séparait du trône. Ils gardaient le silence, leurs yeux rouges intensément fixés sur lui. Ils étaient si près l'un de l'autre que leurs crêtes écarlates formaient un énorme tapis aux extraordinaires houppes. Il y avait parmi eux des femmes-lézards et des enfants. Il considéra ces derniers, petites choses semblables à des bébés démons, de petits crocs jaunes aigus brillant entre les mâchoires en pointe, dardant sur lui de petits yeux dont on eût dit des lanternes de lutins.

Il regarda de droite et de gauche. On distinguait la caverne dans un cercle d'environ huit cents mètres de diamètre. Ensuite, la lumière baignant l'endroit où il se trouvait s'affaiblissait; au-delà, c'était la brume rouille. A sa droite, le doux sable jaune s'étendait jusqu'en bordure de cette brume.

A sa gauche, un jardin! Un jardin du mal!

Là, sur le sol de la caverne, avec des méandres et un enchevêtrement de boucles, coulait un étroit ruisseau. Il était cramoisi, comme un ruisseau de sang s'écoulant paresseusement. Sur ses rives poussaient de grands lis rouges, teintés et tachetés de verts vénéneux; des orchidées d'un pourpre lugubre veiné d'écarlate sale; des roses corrompues; d'obscènes bosquets de ce qui ressemblait à des pousses de jeunes bambous maculées de vert-de-gris; des arbres ramassés sur eux-mêmes dont les branches portaient des fruits en forme de cœur et d'un blanc lépreux; des massifs de plantes aux feuilles charnues, dont le centre mauve laissait échapper d'épais épis jaunes ayant l'allure de vipères casquées et au long desquels coulaient lentement des gouttes d'un horrible nectar.

Une légère brise tourbillonnait autour de lui. Elle apportait les odeurs mêlées de cet étrange jardin, et celles-ci en constituaient l'essence même, produite par la distillation de sa perversité. Elles provoquaient chez lui des imaginations blasphématoires qui le remuaient, des désirs de péchés qui le submergeaient. La brise traînailla comme pour reprendre souffle, parut rire, puis reprit son vol vers le jardin, le laissant tremblant.

Ce jardin l'effrayait! Oui, il en avait peur autant que du trône noir. Pourquoi lui causait-il une telle frayeur? Le mal, un mal inconnu et dépassant l'imagination, y était installé. C'était un mal vivant – ah! c'était cela! Un mal vivant! Un flot de vie mauvaise battait et circulait dans chaque fleur, chaque plante, chaque arbre... une vitalité malfaisante... ah! quelle puissance devait acquérir celui qui se nourrissait de leur vie...

Alors que cette sombre pensée se glissait dans l'esprit de Graydon, quelque chose sembla s'éveiller au fond de lui pour la repousser avec froideur et s'assurer le contrôle sévère de son cerveau. Il retrouva toute son assurance et tout son ancien courage. Sans crainte, il fit face au trône noir.

Il sentit son occupant invisible se tendre vers lui, chercher le défaut de sa cuirasse, reculer l'air surpris, le pousser méchamment comme pour l'abattre, puis reculer de nouveau. Aussitôt, comme obéissant à un ordre, les hommes-lézards se lancèrent en avant le poussant en direction de la rampe. Au pied de celle-ci, il hésita mais une demi-douzaine de créatures sortirent des rangs, l'entourèrent et l'obligèrent à monter. Ils le conduisirent jusqu'au banc de pierre, à droite de l'écran, et l'y firent asseoir. Comme il tentait de se libérer de ceux qui lui tenaient les bras, il sentit les autres à ses pieds. Quelque chose lui encercla les chevilles; il y eut deux brefs cliquetis. Les hommes-lézards s'écartèrent de lui.

Graydon se leva et regarda ses pieds. Ses chevilles étaient prises chacune dans un anneau de métal relié à de fines chaînes passant sous le banc. Il se demanda de quelle longueur étaient ces chaînes. Il fit un pas, puis un autre, et encore un autre, et les chaînes ne le gênaient toujours pas. Il se baissa et en tira une jusqu'à ce qu'elle soit tendue. Il estima qu'elle était juste assez longue pour lui permettre de monter jusqu'au trône noir. Ayant ainsi vérifié ce dont il s'était désagréablement douté, Graydon regagna en hâte le banc de pierre.

Il entendit un sifflement discret. Les gens-lézards se retiraient, flot jaune de cuir à la cime duquel s'agitaient des langues de chairs écarlates. Aucun d'entre eux ne se retourna sur lui. Ils parvinrent jusqu'à la brume formant barrière et y disparurent.

Graydon était seul, dans le silence – seul avec le jardin du mal et le trône de jais.

Lentement, les rayons rouges qui tombaient sur l'estrade commencèrent à devenir plus pâles et plus denses, donnant l'impression d'être traversés par une pluie de lumière noire.

Ils devinrent plus serrés autour du trône de jais, et, sur celui-ci, se constitua une ombre plus sombre. Informe, d'abord tremblotante, elle se condensa, cessa de trembloter, prit un contour...

Sur le trône avait pris place l'ombre d'un homme. Sans visage, sans traits, des mains vaporeuses s'agrippant aux bras du trône, mêlée aux noirs atomes dans la rouille crépusculaire – l'ombre d'un homme!

La tête sans visage se pencha en avant. Elle n'avait pas d'yeux, et pourtant Graydon les sentit qui le regardaient. Elle n'avait pas de lèvres, et pourtant un murmure commença à s'en échapper.

Il entendait la voix du Ténébreux! Le murmure de l'ombre de Nimir, du Seigneur du Mal!

Chapitre XV

« Prête-moi ton corps, Graydon! »

La voix de l'ombre était douce, évoquant le son de la flûte dans la forêt au crépuscule. Elle apaisa ses craintes, lui fit relâcher sa vigilance.

« Je te connais, Graydon! murmura-t-elle. Je sais pourquoi tu es venu en Yu-Atlanchi. Je sais combien ton entreprise est sans espoir – sans mon concours. J'ai demandé qu'on te conduise ici, Graydon, en recommandant qu'il ne te soit fait aucun mal. Sans quoi, tu aurais été tué dans la caverne. N'aie pas peur de moi! Je ne te fais pas peur, Graydon? »

Il se sentit la proie d'une agréable léthargie tandis qu'il écoutait le mélodieux murmure.

« Non, dit-il à demi somnolent. Non, tu ne me fais pas peur, Nimir. »

L'ombre se leva du trône, la voix perdit un peu de son apaisante douceur.

« Ainsi, tu sais qui je suis? »

Graydon n'était plus tout à fait sous le charme, il était en passe de recouvrer sa vivacité d'esprit. L'ombre s'en aperçut et, de nouveau, son murmure prit de trompeuses inflexions suaves et rassurantes.

« Mais c'est bien! C'est très bien, Graydon. Sans doute t'a-t-on raconté une foule de mensonges sur mon compte. Tu as vu ces gens de Yu-Atlanchi. Ils sont en décadence. Ils pourrissent. Mais si, jadis, ils avaient entendu mon conseil, ils formeraient maintenant un grand peuple, fort, plein de vitalité, maître du monde. Et l'antique sagesse n'aurait pas péri. Elle aurait modelé un monde nouveau et meilleur.

« Tu as vu ces gens, Graydon, et je pense que tu les as jaugés. Crois-tu qu'ils aient raison de remercier ceux qui m'ont banni et les ont donc condamnés à cette extrémité? Moi, je ne les aurais pas abandonnés comme l'ont fait tous ces autres Seigneurs, les laissant entre les mains d'un charlatan et d'une Femme-Serpent qui, n'appartenant pas à la race humaine, ne comprendront rien aux besoins des hommes. Je les aurais conduits plus loin et plus haut sur les chemins de la puissance et de la sagesse. Je les aurais situés sur les hauteurs, Graydon, les étoiles seules étant au-dessus d'eux, je ne les aurais pas laissés dans le marais, pour y stagner et dépérir. Tu me crois, Graydon? »

Graydon réfléchissait. Il était quelque peu difficile de penser avec cette agréable sensation de paresse qu'il éprouvait; il s'y mêlait également une certaine gaieté intérieure. Mais oui, oui, – tout cela était vrai. C'était d'une froide et impeccable logique. Il avait, en quelque sorte, vu lui-même les choses de la même façon. Quels qu'ils aient pu être, ces Seigneurs étaient certes blâmables d'avoir ainsi tout quitté, comme s'ils n'avaient eu aucune responsabilité vis-à-vis de leur peuple. Qui était le charlatan? Eh bien, le Seigneur des Fous, évidemment. Et la Mère? A demi-serpent! Descriptions diablement justes! Il était entièrement d'accord.

« D'accord, Nimir – tu as raison, Nimir! » dit-il, en hochant la tête d'un air convaincu.

Venue du jardin, une vague odeur s'insinua jusqu'à lui. Il la huma avidement. Curieux qu'il ait pensé qu'elle était celle du mal! Pas du tout. Il se sentait sacrément bien, et le parfum le faisait se sentir mieux encore.

« Tu es fort, Graydon, le murmure de l'ombre se fit encore plus doux. Fort! Tu es plus fort que quiconque en Yu-Atlanchi. Fort de corps et fort d'esprit. Tu es pareil à ceux de la vieille race que j'aurais élevés jusqu'aux cieux, si je n'avais été victime de la fourberie. Je n'ai pas été vaincu par la force, mais par les ruses de la Femme-Serpent qui se moque éperdument de l'homme – souviens-t'en, Graydon, le serpent se moque éperdument de l'homme! Ce n'est pas pour te nuire, mais pour mettre ta force à l'épreuve que je viens de me battre avec toi. Tu m'as tenu tête. Je m'en suis réjoui, Graydon, car cela m'indiquait que j'avais enfin trouvé l'homme dont j'ai besoin! »

Il était donc l'homme qu'il fallait à Nimir, hein? Bien, il *était* un homme courageux, un homme diablement courageux. Il s'en était tiré jusqu'à présent sans l'aide de personne, non? Un instant, – si, quelqu'un l'avait aidé. Qui était-ce? Peu importe – il était un homme courageux. Mais quelqu'un l'avait assisté... quelqu'un...

Le murmure de l'ombre s'introduisit en douceur dans sa tâtonnante pensée.

« J'ai besoin de toi, Graydon! Il n'est pas encore trop tard pour refaire le monde tel qu'il aurait dû être; pas encore trop tard pour réparer le tort causé à l'humanité par la traîtrise dont j'ai été victime. Mais il me faut un corps pour cela, Graydon. Un corps solide pour m'abriter. Prête-moi ton corps, Graydon! Ce ne sera qu'à titre provisoire. Et, tant que cela durera, tu le partageras avec moi; tu verras les choses que je verrai, tu jouiras des mêmes choses que moi, tu partageras mon pouvoir et tu boiras le vin de mes victoires. Et lorsque j'aurai reconquis ma force originale, je te restituerai la pleine possession de toi-même, Graydon, et je te rendrai immortel – oui, tu vivras aussi longtemps que brillera le soleil!

Permets-moi de partager ton corps, Graydon – Graydon le fort! »

Le murmure s'était tu à présent. Un vin fort coulait dans les veines de Graydon, riche, impétueux et insouciant torrent de vie. Il entendit la sonnerie de trompettes triomphantes! Il se prenait pour Gengis Khan écrasant les royaumes sous les fers de sa cavalerie tartare; il était Attila porté en triomphe sur les boucliers de ses Huns hurlants; Alexandre de Macédoine foulant le monde à ses pieds; Sennachérib tenant l'Asie en main, telle une coupe! Il était ivre de puissance!

Ivre? Qui osait dire que lui, Nicholas Graydon, maître du monde, pouvait être ivre! Bien, très bien... il était ivre. C'était une autre de ses idées fantasques... qui souhaiterait être maître du monde pour en tirer le seul bénéfice d'être ivre? N'importe qui pouvait s'enivrer, par conséquent, quiconque était soûl était le maître du monde! Cela était vraiment une drôle d'idée... logique... il faudra communiquer à cette ombre cette drôle d'idée...

Il se dit qu'il était bien malin et rugit de rire. Il promena autour de lui un regard stupide et n'éprouva plus du tout l'envie de rire. Car il se trouvait à mi-chemin du trône de jais, et l'ombre se penchait, se penchait sur lui, lui faisant signe, insistant, et murmurant, murmurant...

L'attirance qu'il avait subie, l'artifice qui l'avait conduit, comme un poisson, à s'engager dans la nasse de l'ombre, il n'en fut plus le jouet. Le dégoût pour cette forme vaporeuse occupant le trône noir, le dégoût pour lui-même, une amère colère, s'emparèrent de lui alors qu'il regagnait, chancelant, le banc de pierre sur lequel il se laissa choir, le visage dissimulé dans ses mains tremblantes.

Qu'est-ce qui l'avait sauvé? Pas sa conscience, cette chose par laquelle il se désignait lui-même. Quelque chose de profondément enfoncé dans son subconscient, quelque chose d'inaltérablement sain qui avait neutralisé par l'humour et l'ironie le poison qui était entré en lui. Et maintenant, Graydon avait peur! Peur au point que, par simple désespoir, il s'obligea à lever la tête et à regarder l'ombre bien en face.

Elle le fixait, sa tête sans visage appuyée sur une main aux contours flous. Il y sentait cet embarras qu'elle avait eu d'abord quand, invisible, elle s'était efforcée d'abattre ses défenses – il y sentait aussi une colère infernale. Embarras et colère disparurent brusquement; il s'établit, au contraire, entre elle et lui, un courant de calme et de paix profonde. Il tenta d'y résister, y ayant deviné un piège; mais ce courant ne se laissa pas repousser; il l'entourait comme de petites vagues, le caressant, l'apaisant.

« Graydon! entama le murmure. J'ai de l'affection pour toi, Graydon! Mais tu as tort de ne pas me faire confiance. Tu es plus fort que je ne le pensais, et c'est pourquoi j'ai de l'affection pour toi. Le corps que je partagerai devra être fort, très fort. Partage ton corps avec moi, Graydon!

– Non! Non! Par Dieu, non! » gémit Graydon, qui se haïssait pour avoir éprouvé le désir de s'élancer vers cette chose ombreuse afin de lui permettre de se fondre en lui.

« Tu as tort, Graydon! Je ne te ferai aucun mal, Graydon. Je ne veux pas que soit affaibli ce corps puissant qui doit me servir d'abri. Qu'est-ce que tu espères? Une aide de Huon? Ses jours sont comptés. Dorina l'a livré à Lantlu, de même qu'elle t'a livré à moi. Avant la fête des faiseurs de rêves, son antre sera pris. Huon et tous les survivants seront donnés en pâture aux Xinlis...

Le murmure se tut, comme si l'ombre s'était interrompue pour juger de l'effet de ses paroles. Si c'était pour vérifier la léthargie qui frappait Graydon, elle pouvait être contente; il ne faisait aucun geste, son regard conservait la fixité qu'a celui de l'homme fasciné.

« Prête-moi ton corps, Graydon! Le Serpent ne peut t'être d'aucun secours. Que tu acceptes ou non, je ne tarderai pas à être réincarné. Je préférerais ton corps à un autre plus faible – seulement pour le partager, Graydon, seulement pour le partager – et uniquement pour une courte période. La puissance, l'immortalité, une sagesse sans égale! Tout cela t'appartiendra! Prête-moi ton corps, Graydon! Tu désires une femme? Qu'est-ce qu'une femme auprès de toutes celles que tu pourras posséder! Regarde, Graydon, regarde... »

Hébété, Graydon porta les yeux dans la direction indiquée par la main nuageuse. Il vit les fleurs du mal du jardin se faire mutuellement des courbettes et des signes de tête, donnant l'impression d'êtres vivants. Il entendit un chant de sorcière, un choral bien rythmé où se mêlaient des arpèges de luths et de sistres aux sons argentins – c'était la voix donnée au jardin. Une brise s'en échappa, l'enserra. Alors qu'il en humait l'odeur, son sang devint la proie d'un feu violent. Les fleurs à la tête dodelinante disparurent; le ruisseau rouge sang disparut; la lumière corrosive des atomes couleur de ténèbres rouillées s'éclaircit. A ses pieds murmurait et riait une petite rivière, bordée par un boqueteau de hêtres et de bouleaux. Et de ce boqueteau s'échappaient des femmes, des femmes d'une merveilleuse beauté, des nymphes aux peaux blanches et brunes, des bacchantes aux seins opulents; de virginales et minces dryades. Elles tendaient vers lui des bras chargés de désirs, il y avait dans leurs yeux la promesse d'inimaginables délices. Elles vinrent au bord du ruisselet, lui faisant des signes, l'invitant à venir les rejoindre avec des voix qui attisaient le feu de son sang pour l'amener jusqu'à la flamboyante extase du désir.

Dieu! quelles femmes! Celle ayant une couronne de tresses aurait pu être la grande prêtresse de Tanit dans le jardin secret du temple de l'antique Carthage! Et celle à la chevelure d'or aurait pu être la blanche Aphrodite elle-même! Auprès de n'importe laquelle d'entre elles la plus parfaite des houris du paradis de Mahomet aurait eu l'air d'une fille de cuisine! Le feu se fit plus intense dans ses veines, il bondit en avant...

Une jeune fille était sortie du groupe. Elle avait une chevelure de nuit qui lui recouvrait le visage. Elle pleurait! Pourquoi pleurait-elle alors que toutes ses sœurs chantaient et riaient? Il avait autrefois connu une fille dont les cheveux étaient tissés dans cette même brume de nuit – qui? Qu'importe... quelle qu'elle ait été, il ne fallait pas que pleure une femme à sa ressemblance! Elle-même ne devait jamais pleurer... comment s'appelait-elle?...

Suarra!

Une vague de pitié s'empara de tout son être, éteignant dans son sang le feu des sorcières.

« Suarra! hurla-t-il. Suarra! Ne pleure pas! »

Et en poussant ce cri, il éprouva émotion et inquiétude. La vague des femmes provocantes disparut. La fille à la chevelure vaporeuse disparut. Partis le gai ruisseau et le boqueteau de hêtres et de bouleaux. Le jardin du mal vacilla devant lui.

Il était plus qu'à mi-chemin du trône de jais. L'ombre s'y penchait fortement, frémissant d'impatience et murmurant, murmurant...

« Prête-moi ton corps, Graydon! Tout cela t'appartiendra si tu acceptes seulement de me prêter ton corps! Prête-moi ton corps Graydon!

– Par le Christ », gémit Graydon. Et puis : « Non! démon que tu es! Non! »

L'ombre se mit debout. La colère qui l'agitait et qui s'en exhalait le frappa comme un coup de poing. Un coup qui le fit chanceler, regagner en titubant son banc qui lui offrait une certaine sécurité. L'ombre parla, et toute douceur avait disparu de sa voix; son murmure était empreint de méchanceté, d'une froideur étudiée.

« Imbécile! dit-elle. Maintenant, écoute bien. Ton corps, je l'aurai, Graydon! Tu pourras me renier autant que tu le voudras, je m'en accaparerai quand même. Dors, et moi qui ne dors pas, je m'y introduirai. Lutte contre le sommeil, et lorsque la fatigue viendra à bout de tes forces, je m'y introduirai. Pendant un temps, tu l'occuperas avec moi, comme un esclave condamné, ce que tu verras te mettra tellement à la torture que tu m'imploreras de t'exterminer! Et parce que j'apprécie tant ton corps, je me montrerai miséricordieux et te laisserai entretenir cet espoir. Mais c'est seulement lorsque je serai las de toi que je t'anéantirai! Maintenant, pour la dernière fois, je te demande : veux-tu m'obéir? Veux-tu me prêter ton corps, le partager avec moi, non en esclave mais en maître de tout ce que je t'ai promis?

— Non! » rugit Graydon, d'une voix voilée par l'angoisse.

Il se produisit alors un tourbillon au-dessus du trône de jais. L'ombre l'avait évacué. Cependant, les atomes noirs continuaient de filtrer à travers la lumière surplombant l'estrade et, bien que le trône parût vide, Graydon savait pertinemment qu'il ne l'était pas. Et que la puissance des ténèbres s'y trouvait toujours, ne le lâchant pas du regard, attendant l'instant propice pour investir son corps!

Graydon s'assit sur son banc, dans une immobilité de statue. Combien d'heures s'étaient écoulées depuis qu'avait disparu l'ombre? Il n'en avait aucune idée. Son corps était engourdi, mais son esprit demeurait éveillé, brillamment éveillé. Il ne sentait pas du tout son corps. Son cerveau était comme une sentinelle infatigable sur une tour endormie. Il était comme une inextinguible lumière dans un château plongé dans le noir. Tout son être était contenu dans cette sereine concentration de la conscience. Il n'éprouvait ni faim ni soif. Il ne pensait même pas. Ce qui était lui, durait; totalement retiré en soi-même, invincible dans un monde où le temps n'existait pas.

Tout d'abord, il n'en avait pas été ainsi. Il avait eu envie de dormir et avait lutté contre le sommeil. Il s'était assoupi et avait senti l'ombre s'approcher, le toucher, éprouver sa résistance. En mobilisant ce qui lui avait semblé être ses dernières forces, il l'avait repoussée. Il s'était efforcé de fermer son esprit aux choses qui l'entouraient et de les remplacer par le souvenir de paysages et d'épisodes sereins. Mais le sommeil l'avait de nouveau gagné. Il s'était réveillé pour se retrouver loin de son banc, marchant à quatre pattes vers le trône noir. Il avait reculé, pris de panique, s'était jeté à terre, s'accrochant aux bords du banc comme un marin naufragé à un espar.

Il se rendit compte que le pouvoir de l'ombre avait ses limites, qu'elle ne pourrait s'emparer de lui que si elle parvenait à l'amener jusqu'au trône, ou que s'il y montait de plein gré. Tant qu'il resterait sur le banc, il serait en sécurité. Après avoir compris cela, il n'osa plus fermer les yeux.

Il se demanda si, en concentrant sa pensée sur elle, il arriverait à entrer en contact avec la Mère-Serpent. S'il réussissait à atteindre le bracelet qu'il portait, à fixer son regard sur les pierres pourpres, il se pourrait qu'il parvienne jusqu'à elle. La manche de la cotte de mailles était trop serrée et il ne put gagner le bracelet. Et supposons qu'elle le fasse comparaître comme elle l'avait déjà fait! L'ombre n'en profiterait-elle pas pour bondir dans son corps sans défense? La sueur coulait de son front glacé. Violemment, il ferma la porte de ses pensées à la Femme-Serpent.

Il se souvint de l'automatique qu'il avait sous son aisselle. S'il pouvait seulement l'attraper, cela lui donnerait une chance. En tout cas, il pourrait empêcher l'ombre de s'emparer de son corps pour un usage quelconque. Il ne serait pas d'une grande utilité à Nimir avec la cervelle éclatée! Mais son vêtement ne comportait aucune ouverture qui permît de prendre son arme. Il se demanda alors si, dans le cas où ils reviendraient, il ne pourrait, par quelque truc, obtenir des hommes-lézards qu'ils le déshabillent. Peut-être aurait-il le temps de faire usage de son revolver?

Et puis, lentement, sa conscience s'était retirée dans cette inexpugnable forteresse. Le sommeil ne lui faisait plus peur; le sommeil appartenait à un autre monde. Rien ne lui faisait peur. Lorsque cette sentinelle qui était son essence même abandonnerait son poste, elle ne laisserait qu'un corps mort. N'ayant aucune valeur d'habitation pour le Ténébreux. Il le savait, et était satisfait qu'il en fût ainsi.

La lumière rouille baignant le trône noir s'épaissit, tout comme la première fois où l'ombre lui était apparue. Informe, tremblotant au début ainsi que cela s'était produit auparavant, la chose prit forme, se condensa en des traits marqués. Il regardait, avec le détachement d'un spectateur non concerné.

L'ombre ne fit aucune attention à lui, ne tourna même pas sa tête sans visage dans sa direction. Elle prit place sur le trône, immobile comme l'était Graydon lui-même, le regard fixé sur le mur de ténèbres du fond par lequel étaient partis les hommes-lézards. Elle leva la main comme pour appeler quelqu'un.

On entendit un chœur assourdi de sifflements qui, rapidement, prit de l'ampleur. Il ne tourna même pas la tête; l'eût-il voulu qu'il ne l'aurait pas pu.

Les piétinements se rapprochèrent et s'arrêtèrent, le sifflement cessa, la puanteur musquée des gens-lézards se répandit autour de lui.

L'homme au masque de lézard gravit la rampe.

La tête hideuse était posée sur de larges épaules, le corps était puissant, gracieux, pris dans un vêtement vert bien ajusté. Il avait à la main un lourd fouet à lanières. Il ne fit pas attention à Graydon. Il alla jusqu'au pied du trône de jais et s'inclina profondément devant l'ombre.

« Maître! Salut, Maître des Ténèbres! » La voix qui sortait des mâchoires armées de crocs était mélodieuse et légèrement moqueuse, son arrogance finement dissimulée. « Je vous ai apporté un autre vase dans lequel il vous agréerait peut-être de verser le vin de votre esprit! »

Il sembla alors à Graydon que l'ombre regardait l'homme au masque de lézard avec une méchanceté qu'il y avait tout lieu de redouter; mais s'il en était ainsi, l'homme ne s'en aperçut pas, et le murmure de l'ombre avait conservé toute sa douceur lorsqu'elle répondit.

« Je te remercie, Lantlu... »

Lantlu! Le calme de Graydon fut ébranlé. Il retrouva immédiatement son équilibre et il n'était que temps, car l'ombre avait rapidement tourné la tête vers lui, comme un pêcheur donne un coup sec à sa ligne quand il sent mordre le poisson.

« Je te remercie, Lantlu, répéta-t-il, mais j'ai trouvé, me semble-t-il, le vase parfait. On le remodèle un peu actuellement sur le tour, car il se croit destiné à d'autres usages. »

Lantlu dirigea sur Graydon les yeux rouges de son masque et s'avança vers lui.

« Ah, oui, dit-il, ce fou venu d'au-delà des frontières et qui espère délivrer Yu-Atlanchi! Qui conspire avec Huon, la femmelette, pour ébranler notre pouvoir. Qui se glisse furtivement dans la nuit pour retrouver son amour. Son amour! Chien! qui ose lever les yeux sur qui j'ai jeté mon dévolu! Et Suarra, qui donne ses lèvres à un être tel que toi! Pouah! Elle s'accouplerait avec un Urd! Quand je l'aurai prise, c'est ce qui lui arrivera! »

Ces paroles ébranlèrent vraiment la citadelle de Graydon; il eut de nouveau le sentiment de son corps qu'il banda pour sauter à la gorge de Lantlu. Avec un claquement presque perceptible, les portes de son cerveau se refermèrent avant de s'être complètement ouvertes, sa conscience un instant envolée retrouva son empire, sûre d'elle-même, de nouveau à l'abri des attaques.

Lantlu leva son fouet, amena la lanière face au visage de Graydon.

« Quoi? grogna-t-il. Même cela ne te fait pas bondir! Eh bien, ceci le fera peut-être! »

Le fouet claqua.

« Arrête! » Le murmure venu du trône était chargé de menaces. Le bras de Lantlu fut rejeté en arrière comme si une main plus forte que la sienne avait saisi son poignet, le fouet tomba sur la pierre.

« Tu ne toucheras pas à cet homme! Moi, l'ombre de Nimir, je te l'ordonne! » Le murmure était un poison fait langage. « C'est *mon* corps que tu aurais osé frapper! C'est mon corps que tu aurais osé défigurer. Il arrive parfois que tu m'agaces, Lantlu. Prends garde de ne pas le faire une fois de trop! »

Lantlu se baissa, et sa main tremblait lorsqu'il ramassa son fouet – était-ce de crainte ou de fureur, Graylon n'aurait su le dire. Il releva la tête avec arrogance.

« Chacun son goût, Maître des Ténèbres, dit-il hardiment. Et puisque tu aimes son corps, je suppose qu'il faut excuser Suarra. Mais ce n'est pas celui que je choisirais.

– Il y a quelque chose qui compte plus que sa conformation, Lantlu, murmura l'ombre sur un ton sarcastique. Exactement de la même façon que, dans une tête, il y a quelque chose de plus qu'un crâne. C'est pourquoi il vient de te vaincre, bien que tu sois libre et lui dans les chaînes. J'aurais supposé que tu savais cela. »

Lantlu trembla de colère, sa main se referma de nouveau sur le fouet. Mais il se maîtrisa.

« Bien, dit-il, il faut qu'il voie le fruit de sa folie. Le vase que je t'ai apporté, Maître des Ténèbres, est celui qui devait accorder aide et protection à celui de ton choix. »

Il siffla. Les mains tenues par deux hommes-lézards, un Yu-Atlanchien, gravit la rampe en titubant. Toute la beauté de son visage était balayée par la peur qui le déformait. Ses cheveux blonds étaient baignés de sueur de terreur. Il fixait la forme vaporeuse installée sur le trône avec des yeux de cauchemar. Et alors qu'il la regardait, de petites bulles d'écume s'échappaient de ses lèvres.

« Viens, Cadok, viens! plaisanta Lantlu. Tu n'apprécies pas l'honneur qu'on te témoigne. Eh quoi! le temps de souffler et tu ne seras plus Cadok! Tu seras le Ténébreux! une apothéose, Cadok – la seule apothéose vivante de tout Yu-Atlanchi! Souris, bonhomme, souris! »

En écoutant cette sinistre plaisanterie, Graydon se dit de nouveau que le regard invisible de l'ombre se posait sans aménité sur le masque de lézard mais, comme auparavant, sa voix n'avait rien de menaçant lorsqu'elle s'éleva.

« Je suis certain que ce vase est trop faible pour me contenir... » L'ombre se pencha en avant pour scruter le noble prisonnier, comme il l'aurait fait de quiconque. « En fait, en serais-je sûr que je ne m'y verserai pas, Lantlu, car c'est là, sur le banc, qu'est le corps que je convoite. Mais j'y entrerai... je crois que je suis un peu las... et, au moins, cela me reposera-t-il... »

Lantlu rit, cruellement. Il fit un signe aux hommes-lézards. Ils arrachèrent les vêtements de Cadok, le laissèrent nu comme le bébé qui vient de naître. L'ombre se pencha, lui fit signe. Lantlu le projeta en avant d'une brusque poussée.

« En route vers ta récompense suprême, Cadok! »

Et brusquement, il n'y eut plus aucune trace de cette terreur de cauchemar sur le visage de Cadok. Il avait le visage d'un enfant. Sa figure était ridée comme celle d'un nouveau-né, et de grosses larmes coulaient au long de ses joues. Les yeux fixés sur l'ombre qui lui faisait signe, il marcha vers le trône de jais et monta vers elle.

L'ombre l'enveloppa!

Pendant un instant, Graydon ne vit qu'une brume blafarde dans laquelle se tordait Cadok. La brume l'enserra davantage, pénétrant à force dans son corps. La large poitrine du Yu-Atlanchien s'enfla, ses muscles se nouèrent de douleur.

Et maintenant son corps paraissait grandir comme s'il s'efforçait de recouvrir cette partie de la brume qui était encore suspendue autour de lui, incapable de trouver place à l'intérieur. Les contours de son corps nu devinrent nébuleux, vaporeux, comme si chair et brume s'était amalgamées pour former une chose moins matérielle que la chair, plus matérielle que la vapeur gloutonne.

Il eut l'impression que le visage de Cadok fondait, que les traits se détachaient les uns des autres, puis se réassemblaient...

Au-dessus du corps torturé, tendu par l'effort, se trouvait le Visage dans l'abîme!

Non plus de pierre!

Vivant!

Les yeux bleu clair, étincelants, balayèrent du regard la caverne, se posant sur le peuple lézard, prostré, à plat ventre, se voilant la face; sur Lantlu avec une satanique ironie, sur Graydon avec une lueur de triomphe.

Brusquement, ce qui avait été le corps de Cadok se recroquevilla et s'affaissa. Il se tordit et roula du trône sur l'estrade. Il gît là, crispé et curieusement réduit à la moitié de sa taille primitive.

Sur le trône, l'ombre était assise, seule.

Mais l'ombre était maintenant moins ténue, plus compacte, comme si la matière échappée du corps de Cadok, le laissant ainsi diminué, avait été absorbée par elle. Elle paraissait respirer. On en voyait toujours le visage luciférien, les yeux bleu clair, avaient toujours leur éclat.

De nouveau, Lantlu rit et siffla. Les deux Urds de l'estrade bondirent sur leurs pieds, ramassèrent le corps ratatiné, l'emportèrent au jardin et le jetèrent dans le ruisseau rouge.

Lantlu leva la main, saluant négligemment le trône de jais, pivota sur ses talons sans un regard pour Graydon, et s'éloigna en agitant son fouet, suivi par la meute des Urds.

« Ce n'est pas toi, mais lui qui est fou, Graydon! murmura l'ombre. Il sert actuellement mes desseins, mais lorsque je... Il vaudrait mieux, Graydon, que tu me prêtes ton corps plutôt que de m'obliger à le prendre! Je ne te traiterai pas de la même façon que Cadok? Prête-moi ton corps, Graydon! Je ne te torturerai pas, comme je te l'ai dit. Nous l'habiterons ensemble, côte à côte. Je t'éduquerai. Et tu ne tarderas pas à jeter un regard en arrière sur l'homme que tu es actuellement, et tu te demanderas pourquoi tu as pu avoir l'idée de me résister. Car tu n'as jamais connu une existence comme celle que tu vas connaître, Graydon! Aucun homme sur terre n'a jamais connu une existence pareille! Prête-moi ton corps, Graydon! »

Mais Graydon garda le silence.

Puis l'ombre rit doucement. Elle vacilla – et disparut!

Graydon attendit, tel un lièvre qui a cru entendre le renard sortir de sa tanière mais ne bouge pas jusqu'à ce qu'il en ait acquis la certitude. Au bout d'un instant, il sut de façon absolue que l'ombre s'en était allée. Il ne restait rien d'elle; aucune puissance invisible, ramassée sur elle-même et attendant le moment propice pour frapper. Il se détendit, se tint debout sur des jambes engourdies et mal assurées, luttant contre une violente nausée.

Et tandis qu'il se levait, il sentit qu'on lui touchait les chevilles; baissant le regard, il vit, venant de derrière l'écran taillé dans le roc, un long bras veineux couvert de poils écarlates. Les doigts effilés, pointus comme des aiguilles, entourèrent soigneusement le lien de métal qui le retenait et l'en libéra; Graydon n'en croyait pas ses yeux.

Son visage apparut au coin de l'écran, agnathe, des mèches de lutin écarlates tombant sur un front fortement incliné, des yeux d'or pleins de mélancolie fixés sur lui.

C'était le visage de Kon, l'homme-araignée!

Chapitre XVI

La chambre peinte

Le visage de Kon était déformé par ce que, sans aucun doute, il voulait être un sourire rassurant. Graydon, que ses épreuves avaient réduit à l'état de loque, tomba à quatre pattes. Kon tendit la main vers le bord de l'estrade et le souleva avec autant de facilité que s'il s'était agi d'une marionnette. Pour grotesque qu'il fût, Graydon le vit alors d'une beauté plus grande que les fantômes de femmes qui avaient failli l'entraîner dans les filets de l'ombre. Il passa ses bras autour des épaules velues et s'y accrocha fermement. L'homme-araignée lui caressa amicalement le dos avec ses membres supérieurs, en émettant des claquements de langue manifestement consolants.

Du jardin parvint un bourdonnement aigu qu'on eût dit produit par un essaim de milliers d'abeilles. Les fleurs et les arbres se penchaient et se tordaient comme sous l'effet d'un vent violent. De ses yeux énormes, Kon le scruta, se demanda ce qui se passait, puis, serrant toujours étroitement Graydon, il contourna le bord de l'écran. Le bourdonnement du jardin monta de plusieurs octaves, menaçant et... on eût dit qu'il traduisait comme une invitation à comparaître.

Alors qu'ils en tournaient le coin, Graydon s'aperçut que l'écran ne formait pas un bloc à part ainsi qu'il l'avait supposé. C'était en réalité une alcôve sculptée, taillée dans le devant d'un contrefort qui saillait dans la caverne rouge comme la proue d'un bateau. Un escarpement lisse de pierre noire en partait vers l'arrière.

Au pied de l'à-pic, leur pelage écarlate les rendant à peine visibles dans la brume rouille, se tenaient deux autres hommes-araignées. Accrochées aux extrémités de leurs quatre bras, ou pieds, du milieu, il y avait de longues barres de métal pareilles à celle que portait Regor mais, au contraire de celle-ci, elles comportaient des poignées et se terminaient par des pommeaux armés de piquants. Ils passèrent deux de ces barres à Kon. Au bourdonnement insistant du jardin se mêlait maintenant, venu de loin, un léger sifflement qui ne tarda pas à s'enfler et à se rapprocher : la clameur des Urds.

Graydon s'agita dans les bras de Kon, et demanda par gestes qu'on le pose à terre. L'homme-araignée secoua la tête. Il cliqueta à l'intention des deux autres, saisit ses deux barres dans l'autre main, et s'appuyant sur quatre de ses échasses, il se détourna brusquement du mur de pierre. Ses compagnons l'encadrèrent. Ils se mirent à détaler, presque courbés en deux, à la vitesse d'un cheval de course. Ils pénétrèrent dans la brume rouille. Le bourdonnement et le sifflement se transformèrent en ronronnement, avant d'être entièrement absorbés par le silence.

Devant eux, une barrière de rochers rougeâtres se dressa dans le brouillard, allant se perdre dans les hauteurs. A son pied gisaient de gros cailloux, tombés de la falaise, au milieu desquels s'en trouvaient des centaines de plus petits, lisses et ocres, taillés avec une curieuse régularité. Les hommes-araignées prirent le pas de marche scrutant la face du précipice. Brusquement, Graydon sentit l'odeur des hommes-lézards et comprit ce qu'étaient vraiment ces cailloux aussi étrangement semblables...

« Kon! cria-t-il en les désignant du doigt. Les Urds! »

Les cailloux se mirent en mouvement, sautèrent, s'élancèrent sur eux – une meute d'hommes-lézards, sifflant, la salive dégoulinant de leurs mâchoires armées de crocs, les yeux rouges jetant des éclairs.

Avant qu'ils aient pu faire demi-tour, la meute les avait encerclés. Kon s'appuya sur ses trois pattes, se servit de deux autres pour faire des moulinets avec ses longues barres. Ses camarades se dressèrent sur leurs pattes inférieures, une barre dans chacun de leurs quatre membres libres. Ils fauchaient à grands coups de leurs fléaux d'armes les premiers rangs de la meute. Ils se reformèrent en triangle, dos à dos. Au centre du triangle, Kon installa Graydon d'un ordre bref. Les barres se remirent en action, faisant éclater les crânes pointus des Urds, incapables de frapper avec leurs bras courtauds sous ces moulinets destructeurs, ou d'en rompre le cercle.

Les hommes-araignées reculèrent lentement le long de la base de l'escarpement, se frayant un chemin à mesure. Graydon ne pouvait plus suivre le combat, occupé qu'il était à ne pas perdre l'équilibre en marchant sur les corps tordus qui gisaient à terre. Il perçut un rude cliquetis émis par Kon, sentit son bras l'enserrer et le soulever. Il y eut une rapide ruée en avant. Ils avaient franchi les vagues des Urds. Ils se mirent sur quatre échasses et s'éloignèrent en courant tout en poussant des cliquetis triomphants. Le sifflement de la meute et le piétinement de leurs poursuivants s'éteignirent.

Ils ralentirent, ils allèrent de plus en plus lentement, Kon étudiant l'escarpement. Il s'arrêta, déposa Graydon à terre, et désigna la falaise. Très au-dessus du sol de la caverne, posée dans la face de roche rouge, il y avait une pierre ovale noire. L'homme-araignée y grimpa, tendit ses longs bras, et en tâta délicatement le pourtour. Il émit un cliquetis de satisfaction, et posant ses griffes à un endroit à côté de la pierre, il fit signe à Graydon.

Il lui prit la main, la plaça contre la falaise, les doigts largement écartés et le dos de la main fortement plaquée contre la roche. A trois reprises, il recommença cette opération, puis, le soulevant, il lui plaça avec précaution les doigts là où il avait posé ses propres griffes. Graydon comprit. Il lui indiquait l'endroit où se trouvait un mécanisme que les doigts effilés de Kon ne pouvaient actionner. Il appuya les doigts et le dos de la main conformément aux indications.

Une pierre se souleva lentement comme un rideau, faisant apparaître un sombre tunnel. Kon cliqueta à l'intention de ses camarades. Les deux tisseuses passèrent prudemment à travers le trou noir, les barres prêtes. Elles revinrent aussitôt et s'entretinrent. L'homme-araignée donna une tape amicale dans le dos de Graydon et, désignant le tunnel, l'y suivit. Kon, de nouveau, tâta la partie intérieure de l'ouverture et lorsqu'il eut trouvé ce qu'il cherchait, il reposa la main de Graydon à un endroit qui lui parut au toucher exactement pareil à la surface environnante, comme cela avait été le cas pour le déclic extérieur. Le rideau de pierre s'abaissa, le laissant dans une obscurité totale.

De toute évidence, la nuit ne gênait pas plus les hommes-araignées qu'elle ne gênait les hommes-lézards, car il les entendit poursuivre leur chemin devant lui.

Ils marchaient, marchaient dans les ténèbres. Graydon sentit s'élever autour de lui une fine et impalpable poussière, si fine qu'elle n'avait pu être amenée à ce degré de ténuité que par les meules d'innombrables siècles. Il comprit ainsi que ce passage n'était utilisé ni par la race des hommes-lézards ni par aucune autre, et il était évident que c'était aussi l'opinion des hommes-araignées car ils avançaient en confiance et en hâtant de plus en plus le pas.

Le soir commença à tourner au gris; il pouvait maintenant apercevoir les parois du tunnel; et ils en sortaient à présent pour pénétrer dans une immense chambre taillée dans le roc vif. Aussi pâle qu'elle pût être en un pareil lieu, la lumière parut éclatante aux yeux de Graydon après la brume rouillée de la caverne de l'ombre et l'obscurité du passage. Elle filtrait par des fissures situées sur le côté le plus éloigné de cet endroit. Au sol, la poussière impalpable formait un épais tapis.

Au centre se trouvait une énorme mare ovale dans laquelle brillait de l'eau, une vingtaine de personnages pareils à des gnomes gris étant installés autour de son bord relevé. Ils étaient immobiles, figés. C'étaient des effigies sculptées d'hommes-singes gris, sans queue et sans poils. Dans leurs orbites de pierre se trouvaient des gemmes ressemblant à des topazes fumées. De ces yeux topazes, ils fixaient l'étang avec cette sorte de mélancolie étonnée qui emplissait le regard d'or de Kon et de ses compagnons.

En tournant autour d'eux, Graydon s'aperçut qu'ils étaient à la fois mâles et femelles, et que chacun portait une couronne. Il se pencha davantage. Leurs couronnes étaient des mini-sculptures d'hommes-serpents, et de femmes-serpents dont les écailles formaient une guirlande autour de la tête des hommes-singes gris comme le serpent soleil sur la couronne ornée d'un uraeus des pharaons.

Une volée de marches en marbre jaune descendait dans le calme étang et allait se perdre dans ses profondeurs.

Étonné, il se dirigea vers une fissure, à travers laquelle il vit une plaine sur laquelle se dressaient des monolithes.

Le soleil était bas; se levait-il? Dans ce cas, il n'aurait passé qu'une nuit avec l'ombre. Le temps lui avait paru beaucoup plus long. Il demeura un instant attentif; le soleil se couchait. Son épreuve avait duré une nuit et un jour.

Il se tourna vers Kon, prenant brusquement conscience de ce qu'il avait faim et soif. Sous la lumière directe des fissures, la paroi par laquelle ils étaient arrivés était recouverte de peintures. Des peintures de maîtres disparus, aussi riches dans le détail que *Le Jugement dernier* de Michel-Ange, des paysages d'une beauté mystique égale à ceux de Greco ou de Davies, des portraits d'un réalisme comparable à celui de Holbein ou de Sargent, colorés comme ceux de Boticelli, fantastiques – à tel point qu'il en oublia sa soif et sa faim.

Ici, c'était une ville aux dômes de corail rose dont les rues étaient bordées d'arbres au feuillage ressemblant à d'immenses fougères. Les hommes-serpents circulaient dans des litières que les hommes-singes gris portaient sur leurs têtes. Là, c'était un décor nocturne où les constellations contemplaient calmement les champs couverts de cercles de rayons vert pâle que les hommes-serpents traversaient avec un étrange cérémonial.

Ces constellations avaient un aspect curieux; il les étudia. La Grande Ourse n'avait évidemment pas la même configuration qu'aujourd'hui. Les quatre étoiles plus rapprochées formaient un carré parfait. Quant aux griffes du Scorpion, elles ne constituaient pas un arc mais une ligne droite.

Si la représentation qui en était donnée correspondait à la réalité, on avait une image des cieux tels qu'ils avaient dû être il y a des millions d'années. Combien avait-il fallu de siècles pour que ces orbes lointains se déplacent pour occuper la position qui paraissait aujourd'hui la leur? Il en avait le vertige.

Et les images du peuple-serpent avaient quelque chose de singulier. On n'y retrouvait pas la qualité humaine, si nette et si étrange, de la Mère. Leurs têtes étaient plus longues, plus plates, reptiliennes. Ils représentaient sans erreur possible, un moment de l'évolution des Sauriens. Il pouvait les accepter comme des réalités possibles, étant donné que, selon l'environnement, une espèce peut évoluer de toutes sortes de façons. Il se rendait compte que c'était le passage brutal du serpent à la femme qui faisait de la Femme-Serpent un être incompréhensible, irréel.

Il fut de nouveau en proie au doute obsédant; était-elle en réalité telle qu'il l'avait vue, ou, par quelque mystérieux pouvoir de la volonté, parvenait-elle à créer dans l'esprit de ceux qui la contemplaient l'illusion d'un corps d'enfant et d'un visage en forme de cœur d'une exquise beauté? Il retourna à l'étang et examina de plus près les couronnes coiffant les hommes-singes gris. Elles étaient à l'image du peuple-serpent peint sur la paroi.

En s'interrogeant, il revint à l'étude des peintures murales. Il s'absorba longuement dans la contemplation d'un tableau représentant un marais dans lequel pataugeaient des corps monstrueux; de sa boue émergeaient des têtes hideuses, et de grands lézards ailés le survolaient en frappant l'air de leurs ailes de cuir rappelant celles de chauves-souris. Il s'attarda davantage encore sur le tableau suivant. C'était le même marais avec, au premier plan, un groupe d'hommes-serpents. Ils gisaient lovés derrière ce qui semblait être un immense disque de cristal. Le disque paraissait tourner à grande vitesse. Et partout au-dessus du bourbier, livrant bataille aux monstres, il y avait des formes ailées de feu. Elles se composaient d'un noyau d'une brillante incandescence d'où s'échappaient deux ailes vaguement irradiantes, identiques à celles de la couronne solaire au cours d'une éclipse. Les formes ailées donnaient l'impression de jaillir brutalement de l'air vide, de se lancer à l'assaut des monstres et de plonger sur eux leurs ailes blafardes.

Et il y avait une autre cité... la ville qu'il avait vue de la caverne de la femme-grenouille sur l'autre rive du lac en était une réduction, mais elle n'était pas entourée de montagnes. Il se dit que cela devait être le Yu-Atlanchi d'un temps immémorial, d'où le peuple-serpent et tous ceux qu'il avait nourris s'étaient enfui avant l'invasion des glaces qu'ils avaient été impuissants, en dépit de leurs connaissances, à endiguer... Il vit une flotte d'étranges navires, dont l'un repoussait l'attaque d'un groupe de gigantesques sauriens marins aux têtes s'élevant bien au-dessus de ses mâts...

L'histoire de tout un monde disparu se trouvait dans cette caverne peinte. Elle recelait le récit illustré d'une ère oubliée de l'histoire de la Terre.

Il s'aperçut qu'à une époque les peintures avaient recouvert les quatre parois. Elles étaient presque effacées sur deux côtés, et totalement sur le mur aux fissures. Il n'y avait qu'à l'endroit où le passage avait été ouvert qu'elles étaient intactes.

Qu'avait été cette chambre? Pourquoi avait-elle été abandonnée?

De nouveau, il prit conscience d'avoir soif. Il retourna à la mare. Il fut mis en garde par un cliquetis de Kon. Graydon montra successivement l'eau et sa gorge. Pour faire bonne mesure, il se frotta le ventre et fit mine de mâcher. L'homme-araignée hocha la tête, se rendit vers les marches jaunes qu'il descendit. Il plongea une main dans l'onde qu'il renifla et goûta avec précaution. Il fit un geste d'approbation, se pencha et en aspira une grande gorgée. Graydon s'agenouilla et en tira de pleines poignées. L'eau était fraîche et agréable au goût.

Kon cliqueta à l'intention de ses camarades. Ils se mirent à fureter autour des fissures et revinrent aussitôt avec de gros morceaux de matière fongueuse. Kon en prit un, le plongea dans l'eau, en coupa un bout et tendit le reste à Graydon. Il l'accepta avec réticence, mais l'ayant goûté, il vit que cela absorbait l'eau comme une éponge et ressemblait un peu à du pain avec une agréable saveur de levure. Il en prit un autre bout et le trempa. Les trois tisseuses prirent place auprès de lui. D'un geste solennel, ils trempèrent leurs champignons dans la fontaine et les mâchèrent.

Et, brusquement, Graydon se mit à rire. Certainement, jamais aucun homme n'avait dîné comme il le faisait, installé au bord d'une étrange fontaine en compagnie de trois grotesques écarlates, trempant des champignons dans l'eau sous le regard d'hommes-singes aux yeux topazes, sans fourrure, l'histoire d'une époque oubliée s'étalant devant lui à titre de distraction. Il rit, rit, d'un rire montant très vite jusqu'à l'hystérie.

Kon le dévisagea, en émettant des cliquetis interrogateurs. Graydon était incapable de réprimer son rire, non plus que les hoquets qui commençaient à le ponctuer. Kon le prit dans ses longs bras et le berça comme un bébé.

Graydon s'accrochait à lui; l'hystérie se dissipa. Et en se dissipant, elle fit également disparaître toute trace des murmures de l'ombre, tout l'attrait odieux du jardin du mal. La pellicule de mal qui recouvrait son esprit fut emportée comme l'écume de l'eau sous l'effet d'un violent vent purificateur.

Il avait sommeil, il n'avait jamais eu autant sommeil! Il pouvait maintenant dormir sans craindre que l'ombre s'introduise dans son corps. Kon ne permettrait pas qu'une telle chose se produise. La lumière diminuait rapidement... le soleil devait être presque couché... il allait dormir...

Bercé dans les bras de l'homme-araignée, Graydon tomba dans un profond sommeil sans rêves.

Chapitre XVII

La prise de l'antre de Huon

L'aube filtrait dans la caverne peinte. Graydon se mit sur son séant et regarda autour de lui sans comprendre. Il était sur un lit de mousse. L'un des hommes-araignées était installé à son chevet; le considérant de ses yeux tristes et étonnés. Rien ne signalait la présence des autres.

« Où est Kon? » demanda-t-il. L'homme-araignée répondit par une série de rapides cliquetis.

« Kon! Hé, Kon! » appela Graydon.

La tisseuse ressentit son inquiétude et ce qui la motivait; elle se coula auprès de lui, le caressa avec ses petites mains supérieures, hochant la tête et cliquetant doucement. Graydon comprit qu'on lui expliquait qu'il n'avait aucune raison de s'inquiéter. Il sourit et tapota amicalement l'épaule de l'araignée. L'homme-araignée parut en éprouver un grand plaisir. Il se dirigea vers les crevasses d'où il revint avec les champignons ayant un goût de pain. Ils descendirent tous deux à la fontaine pour y déjeuner; l'araignée entretenait la conversation par une aimable succession de cliquetis entre deux bouchées, Graydon répondant sur un mode agréable par un monologue qui n'avait aucun rapport avec ceux-ci. Il se sentait regonflé, prêt à faire face à n'importe quoi.

Un mouvement se produisit dans l'une des grandes crevasses. Le corps écarlate de Kon en émergea, suivi de l'autre araignée. Les trois entamèrent un actif cliquetis. Kon attendit que Graydon eût mangé son dernier morceau de champignon pour lui faire signe et se diriger vers la crevasse par laquelle il était venu. Les autres hommes-araignées s'y glissèrent, disparurent. Kon les suivit et disparut à son tour. Son long bras rouge revint furtivement dans la fissure, faisant signe avec ses griffes. Graydon s'introduisit dans la fente et regarda au-dehors. Loin au-dessous s'étendait la plaine des monolithes.

Le bras de Kon l'agrippa et le tira vers l'extérieur. Graydon eut le vertige car, au-dessous de lui, il y avait un à-pic de huit cents mètres. L'homme-araignée était accroché sur la face de la falaise, se retenant avec ses doigts souples aux anfractuosités et aux saillies qu'eux seuls étaient à même d'utiliser. Il fourra Graydon sous son bras et se mit à ramper le long du précipice. Ils parcoururent ainsi quelque six cents mètres. Une autre crevasse se présenta. Kon l'y poussa et l'y suivit.

Ils se trouvaient dans un large couloir, qui, jadis, avait probablement conduit à la caverne peinte. Son extrémité était bloquée par un éboulement de roches, et sa paroi était percée de vingtaines de trous et de fissures. Son sol était jonché de pierres éboulées. Kon lança à Graydon un regard hésitant et étendit le bras. Graydon secoua violemment la tête, las d'être porté comme un bébé. Ils se mirent en route, longeant le corridor, mais ils ne progressaient qu'avec une relative lenteur; si lentement que Kon ne tarda pas à le reprendre dans ses bras, accompagnant son geste d'un cliquetis amical. Les trois tisseuses avancèrent de nouveau d'un pas rapide au milieu des débris. Il se résigna. Après tout, on peut aussi bien chevaucher un homme-araignée qu'un chameau ou un éléphant; à qui n'aurait jamais vu de chameaux ou d'éléphants, ils sembleraient tout aussi curieux que Kon et ceux de sa race.

Le couloir s'assombrit, devint noir et, finalement, après un coude, on déboucha dans un antre qu'emplissait un pâle crépuscule. Il n'y avait pas de fissures. La lumière était la même que celle qui sortait des murs du repaire de Huon, mais, en ce lieu, elle semblait mourante, vieille et usée, comme si la force qui la produisait était à peu près épuisée. L'endroit était un immense entrepôt. Graydon saisit du regard d'énigmatiques appareils de cristal et de métal noir, au milieu desquels se trouvaient d'énormes sphères d'argent; il aperçut, à un moment, quelque chose ressemblant à la coque d'un bateau, et à un autre moment, il passa devant ce qui était certainement l'un des disques de cristal figurant dans le tableau représentant la bataille dans le marais primitif. Elles apparaissaient tout autour de lui, ces vagues formes entourées de mystère. Les hommes-araignées n'y prêtèrent pas attention, poursuivant leur chemin d'un pas rapide.

Ils pénétrèrent dans un nouveau tunnel noir. Ils y avaient parcouru quinze cents mètres ou plus lorsque Kon émit un cliquetis de mise en garde. Il posa Graydon à terre et les quatre tendirent l'oreille. Il entendit des hommes marcher lentement et prudemment, à peu de distance. Une lumière voilée vint brusquement frapper la paroi du tunnel. Elle provenait d'un couloir transversal situé à quelques mètres seulement devant eux. Les hommes-araignées empoignèrent leurs barres, avancèrent furtivement et sans bruit.

Ils n'avaient pas encore atteint l'ouverture qu'une tête d'homme sortait de côté – une tête à la chevelure argentée au-dessus d'un pansement taché de sang, les joues portant des marques de griffes...

« Regor! » hurla Graydon, en rejoignant rapidement les hommes-araignées.

Le géant bondit dans le tunnel, le prit dans ses bras, beuglant de joie et de surprise. Les hommes-araignées s'avancèrent, cliquetant comme des castagnettes. Du chemin de traverse émergèrent cinq des hommes de la communauté, les vêtements en lambeaux, portant des épées, des massues et de petits boucliers ronds; tous témoignaient d'une participation à un dur combat. Après eux était assemblée une douzaine d'Emers avec des lances et des épées et les mêmes petits boucliers, kilts en loques, aucun n'étant exempt de traces de blessures.

L'un d'eux lui sourit, le visage tuméfié, et lui tendit son fusil.

« Comment diable as-tu fait pour deviner l'endroit où me chercher? » demanda Graydon lorsque Regor eut recouvré quelque cohérence.

« Je ne te cherchais pas, mon garçon, répondit-il. Je cherchais un chemin conduisant au temple pour dire à Suarra que tu avais été fait prisonnier, comptant qu'elle soulèverait une telle tempête que la Mère ne pourrait refuser de t'aider – à supposer que tu fusses toujours en vie. J'avoue que j'espérais aussi que cette protection s'étendrait à moi-même et à mes compagnons. Et, en y réfléchissant, je ne suis pas tellement sûr que le fait de t'avoir retrouvé m'emplisse de joie. C'était notre seul espoir et je n'ai maintenant plus aucune excuse pour faire appel à Adana!

– Une protection! s'exclama Graydon. Je ne te comprends pas, Regor. Tu aurais dû retourner à l'antre sans prendre de risques.

– L'antre a été mis à sac! dit Regor. Éventré, étripé. Huon et prisonnier de Lantlu. La communauté, ce qu'il en reste, dispersée, errant comme nous dans ces terriers.

— Bon Dieu! Graydon était consterné. Que s'est-il passé?

— C'est l'œuvre de Dorina, dit le géant, et les autres émirent un murmure de haine. Quelque chose me disait de la tuer au moment où j'avais réussi à regagner l'antre après ta disparition. Mais je n'étais pas encore certain qu'elle nous eût trahis. Hier soir, alors que nous dormions, elle a ouvert une porte secrète à Lantlu et à quelques-uns de ses amis. Ils s'introduisirent furtivement et expédièrent avec calme et rapidité les gardes de la grande porte. Dorina l'ouvrit et fit entrer d'autres partisans de Lantlu et une meute d'Urds. Nous n'avons pas eu le temps de réaliser ce qui se passait. Nombreux sont ceux qui ont été massacrés dans leur lit. Après cela, des groupes s'affrontaient partout. Je les ai vus jeter Huon à terre et le ligoter. Quelques Emers parvinrent à s'enfuir — combien de membres de la communauté, je l'ignore. Pas beaucoup, je le crains. Nous avons eu de la chance. Ils ont ajouté quelques cicatrices de plus à mes décorations (il tapota son pansement), mais ils l'ont payé cher.

— Dorina! murmura Graydon, Dorina! L'ombre n'a donc pas menti! »

Regor sursauta, le fixa intensément.

« Mon garçon, tu as vu l'ombre? Le Maître des Ténèbres?

— Je peux dire que je l'ai vu! dit Graydon, lugubrement, dans sa propre langue, puis en aymara, j'ai été son hôte une nuit et un jour. Il me marchandait mon corps! »

Regor recula d'un pas, lui scrutant le visage. Il cliqueta à l'intention de Kon, et l'homme-araignée lui répondit longuement. Lorsqu'il eut terminé, Regor plaça les Indiens de garde à l'ouverture par laquelle ils étaient entrés, et prit lui-même place sur un bloc de pierre effondrée.

« Maintenant, raconte-moi tout. Et cette fois, n'omets rien. »

Graydon lui narra en détail son aventure, après l'attaque sournoise de l'homme-lézard en embuscade. Regor et les cinq Yu-Atlanchiens écoutaient, muets, fascinés. Lorsqu'il en vint au sort subi par Cadok, Regor, livide, poussa des lamentations en se frappant la poitrine de son poing fermé.

« Brave garçon! Brave garçon! » marmonna-t-il d'une voix brisée, lorsque Graydon eut achevé son récit, et il demeura un moment plongé dans ses réflexions.

« Cette caverne où tu as pensé voir un bateau (il rompit son silence), si, tu as raison, c'était un bateau. L'un de ceux à bord desquels nos ancêtres sont venus dans la terre secrète avec le peuple-serpent, et qui a été conservé là avec de nombreuses autres choses précieuses. Il y avait si longtemps que cette caverne était fermée, que personne n'y avait pénétré qu'on pensait que c'était une légende de plus, un conte de fées. Nul, à l'exception de la Mère-Serpent et du Seigneur de la Folie ne se souvient du chemin qui y conduit. Nimir, peut-être, le connaît. Et s'il le connaît, il est évident qu'il n'a pas communiqué le secret à Lantlu.

« La caverne de la Sagesse perdue! (la voix de Regor était empreinte de crainte respectueuse.) Par la Mère, que de choses avons-nous oubliées! Quelle déchéance avons-nous subie depuis notre antique puissance! Jadis, Graydon, à ce que l'on raconte, on se rendait à l'ouverture sur le lac par une large entrée. Elle était bloquée par des roches, et les roches furent fondues par quelque système connu des Anciens, après que la guerre prit fin par la capture de Nimir. Cela avait été exécuté avec une adresse telle que personne de nos jours n'est capable de distinguer l'endroit scellé de la pierre environnante. J'ai cependant entendu dire qu'on avait conservé un chemin qui y conduisait à partir du temple, et qu'empruntent de temps à autre les Seigneurs et la Mère-Serpent quand l'envie les prend d'aller contempler les anciens trésors. Une fois à l'intérieur, je pense qu'on peut en découvrir la porte, et, si nous y parvenons, j'ai ce qu'il faut pour l'ouvrir. »

Il prit Graydon à l'écart.

« As-tu imaginé que je t'avais abandonné, mon garçon? murmura-t-il d'une voix altérée. Les Urds m'entouraient en rangs si compacts que je ne pouvais en briser le cercle, bien que je me fusse battu comme jamais. Puis, par bonheur, cet Emer là-bas qui tenait ton arme bruyante l'a fait fonctionner. Les Urds s'éparpillèrent en poussant des cris aigus. Mais je ne te voyais ni ne t'entendais. Je compris que tu avais été emmené. Les Emers et moi avions pris la fuite avant que Lantlu ait eu le temps de rassembler sa meute. Quand j'eus rejoint l'antre, nous tînmes conseil. C'est Huon qui a eu l'idée d'envoyer Kon à ta recherche. Huon était étrange, étrange comme au moment où il t'a dit adieu. “ Il existe une caverne où la lumière est de couleur rouille. C'est là que Kon et ses araignées doivent chercher. Ils doivent commencer, dit-il, par l'ouverture que nous avons prise en quittant l'antre... nous avons toujours su qu'il y avait risque de se heurter aux Urds dans cet endroit... mais jamais nous n'avions songé que c'était un chemin conduisant au trône du Ténébreux. Il faudra retourner loin, très loin en arrière ", me dit Huon. Et puis il parla d'un précipice noir se terminant dans un sanctuaire noir auprès d'un jardin. C'est là que Kon te trouverait. Et tu étais là, dans le noir sanctuaire que bordait un jardin! Étrange..., étrange que Huon... »

Il s'interrompit, secouant la tête, perplexe.

Regor appela l'Indien qui tenait la carabine. Graydon s'en empara, heureux de la sentir et de la toucher. L'Emer lui tendit un sac. Il contenait une centaine de cartouches et plusieurs chargeurs pour ses automatiques. Il examina attentivement la carabine, elle était intacte. Il la chargea.

« Passe la main par la fente de cette sacrée armure, Regor, dit-il. Avance-la jusque sous mon bras et donne-moi ce que tu y trouveras. »

Regor fit comme il le lui demandait, ramena l'automatique. Graydon le passa à sa ceinture. Il se sentit beaucoup plus à l'aise; les épées et les masses n'étaient pas mal à leur manière, mais chacun connaît mieux ses propres armes.

« En route », dit-il.

Regor siffla la garde et donna une tape à Kon. Flanqué de l'homme-araignée, il ouvrit la marche le long de l'obscur passage, refaisant à l'envers le parcours de Graydon.

Ils arrivèrent à l'endroit que Regor avait appelé la caverne de la Sagesse perdue. En en franchissant le seuil, il s'agenouilla et embrassa le sol. Les Yu-Atlanchiens échangèrent des murmures mais sans suivre son exemple.

Ils la traversèrent, se faufilant à travers l'ombre crépusculaire des atomes agonisants, passant devant les pâles et vagues formes des mystérieuses machines; ils s'approchèrent d'énormes sphères argent et il vit qu'elles étaient couvertes d'énigmatiques symboles en émail or et bleu; ils parvinrent à la fantomatique coque du grand navire, et là, Regor fit une nouvelle génuflexion. Ils avançaient, avançaient, à travers le crépuscule, au milieu des trésors du peuple-serpent et des puissants ancêtres des Yu-Atlanchiens. Ils arrivèrent au bout et, à l'extérieur, s'offrit à leurs yeux un espace vide dont il leur était impossible de distinguer jusqu'où il s'étendait.

« C'est cet endroit que nous devons franchir, dit Regor, jusqu'à ce que nous arrivions au rocher qui scelle l'ancienne entrée. Le couloir des Seigneurs, à ce que m'a dit celui qui m'en a parlé, est en direction de la chute d'eau, qui se trouve à droite. Et, quelque part, non loin d'ici, il y a une entrée conduisant au tunnel qui part de la salle des araignées et qu'a pris Suarra la nuit où nous avions rendez-vous. »

Ils se mirent en devoir de traverser l'espace désert. Au bout d'un long moment, ils parvinrent à un mur qui paraissait formé par de grosses pierres fondues sous l'effet d'une chaleur volcanique. Regor émit un grognement de satisfaction. Ils contournèrent la paroi par la droite jusqu'à ce que Regor vît, posée à une grande hauteur dans la roche, une pierre ovale noire identique à celle dont Kon s'était mis en quête dans la caverne rouge.

Regor cliqueta à l'intention de l'homme-araignée. Kon tâta soigneusement les pourtours de la pierre comme il l'avait fait pour l'autre, se tourna et secoua la tête. Regor sortit de sa ceinture le cône dont il s'était servi pour ouvrir la porte de l'antre et le lui tendit. La lumière en jaillit au moment où l'araignée rouge l'appliqua méthodiquement contre la face de la barrière. La roche se mit à s'ouvrir lentement, comme les deux parties d'une porte coulissante. Ils découvrirent un corridor, beaucoup plus brillamment éclairé, dont le sol s'inclinait en pente douce. Quand ils furent entrés, Kon appliqua le cône sur la face intérieure. Le portail de pierre se referma. D'aussi près qu'il regardait, Graydon ne put en trouver la moindre trace; la pierre était lisse et sans la plus petite rayure.

Ils accomplirent dans ce passage quinze cents mètres ou davantage. D'abord droit, il ne tarda pas à devenir tortueux, comme s'il avait été taillé dans quelque veine tendre et sinueuse.

Brusquement, le couloir se termina par une petite crypte. Deux de ses parois arboraient un ovale noir. Regor les considéra et se gratta le crâne.

« Par Durdan le Chevelu! grommela-t-il. Il y a eu tellement de virages que je ne sais pas quel est le côté qui conduit au temple et quel est celui qui nous en éloigne. »

Les autres ne pouvaient lui être d'aucun secours.

« Bon, décida-t-il, nous prendrons à droite. »

Kon manipula le cône. Presque aussitôt, une pierre glissa vers le haut. Ils se trouvèrent dans un tunnel encore plus clair, et à angle droit.

« Si ce chemin est le bon, il nous faudra reprendre à droite », dit

Regor. Ils avançaient sans bruit, avec mille précautions. Ils quittèrent le tunnel et, sans que rien ne le leur ait fait prévoir, débouchèrent dans un corps de garde où se trouvaient une demi-douzaine de soldats Emers en jupettes, non pas jaunes mais vertes, et un officier, revêtu également de la tenue verte des hommes de Lantlu.

Ils considérèrent stupéfaits ces taupes envahisseuses, figés comme des statues de bois. Avant qu'ils aient pu revenir de leur étonnement, Regor fit un signe à Kon. Les trois hommes-araignées bondirent immédiatement sur les Indiens et les étranglèrent. Les doigts puissants de Regor enserraient la gorge de l'officier. Et tout se passa avec une telle rapidité que Graydon lui-même n'avait pas eu le temps de faire un geste.

Regor desserra son étreinte et leva sa barre. Kon vint le rejoindre, se tint derrière le Yu-Atlanchien, lui lia les bras.

« Il ne fallait donc pas tourner à droite, marmonna Regor. Parle à voix basse, Ranena. Que ta réponse soit brève! Quel est cet endroit? »

Ranena jeta un coup d'œil sur les corps de ses gardes gisant aux pieds des araignées, et la sueur perla à son front.

« Inutile de me traiter de cette façon, Regor, dit-il d'une voix pâteuse. Je n'ai jamais été ton ennemi.

– Non? demanda Regor d'un ton suave, et pourtant je pensais t'avoir vu dans l'antre hier soir. Peut-être me suis-je trompé. De toute façon, dépêche-toi de répondre, Ranena!

– Cet endroit contrôle un chemin conduisant à l'amphithéâtre », la réponse fut donnée d'un air maussade. Comme à titre de confirmation, on entendit un lointain roulement de tonnerre et le bruit d'acclamations. « Ils montent les Xinlis, ajouta-t-il.

– Et Lantlu y est, bien sûr? » demanda Regor.

Une ombre de méchanceté barra le beau visage de Ranena. « Et Dorina? dit-il.

– Qu'ont-ils fait de Huon?

– Écoute, Regor (le noir de la sournoiserie obscurcit les yeux clairs de Ranena), si je te dis où est Huon et comment l'atteindre, me promets-tu de ne pas me tuer, mais de me ligoter et de me bâillonner avant de te rendre auprès de lui?

– Qu'ont-ils fait de Huon? » répéta Regor.

Il cliqueta à l'intention de l'homme-araignée. L'une des mains de Kon couvrit la bouche de Ranena, avec les autres il se mit à lui lever les bras dans le dos et à les lui tordre. Ranena se convulsa de douleur, le visage déformé par la souffrance. Il fit un signe de tête.

Kon retira sa main, lui abaissa les bras. De petites gouttes de sang coulaient le long de la joue, là où les doigts effilés l'avaient entaillée.

« Après la prochaine course, il luttera contre les Xinlis, gémit-il.

– C'est donc cela! dit Regor avec calme. Ah, c'est donc cela! Je m'aperçois maintenant que si j'ai eu tort de tourner à droite, j'ai eu raison d'avoir tort! »

Il fit un signe à Kon. L'homme-araignée lui ramena la nuque en arrière et la lui brisa.

Regor jeta un regard sur les yeux vitreux, et se tourna vers ses Indiens.

« Toi et toi... (il en désigna six à tour de rôle), enfilez leurs vêtements. Notalu (il s'adressait à l'un des Yu-Atlanchiens), déshabille Ranena, et troque ton uniforme jaune pour son vert. Puis, ouvre l'œil. Il est probable que personne ne se présentera, mais si certains devaient le faire, alors tu les tues avant qu'ils aient eu le temps de pousser un cri. Je vais te laisser les deux araignées – tu sais comment leur donner des ordres. Kon m'accompagnera. Mais il faut tout d'abord nous débarrasser de cette charogne.

Un cliquetis pour Kon. L'homme-araignée ramassa les corps et les transporta dans le couloir qui, selon Ranena, conduisait à l'amphithéâtre. Ils déposèrent les personnages raidis le long des murs, hors de la vue du corps de garde. Ils s'en revinrent et deux d'entre eux se dissimulèrent derrière les bancs de pierre.

« Voyons à présent ce que nous pouvons faire pour Huon », dit Regor.

Ils se glissèrent dans le corridor, passèrent devant Ranena qui les regarda de ses yeux morts.

La lumière avait l'éclat du soleil et Graydon en fut ébloui. Sa vision s'éclaircit. Il se tenait devant une porte ornée d'une grille faite de lourdes barres de métal. A travers elles, il jeta un coup d'œil dans l'arène des dinosaures.

Chapitre XVIII

L'arène des dinosaures

Le sol de l'arène était un immense ovale d'environ cent cinquante mètres de large et huit cents mètres de long, recouverte d'un fin sable jaune. Cet ovale était entouré d'un mur de pierre polie vert jade, d'une hauteur égale à quatre fois la taille d'un homme grand. Il était percé, çà et là, d'ouvertures grillagées, quelques-unes étant plus grandes que celle par laquelle il regardait. Derrière le mur, des bancs de pierre s'étageaient en gradins jusqu'au sommet de l'amphithéâtre sur une hauteur de cinquante mètres. Là, des drapeaux flottaient au vent. A l'intérieur du grand ovale s'en trouvait un plus petit fermé par un mur épais d'un mètre vingt; entre les deux, la piste avait une quinzaine de mètres de large.

Presque en face de Graydon, une portion importante était bondée de Yu-Atlanchiens devant lesquels se tenait une double rangée d'Emer en kilts verts portant des javelots et des arcs; il y avait ensuite un vaste secteur de sièges vides, une seconde double rangée de soldats et, derrière, des milliers d'Indiens endimanchés. Derrière encore s'étendaient des gradins et des gradins inoccupés, témoignant du dépérissement du peuple ancien.

Au tout premier plan, il vit Lantlu, entouré d'un groupe de nobles s'esclaffant. Qui était la femme à son côté?

Dorina!

Il entendit jurer Regor, ce qui lui indiqua que, lui aussi, l'avait vue.

Mais Dorina ne partageait pas la gaieté des autres. Elle était assise, le menton sur son poing fermé, le regard sombre fixé sur l'autre côté de l'arène, dirigé droit sur l'endroit où ils se dissimulaient, comme si... comme si elle les observait. Graydon recula en hâte.

« Est-ce que tu pourrais l'atteindre avec ton arme? » Le visage de Regor était assombri par la haine.

« Facilement, mais je préférerais prendre Lantlu pour cible, répondit Graydon.

– Non! ni l'un ni l'autre. Pas tout de suite... » Il secoua la tête, recouvrant la maîtrise de soi. « Nous ne nous rapprocherions pas pour autant de Huon. Quand je pense que cette pourriture de fille de charognard, cette *buala,* vient assister à sa mort!

– Eh bien! elle n'a pas l'air d'y prendre beaucoup de plaisir », dit Graydon.

Regor rugit et se mit à fouiller les bords de la grille.

« Il faut que nous l'ouvrions, grommela-t-il. Nous emparer de Huon quand ils le feront sortir... où est cette maudite serrure... nous pourrons alors retourner rapidement au tunnel et nous enfuir par cette autre porte... vaudra mieux envoyer Kon pour qu'il l'emporte... non, Kon court plus vite que n'importe lequel d'entre nous, mais pas plus vite que les flèches... ils l'en larderont avant qu'il ait fait la moitié du chemin... non, nous devrons attendre... par les Sept... ah, la voici! »

Il y eut un bruit de glissement de verrous. Il essaya la porte. Elle était ouverte. Ils la fermèrent et l'ouvrirent à deux reprises et, afin de ne pas perdre de temps le moment venu, Graydon marqua, avec l'extrémité d'une cartouche, les endroits où il fallait appuyer.

Une fanfare de trompettes retentit. Une grille s'ouvrit derrière Lantlu. Il en jaillit six Xinlis. Des dinosaures, dont la taille avait été réduite comme celle des meutes de chasse, mais dans une moindre mesure. De monstrueuses formes noires luisantes, comme si elles étaient vêtues d'une armure de jais finement ciselée. A la jonction de la mince encolure et des épaules tombantes était assis un cavalier; chacun d'entre eux arborait une couleur différente, à l'instar des jockeys. Ils appartenaient à la noblesse et, en dépit de leur taille, ils paraissaient ridiculement menus comparés à la masse de leurs montures. Ils étaient installés sur de petites selles, avaient des étriers, et tenaient des rênes commandant un mors massif. Les dinosaures mâchonnaient ces mors, sifflant et grognant, échangeant des coups de leurs têtes absurdement petites, comme d'impétueux coureurs au départ, piaffant en attendant le moment de s'élancer.

Une seconde fanfare de trompettes se fit entendre, immédiatement suivie du tonnerre produit par la course d'énormes pieds. Les Xinlis ne sautaient pas, ils couraient à la manière des hommes, les jambes se levant et s'abaissant comme des pistons. Les cous tendus droit devant eux, ils tournaient sur la piste ovale. Ils passèrent groupés devant Graydon à la vitesse d'un train express. L'air qu'ils déplaçaient s'engouffra à travers la grille comme un tourbillon. Il frissonna, imaginant ce qu'il adviendrait à une rangée d'hommes qui tenteraient de s'opposer à ces projectiles de muscles et d'os.

Ils passèrent devant l'enclos des nobles comme un fuyant nuage noir. Des rangs des Yu-Atlanchiens et des Indiens monta une tempête d'acclamations. Et alors qu'ils se rapprochaient de lui, Graydon constata que la course des dinosaures était entrée dans une nouvelle phase. Ils n'étaient plus groupés. Il y en avait deux en tête, l'un monté par un cavalier en tenue verte, l'autre par un cavalier en tenue rouge. Le cavalier vert s'efforçait de coincer le rouge contre la cloison intérieure de la piste. Les quatre suivant à peu de distance semblaient engagés dans une mêlée où chacun essayait de pousser l'autre contre les mêmes contreforts bas. Les cous de boa des Xinlis se tordaient et tournaient, les petites têtes se jetant l'une contre l'autre comme des serpents au combat.

Brusquement, le cavalier vert lança sa monture, dans une embardée, contre le rouge. Celui-ci fit un effort désespéré pour faire franchir la barricade à son monstre, lequel trébucha et alla s'écraser dans l'île. Le cavalier fut projeté dans les airs comme une balle rouge par une raquette de tennis, retomba sur le sable, fit plusieurs rouleaux avant de s'immobiliser. Le cavalier vert prit la tête du peloton; un cavalier en tenue violette s'en détacha pour se lancer à sa poursuite dans un bruit de tonnerre, s'efforçant de maintenir son adversaire entre lui et la balustrade basse. L'explosion des acclamations couvrit le fracas du galop des Xinlis.

Ils repassèrent à toute allure, le vert ayant trois longueurs d'avance sur le violet, les trois autres suivant à la file à peu de distance. Ils arrivèrent au pas de charge près de la tribune des nobles où, glissant dans un nuage de sable jaune, ils s'arrêtèrent. Les acclamations fusèrent, plus sauvages encore. Ils revinrent au pas et Graydon vit qu'un anneau brillant était jeté au cavalier vert.

Les dinosaures franchirent l'ouverture en file indienne et disparurent. Des soldats vinrent alors ramasser le corps flasque du cavalier rouge et l'emportèrent. L'un d'eux prit les rênes du dinosaure qu'il avait monté et qui, depuis sa chute, était resté là, stupide, la tête basse. En le conduisant comme un cheval, il le sortit de l'arène par la grille dont les barreaux tintèrent.

La fanfare des trompettes éclata une nouvelle fois. Le silence tomba sur l'arène. Une autre grille, proche de la première, s'ouvrit...

Elle livra passage à Huon.

Il portait une courte épée et un javelot et, au bras gauche, l'un de ces petits boucliers ronds. Il demeura un instant immobile, cillant dans le soleil éblouissant. Ses yeux se posèrent sur Dorina. Elle se recroquevilla et se dissimula le visage dans les mains, puis elle leva la tête et croisa son regard avec celui de Huon, d'un air provocant.

Il souleva son javelot, lentement, lentement. Quelle que fût sa tactique de combat, il n'avait aucune chance de pouvoir la mettre en œuvre. A une trentaine de mètres de lui, une grille s'ouvrit sans bruit. Elle laissa échapper l'un des petits dinosaures des meutes de chasse qui vint prendre place sur le sable jaune. Graydon vit Lantlu s'incliner et adresser un salut ironique à l'homme que Dorina avait trahi. Il détailla le xinli de combat — les écailles polies bleu saphir et vert émeraude qui le recouvraient et qui étincelaient comme des bijoux, ses pattes antérieures, courtes et puissamment musclées, ses griffes pareilles à de longs ciseaux recourbés saillant des mains plates, la queue, dangereux fléau d'armes, les mâchoires aux crocs blancs, les yeux d'un rouge flamboyant, largement écartés, disposés comme ceux d'un oiseau, de part et d'autre de la tête casquée.

Graydon avait épaulé son fusil, avec Lantlu dans sa ligne de mire. Il hésitait — fallait-il abattre Lantlu ou tuer le dinosaure? Ce dernier n'était vulnérable, à balle, qu'à un seul endroit : l'un de ses petits yeux rouges. Indécis, il dirigea son arme sur l'animal, l'ajustant au mieux... non, mieux valait ne pas tenter la chance sur une cible aussi minuscule... retour à Lantlu... mais il était penché, à demi caché par Dorina, s'entretenant avec une personne assise à côté d'elle... du calme, du calme jusqu'à ce qu'il se redresse... ah nous y voilà... Nom de Dieu, en bougeant la grille, Regor l'avait détourné de sa cible...

Voilà tout ce qui se passa dans la tête de Graydon pendant le temps d'un souffle. Et puis le dinosaure se rua sur Huon. Regor agitait son bras, lui désignant le monstre en train de charger, le suppliant de tirer. Bon Dieu... il ne servait à rien de tirer au hasard... la balle irait ricocher sur les écailles formant armure... mieux valait frapper Lantlu... quelle utilité cela pourrait-il avoir à présent?... il était préférable d'attendre... d'attendre que se présente une meilleur occasion d'atteindre le diabolique fauve...

Huon fit un bond en arrière, s'écartant du chemin du dinosaure.

Celui-ci fit un tour sur lui-même, se relança contre Huon, toutes griffes dehors, prêt à frapper. Il bondit. Huon mit un genou en terre, lança son javelot à l'endroit non protégé de la gorge de l'animal. Le javelot atteignit son but, mais ne s'enfonça pas assez profondément pour provoquer la mort. Il se rompit net près du manche. Le dinosaure siffla, pirouetta au milieu d'un saut et retomba sur ses pieds quelques mètres plus loin. Il se tâta la gorge d'un geste étonnamment humain puis se mit à tourner prudemment autour de Huon, ployant ses bras musculeux à la manière d'un boxeur ayant devant lui, à l'entraînement, un adversaire imaginaire. Huon exécutait les mêmes mouvements, ne le quittant pas de l'œil, son javelot brisé passé dans la main gauche, son épée dans l'autre, bouclier au bras gauche tout près de la poitrine.

« Huon! J'arrive! Tiens bon! »

En hurlant, Regor se porta à la hauteur de Graydon, puis s'élança sur le sable. Son cri déchira le silence qui, mis à part le sifflement du dinosaure blessé, enveloppait l'arène. Un silence plus profond, de pure stupéfaction, lui succéda. Huon porta son regard sur le personnage qui courait. Le dinosaure tourna la tête. Le soleil tombait en plein dans l'un des yeux cramoisis. Il se détachait sur le crâne comme un petit œil-de-bœuf de feu. Graydon ajusta rapidement cette cible rouge et tira.

Le claquement du fusil se répercuta dans l'arène. Le dinosaure bondit en l'air, exécuta une culbute, et fila en chancelant sur le sable, la tête entre les griffes. Des gradins surchargés s'éleva un immense soupir – on aurait dit le premier frémissement d'une tempête, une houle de corps. Kon, passant devant Graydon en émettant de violents cliquettements, s'engagea rapidement à la suite de Regor. Il leva son fusil en direction de Lantlu et le vit se baisser derrière le mur de protection comme s'il avait été averti du danger.

Dorina demeurait immobile, les yeux fixés sur Huon. Elle avait l'attitude d'une personne sachant que son sort était en train de se jouer.

Regor avait traversé la moitié de l'arène, Kon trottinant à ses côtés. Huon, sans un nouveau coup d'œil derrière lui, le regard rivé sur la femme, fit un pas en direction du mur.

Il lança son javelot brisé. Il fit, en volant, un éclair de lumière. Une lumière qui alla s'éteindre dans la poitrine de Dorina.

Pendant un long moment, ce fut de nouveau le silence. Puis,

l'amphithéâtre tout entier se mit à rugir. Une pluie de flèches s'abattit autour du hors-la-loi de l'antre. Kon passa précipitamment devant Regor, enleva Huon dans un bras, et revint en courant. Graydon vida son arme sur les archers alignés; la tempête de flèches cessa brusquement.

Les trompettes retentirent, péremptoires. Les Emers en kilt vert affluèrent par les grilles ouvertes et en passant par-dessus le mur. Plus près d'eux, sortant d'issues plus proches, en arrivaient d'autres de chaque côté. Kon était près, Regor se rapprochait. Graydon, qui regrettait de ne pas disposer à cet instant d'une mitrailleuse, vida son fusil sur ceux qui les menaçaient sur leurs flancs. Ils s'arrêtèrent. Le dinosaure furieux leva la tête et chargea à grands bonds en direction de la rangée de soldats poursuivant Regor. Ils s'écartèrent de son chemin. Le géant eut le temps de fermer brutalement les lourdes portes et posa les barres. Le dinosaure se jeta contre elles, s'y acharnant avec ses griffes d'acier, un sang jaune coulant de son crâne que la balle de Graydon avait en partie fracassé.

« Tu as la peau bougrement dure », marmonna-t-il en levant son fusil pour tirer de près, et sans risque de le rater, dans l'œil encore intact.

« Non! haleta Regor, qui lui saisit le bras. Il défendra cette porte pour nous! »

Huon se tenait sur ses jambes auprès de l'homme-araignée, dans la position d'un automate, la tête basse. Et il fut brusquement secoué par de profonds sanglots.

« C'est fini maintenant, mon garçon, tout va bien à présent! » Le géant lui prodiguait des paroles de réconfort.

Une flèche passa devant le dinosaure, traversa la grille, rata de peu Graydon, suivie d'une autre et d'une autre encore. Il entendit la sonnerie rageuse de nombreuses trompettes.

« Il vaudrait mieux déguerpir rapidement! » rugit Regor. Soutenant Huon d'un bras, il rebroussa chemin dans le couloir, Graydon sur ses talons, les petites pattes de Kon lui donnant, en marchant, des tapes d'approbation et d'affection. Les autres suivaient à peu de distance. Ils arrivèrent au corps de garde. Ils ouvrirent la porte secrète par où ils y étaient entrés, et la refermèrent alors que se rapprochait le bruit de pas de leurs poursuivants. Et dans la petite crypte, Kon chercha et trouva le moyen d'ouvrir le passage au-dessous de la pierre ovale de gauche.

Ils fermèrent ce dernier portail. Ils descendirent en silence le couloir, en route vers le havre du temple.

Chapitre XIX

La Mère-Serpent

Ils avançaient en silence, le bras de Regor passé autour des épaules de Huon. Les cinq hommes de la communauté devançaient les tisseuses; ils marchaient, sabre au clair, derrière leur chef. Les Indiens suivaient Graydon. A chaque fois qu'il tournait la tête, il voyait leurs yeux fixés sur lui, comme s'ils le considéraient désormais comme leur chef. Celui qui avait porté le fusil avait manifestement acquis rang de personnage, marchant en tête de ses camarades, presque sur les talons de Graydon. Ils parvinrent au bout du passage et en ouvrirent l'entrée sans difficulté.

Ils débouchèrent dans la colonnade que Grayon avait vue en rêve!

Les rayons azur pâle, tels ceux, effilés, de l'aurore, dissimulaient une alcôve spacieuse qui se dressait à une certaine hauteur du sol recouvert d'une mosaïque opaline. Derrière leur voile, Graydon aperçut un trône de saphir, et, à sa base de cristal laiteux, des trônes plus petits, rouges, or et noirs – les sièges des sept Seigneurs.

Une jeune fille se tenait juste au sommet d'une large volée de marches descendant de l'alcôve, une jeune fille aux mains blanches étroitement serrées sur la poitrine, les lèvres rouges béantes d'étonnement, et dont les doux yeux noirs le fixaient avec incrédulité...

« Graydon! » cria-t-elle, en allant vers lui d'un pas rapide.

« Suarra! » entendit-il. Le rappel à l'ordre était formulé d'une voix zézayante, pure, évoquant les trilles des oiseaux. Une colonne de nacre chatoyante se dressa derrière la jeune fille; par-dessus son épaule apparut un visage, en forme de cœur, à la chevelure en fils d'argent, aux yeux pourpres...

La Mère-Serpent!

« Voyons, quels sont ces visiteurs qui arrivent avec un tel sans-gêne à la suite de ton amoureux, zozota-t-elle, et par un chemin dont j'étais persuadée que personne, à présent, ne le connaissait en Yu-Atlanchi. »

Elle leva une petite main tenant un sistre, dont la lame recourbée, au lieu de baguettes, contenait une gouttelette scintillante s'agitant comme du vin-argent.

Regor retint une exclamation et s'agenouilla, les autres s'empressant de suivre son exemple, à l'exception des hommes-araignées qui observaient tranquillement la scène. Graydon hésita, puis s'agenouilla également.

« Ainsi, vous vous souvenez des convenances! La voix argentine était empreinte d'une légère ironie. Approchez. Par mes ancêtres!... mais c'est Regor... et Huon... et depuis quand, Natalu, arbores-tu la couleur verte de Lantlu? Il y avait bien longtemps que tu ne t'étais pas incliné devant moi, Regor.

– Ce n'est pas ma faute, Mère! commença Regor avec indignation. Ce n'est pas tout à fait... »

Un trille joyeux lui cloua le bec.

« Toujours aussi emballé, Regor. Eh bien, pendant un moment au moins, tu vas pouvoir accomplir à loisir ce devoir négligé. Toi aussi, Huon, et tous les autres... »

Graydon entendit le géant rugir de soulagement, vit s'éclairer son visage balafré; son mugissement avait interrompu la Mère. « Hommage à Adana! Nous lui appartenons à présent! » Il s'inclina jusqu'à toucher le sol de son front bandé.

« Oui! dit la Mère, à voix basse, mais pour combien de temps, moi-même ne saurais le dire... » Elle abaissa la main tenant la frissonnante sphère, se pencha davantage sur l'épaule de Suarra, fit signe à Graydon... « Approche. Et ferme la porte derrière toi, Regor. »

Graydon se dirigea vers l'alcôve, gravit les marches, plongeant un regard fasciné dans les yeux pourpres fixés sur lui de façon si pénétrante. Tandis qu'il se rapprochait, la Femme-Serpent déplaça, de derrière la jeune fille, la colonne chatoyante d'où son corps juvénile jaillit entre lui et Suarra. Et, une fois de plus, il éprouva ce tressaillement d'amour, curieux, profondément ancré en lui, pour cet être étrange – une corde de harpe qu'il avait dans son cœur et qu'elle était seule à pouvoir faire vibrer. Il mit à nouveau un genou en terre et baisa la minuscule main qu'elle lui tendit. Il contempla son visage : il était jeune, sans aucune trace de la fatigue des siècles, les yeux doux, et il n'avait même plus souvenir des doutes qui l'avaient saisi dans la caverne peinte, si grand était son pouvoir d'envoûtement.

« Tu as reçu une bonne éducation, mon enfant, murmura-t-elle. Non, ma fille... (elle lança un regard malicieux à Suarra), ne sois pas inquiète. C'est uniquement à mon âge qu'il rend hommage.

– Mère Adana..., commença Suarra, les joues en feu...

– Oh! allez vous entretenir là-bas, mes petits. » Les lèvres écarlates en forme de cœur arboraient un sourire : « Vous avez beaucoup de choses à vous dire. Asseyez-vous sur les trônes noirs, si vous le voulez. Que pensais-tu autrefois, homme de Suarra? Qu'un trône d'or symbolisait pour toi la fin du voyage? C'était sûrement cela. Pourquoi il devait en être ainsi, je l'ignore, mais c'était ce que tu pensais. Prends-en donc un. »

Graydon, qui avait commencé à se relever, retomba sur son genou. Alors qu'elle parlait des trônes d'or, les vers d'un vieux negro spiritual lui étaient revenus en tête...

Quand j'en aurai terminé de cet épuisant vagabondage,
Quand j'en aurai terminé, Seigneur!
Je prendrai place sur un trône d'or...

La Mère-Serpent riait. Elle fit signe à Suarra. Elle prit la main de la jeune fille et la mit dans celle de Graydon. Puis elle les éloigna d'une petite poussée.

« Regor, dit-elle. Viens me voir. Raconte-moi ce qui s'est passé. »

En balançant sa barre, d'une allure dégagée, Regor s'approcha. Suarra se retira avec Graydon dans un nid de rideaux situé au fond de l'alcôve. Il observa Regor montant auprès de la Femme-Serpent, la vit incliner la tête vers lui, se préparer à l'écouter. Puis il les oublia complètement, toute son attention reportée sur Suarra, débordante d'inquiétude et de curiosité à son sujet.

« Que s'est-il passé, Graydon? » Elle le prit par le cou.

« Lantlu a mis l'antre à sac. Huon a été trahi par Dorina. Lantlu a emmené Huon et l'a opposé à l'un de ses maudits Xinlis. Nous l'avons délivré. Huon a tué Dorina, lui dit-il d'une voix saccadée.

– Dorina l'a trahi! Il l'a tuée! » Elle écarquilla les yeux.

« D'une certaine façon, c'était ta tante, n'est-ce pas? demanda-t-il.

– Oh! je le suppose – d'une certaine façon –, il y a longtemps, longtemps », répondit-elle.

Et, brusquement, il décida de régler une fois pour toutes la question qui le tourmentait; il désirait savoir si elle était l'une de ces « immortelles » ou, tout simplement, la jeune fille qu'elle paraissait être... si elle était comme les autres, il lui faudrait se rendre à l'évidence et aimer une fille assez vieille pour être son arrière-grand-mère peut-être...

« Dis-moi, Suarra, demanda-t-il, quel âge as-tu?

– Eh bien! Graydon, j'ai vingt ans, répondit-elle en s'interrogeant sur le sens de cette question.

– Je sais, dit-il, mais veux-tu dire que tu as vingt ans, ou que tu les avais, lorsque vous avez refermé les portes de la mort?

– Mais, chéri, dit Suarra, pourquoi te tracasses-tu à ce point? Je n'ai jamais mis les pieds dans la chambre des portes! J'ai vraiment vingt ans – j'entends ne pas demeurer à cet âge et vieillir régulièrement d'un an chaque année.

– Dieu soit loué! » s'exclama Graydon, avec ferveur, l'esprit soulagé du poids qui l'accablait. « Hélas! J'oubliais que Lantlu et une grande partie de Yu-Atlanchi sont en ce moment à notre recherche...

– Oh! mais cela n'a pas d'importance, dit Suarra, maintenant que tu as été agréé par la Mère. »

Graydon avait des doutes quant à la justesse de ce point de vue, mais il ne l'ennuya pas avec cela. Il entama le récit de ses aventures. Sa première phrase fut interrompue en son milieu par le sifflement exclamatif de la Femme-Serpent; il entendit Regor tonner :

« C'est la vérité. C'est là que Kon l'a découvert. »

Il jeta un regard en leur direction. Les yeux de la Mère-Serpent étaient fixés sur lui. Elle lui fit signe. Et lorsqu'il fut près d'elle :

« L'ombre, Graydon, parle-moi d'elle. A partir de l'instant où tu l'as vue apparaître sur le trône noir. Non, attends, je désirerais voir tout en t'écoutant... » Elle lui posa une main sur le front. « Tu peux parler maintenant. »

Il s'exécuta, retraçant pas à pas son épreuve. Il la revécut, les images en étaient si vivantes qu'il lui semblait qu'un appareil les projetait sur l'écran argent de son cerveau. Alors qu'il narrait la mort de Cadok, il sentit trembler la main posée sur son front; il parla de Kon, et la main se retira.

« Cela suffit! »

Elle recula; elle le regarda, plongée dans ses réflexions; dans ses yeux se lisaient la surprise, l'étonnement, quelque chose, cette idée bizarre lui vint à l'esprit, de l'émotion que pourrait éprouver un mathématicien si, dans une masse de formules parfaitement connues, il se trouvait brusquement en présence d'une équation entièrement nouvelle.

« Tu es plus que je ne le pensais, Graydon, dit-elle en écho à cette idée biscornue. Je me demande à présent... depuis les hommes-singes gris dont tu descends... car tout ce que je sais des hommes ne repose que sur ceux qui vivent ici... de quelle façon différente vous avez évolué, vous qui avez grandi au-delà de nos frontières... je me demande... »

Redevenue muette, elle le scruta, puis :

« Tu as pensé que l'ombre était une réalité – je veux dire que ce n'était pas un spectre, un fantôme –, qu'elle n'était pas immatérielle...

– Oui, Mère, ayant suffisamment de matière, suffisamment de substance pour la verser dans le corps de Cadok. Elle s'est introduite dans le corps de Cadok comme on introduit de l'eau dans une cruche. Et le temps de... dix battements de cœur... l'ombre n'était plus l'ombre, Mère. Si tu vois vraiment dans mon cerveau, tu sais le visage qu'elle avait.

– J'ai vu, dit-elle en hochant la tête. Et pourtant, je ne puis y croire. Comment puis-je y croire alors que j'ignore... »

Elle s'arrêta; elle paraissait écouter. Elle se dressa sur ses anneaux et sa tête s'éleva de trente centimètres au-dessus du grand Regor. Son regard, intense, semblait traverser les murs de cette vaste chambre. Elle retomba sur ses anneaux, son corps rose perle s'assombrissant peu à peu.

« A moi, Huon! appela-t-elle. Que tes hommes t'accompagnent! Kon... » elle cliqueta un certain ordre en désignant du doigt l'autre côté de l'alcôve.

Elle prêta de nouveau l'oreille.

« Suarra! (elle dirigea son index sur la jeune fille), Suarra, toi, tu regagnes tes appartements. »

Puis, comme Suarra hésitait : « Non, reste derrière moi, ma fille. S'il a osé cela, il vaut mieux que tu sois à mes côtés! »

La Femme-Serpent avait recouvré son calme, le regard absent. Huon et ses hommes escaladèrent les marches; s'alignèrent à l'endroit qu'elle leur avait indiqué. Suarra se plaça auprès de Graydon.

« Elle est en colère! Elle est très en colère! » murmura-t-elle. Elle passa derrière les anneaux de la Femme-Serpent.

A présent, Graydon entendait, au loin, une faible clameur; des cris et le tintement du métal sur le métal. Le tumulte se rapprochait. A l'extrême bout de la colonnade se trouvait une entrée sur laquelle tombait le voile des rideaux. Brusquement, ils furent déchirés, arrachés et, à travers l'ouverture, s'engouffrèrent des soldats Emers en kilt bleu, luttant pour endiguer quelque inexorable pression les obligeant à reculer.

Puis, au-dessus d'eux, il vit émerger la tête de Lantlu, suivi et entouré d'une centaine au moins de ses nobles.

Ils franchirent le portail. Les Emers se battaient avec l'énergie du désespoir mais cédaient du terrain, pas à pas, devant la poussée des longs javelots brandis par les assaillants. Ils n'en faisaient pas usage, et Graydon comprit que les attaquants s'abstenaient délibérément de tuer, ne cherchant qu'à pénétrer dans la place.

« Arrêtez! » Dans le cri de la Mère-Serpent, il y avait quelque chose qui rappelait les sonneries séraphiques de ses messagers ailés, les serpents volants à plumes. Les rangs des combattants s'immobilisèrent.

« Dura! » Un officier des Emers en kilt bleu se tourna vers elle, salua. « Qu'on les laisse passer! qu'on les accompagne jusqu'à moi! »

Les gardes s'écartèrent, se mirent sur deux rangs; Lantlu et ses partisans passèrent entre eux pour se rendre jusqu'au pied des marches. Il sourit en apercevant Graydon, ses yeux étincelèrent en se posant tour à tour sur Regor, Huon et leurs compagnons.

« Ils sont tous ici, Bural! » Il s'adressait à un noble près de lui, au visage aussi beau et aussi cruel que le sien. « Je n'en espérais pas tant! »

Il s'inclina ironiquement devant la Femme-Serpent.

« Salut Mère! » La politesse était assaisonnée d'une grossière insolence. « Nous vous demandons de pardonner notre brutale irruption, mais vos gardes ont de toute évidence oublié le droit qu'a la vieille race de vous rendre hommage. Nous savions que vous les puniriez de cette négligence, aussi ne leur avons-nous fait aucun mal. Et il semble que nous arrivions juste à temps pour vous sauver, Mère, car nous vous voyons entourée de gens dangereux. Des hors-la-loi que nous recherchions. Et un étranger dont la vie fut confisquée dès son entrée en Yu-Atlanchi. De mauvaises gens,

Mère. Nous allons écarter la menace qu'ils font peser sur vous! »

Il murmura quelque chose à Bural, et s'avança vers l'escalier d'un air conquérant. Les javelots des nobles se dressèrent, prêts à être lancés, alors qu'ils lui emboîtaient le pas. Graydon épaula son fusil, le doigt sur la détente. Sous l'effet de la tension, il revint inconsciemment à son anglais.

« Stop! Ou je vais faire sauter ton cœur pourri! Dis-leur d'abaisser ces javelots!

— Silence! » De son sistre, la Mère lui toucha le bras, le paralysant; l'arme tomba à ses pieds.

« Il dit que tu serais plus en sécurité là où tu es, Lantlu. Et plus en sécurité encore avec les javelots baissés. Il a raison, Lantlu; c'est moi, Adana, qui te le dis », zozota la Mère-Serpent.

Elle brandit le sistre. Lantlu considéra la frissonnante sphère, l'ombre d'un doute s'inscrivant sur son visage. Il s'arrêta, dit quelques mots à voix basse à Bural; et les javelots s'abaissèrent.

La Femme-Serpent se balança doucement, en cadence, d'avant en arrière et de gauche à droite, sur la colonne supérieure de ses anneaux.

« De quel droit exiges-tu ces hommes, Lantlu?

— De quel droit! De quel droit? » Il la regarda avec une méchante et simulée incrédulité. « Mère Adana! vieilliriez-vous, ou bien, comme vos gardes, perdez-vous la mémoire? Nous les exigeons parce qu'ils ont enfreint la loi de Yu-Atlanchi, parce que ce sont des hors-la-loi, ce sont des loups, dont nous devons nous débarrasser d'une manière ou d'une autre. En vertu de l'antique loi, Mère, dont vous ne pouvez, conformément à un certain pacte entre vos ancêtres et les miens, empêcher l'application. Si vous agissiez autrement, nous serions alors, Mère, dans l'obligation de sauver nous-mêmes votre honneur, et nous nous en emparerions néanmoins. Bural, si l'étranger se baisse pour ramasser son arme, embroche-le. Si l'un de ces hors-la-loi fait un geste pour s'emparer de la sienne, que partent les javelots. Considérez-vous que je vous ai répondu, Mère?

— Tu n'as aucun droit sur eux », dit calmement la Femme-Serpent. Mais son corps se mit à décrire lentement des arcs toujours plus grands, son cou se courba, elle lança sa tête en avant comme un serpent prenant sa position de combat.

Suarra se glissa de derrière elle, passa son bras dans celui de Graydon. Le visage de Lantlu s'assombrit.

« Tiens! dit-il. Suarra! Avec son amant! Ton peuple te réclame, fille des Urds! Mais tu ne vas pas tarder à les rejoindre... »

Un éclair rouge passa devant les yeux de Graydon, les oreilles lui teintèrent. La haine violente, qu'il avait réprimée depuis que Lantlu l'avait tourné en ridicule dans le sanctuaire de l'ombre, rompit les barrages et l'envahit. Avant que la Femme-Serpent ait pu le retenir, il avait dévalé les marches et envoyé son poing solide en plein dans le méprisant visage. Il sentit le nez s'écraser sous le coup. Lantlu tituba, partit en arrière. Il recouvra son équilibre à la vitesse d'un chat; il se rua sur Graydon, les bras ployés pour l'empoigner.

Graydon se courba pour échapper à la prise, plaça deux uppercuts au visage, le second atteignant de plein fouet la bouche hargneuse. Là encore, il entendit céder l'os. Lantlu tomba en arrière dans les bras de Bural.

« Graydon! Reviens près de moi! » Le cri de la Mère-Serpent était péremptoire, exigeant l'obéissance.

Il remonta lentement les marches, la tête tournée vers les nobles qui contemplaient la scène. Ils ne firent pas un geste pour l'arrêter. A mi-chemin, il vit Lantlu ouvrir les yeux, se libérer des bras de Bural et promener autour de lui un regard d'incompréhension. Graydon fit un temps d'arrêt, plein d'une féroce satisfaction, et, une fois encore, sans s'en rendre compte, il s'exprima dans sa propre langue.

« Voilà qui va nuire à ta beauté! »

Lantlu lui lança un regard vide; il se passa la main sur la bouche contemplant stupidement le liquide rouge qui la mouillait.

« Il dit que vos femmes auront désormais du mal à t'admirer, gazouilla la Femme-Serpent. Il a une fois de plus raison! »

Graydon la regarda. Le poing tenant le sistre était si étroitement serré que les jointures en devenaient blanches, sa langue fourchue rouge voletait sur ses lèvres, ses yeux brillaient d'un vif éclat... Il se pouvait, pensa-t-il, que la Mère fût en colère après lui, mais le spectacle du visage meurtri de Lantlu paraissait lui procurer une joie peu commune...

Et Lantlu tentait à présent de se dégager des mains de ses hommes qui le retenaient... A cet instant, Graydon avait plutôt pour lui de l'admiration... cette brute ne manquait certes pas de courage... tout à fait décidé à lui infliger une raclée...

« Lantlu! Lantlu... regarde-moi! »

Elle leva le sistre. Le frissonnement de vif-argent s'arrêta dans la sphère, d'où jaillit un rayon de lumière argentée qui vint frapper comme un éclair le front de Lantlu. Il cessa immédiatement de se débattre, se raidit, leva le visage vers elle. Le rayon d'argent frappa également les visages de ses partisans et eux aussi se transformèrent en hommes de bois, muets.

« Lantlu! Charognard au service de Nimir! Écoute-moi! Tu as souillé le temple, seul de l'ancienne race à avoir agi ainsi. Par la violence, tu t'es frayé un chemin jusqu'à moi, Adana, de la race des Anciens qui nourrirent tes aïeux du fruit de notre sagesse. Qui ont fait de vous des hommes. Tu t'es moqué de moi! Tu as osé lever sur moi ta main armée! Je déclare que l'antique pacte entre ton peuple et le mien est maintenant rompu, et c'est par toi qu'il l'a été, Lantlu. Moi, je te déclare dès à présent hors-la-loi, de même que tous ceux de ton clan. Et hors-la-loi tous ceux qui, désormais, prendront ton parti. Je te chasse! Va trouver ton ombre chuchotante, raconte-lui ce qui t'est advenu. Va trouver ton Maître des ténèbres, Lantlu, et supplie-le de te remodeler entièrement, de te restituer ta beauté. Il en sera incapable, lui, dont l'adresse s'est affaiblie au point qu'il ne peut même pas se trouver un corps. Dis-lui que moi, qui l'ai vaincu il y a longtemps, que moi, Adana, qui l'ai fait prisonnier de la pierre, suis vigilante et sur mes gardes, et que je l'affronterai une fois de plus quand sonnera l'heure – oui, et que je le vaincrai de nouveau. Oui, que je l'anéantirai complètement! Va, brute plus brute que les Urds, va! »

Elle braqua son sistre sur les rideaux lacérés. Et Lantlu, avec un balancement de la tête qui épousait lugubrement celui de la Mère-Serpent, exécuta un raide demi-tour et s'éloigna. Ses nobles, la tête branlante, le suivirent également.

Observés par les soldats en kilt bleu, ils disparurent.

Le corps de la Femme-Serpent cessa de s'agiter. Ses yeux pourpres, qui n'étaient plus ni froids ni étincelants, se livraient à un examen critique de Graydon.

« Je pense que je dois avoir quelque chose d'humain, après tout, pour me réjouir à ce point de cet échange de coups et du spectacle du visage de Lantlu. Graydon, pour la première fois depuis des siècles, tu m'as fait oublier tous mes ennuis. »

Elle s'interrompit, lui sourit.

« J'aurais dû le tuer, dit-elle. Cela nous aurait épargné bien des soucis. Et de nombreuses vies peut-être. Mais alors il n'aurait pas eu le temps de regretter sa beauté disparue, ni de se ronger le cœur à ce propos. Non, oh! non! Je ne pouvais pas me priver de cela, même au prix de quelques vies. Haaa!... » Elle bâilla. « Et, pour la première fois depuis des siècles, j'ai sommeil. »

Une porte s'ouvrit, livrant passage à quatre accortes Indiennes portant une litière couverte de coussins. Elles la posèrent près de la Femme-Serpent.

« Suarra, dit-elle, veille à ce qu'on conduise Regor, Huon et les autres dans leurs appartements et à ce qu'ils soient convenablement traités. Graydon, attends ici avec moi. »

Graydon resta avec la Mère. Elle ne disait rien, profondément plongée dans ses pensées. Finalement, elle le prit sous son regard.

« Le message que j'ai adressé à Nimir était un bluff, dit-elle. Je ne suis pas aussi certaine du résultat, mon Graydon, que je semblais l'être. Tu m'as offert de nombreux sujets nouveaux de réflexion. Cependant, cela donnera aussi à ce valet du mal l'occasion de penser à autre chose qu'à ses diableries, peut-être. »

Elle garda le silence jusqu'au retour de Suarra. Elle se glissa alors hors de son nid, jeta son corps sur la litière et s'enroula lentement dans ses chatoyants anneaux. Elle demeura un instant, le menton dans ses petites menottes, à les regarder.

« Embrasse-le et souhaite-lui bonne nuit, ma fille, dit-elle. Il va prendre un bon et tranquille repos. »

Suarra tendit ses lèvres vers les siennes.

« Viens, Graydon », dit la Femme-Serpent en riant. Et lorsqu'il fut près d'elle, elle lui prit la tête entre les mains et l'embrassa aussi.

« Quels abîmes nous séparent! (elle secoua la tête) que comblent les trois coups assenés à l'homme que je hais – oui, Graydon, je suis femme, après tout! »

Les femmes soulevèrent la litière, et, accompagnées de Suarra, elles quittèrent la place. Deux Emers en kilt bleu firent leur entrée et, avec de profondes courbettes, l'invitèrent à les suivre. La Mère lui fit un signe de la main, Suarra lui envoya un baiser. Elles disparurent.

Graydon suivit les Indiens. En passant devant le trône rouge, il y aperçut un personnage – un personnage ratatiné dans une robe à glands rouge et jaune.

Le Seigneur de la Folie! Ils ne l'avaient pas vu entrer. Depuis combien de temps était-il là? Il s'arrêta. Le Seigneur de la Folie le regarda avec des yeux pétillants de jeunesse. Il étendit une longue main blanche dont il lui toucha le front. Au contact, Graydon sentit tous ses doutes l'abandonner; ils cédèrent la place à une insouciante gaieté, à un agréable sentiment qu'en dépit des apparences, les choses allaient pour le mieux dans le pire des mondes. Il rendit leur sourire aux yeux clignotants.

« Sois le bienvenu, mon fils », ricana le Seigneur de la Folie.

L'un des Indiens lui toucha le bras. Lorsqu'il reporta son regard sur le trône rouge, celui-ci était vide.

Les Indiens le conduisirent à une pièce à la lumière douce, tendue de rideaux arachnéens, avec, en son milieu, un large divan. Il y avait une table d'ivoire sur laquelle étaient posés du pain, des fruits et un vin blanc doux. Lorsqu'il eut fini de manger, les Indiens le débarrassèrent de sa cotte de mailles et le dénudèrent entièrement. Ils approchèrent un baquet de cristal, le baignèrent, le massèrent, l'oignirent. Ils l'enveloppèrent dans un peignoir de soie et le mirent au lit.

« Sois le bienvenu, fils! marmonna Graydon, somnolent. Fils? Qu'est-ce qu'il a voulu dire? »

Il n'avait pas encore trouvé la réponse à cette question lorsqu'il tomba dans un sommeil profond et réparateur.

Chapitre XX

Sagesse de la Mère-Serpent

A son réveil, Graydon avait vu Regor et Huon veillant sur lui au seuil de sa chambre. Regor était toujours vêtu de noir, mais Huon avait troqué la tenue jaune de la communauté contre la bleue de la Femme-Serpent. En se levant, il trouva à son chevet un costume similaire sur le dossier d'une chaise. Graydon enfila la longue blouse lâche, le pantalon et les bottillons en cuir souple, sans talon. Tout cela lui allait si bien qu'il se demanda si quelqu'un n'était pas venu pendant la nuit prendre ses mesures.

Il y avait un anneau d'or sur le siège, mais il l'y laissa. Après un moment d'hésitation, il glissa son automatique dans le pli intérieur de sa large ceinture. Un manteau de soie bleue, retenu aux épaules par des agrafes d'or, complétait sa tenue. Il s'y sentait un peu gêné, ayant l'impression de se rendre à un bal costumé – ce qu'il avait toujours eu en horreur –, mais il n'avait rien d'autre à se mettre, sa cotte de mailles avait disparu; quant à ses autres vêtements, ils se trouvaient dans l'antre saccagé.

Il prit le petit déjeuner en compagnie de ses deux amis. Ni l'un ni l'autre ne firent la moindre allusion à sa bagarre avec Lantlu et cela éveilla en lui une curiosité mêlée de dépit. Une fois, il avait amené la conversation au bord de cette question; Huon lui avait lancé un regard chargé de colère et de dégoût; Regor lui avait donné, sous la table, un coup de pied admonitif.

Regor et Huon s'étaient levés pour partir. Graydon les aurait volontiers accompagnés, mais Regor lui dit d'un ton rude qu'il ferait mieux de rester sur place, que la Mère n'allait pas manquer de l'envoyer chercher, qu'elle avait confié le commandement de tous ses soldats à Huon et à lui-même et qu'ils allaient devoir procéder à leur instruction. Quelques instants plus tard, Regor revint seul.

« Tu as bien fait, mon garçon, grommela-t-il en tapotant l'épaule de Graydon. Ne t'occupe pas de Huon. Tu vois, nous ne nous combattons pas les uns les autres de la façon dont tu l'as fait. C'est la façon des Urds. Je lui ai dit que tu n'étais pas censé connaître nos usages mais... bon, cela ne lui a pas plu. En outre, il a le cœur brisé à cause de la communauté et de Dorina.

– Tu peux dire à Huon qu'il aille au diable avec ses usages! » Graydon était blessé et en colère. « Quand il s'agit d'une brute comme Lantlu, je mords et je griffe, tous les coups sont permis. Mais je vois comment Lantlu l'a eu. Il s'était déjà mis au boulot tandis que Huon, probablement, était toujours en train de réfléchir à la façon dont il pourrait lui dire avec des fleurs ce qu'il avait sur le cœur!

– Tu t'es surtout exprimé dans ta propre langue, ricana Regor, mais j'en ai compris le sens général. Tu as peut-être raison... mais Huon est Huon. Ne t'inquiète pas. Il ne pensera plus à tout cela quand vous vous reverrez.

– Qu'il y pense ou pas, je m'en fous comme de ma première chemise », commença Graydon, furieux. Regor lui donna une autre tape amicale et s'en fut.

Les murs de la pièce étaient tendus de rideaux transparents, tombant du plafond au sol. Graydon se leva, palpa les cloisons. A un endroit, sa main ne rencontra aucune résistance. Il écarta les rideaux et pénétra dans une autre pièce, inondée par la claire lumière du jour provenant d'une fenêtre avec un balcon sur lequel il sortit. A ses pieds s'étendait Yu-Atlanchi.

Le temple dominait la cité, le sol en descendait en pente douce. Entre le temple et le lac, celle-ci ressemblait à une prairie, sans aucun arbre, bleue comme si elle avait été tapissée de campanules. Et l'autre rive du lac était plus proche qu'il ne l'avait pensé, distante de moins de quinze cents mètres.

Il pouvait apercevoir l'écume de la chute d'eau, à laquelle le vent donnait l'aspect de drapeaux en loques. Les cavernes des colosses étaient semblables à d'immenses yeux dans la face brune du précipice.

A sa gauche, la prairie se transformait en une plaine plate, chichement boisée, allant se perdre à des kilomètres dans les premiers arbres ondulants de la forêt, et quadrillée par les petites fermes des Indiens. A sa droite se dressait l'ancienne cité qui, maintenant qu'il la voyait de près, ressemblait moins à une ville qu'à une place.

A l'endroit où cessait la cité, en bordure de la prairie fleurie du temple et à mi-chemin du lac, se trouvait un singulier bâtiment. Il avait la forme d'une énorme coquille dont on aurait enterré la base pour la faire tenir debout; ses flancs épousaient une couche gracieuse, se rapprochant en deux larges arcs dirigés vers le bas avant de s'écarter pour former une entrée. Le bâtiment faisait face au temple et, d'où il était, Graydon pouvait en découvrir presque tout l'intérieur.

Comme un coquillage, sa surface était striée. Les sillons étaient traversés, aux deux tiers du sommet, par des gradins de sièges de pierre. Sa hauteur pouvait être d'une centaine de mètres en tout, la longueur faisait trois fois cette distance. Il se demanda quelle en était la destination.

Il contempla à nouveau la cité. Si Lantlu s'apprêtait à attaquer, rien ne l'indiquait. Le long des larges avenues contournant le lac, la circulation était normale; une petite flotte de bateaux pareils à des felouques, aux voiles de couleurs gaies, glissaient sur l'eau. Il n'y avait pas de défilés d'hommes en armes, aucun signe d'agitation. Il vit des lamas chargés avancer d'une allure dégagée, et des animaux plus petits, ressemblant à des daims, qui paissaient.

Tandis qu'il scrutait ainsi la ville un messager vint le prier de se rendre auprès de la Femme-Serpent.

Graydon emboîta le pas au messager. Ils s'arrêtèrent devant une alcôve fermée par des rideaux; l'Indien toucha une cloche d'or fixée au mur. Les tentures s'ouvrirent.

Il était sur le seuil d'une chambre spacieuse où le soleil entrait par de hautes fenêtres ovales. Les murs étaient couverts de tapisseries représentant des scènes de la vie du peuple serpent. Sur une estrade basse, les anneaux enroulés dans un nid de coussins, se tenait la Mère-Serpent. Derrière elle, Suarra lui brossait les cheveux. Le soleil couronnait la scène d'une auréole d'argent. A son côté, accroupi dans son manteau rouge et jaune, le Seigneur de la Folie. A son entrée, les yeux de Suarra s'éclairèrent et vinrent se poser tendrement sur lui. Il fit la révérence à Adana et s'inclina profondément devant le Seigneur en livrée de bouffon.

« Tu as belle allure dans ma tenue bleue, Graydon, zézaya la Femme-Serpent. Tu ne possèdes pas la beauté de la vieille race, bien sûr. Mais cela importe peu à Suarra. » Elle lança un regard furtif à la jeune fille.

« Je le trouve très beau, dit Suarra, sans fausse pudeur.

– Eh bien, je le trouve moi-même intéressant, gazouilla Adana, après tant de siècles, les hommes de Yu-Atlanchi sont devenus un peu monotones. Viens prendre place près de moi, mon enfant. » Elle désigna d'un geste un long coffre bas auprès d'elle. « Prends un ou deux coussins et mets-toi à ton aise. A présent, parle-moi de ton monde. Laisse de côté les guerres et les dieux – il y a cent mille ans que c'est la même chose. Dis-moi seulement comment vous vivez, comment vous vous distrayez, à quoi ressemblent vos villes, enfin tout ce que tu as appris. »

Graydon estima que l'ordre du jour était un peu chargé, mais il fit de son mieux. Il en termina en moins d'une heure, avec l'impression d'avoir fait un horrible mélange des gratte-ciel et des films, des chemins de fer et des bateaux à vapeur, des hôpitaux, des radios, de l'électricité et des avions, des journaux et de la télévision, de l'astronomie, de l'art et des téléphones, des microbes, des super-explosifs et des lampes à arc; il avait embrayé sur la théorie électronique, s'était désespérément embourbé dans la relativité. Il n'avait plus de salive et il essuya son front couvert de sueur. En outre, il avait été incapable de décrire en aymara de nombreuses choses et avait été contraint d'utiliser les termes anglais.

Mais Adana avait paru le suivre sans difficulté, ne l'interrompant que rarement et uniquement pour lui poser des questions extrêmement précises. Suarra, il en était persuadé, n'avait suivi que de très loin; et il était non moins persuadé que le Seigneur de la Folie, quant à lui, n'avait pas été distancé.

« C'est un tableau très clair que tu as dressé là, dit la Mère-Serpent, et des progrès vraiment surprenants ont été accomplis depuis... un siècle, tu as dit, Graydon, je crois. Bientôt, je le pense, vous vous débarrasserez de certaines formes élémentaires, vous apprendrez à tirer l'électricité de la pierre, comme nous l'avons fait, et à l'extraire de l'air. Vos machines volantes m'inquiètent vraiment, m'inquiètent beaucoup. Si Nimir est vainqueur, elles pourraient s'élever dans le ciel de Yu-Atlanchi pour nous saluer à leur manière! S'il ne triomphe pas, alors, il me faudra trouver un moyen quelconque pour les empêcher de nous rendre visite. Pour tout te dire, votre civilisation, ainsi que tu nous l'as décrite, ne me séduit pas au point que j'aimerais la voir s'étendre à notre territoire. Tout d'abord, j'estime que vous construisez trop rapidement en dehors de vous-mêmes, et trop lentement à l'intérieur. La pensée, mon enfant, est une force toute aussi puissante que n'importe laquelle de celles que tu as nommées, et plus facilement contrôlable, car on la produit en soi. Il me semble que vous ne vous êtes jamais penchés objectivement sur ce problème. Un jour ou l'autre, vous allez vous retrouver enfermés si profondément dans vos machines que vous serez incapables de trouver un moyen d'en sortir. Mais, pour l'heure, je suppose que vous imaginez posséder en vous quelque chose d'immortel qui, le moment venu, pourra sortir de n'importe quoi pour aborder dans un autre monde parfait.

— C'est le cas de certains, répondit-il, ce n'est pas le mien. Mais mon incrédulité s'est trouvée ébranlée, une fois par une chose que j'ai vue dans la caverne du Visage, une fois par un certain rêve que j'ai fait alors que j'étais endormi auprès d'un ruisseau et dont j'ai découvert plus tard que ce n'était pas un rêve, et, une autre fois, par une ombre chuchotante. Si, en dehors du corps, il n'est rien d'autre en l'homme, alors qu'était-ce que tout cela?

— As-tu pensé que c'était ce qu'il y a d'immortel en moi que tu as vu dans la caverne? L'as-tu pensé vraiment? » Elle se pencha en avant, un sourire aux lèvres. « Mais c'est trop puéril, Graydon. Il est certain que mon essence éthérée, à supposer qu'elle existe, n'est pas un simple sosie fantomatique de moi-même! Une chose aussi merveilleuse devrait être au moins deux fois aussi belle! Et différente – oh, sûrement différente! Je suis une femme, Graydon, et j'adorerais me présenter sous mille et un aspects. »

Ce ne fut qu'après avoir pris congé d'elle qu'il se souvint avec quelle intensité l'avait regardé la Femme-Serpent en prononçant ces mots. Si elle avait imaginé qu'il avait quelque chose en tête – une réserve, un doute –, elle se réjouissait de ce qu'elle y avait trouvé, ou pas trouvé. Elle rit, puis devint progressivement grave.

« De même, rien n'a jailli de ton corps pour répondre à mon appel. C'est par ma pensée que j'ai établi le contact avec toi au bord de la rivière; ma pensée qui réduisait l'espace nous séparant, exactement de la même façon que votre force domptée franchit tous les obstacles pour vous apporter une image lointaine. Je t'y ai vu, mais je désirais que tu puisses aussi me voir. C'est aussi comme cela que j'ai vu Lantlu pénétrer dans le temple. Jadis, nous, de l'antique race, pouvions transmettre notre pensée perceptrice partout dans le monde, tout comme vous êtes sur le point d'y parvenir avec vos machines. Mais j'ai si peu utilisé ce pouvoir, et depuis si, si, si longtemps, que je ne peux plus guère la transmettre qu'à l'intérieur des frontières de Yu-Atlanchi.

« Et quant à Nimir... » Elle hésita. « C'était le maître des arts étranges. Un pionnier, d'une certaine façon. Ce qu'est cette ombre, je l'ignore. Mais je ne pense pas que ce soit une quelconque chose immortelle – comment appelles-tu cela, Graydon? – ah, oui! une âme. Pas son âme! Et pourtant, il doit y avoir un début à tout... Peut-être Nimir est-il un pionnier dans la fabrication des âmes... qui sait? Mais s'il en est ainsi, pourquoi est-elle si faible? Car, en comparaison de ce qu'était le Nimir du temps où il avait un corps, cette ombre est faible. Non, non! C'est quelque produit de la pensée, une émanation de ce que fut jadis le Nimir que nous avons emprisonné dans le Visage... une intelligence désincarnée, capable d'agir sur les particules dont était formé le corps de Cadok? Je veux bien aller jusque-là... Mais une âme immortelle? Non! »

Elle se plongea dans une de ses méditations; puis :

« La pensée perceptive est une chose que je connais bien. Je vais te montrer, Graydon, je vais envoyer mon regard à l'endroit où tu as vu le bateau, et le tien l'accompagnera. »

Elle appuya sa paume contre son front, l'y maintint. Il eut l'impression de traverser le lac et les falaises à toute vitesse, une sensation de vertige qu'il avait déjà éprouvée lorsqu'il avait pensé qu'il était, sans corps, dans le temple. Et il semblait à présent s'arrêter auprès de la coque du navire dans la caverne faiblement éclairée. Il jeta un coup d'œil sur les énigmatiques formes qu'elle contenait. Et, tout aussi rapidement, il se retrouva dans la chambre d'Adana.

« Tu vois! dit-elle, rien de toi n'a bougé. Ta vision s'est étendue, voilà tout. »

Elle prit un miroir d'argent, s'y contempla avec satisfaction.

« C'est bien, ma fille, dit-elle. Et maintenant coiffe-moi. »

Elle se fit des grâces devant le miroir, le reposa.

« Graydon, tu as réveillé d'anciennes réflexions. Je me suis souvent demandé : Qu'est-ce qui fait que je suis moi, Adana, sans jamais trouver de réponse. Aucun de mes ancêtres n'est revenu pour me le dire. Ni personne de la vieille race. Mais n'est-il pas étrange, s'il existe une autre vie au-delà de celle-ci, que ni l'amour ni la peine, ni l'esprit ni la force ni la pitié n'aient jamais comblé la brèche entre les deux existences? Songe aux incalculables millions de gens qui sont morts depuis que l'homme est l'homme, parmi lesquels des explorateurs de lointains horizons qui ont affronté des périls inconnus, des grands aventuriers et des hommes de sagesse qui recherchaient la vérité non dans un but égoïste mais pour en faire bénéficier toute l'espèce; des hommes et des femmes qui se sont aimés intensément qu'il semble qu'aucune barrière ne pouvait leur résister, aucun d'entre eux n'a pourtant pu nous expliquer pourquoi le temps et l'éternité étaient irréductiblement séparés. Nous cheminons aux abords de notre soleil au milieu d'une armée d'autres étoiles dont certaines doivent être entourées de leurs propres mondes. Au-delà de cet univers se situent d'autres armées de soleils, se mouvant comme le nôtre dans l'espace. Il n'est pas possible que la Terre soit le seul endroit parmi tous ces univers sur lequel existe la vie. Et si le temps est une réalité, alors il doit s'étendre aussi bien en arrière qu'en avant dans l'infini. Eh bien, jamais pendant tout ce temps sans limites, un vaisseau d'un quelconque autre monde n'est venu jeter l'ancre sur le nôtre, jamais un argonaute n'a navigué entre les étoiles pour apporter la nouvelle que la vie existe ailleurs, que le temps n'est qu'une illusion et je suis condamné à l'éternité comme vous êtes condamnés à mourir sans que ces expériences puissent être confondues.

« Possédons-nous plus de preuves que la vie existe dans ces univers visibles que nous n'en avons qu'elle se perpétue dans quelque invisible et mystérieux pays dont la seule porte d'entrée est la mort?

Mais vos hommes de sagesse qui nient son existence dans celui-ci parce que nul n'en est revenu, se refusent à nier l'existence dans ceux-là alors que nul n'est venu nous rendre visite du rivage des étoiles...

« Si ce que tu appelles l'âme existe, d'où vient-elle et quand et comment est-elle introduite dans nos corps? Les créatures simiesques dont vous descendez en avaient-ils une? Les premiers de vos ancêtres, sortant des eaux à quatre pattes, en étaient-ils dotés? A quelle époque l'âme fit-elle son apparition? Est-elle un privilège de l'homme? Est-elle contenue dans l'ovaire de la femelle? Ou dans le sperme de l'homme? Ou partiellement dans les deux? Sinon, à quel moment fait-elle pénétrer sa coquille dans la matrice de la mère? Répond-elle au premier cri de l'enfant nouveau-né? Et d'où part-elle?

– Le temps s'écoule comme une vaste rivière, calmement, sans hâte, dit le Seigneur des Fous. Il est traversé par une crevasse d'où montent des bulles. C'est la vie. Certaines bulles flottent plus longtemps que d'autres. Certaines sont grosses, certaines petites. Les bulles montent et éclatent, montent et éclatent. En éclatant, libèrent-elles quelque essence immortelle? Qui sait... qui sait? »

La Femme-Serpent se regarda de nouveau dans le miroir.

« Moi la première, je ne le sais pas, dit-elle de façon catégorique. Suarra, mon enfant, tu m'as splendidement coiffée. En voilà assez avec toutes ces spéculations. Je suis une personne pratique. Ce qui nous préoccupe au premier chef, Tyddo, c'est d'empêcher Nimir et Lantlu de faire éclater les bulles que nous sommes.

« Je crains une chose : que Nimir fixe son attention sur les armes puissantes que contient la caverne du bateau et qu'il trouve un moyen de s'en emparer. C'est pourquoi, Graydon et Suarra, vous vous rendrez là-bas cette nuit, vous emmènerez avec vous cinquante Emer qui me rapporteront ce que je vous demanderai. Après cela, vous aurez une autre tâche à accomplir là-bas avant de prendre rapidement le chemin du retour. Graydon, lève-toi de ce coffre. »

Il obéit. Elle ouvrit le coffre et en sortit une épaisse barre de cristal d'un mètre de long, apparemment creuse, avec, au centre, une mince colonne de feu violet en mouvement.

« Ceci, Graydon, je te le donnerai au moment de ton départ, dit-elle. Tu en prendras grand soin car c'est de cela que dépend peut-être la vie de nous tous. Tu devras l'utiliser ainsi que je te le montrerai dans un instant. Suarra, à l'intérieur du bateau, il y a un petit coffre – je t'indiquerai où il se trouve –, il faudra que tu me le rapportes. Et avant de mettre cette barre en place, prends tout ce qui te fera plaisir dans les antiques trésors. Mais ne te livre pas au pillage... » Elle considéra d'un air sombre la palpitante flamme : « Je suis désolée... Vraiment! Mais à présent doivent se produire de lourdes pertes pour que des pertes beaucoup plus lourdes ne se produisent pas à l'avenir. Suarra, mon enfant, suis mon regard! »

La jeune fille s'avança, attendit avec un calme témoignant que ce n'était pas la première fois qu'elle entreprenait un tel voyage immobile. La Femme-Serpent lui appliqua sa main sur le front, comme elle avait procédé avec Graydon. Elle l'y maintint durant de longues minutes. Elle retira sa main, Suarra sourit et hocha la tête.

« Tu as vu! Tu sais exactement ce que je veux! Tu t'en souviendras! » Ce n'étaient pas des questions, c'étaient des ordres.

« J'ai vu, je sais et je m'en souviendrai, répondit Suarra.

– Maintenant, Graydon, à ton tour... de manière qu'il n'y ait pas d'erreur et que vous agissiez rapidement de concert. »

Elle lui toucha le front. A la vitesse de la pensée, il fut une fois encore transporté dans la caverne. Une à une, les choses qu'elle désirait étincelèrent dans le vague. Il sut exactement où se trouvait chacune d'elles et comment y accéder. Et d'une façon inoubliable. Mais au moment où il entreprenait le tourbillonnant retour vers le temple, il fut stoppé en cours de vol dans la caverne de l'ombre et, sur son trône, le visage sans traits, ... l'horrible regard le vrilla. Puis il sentit l'emprise se relâcher et entendit rire en sourdine tandis qu'il réintégrait la pièce de la Mère-Serpent, tremblant, haletant comme un homme épuisé par une course. Suarra était à son côté, leurs mains étaient mêlées, elle portait sur lui un regard effrayé. La Femme-Serpent se tenait droite et, pour la première fois, il vit son visage éclairé par l'amusement. Le Seigneur de la Folie était debout, sa canne rouge tendue en sa direction.

« Dieu! » hoqueta Graydon en se retenant à Suarra. « L'Ombre! Elle m'a capturé! »

Il se rendit compte que, durant le bref instant où il avait été sous l'emprise de l'ombre, celle-ci avait lu dans son cerveau comme dans un livre ouvert, qu'elle savait exactement ce qu'il était venu voir dans la caverne de la Sagesse perdue, qu'elle savait exactement ce que désirait la Mère, qu'elle savait ce qu'elle entendait y faire, et que l'ombre se préparait rapidement à contrecarrer ses projets! Il dit tout cela à la Femme-Serpent.

« Si Nimir a lu dans le cerveau de Graydon comme il le pense, alors il a également lu que c'est cette nuit que devait avoir lieu l'expédition, dit calmement le Seigneur de la Folie. C'est donc tout de suite qu'ils doivent partir, Adana.

– Bien sûr, Tyddo, j'avais prévu cela, dit la Femme-Serpent. Nimir ne peut entrer – du moins pas dans l'état où il est. Ce qu'il fera, je n'en sais rien. Mais il a un plan; il a ri, as-tu dit, Graydon? Bien, quel qu'il soit, il lui faudra du temps pour l'appliquer. Il doit rassembler d'autres gens pour l'aider. Nous avons une bonne chance de le prendre de vitesse. Suarra, Graydon, vous vous mettez en route immédiatement. Tu les accompagneras, Tyddo ainsi que Kon; Kon doit partir avec vous. Suarra, mon enfant, prie Regor de venir. Qu'il choisisse les soldats. »

Et lorsque Suarra fut partie chercher Regor, la Mère-Serpent remit la canne de cristal au Seigneur de la Folie.

« Nimir est plus fort que je ne le pensais, dit-elle avec gravité. Cette ombre murmurante a laissé sur toi son empreinte, Graydon. Tu te laisses trop influencer par lui pour que je puisse prendre le risque de te confier cette clé. C'est Tyddo qui l'utilisera. Et enlève mon bracelet de sous ta manche. Porte-le bien en vue, et si tu venais à sentir l'ombre tendre la main vers toi, plonge immédiatement le regard dans les pierres pourpres et pense à moi. Passe-le moi... »

Elle lui prit le bracelet des mains, souffla sur les pierres, les plaqua sur son front, et le lui rendit.

Une demi-heure plus tard, ils étaient partis. Regor avait supplié de les accompagner, discuté, juré, au bord des larmes; mais la Femme-Serpent le lui avait interdit. Le Seigneur de la Folie en tête, portant et la barre de cristal et sa canne rouge, Suarra et Kon encadrant Graydon, une cinquantaine d'Emers combattants d'élite sélectionnés fermant la marche; c'est dans cet ordre qu'ils prirent le chemin de la caverne de la Sagesse perdue.

Chapitre XXI

La caverne de la Sagesse perdue

Ils empruntèrent un autre passage que celui par lequel ils étaient arrivés au temple. Ils pénétrèrent dans la caverne de la Sagesse perdue par une porte qui s'ouvrit au contact de la canne rouge de Tyddo. Les trésors cachés du peuple-serpent et de la plus haute antiquité yu-atlanchienne s'étalaient devant eux.

Il n'y avait aucun signe du Maître des ténèbres, non plus que d'aucun de ses partisans, homme ou lézard. Rien n'avait bougé dans la caverne paraissait intacte.

Ils commencèrent par prendre deux disques de cristal. De près, Graydon distingua des détails qui n'étaient pas perceptibles dans le tableau représentant le marécage primitif. Lenticulaires, ils avaient six mètres de haut et, en leurs centres, étaient épais d'un mètre. Ils étaient creux. Au milieu, il y avait un rond de trente centimètres de diamètre d'un blanc laiteux de rayons lunaires figés. De leurs bords partaient d'innombrables filaments, chacun de l'épaisseur d'un cheveu argenté comme ceux de la Femme-Serpent. D'autres filaments les croisaient, formant une immense toile d'araignée. Disposées à intervalles réguliers sur le bord du plus grand disque, il y avait une douzaine de petites lentilles faites dans la matière des rayons de lune. Les disques reposaient sur des bases de métal gris équipées de patins, comme un traîneau.

Les Indiens sortirent de longues courroies, les lièrent aux patins, suivant les instructions du Seigneur de la Folie; puis, toujours sous sa surveillance, ils les entraînèrent dans le passage. Lorsqu'ils y furent parvenus sans incident, il poussa ce que Graydon interpréta comme un soupir de soulagement, puis il cliqueta à l'intention de Kon, et l'homme-araignée s'engagea sur la trace des Emers.

« Mieux vaut s'assurer ces choses-là, dit le Seigneur de la Folie. Ce sont nos armes les plus puissantes. J'ai demandé à Kon de veiller à ce qu'elles soient livrées directement à Adana. Et maintenant, vous deux, rassemblez les autres objets qu'elle désire. Quant à moi, je vais monter la garde. »

Il disparut dans l'obscurité de la caverne.

Ils entreprirent rapidement ce qu'ils avaient à faire, se répartissant entre eux les Indiens qui restaient. Pour l'essentiel, il s'agissait de coffres, dont certains étaient si petits qu'un homme seul pouvait les porter, d'autres si lourds qu'ils faisaient ployer quatre personnes sous leur poids. Sept sphères d'argent ornées de symboles figuraient dans la demande de la Femme-Serpent, et il fut étonné de les trouver légères comme des bulles, roulant sur le sol sous la poussée d'une seule main. Ils en terminèrent enfin et, avec les derniers de leurs hommes, il ne resta plus qu'à retirer le coffre du bateau.

Le navire reposait sur un berceau métallique. Une échelle descendait de son flanc et tout en l'escaladant, Suarra sur ses talons, Graydon se demanda comment les Anciens étaient parvenus à amener leur Arche en cet endroit par voie de terre et en lui faisant franchir la barrière des montagnes; il se souvint que Suarra lui avait dit que les montagnes n'étaient pas encore nées en ce temps-là, et qu'en ces jours lointains, l'Océan était tout proche.

Malgré tout, transporter ce bateau, qui avait cent mètres de long, dans la caverne, cela impliquait la mise en œuvre d'un matériel d'une surprenante puissance. Et comment avait-il été conservé à l'époque précédant l'érection des montagnes? Il était en bois dur, quasi métallique; navire gréé en goélette, aux mâts épais et trapus, et, assez curieusement, dépourvu de vergue. Il aperçut à la proue une lueur verdâtre, y vit l'un des grands disques, d'un bleu azur profond, mais opaque, au contraire des précédents. Il se demanda si c'était cela qui fournissait l'énergie motrice du bâtiment, et, dans ce cas, pourquoi il y avait des mâts? En dehors du disque et des mâts courtauds, le pont était vide. Il se souvenait à présent que les bateaux représentés sur la paroi de la caverne Peinte avaient de grands mâts, mais il n'en avait vu aucun ayant l'aspect de celui-ci. Peut-être celui-ci avait-il été peint sur des murs éboulés. Il jeta un œil dans la caverne. Le Seigneur de la Folie, tache rouge et jaune, était à côté d'un étrange appareil dans la cuvette duquel se trouvait une mare de flammes violettes. Il se tenait immobile, l'oreille aux aguets, la canne de cristal en équilibre sur le cylindre creux.

« Graydon! » appela Suarra, en lui faisant signe par une écoutille ouverte. « Dépêche-toi! »

Une rampe descendait dans les obscures profondeurs, et Suarra la dévalait du pas sûr d'un faon; il la suivit. De la lampe-cône qu'elle avait à la main s'évadait un nuage lumineux. Sous ses pieds s'étendait un tapis de soie, profond et luxuriant comme une prairie au mois de juin; face à lui, une rangée de portes basses ovales, hermétiquement closes. Suarra les compta, courut vers l'une d'elles et l'ouvrit d'une poussée. La lumière étincelante s'y engouffra après eux.

C'était une grande cabine, tendue de tapisseries, et manifestement celle d'une femme. Quelle princesse de la plus haute antiquité yu-atlanchienne, fuyant l'invasion des glaces sur des mers agitées, avait-elle fait des grâces devant ce miroir d'argent? Il vit un nid de coussins de soie, et comprit. Suarra était à côté, soulevant le petit coffre. Il en vit un autre tout près, et l'ouvrit. Il contenait un long collier de pierres précieuses du plus sombre bleu saphir, des bijoux éclatants auxquels il ne pouvait donner un nom et qui étincelaient d'une lumière qui leur était propre. Il le sortit, le mêla à la chevelure noire de Suarra; il y brilla comme des étoiles captives. Dans le coffre il y avait aussi un livre! Un livre dont les pages d'un métal mince et souple comme du papyrus ressemblaient à celles de quelque ancien missel, richement illustrées et portant en marge des symboles inconnus, inscriptions du peuple serpent. Il le fourra dans sa tunique et resserra sa ceinture pour l'y maintenir.

Les gemmes pourpres du bracelet frappèrent son regard. Elles brillaient – l'avertissant! Suarra, qui s'admirait dans le miroir d'argent, les vit.

« Vite! cria-t-elle. Le pont, Graydon! »

Ils remontèrent la rampe en courant. Ils arrivèrent à temps pour voir le Seigneur de la Folie pousser la canne de cristal dans la mare de flammes violettes.

Aussitôt, une colonne de feu améthyste s'en éleva, atteignant presque le toit de la caverne. Elle était parfaitement ronde et lisse, comme si elle avait été taillée par le ciseau d'un sculpteur, et, en s'élevant, elle laissait échapper un soupir soutenu pareil au premier souffle d'une tempête. La caverne en était éclairée plus puissamment que par la lumière du soleil; elle détruisait toute perspective, de telle sorte que tous les objets semblèrent se rapprocher, comme libérés des contraintes de l'espace.

Le Seigneur de la Folie, dont ils savaient qu'il était loin d'eux, paraissait être, dans cette étrange lumière, à portée de main. Les sphères de vif-argent encerclant le bord de la grande cuvette auprès de laquelle il se tenait, avaient commencé à frissonner comme dans le sistre de la Femme-Serpent.

Il les regarda, leva sa canne et la dirigea en direction du passage. Ils ne pouvaient faire un geste, les yeux fixés sur la colonne rayonnante, fascinés.

Un tremblement agita la colonne; un anneau incandescent violet s'en échappa avec ce frisson du premier rond qui se forme à la surface d'un étang tranquille dans lequel on a jeté une pierre. Il traversa le Seigneur de la Folie, qui se trouva caché par une brume lavande. Il s'enfla jusqu'à atteindre six à sept mètres, et disparut. De tout ce qu'il avait touché, exception faite de ce personnage, il ne restait rien! Et le Seigneur de la Folie avait perdu sa tenue de bouffon. Il se tenait là, vieillard flétri, nu!

Autour de la colonne, dans un rayon de deux fois vingt pieds, c'était le vide!

La colonne soupirante eut un nouveau tremblement. Un anneau plus épais prit lentement de l'ampleur autour d'elle. Le Seigneur de la Folie le devançait en sautillant; il agita sa canne en leur direction, leur demandant, par le geste et la parole, de partir. Ils se dirigèrent d'un saut vers l'échelle...

Très au-dessus du soupir de la colonne retentit un hideux sifflement. Du fond de la caverne affluaient des hommes-lézards. Ils se répandaient par centaines, sautant sur le personnage flétri qui demeurait là bien tranquille. Et, à présent, le second anneau de flamboiement violet touchait le Seigneur de la Folie, le traversait ainsi que l'avait fait l'autre et allait s'élargissant. Il atteignit les premiers rangs des Urds qui s'avançaient, les encercla et s'éteignit. Et dans un rayon de deux fois vingt pieds, le sol de la caverne était maintenant vide.

Dans ce cercle s'engagèrent d'autres hommes-lézards, bousculés par ceux qui suivaient. Le Seigneur de la Folie recula, recula dans une troisième flamme soupirante de la colonne. Elle s'élargit, tranquillement. Et, comme les autres, derrière elle, elle ne laissa rien!

« Suarra! Descends de l'échelle! Rends-toi dans le passage! hoqueta Graydon. Les anneaux arrivent plus vite. Ils vont nous atteindre. Tyddo sait ce qu'il fait. Dieu! si cette engeance du diable te voit... »

Il s'interrompit, langue et membres paralysés. Au-dessus du sifflement de la horde, s'éleva un hurlement comme celui d'un cheval enragé. Les hommes-lézards reculèrent rapidement.

Fendant leur foule, s'arrêtant au bord du vide laissé par le dernier anneau de flamme, arrivait Nimir!

Et aussi horrible qu'il ait pu être en tant qu'ombre, aussi horrible qu'il ait pu être au moment où il s'était glissé dans le corps de Cadok, c'étaient des images agréables auprès du spectacle qu'il offrait présentement.

Car le Maître des ténèbres avait trouvé un corps! Il avait appartenu à un Yu-Atlanchien, à n'en pas douter, un ennemi de Lantlu, procuré en toute hâte pour les besoins du Maître des ténèbres. Il était enflé. Ses contours flottaient, comme si l'ombre, ayant du mal à y demeurer, ne parvenait à rassembler son manteau de chair que par la seule force de sa volonté. Sa tête penchait mollement en avant, et ses yeux clairs lançaient des regards furieux. Le cœur de Graydon battait la chamade. Sa gorge était aussi sèche que la poussière.

Un autre anneau de flamme approcha. L'immunisation de ce nœud de feu dont bénéficiait le Seigneur de la Folie n'était, à l'évidence, pas partagée. Car Nimir battit en retraite devant elle, reculant, les jambes molles.

Et tandis qu'il s'en allait, le Seigneur de la Folie pointa sur lui sa canne et se mit à rire.

« Tu devrais avoir honte, Nimir! plaisanta-t-il, de m'accueillir après tant d'années dans des vêtements qui te vont si mal! Resserre ton manteau en loques, toi, le Grand, ou mieux encore, présente-toi nu à la flamme, comme moi! Mais j'oubliais, Maître du Monde, cela ne t'est pas possible! »

Il semblait maintenant à Graydon, dont l'esprit remontait du fond de la vague d'horreur dans laquelle il était tombé, que le Seigneur de la Folie harcelait délibérément Nimir, dans le but de gagner du temps, ou pour quelque autre raison. Mais le Maître des ténèbres mordit à l'appât et se rua sur lui – et c'est juste à temps qu'il aperçut l'hameçon; c'est juste à temps qu'il put éviter l'atteinte de l'anneau mortel après qu'il eut avalé tout ce qui s'était trouvé sur son chemin.

Il recula en titubant au milieu de la horde immobile. Un mouvement se produisit aussitôt en son sein. Graydon, dévalant l'échelle derrière Suarra, vit les hommes-lézards s'enfuir au-delà du cercle de vide qui s'élargissait, tirant, poussant, emportant ceci ou cela tandis que l'ombre, retenant serré contre lui son corps d'emprunt, les encourageait.

Le susurrement de la colonne de flamme se fit de plus en plus fort, ses battements s'accélérèrent, et d'autant plus rapides et plus amples s'en échappaient les anneaux de feu.

Graydon courut, Suarra lui agrippant la main, la tête tournée, incapable de détacher son regard de cette incroyable scène. Un anneau encercla le bateau, et le bateau disparut! Un autre atteignit une rangée d'hommes-lézards les bras chargés de coffres, et ils disparurent! Il entendit le hurlement de Nimir.

Suarra le tirait, le Seigneur de la Folie le poussait dans le couloir. L'ouverture s'en abaissa. Il partit avec eux, ne voyant rien, n'entendant rien, aussi impuissant à détacher son esprit de ce dont il venait d'être le témoin qu'il l'avait été d'en détacher son regard.

Ils trouvèrent la Mère-Serpent dans une pièce à ce point encombrée de trésors récupérés qu'on avait quelque peine à s'y mouvoir. Elle avait ouvert les coffres, et y farfouillait. Sa chevelure était parsemée de bijoux étincelants, elle avait une large ceinture de diamants autour de la taille, et d'autres pierres précieuses tombaient entre ses petits seins. Elle s'admirait dans son miroir.

« Je suis très belle à ma façon, dit-elle d'un ton léger, au moins ai-je cette satisfaction qu'il n'en existe pas de plus belle *à ma façon!* Suarra, mon enfant, je suis heureuse que tu aies retrouvé ces bijoux. J'avais toujours songé à te les transmettre. Tyddo! (elle leva les mains en simulant l'étonnement) où sont tes vêtements! Se promener dans cette tenue... à ton âge!

– Par tes ancêtres, Adana, j'avais complètement oublié! » Le Seigneur de la Folie empoigna à la hâte un morceau de soie dont il couvrit son corps fripé.

« Est-ce fait? » Le visage de la Femme-Serpent perdit toute gaieté, devint triste.

« C'est fait, Adana, répondit le Seigneur de la Folie. Et il n'était que temps. »

Elle écouta, sans que s'allège sa tristesse, le récit qu'il lui fit des événements de la caverne.

« Tant de pertes! murmura-t-elle. Tant de gens et de choses perdues que jamais, jamais on ne pourra remplacer, bien que le monde dure éternellement. Mon peuple! Oh, mon peuple! Et le bateau! Bien (son visage s'éclaira), nous l'avons emporté sur Nimir! Mais je le répète, il est plus fort que je ne le pensais. Je paierais cher pour savoir ce qu'il a emporté et je me demande qui était celui dont il arborait le corps? Maintenant, laissez-nous, mes enfants, Tyddo et moi avons à faire. »

Elle les congédia d'un geste de la main. Mais en se retournant au moment de partir, Graydon vit le chagrin reprendre possession de son visage et des larmes briller dans ses yeux.

Chapitre XXII

La fête des faiseurs de rêves

Au cours des deux jours suivants, Graydon ne vit pas du tout la Mère-Serpent; et fort peu Regor et Huon. Il passa le plus clair de son temps avec Suarra, et tous deux étaient ravis qu'on les laissât seuls. Il se promena secrètement, avec elle, dans la vaste ville, observant des choses étranges et parfois inquiétantes.

Sous le temple, lui dit Suarra, se trouvaient d'autres chambres et d'autres cryptes dont elle ignorait elle-même ce qu'elles contenaient. Il y avait ce mystérieux endroit dont les deux portes, celle de la vie et celle de la mort, s'ouvraient pour ceux qui désiraient des enfants et acceptaient d'en payer le prix : la suppression de leur immortalité.

Jusqu'à présent, ni Nimir ni Lantlu n'avaient en apparence bougé. La ville, sous l'angle où la voyait Graydon, paraissait calme, paisible. Mais Regor dit que ses espions lui avaient signalé de l'agitation, de l'inquiétude; un peu partout s'était répandue l'histoire de l'humiliation infligée à Lantlu. Elle avait ébranlé chez certains de ses partisans la foi qu'ils avaient en lui.

Les émissaires de Regor avaient opéré chez les Indiens; on pourrait, pensait-il, compter sur eux dans la proportion de cinquante pour cent. Graydon avait demandé ce que cela représentait traduit en chiffres, et on lui avait dit qu'on pouvait estimer à quatre mille le nombre de ceux militairement instruits. Quant aux autres, la plupart selon lui, ils se retireraient dans la forêt pour y attendre l'issue du conflit; en fait, ils avaient commencé à en prendre le chemin. Il ne croyait pas que serait considérable le nombre de ceux qui resteraient auprès de Lantlu, d'une part, parce que c'est essentiellement par la peur qu'il les tenait; d'autre part, ils haïssaient les hommes-lézards et l'idée de combattre à leurs côtés ne souriait pas. Beaucoup plus que les hordes des Urds, Graydon craignait la meute des dinosaures et la charge des monstres montés; il estimait que les quatre mille Emers ne pourraient leur opposer qu'une faible résistance, qu'ils seraient dévorés comme le feu dévore la paille. Regor semblait ne pas partager ce point de vue, laissait entendre qu'il avait d'autres ressources. Il apprit notamment à Graydon qu'une vingtaine de membres de la communauté avaient survécu à l'attaque, ainsi que, probablement, une centaine de leurs Emers, tous soldats de premier ordre.

Cette nuit était célébrée la fête des faiseurs de rêves, le Ladnophaxi. Elle viderait la cité des nobles. Les Emers étaient rigoureusement tenus à l'écart, il leur était même interdit d'assister au spectacle à partir de points situés à l'extérieur de la structure en forme de coquillage, dont Graydon avait appris qu'elle était consacrée à cette cérémonie annuelle; ils tenaient leur propre fête de la lune en un endroit éloigné, en bordure de la forêt. Par conséquent, il n'y avait pas de nuit plus favorable que celle-ci pour se glisser subrepticement dans ce qui restait de l'antre, car la ville serait déserte, et la garde négligeable. Huon et Regor prendraient la tête d'une petite troupe qui retrouverait ses hommes en un certain point du lac pour les conduire au sanctuaire.

Cette fête des faiseurs de rêves éveillait chez Graydon une vive curiosité. Il attendait sur des charbons ardents d'y assister. Il décida de le faire coûte que coûte. Il ne pouvait pas en parler à Suarra, craignant soit qu'elle refuse résolument de le laisser aller, soit qu'elle insiste pour l'accompagner, ce à quoi on ne pouvait manifestement pas songer en raison des menaces proférées par Lantlu et la déclaration de guerre de la Mère-Serpent. Il se demanda s'il ne pourrait pas obtenir d'Adana qu'elle lui indique un moyen de pénétrer dans la place, mais en vint rapidement à la conclusion qu'Adana serait plus prompte encore à trouver au contraire quelque moyen de l'en empêcher! Le Seigneur de la Folie? L'idée était assez téméraire pour lui plaire. Mais depuis l'affaire de la caverne de la Sagesse perdue, Graydon avait compris que quelle que fût l'espèce de folie dont cette compétente personne était le Seigneur, elle ne concernait pas des choses de ce genre. Cependant, il ne raterait pas le Ladnophaxi.

Alors qu'il retournait la question dans tous les sens, la Mère l'envoya chercher. Il la trouva seule dans sa chambre aux tapisseries. Les grands disques avaient disparu, comme la plupart des choses qu'ils lui avaient rapportées. Elle avait le regard brillant, son cou ondulait, ses anneaux étincelants s'agitaient sans cesse.

« Tu es si différent de ceux que j'ai vus depuis si longtemps, dit-elle, que tu as libéré mon cerveau de la vieille routine, que tu lui as donné une nouvelle jeunesse. Je sais combien Yu-Atlanchi doit te paraître indiciblement étrange – moi-même étant, peut-être, d'une étrangeté dépassant tout le reste. J'aimerais échapper à ma réclusion, qui est à la fois une force et une faiblesse; voir un peu à travers tes yeux, Graydon; penser comme toi. Comment résumes-tu la situation dans laquelle nous avons été jetés? Parle franchement, mon enfant, sans craindre de m'offenser. »

C'est avec toute la franchise qu'elle avait exigée de lui qu'il parlât; de la stagnation de la vieille race, de sa chute dans la cruauté et dans l'indifférence à l'égard de l'homme; de ce qu'il estimait en être la cause; de ce qu'il y avait de monstrueusement mauvais, selon lui, à créer des êtres tels que les hommes-lézards, et de la cynique perversion de la connaissance scientifique dont témoignait la fabrication d'hommes-araignées; il s'étonne que les Urds dussent être exterminés, bien qu'ils ne fussent pas entièrement responsables de leurs méfaits; pas plus que Lantlu et les gens de son espèce. La responsabilité en incombait à ceux qui avaient mis en œuvre les implacables procédés d'évolution dont ils étaient les fruits. Enfin, il parla de la peur que lui inspiraient les dinosaures de combat, de la marée dévastatrice des destriers Xinlis, et, à leur suite, des vagues d'Urds ravageant tout à coups de crocs et de griffes.

« Mais tu n'as pas parlé de Nimir; pourquoi? lui demanda-t-elle, lorsqu'il eut terminé.

– De toi non plus, je n'ai rien dit, Mère, répondit-il. J'ai seulement parlé des choses que je connais – et j'ignore tout du genre d'armes et de pouvoirs que vous êtes susceptibles de posséder. Mais je pense que, finalement, tout se réglera entre toi et Nimir; que tout le reste, les Urds et les Xinlis, Lantlu, Regor et Huon – ainsi que moi-même – ne sommes que des pions, négligeables. La partie se jouera entre vous deux.

– C'est exact. » La Femme-Serpent hocha la tête. « Et je désire beaucoup savoir ce que Nimir est parvenu à emporter de la caverne! Il y a une chose que, j'espère, il a trouvée (ses yeux pétillèrent de malice), et dont, plus encore, j'espère qu'il se servira. Elle lui donnerait le corps qu'il désire, Graydon. Mais il se pourrait qu'il n'appréciât pas le résultat. Cela dit, n'aie pas une crainte excessive des Xinlis et des Urds. Mes messagers ailés en feront leur affaire. Enfin, il se peut que je compte finalement sur l'alacrité de ton regard et la vigueur de ton bras. Ce ne sont pas des forces négligeables. Mais, pour l'essentiel, tu as raison. La partie se joue effectivement entre moi et Nimir! »

Elle médita un instant puis, le considérant, elle reprit :

« Quant aux transformations opérées sur l'espèce, la nature elle-même ne se livre-t-elle pas constamment à des expériences concernant la forme des êtres vivants? Combien de modèles n'a-t-elle pas produits, plus monstrueux que tout ceux que tu as vus ici, pour, avec un cynisme égal à celui dont tu nous accuses, les décimer ensuite? Quelles formes, répugnantes, dévastatrices, la Nature n'a-t-elle pas créées dans son laboratoire? Pourquoi n'aurions-nous pas, nous qui en sommes un élément, suivi l'exemple qu'elle nous offrait? Quant à la vieille race et à ce qu'elle est devenue... Si tu sauves la vie d'un homme, si tu le soignes dans le cours d'une maladie, es-tu responsable de ce qu'il fait par la suite? S'il assassine, s'il torture, est-ce toi l'assassin, le tortionnaire? Mes ancêtres ont libéré ce peuple de la Mort, à certaines conditions exigées par la situation. Si nous ne l'avions pas fait, au rythme auquel procréent les hommes, il ne serait plus resté la moindre place sur le globe surpeuplé. Nous les avons débarrassés non seulement de la mort, mais de la maladie. Nous avons mis à leur disposition de grandes connaissances. Est-ce notre faute s'ils ne s'en sont pas montrés dignes?

– Et vous avez édifié une barrière autour d'eux afin qu'ils ne puissent utiliser leurs connaissances! dit Graydon. Les hommes progressent en surmontant les obstacles, on ne les élève pas en serre.

– Ah! mais cela ne constituait-il pas un obstacle? demanda astucieusement la Mère. S'ils en avaient été dignes, ne seraient-ils pas passés par-dessus la barrière? »

Il ne sut que répondre à cela.

« Mais il y a un point que tu as clarifié, dit-elle. Si je triomphe de Nimir, je détruirai les Urds. Et je ne conserverai que quelques spécimens de la vieille race. Il faut effacer ces erreurs – comme, de temps en temps, la nature efface les siennes. Il faut curer le marais... »

Elle prit son miroir, se lissa les cheveux; elle reposa le miroir.

« Nous sommes au bord de la crise. Peut-être éclatera-t-elle cette nuit. Lantlu s'est montré dans la ville, il y a quelques heures, faisant la roue, affichant une surprenante confiance, plus arrogant que jamais, crânant. Est-ce bravade? Je ne le pense pas. Il est au courant de quelque chose qu'est en train de mijoter Nimir. Eh bien, qu'il mijote! Mais j'aimerais quand même bien savoir ce qu'a emporté Nimir; j'ai essayé de voir, je n'ai pas pu; il me gêne... il a trouvé quelque chose... je me demande si je vais oser... »

Elle se pencha en avant, lui mit la main sur le front. Il éprouva le vertige de la vitesse, il franchit le lac en un tourbillon. Il se trouva dans la caverne rouge de l'ombre! Mais que se passait-il? La lumière rouille était épaisse, impénétrable. Il pouvait aller où il voulait, elle se refermait sur lui comme une brume de fer. Il ne pouvait rien distinguer.

Il était de retour au côté de la Mère-Serpent. Il secoua la tête.

« Je sais, dit-elle. J'ai transmis ta vue en même temps que la mienne en espérant que ta promptitude à réagir à l'ombre permettrait à ton regard de pénétrer où le mien ne le peut pas. Mais tu n'as rien vu de plus que moi. Bien... » Elle lui sourit avec un de ces brusques changements d'humeur. « Je suis désolée que tu ne puisses aller à la fête des faiseurs de rêves, mon enfant. Je pourrais y envoyer ta vue, avec la mienne. Mais trop brièvement pour que tu puisses y voir quelque chose. Cela exigerait un effort bien trop grand. Un petit moment, cela ne nuit pas, mais pour une certaine durée, non. »

Elle le congédia peu après. Il avait mauvaise conscience en la quittant, mais sa résolution demeurait intacte.

Il avait regagné ses appartements lorsqu'il eut une idée.

Kon!

C'est là que pourrait se trouver la solution. Depuis sa bagarre avec Lantlu, l'homme-araignée paraissait le porter dans son cœur aussi solidement qu'il l'avait porté dans ses bras lors de la traversée difficile du précipice. Parviendrait-il à convaincre Kon d'escalader avec lui les hauts murs de la grande coquille pour trouver un endroit d'où il pourrait voir sans être vu?

La pleine lune se leva au-dessus de la barrière des sommets trois heures après le coucher du soleil. La fête des faiseurs de rêves ne commencerait qu'au moment où la pleine lune brillerait sur l'amphithéâtre. Cela, il le tenait de Suarra. Et, en cet instant précis, les ténèbres s'épaississaient dans la cuvette de la Terre secrète. Il lui faudrait agir vite.

Il dîna en compagnie de Suarra et des autres. Elle lui dit que la Mère désirait qu'elle lui tienne compagnie cette nuit. A son soulagement, il constata qu'on ne lui avait pas demandé de l'accompagner. Il lui dit qu'il était fatigué, qu'il essaierait de déchiffrer un livre ancien avant de s'endormir. Sa gentillesse aggrava son sentiment de culpabilité, mais n'entama pas sa résolution. Sans paraître y attacher d'importance, il lui demanda où se tenait Kon. Elle lui dit qu'il avait pris goût à la salle des trônes et qu'on l'y trouvait lorsqu'il ne trottinait pas derrière Huon.

Lorsqu'elle fut partie, il se faufila dans la salle des trônes. Comme il s'y attendait, Kon se trouvait là, ayant choisi, pour s'asseoir, de préférence à tout autre, le trône du Seigneur de la Folie. Graydon prit place à côté de lui, sortit un crayon rouge et un morceau de soie blanche. Il dessina sur la soie la silhouette de l'amphithéâtre. Kon hocha la tête. Graydon pointa son doigt sur l'entrée et sur lui-même. L'homme-araignée secoua vigoureusement la tête. Graydon dessina le derrière du coquillage tel qu'il l'imaginait, et sa propre silhouette l'escaladant. Kon lui prit le crayon des mains et exécuta un excellent croquis de ce qui, manifestement, correspondait à la réalité. Il le couvrit d'arabesques qui étaient apparemment les sculptures qui en décoraient la face; puis, avec cette extraordinaire contorsion du visage qui voulait être un sourire, il fit un croquis de lui-même portant Graydon sous le bras. Kon lui avait dit aussi clairement qu'avec des mots : « Le seul moyen d'escalader cette chose, c'est que je te porte, et je sais très bien que c'est ce que tu ne veux pas. »

Il ne le voulait pas? C'était au contraire tout ce qu'il désirait!

Il tapota l'épaule de l'homme-araignée pour lui dire son accord, désigna le croquis et fit un signe de tête affirmatif. Kon conservait le doigt sur le dessin, paraissant avoir une idée. Il prit le crayon et dessina un portrait reconnaissable de Lantlu, surtout parce qu'il l'avait représenté avec un poing dans le nez. Puis il redessina Graydon, le fusil pointé sur le visage. Graydon secoua la tête. L'homme-araignée eut l'air surpris.

Dans le dessin suivant, il se représenta glissant le long du mur du temple, tenant apparemment Graydon par un pied, la tête en bas. Graydon hocha la tête avec bonne humeur. Si les cliquettements pouvaient traduire des jurons, alors Kon jurait. Il fit un autre dessin de lui se déplaçant à travers les branches des arbres, et tirant Graydon à sa remorque – toujours par un pied.

Graydon lui donna une tape sur l'épaule, lui signifiant par des signes de tête son complet accord. Kon jura de nouveau, réfléchit un instant, puis se dessina abattant quatre barres sur la tête de Lantlu. Graydon haussa les épaules, indifférent. Kon émit un cliquettement de désespoir, et renonça.

Il se faufila hors de la salle des trônes, faisant signe à Graydon de le suivre. Il le conduisit à un balcon au bout d'un couloir. Il s'éloigna en trottinant. Graydon jeta un œil au-dehors. Les ténèbres avaient envahi la cuvette de Yu-Atlanchi. Il vit des lumières qui, pareilles à des théories de lucioles, se dirigeaient vers l'amphithéâtre du coquillage. Il sentit qu'on lui touchait le bras. Kon était à son côté, portant deux barres ornées de masses de guerre. Sans le moindre cliquetis, l'homme-araignée le prit sous son bras, sauta sur le bord du balcon et se mit à descendre la face abrupte du temple. Graydon remarqua avec plaisir que Kon ne le tenait pas la tête en bas comme il avait menacé de le faire.

Ils s'arrêtèrent au bord de la grande volée de marches conduisant au bas de la prairie. Ils les longèrent avec précaution et parvinrent au rideau d'arbres bordant le terrain. Là, Kon le reprit dans son bras, mais non pas pour le balancer derrière lui à travers les branches. L'homme-araignée restait sous leur couvert, passant légèrement de tronc en tronc.

Il y eut un murmure de voix qui gagna rapidement en intensité. Les lucioles devinrent flambeaux – lumières pâles, immobiles, semblables à des rayons de lune figés. A leur faible lueur, il vit des nobles de Yu-Atlanchi, hommes et femmes, franchissant en foule l'étroite entrée pour pénétrer dans l'énorme coquille.

Kon fit un détour, se faufila silencieusement à travers les arbres pour gagner l'arrière de l'amphithéâtre. Il donna les deux barres à Graydon, l'empoigna plus solidement, et entreprit l'escalade, se servant comme d'une échelle des sculptures qu'il avait dessinées. Parvenus au sommet de l'enceinte Kon s'y mit à califourchon, y installa Graydon, et disparut. Il ne tarda pas à revenir, le prit, s'engouffra dans le trou noir qui s'ouvrait sous eux.

Graydon jeta un œil autour de lui. Ils se trouvaient dans la rangée supérieure des sièges de pierre. Face aux sièges, il y avait un parapet d'un mètre, faisant office de garde-fou. D'un peu au-dessous, lui parvenaient des chuchotements, des murmures, le bruit amorti des rires.

Kon le prit par l'épaule, le fit glisser de son siège, l'obligea à s'accroupir derrière le parapet; il se pelotonna auprès de lui, regarda par-dessus le bord.

Au-dessus des montagnes à l'ouest apparut une faible lueur argent. Son éclat s'accentua. Au-dessous, les murmures cessèrent. Entre deux des hauts pics surgit un éclatant point d'argent.

Une voix d'homme, un vibrant baryton, entama une mélopée. La foule invisible lui répondit par des strophes et des antistrophes. Au fur et à mesure que montait le chant, la lune s'élevait dans le ciel. Derrière lui, la grande coquille se mit à briller, émettant d'abord de fugitives étincelles puis des rayons opales dont la cadence s'accéléra régulièrement. L'immense coquille de l'amphithéâtre devint de plus en plus éclatante à mesure que, progressivement, la lune s'élevait entre les doigts de pierre des pics.

La fête des faiseurs de rêves avait commencé.

Le chant monotone cessa. La lumière de la lune, maintenant levée, emplissait l'amphithéâtre et tombait en plein sur les murs conchoïdaux. Leur rayonnement s'accéléra, la coquille devint une opale lumineuse. Les rayons se rencontraient et se croisaient au centre de l'amphithéâtre, tissant une toile qui le recouvrait entièrement.

Une autre mélopée fut entamée. Un point de lumière argent apparut sur le mur d'en face, en haut et près de l'entrée du bâtiment. Il s'étendit et finit par ressembler à une petite lune, réplique de l'orbe traversant le ciel. Trois autres points de lumière apparurent auprès du premier, produisant une douce lueur. Des rayons s'en échappaient, allant heurter la toile lumineuse pour s'y répandre. La toile luminescente avait maintenant la qualité d'un véritable matériau transparent.

Brusquement, à travers ce rideau, la lune, considérablement grossie, apparut. Dans le disque lumineux s'inscrivait une tête de femme. Elle appartenait à la vieille race; auréolé par ce gigantesque nimbe d'argent, son visage acquérait une beauté véritablement extra-terrestre. Ses yeux étaient clos, elle semblait dormir...

Une faiseuse de rêves!

On ne distinguait pas son corps. L'orbe à l'arrière de cette tête exquise palpita, s'enfla encore et s'immobilisa. Quelque chose s'en échappa dans le silence revenu, quelque chose sans contour ni forme, dont on prenait conscience par un autre sens que la vue. Cela frappa la toile. Sous l'impact, le rideau trembla. Et brusquement, il n'y eut plus de toile, plus de rideau tissé dans les rayons! Graydon porta son regard dans l'espace, dans le vide au-delà de cet univers. Il vit la chose immatérielle le traverser à une vitesse qui était des milliers de fois supérieure à celle de la lumière. Il comprit qu'il s'agissait d'une pensée de la faiseuse de rêves. Elle s'arrêta. Elle se transforma en une vaste nébuleuse, décrivant des spirales rappelant les trajectoires décrites par les étoiles filantes jaillies d'Andromède. La nébuleuse revint à la même prodigieuse vitesse, tourbillon de soleils, menaçant de tout anéantir.

Un soleil se sépara de ses compagnons, orbe immense d'éblouissant saphir. Auprès de lui apparut un monde, enfant d'une taille parfaitement adaptée à cet astre. Le soleil s'éloigna, le monde se rapprocha...

C'était un monde de feu. Graydon vit des jungles de flammes à travers lesquelles se déplaçaient de monstrueuses formes de feu : des forêts faites de flammes que survolaient d'autres formes dont le plumage étincelait du feu des émeraudes, des rubis et des diamants; des océans qui étaient des mers de bijoux en fusion et dans l'écume irisée desquels nageaient des léviathans de feu.

Le monde de feu et le soleil saphir revinrent en tourbillonnant parmi leurs camarades.

Des hommes gigantesques dont on eût dit des dieux, riant, traversèrent le vide à grands pas. Ils se baissèrent et cueillirent les virevoltants soleils. Ils les jetèrent les uns contre les autres. Ils les lancèrent dans le vide extérieur, filant comme des comètes ou produisant des tempêtes de météores coruscants, des cascades d'étincelante poussière d'étoiles.

Les dieux riants s'en allèrent à larges enjambées traversant l'endroit où s'était étalé le jardin de soleils qu'ils avaient arrachés. Pendant un instant, le vide plana, désert.

Suffoquant, Graydon regarda de nouveau le rideau fait de rayons tressés.

S'était-il agi d'une illusion? Ce qu'il avait vu ne ressemblait pas à un film en deux dimensions qu'on aurait projeté sur cet étrange écran. Non, cela était en trois dimensions, et aussi réel que tout ce dont il avait jamais été le témoin. Était-ce la pensée de la faiseuse de rêves qui avait créé cet univers en ruine? Et les dieux joyeux, étaient-ils aussi des produits de sa pensée? Où étaient-ils venus par hasard sur cette galaxie, s'y arrêtant pour la détruire et s'en retournant tranquillement?

Un murmure se produisit parmi les nobles accompagné de faibles applaudissements. L'orbe derrière la tête de la faiseuse de rêves pâlit. La tête de la femme disparut, et c'est celle d'un homme qui s'y inscrivit, les yeux clos également.

De nouveau, la pensée du faiseur de rêves s'élança à grande vitesse. Le rideau de rayons frissonna sous l'impact. Graydon avait un désert devant les yeux. Les sables se mirent à étinceler, à bouger, à s'étendre. Sur la terre inculte, une cité s'édifia d'elle-même, mais pas une cité telle que la Terre eût pu en porter. Non, c'étaient de vastes bâtiments d'une architecture inconnue de l'homme et peuplés de *chimères*. Leur laideur lui frappa les yeux comme un coup. Il les ferma. Lorsqu'il les rouvrit, la ville s'écroulait. A sa place s'étalait un vaste paysage qu'illuminaient deux soleils, l'un safran et l'autre vert, qui tournaient rapidement l'un autour de l'autre. Sous leur lumière mêlée, il y avait des arbres ayant la forme d'hydres, aux membres charnus se tordant comme des serpents, et auxquels étaient suspendues des fleurs pulpeuses d'une écœurante beauté. Les fleurs s'ouvrirent et il en sortit des êtres amorphes qui se battirent au milieu de cette effrayante végétation comme d'obscènes démons, se mutilant, s'accouplant.

Les faiseurs de rêves succédèrent aux faiseurs de rêves, et les rêves succédèrent aux rêves sur la toile de rayons. Il en est certains que Graydon regarda fasciné, incapable d'en détacher les yeux et d'autres qui l'obligèrent à se réfugier, frissonnant, dans les bras de l'homme-araignée, l'âme en déroute. Certains étaient d'une beauté inégalée, mondes de Djinns issus tout droit des *Mille et une nuits*. Il y eut un monde de couleurs pures, inhabité, des couleurs qui d'elles-mêmes formaient de gigantesques symphonies, ouvraient de vastes et harmonieuses perspectives. Ceux-là ne provoquaient guère d'applaudissements de la part de l'assistance. Ce qui suscitait leur enthousiasme, c'étaient le carnage et la cruauté, la diablerie, les hideuses inventions auprès desquelles l'enfer le plus noir de Dante a des couleurs de paradis.

Il perçut un murmure plus fort, dominé par la voix de Lantlu arrogant, vibrant par avance au plaisir malsain qui allait lui être procuré.

Dans l'orbe d'argent s'inscrivait une tête de femme. La beauté de son visage était altérée, astucieusement avilie, comme si ses veines charriaient une douce corruption. Alors que sa tête se fondait dans les contours vaporeux du disque, il crut voir s'ouvrir pour un instant les paupières fermées, découvrant des yeux violet foncé qui étaient des puits de mal et qui lancèrent un rapide message en direction de l'endroit où plastronnait Lantlu; ils se fermèrent. Pour la première fois, un silence absolu tomba sur l'amphithéâtre, un silence d'attente, annonciateur d'un événement.

Le rideau fut secoué par la pensée de la femme circulant à grande vitesse. Mais la toile ne disparut pas comme auparavant. Au lieu de cela, une pellicule la recouvrit; une pellicule aux changeantes couleurs, qui se répandait comme du pétrole à la surface d'une claire rivière.

Des ombres noires se mirent à voleter à travers la pellicule, les unes à la suite des autres, se condensant sur le bord de la toile de rayons. De plus en plus vite, une par une, elles arrivaient de toute part, gagnant progressivement en densité, prenant forme.

Et pas seulement forme, mais aussi consistance!

Graydon s'accrocha à la balustrade de pierre, les doigts raides. Là, sur la toile, se trouvait la forme d'un homme, un géant mesurant trois mètres, ténébreux encadré par les grouillantes couleurs – et ce n'était pas une ombre. Non, c'était un corps matériel.

Un large et brillant rayon rouge frappa le bord de l'amphithéâtre. Il provenait de la direction des cavernes. Il se posa sur la forme sombre, s'y épanouit en éventail, lui donnant une couleur de ténèbres rouille.

Le rayon commença à nourrir cette forme, à l'affermir. A travers le rayon se leva une tempête d'atomes noirs, la forme les aspira, en tira sa substance – elle n'était plus ténébreuse.

C'était un corps, sans traits, mais un corps tout de même, suspendu au-dessus de la toile et maintenu là par la force du rayon rouge.

Portée dans le sillage des atomes noirs vint l'ombre!

Elle n'arriva pas rapidement. Elle flottait avec précaution dans le rayon, comme si elle avançait sans aucune confiance. Elle glissait, la tête sans visage tendue, les yeux invisibles fixés sur son objectif. Elle couvrit d'un bond les derniers mètres qui la séparaient de la forme suspendue, à la vitesse de l'éclair. Il se produisit un tourbillon nuageux là où avait été accroché le corps noir, une pluie de brume le traversa de ses jaillissants corpuscules cramoisis.

Une espèce d'étincelle incandescente d'une éblouissante blancheur heurta le bouillonnement de brume, qui l'absorba. Il avait semblé à Graydon qu'elle était venue de l'extérieur, du côté opposé à la source du rayon rouge – du temple.

La brume se condensa, disparut. Le corps resta suspendu, le temps d'un souffle, puis, après avoir traversé la toile, glissa jusqu'au sol.

Ce n'était plus le corps d'un homme mais une masse difforme, contrefaite...

Une espèce de grande grenouille, et, sur ses épaules, la tête de Nimir!

Graydon crut entendre le rire de la Femme-Serpent!

Mais les yeux bleu clair de Nimir brillaient de triomphe. Le visage impérieux, luciférien, rayonnait de triomphe. Il hurla son triomphe tandis que ceux qui le regardaient maintenaient un silence figé. Il fit de grotesques cabrioles sur ses pattes à ras de terre, rugissant dans la langue oubliée des Seigneurs son triomphe et son défi!

Le rayon rouge s'éteignit dans un clignotement. Un flamboiement de lumière cramoisie s'éleva d'au-delà du lac vers les cieux.

Le hideux personnage sautillant s'immobilisa, raide, son visage d'ange déchu fixant ce flamboiement. Graydon, les nerfs tendus à se rompre, observa le triomphe de Nimir se transformer en une rage véritablement démoniaque – les yeux étincelaient comme les flammes bleues de l'enfer, la bouche s'ouvrit en un carré d'où dégoulinait la salive, le visage se crispa en un masque de Gorgone.

Lentement, Nimir dirigea son regard sur cette malfaisante faiseuse de rêves qui avait été son instrument et celui de Lantlu. Elle était debout, suffisamment éveillée à présent, dans la niche de l'orbe d'argent.

Avec un large balancement de ses bras monstrueux, Nimir s'élança d'un bond vers elle. La femme hurla, vacilla et tomba de la niche la tête la première. Sur le sol de l'amphithéâtre, bien au-dessous de l'endroit où elle s'était tenue, un petit tas blanc s'agita faiblement pendant un instant, puis s'immobilisa.

Nimir la quitta lentement des yeux, scruta les gradins vides, et son regard se rapprocha – se rapprocha – de Graydon!

Chapitre XXIII

L'enlèvement de Suarra

Graydon s'aplatit derrière le parapet, s'y fit tout petit, dissimulant son visage, paralysé par une peur telle qu'il n'en avait jamais connu – non, pas même dans la caverne rouge. Il attendait, le cœur serré, d'entendre le bruit des pattes sauteuses... s'avançant vers lui... s'avançant pour l'emporter...

Il leva la main, fixa son regard sur les pierres pourpres du bracelet de la Femme-Serpent. Leur éclat le calma. Il débarrassa désespérément son cerveau de tout ce qui s'y trouvait, n'y conservant que l'image de la Mère, s'accrocha à cette image comme l'alpiniste ayant dévissé s'accroche à la racine qui saille et qui a arrêté sa chute dans quelque abîme.

Combien de temps resta-t-il ainsi accroupi, il ne le sut jamais. Il s'éveilla sous la caresse des petites mains de Kon. Tremblant, malade, il souleva la tête, promena autour de lui un regard fixe. Il était dans une demi-obscurité. La lune avait franchi son zénith, entamait sa descente. Ses rayons n'éclairaient plus la coquille se trouvant derrière lui. La lueur opaline était faible, le tissu de rayons avait disparu.

L'amphithéâtre était vide.

Un petit moment s'écoula et Graydon surmonta sa faiblesse, descendit sans bruit, avec l'homme-araignée, le large couloir qui conduisait au sol; il se glissa sans encombre à travers les valves de l'entrée puis, sous le couvert des arbres, il parvint au temple. Kon le souleva jusqu'au balcon d'où ils étaient partis. De là, il jeta un coup d'œil sur la cité. Les lumières l'embrasaient; elle était agitée et grondait.

Il hésita, ne sachant que faire; et, pendant le temps de son hésitation, les rideaux s'ouvrirent. A la tête d'une vingtaine d'Emers armés d'arcs et de lances, Regor pénétra dans la pièce.

« Viens, dit Regor en lui touchant l'épaule. La Mère désire te voir. »

Un frisson d'appréhension secoua Graydon. Si son esprit n'avait pas été à ce point troublé, les questions auraient aussitôt fusé. Dans l'état où il était, il suivit Regor sans prononcer une parole. Le couloir extérieur était bourré d'Indiens, auxquels se mêlaient quelques nobles. Il en reconnut certains comme étant de la communauté – des rescapés de l'antre de Huon. Ceux-ci le saluèrent avec, à ce qu'il crut, de la pitié dans le regard.

« Regor, dit-il, il est arrivé un malheur. Qu'est-ce que c'est? »

Regor marmonna de façon inintelligible, secoua la tête, et poursuivit sa route d'un bon pas.

Nombre de nobles portaient la tenue verte de Lantlu... les défections dans les rangs du maître des dinosaures devaient avoir été plus importantes que ne l'avait escompté Regor... Beaucoup de femmes également parmi eux, armées, comme les hommes, de courtes épées, de javelots et de petits boucliers ronds.

« Regor, dit-il, s'agit-il de... Suarra? »

Le géant lui prit les épaules.

« Ils l'ont enlevée! Elle est aux mains de Lantlu! »

Graydon s'arrêta court, son cœur se vidant de son sang.

« Enlevée? Mais elle était avec la Mère! Comment aurait-il pu s'en emparer?

– Cela s'est produit dans la confusion qui régnait à la fin du Ladnophaxi. » Regor le fit se hâter. « Huon et moi étions revenus une heure auparavant. Les Indiens s'infiltraient. Il y avait beaucoup à faire. Et une centaine d'hommes de la vieille race sur lesquels nous ne comptions pas étaient venus, faisant serment d'allégeance à la Mère, invoquant leur antique droit pour exiger d'entrer. Certains disent que Suarra te cherchait. Et, ne te trouvant pas, s'était mise en quête de Kon. Et c'est alors que lui parvint un message de toi! »

Graydon s'arrêta d'un seul coup.

« De moi! Bon Dieu – non! cria-t-il. Comment aurais-je pu lui adresser un message? J'étais à cette maudite fête. J'avais demandé à Kon de m'y conduire. Je venais seulement de rentrer quand tu es arrivé... »

Regor haussa ses larges épaules : « Mais nous sommes maintenant une heure après minuit. La fête s'est terminée une heure avant minuit. Que s'est-il passé pendant ces deux heures? »

Graydon tendit la main, assena au géant un tel coup dans la poitrine qu'il le fit chanceler en arrière.

« Que le diable t'emporte, Regor! cria-t-il furieux. Voudrais-tu insinuer que j'aie quelque chose à voir là-dedans...

« Ne sois pas stupide, mon garçon. » Regor ne lui en voulait pas. « Je sais, bien sûr, que tu n'as pas envoyé de message. Mais ce qui est sûr aussi, c'est que si tu avais été là, Suarra ne serait pas tombée dans ce piège. Et il m'apparaît tout aussi certain que ceux qui l'y ont attirée savaient que tu étais absent. Comment l'ont-ils su? Pourquoi n'ont-ils pas tenté de t'intercepter à ton retour? Peut-être la Mère a-t-elle à présent la réponse à ces questions... mais elle est furieuse... »

Ils s'arrêtèrent à l'endroit où le couloir se terminait par un mur tombé. Regor le toucha et une porte s'ouvrit, découvrant un petit puits circulaire, aux parois recouvertes d'un métal ambre poli. Alors que la porte se refermait, ils eurent l'impression que le puits effectuait une rapide ascension. Le sol se stabilisa. Ils se trouvaient sur le toit du temple, sous les étoiles; ils aperçurent le chatoiement des anneaux de la Femme-Serpent, entendirent sa voix, vibrante d'anxiété, mais sans nulle trace de reproche ou de colère.

« Viens, Graydon. Toi, Regor, repars chercher pour lui le vêtement de l'un de ceux qui ont abandonné Lantlu. Avec un manteau vert et un filet émeraude. Ne t'attarde pas!

– Tu ne seras pas dure avec le garçon, Mère? marmonna Regor.

– Absurde! S'il y a quelqu'un à blâmer, c'est moi! Va, et reviens vite », répondit-elle. Et lorsqu'il fut parti, elle fit signe à Graydon de venir auprès d'elle, lui prit le visage dans ses petites mains et l'embrassa.

« Si j'avais eu l'idée de te réprimander, mon enfant, je ne le pourrais pas, voyant dans ton cœur ce poids de remords et de chagrin. C'est moi qui suis fautive! Si je n'avais cédé à mon impulsion, si j'avais laissé Nimir prendre la forme tissée sur la toile au lieu de le rendre difforme, il ne m'aurait pas frappée en retour par l'intermédiaire de Suarra. Je désirais ébranler sa volonté, l'affaiblir dès le départ. Oh! pourquoi me justifier? C'était ma vanité de femme : je voulais lui administrer la preuve de ma puissance. J'ai provoqué des représailles en monnaie de ma pièce, et elles ne se sont pas fait attendre. Je suis seule responsable – mais assez sur ce chapitre. »

Une pensée qui s'était présentée à l'esprit de Graydon, une pensée tellement terrible qu'il s'était efforcé de ne pas lui donner forme, trouva à s'exprimer.

« Mère, dit-il, tu sais que, te désobéissant, je me suis faufilé à la fête. Quand se produisit la transformation de Nimir et que la maléfique Faiseuse de rêves eut fait sa chute mortelle, son regard se mit à scruter les gradins comme s'il recherchait quelqu'un. Et je pense qu'il soupçonnait que je me trouvais là. J'ai branché ma pensée sur toi, m'abritant de lui en toi. Mais Regor me dit que près de deux heures se sont écoulées sans que je m'en rende compte. Pendant ce temps, et bien que Kon ait été auprès de moi et sait que je n'ai pas bougé, Nimir aurait-il pu s'emparer de ma pensée, faire usage de mon cerveau par quelque infernal stratagème pour attirer Suarra hors du temple? Il y a une semaine, Mère, j'aurais considéré cette idée comme pure folie. Mais aujourd'hui, après ce que j'ai vu à la fête, cela ne me semble plus une folie.

– Non. » Elle secoua la tête, mais ses yeux se plissèrent et elle l'étudia. « Non, je ne crois pas qu'il ait su que tu étais là-bas...

– Il savait pertinemment que j'y étais! (La conviction s'empara de Graydon.) Il m'a, une fois de plus, pris dans ses filets, et il m'a laissé là-bas, comme un oiseau sur un rameau englué, jusqu'à ce qu'il ait réalisé son dessein et s'il ne m'a pas inquiété à mon retour, voici ce que, selon moi, Nimir a dans la tête, Mère : il veut échanger Suarra contre moi. Il désirait mon corps. Il a celui que tu lui as donné. Maintenant, il me veut à nouveau. Il sait que je ne le lui céderai pas pour me sauver moi-même des tourments ou de la mort. Mais pour sauver Suarra... Ah! il pense que je le ferais. Ainsi il me tient à sa merci, il l'enlève et offrira de la restituer, moyennant ce qu'il attend de moi.

– Et s'il fait cette proposition, l'accepteras-tu? » La Femme-Serpent se pencha en avant, ses yeux pourpres profondément plantés dans les siens.

« Oui », répondit-il, bien que sa vieille horreur de l'ombre le remuât jusqu'aux entrailles.

« Mais pourquoi t'a-t-il laissé revenir? demanda-t-elle. Pourquoi, si ta version est juste, ne t'a-t-il pas capturé après avoir piégé Suarra et alors que tu étais sur le chemin du retour au temple?

– Il est facile de répondre, dit Graydon mi-figue mi-raisin. Il savait que je me défendrais, et il a craint que ce corps qu'il convoite ne soit mutilé, abîmé, voire détruit. J'ai entendu Nimir s'exprimer très clairement sur ce point. Pourquoi courrait-il ce risque, s'il a le moyen de me faire venir à lui de mon propre gré, sans une égratignure? »

La Mère lui passa l'un de ses bras d'enfant autour du cou, attira sa tête contre son épaule.

« Quel chemin vous avez parcouru, vous, les enfants des hommes-singes gris! murmura-t-elle. Si telle est la vérité, je ne vois pas quel réconfort je pourrais t'apporter. Mais ce qui est également vrai, c'est que Nimir devra réfléchir un bon bout de temps avant de se libérer du corps qu'il possède actuellement. Le mécanisme qui émettait le rayon nourricier est détruit. J'ai renvoyé sur le rayon la force qui l'a anéanti. De telle sorte que jamais plus Nimir ne pourra se tisser de cette façon un vêtement pour lui-même, bien qu'il soit capable de se dépouiller de ce qu'il porte. Certes, il lui reste possible de redevenir une ombre, une intelligence désincarnée et de se glisser dans toi à condition que tu lui ouvres toutes grandes tes portes. Mais oserait-il saisir l'occasion en ce moment? Pas maintenant, alors que je suis prête à frapper. S'il pouvait seulement avoir la certitude d'être à même de s'installer dans toi, ah, oui! Mais il ne peut en être sûr, car j'ai peut-être le moyen de m'interposer. S'il a un tel marché en tête, il te gardera auprès de lui jusqu'à ce que soit réglé le conflit entre nous. Et ensuite, s'il est vainqueur, il revêtira ton corps puissant et net, si tu acceptes son contrat.

– Si c'est là son idée, son raisonnement pèche par un grand défaut, dit gravement Graydon. S'il te détruit, Mère, il est peu probable que Suarra te survive. Et, dans ce cas, je me hâterai de mettre mon corps dans un tel état qu'il lui serait impossible d'en prendre possession – comme une fois déjà, quand j'étais son prisonnier, j'avais songé à le faire.

– Mais je ne tiens pas à ce qu'on me détruise, non plus que Suarra ni toi, mon enfant, rétorqua la Mère, très positive. Cependant, que tu aies raison ou tort en ce qui concerne les mobiles de Nimir, cela revient au même. Tu es le seul qui puisses sauver Suarra – si elle peut l'être. Il se peut qu'en agissant comme j'ai décidé de le faire, j'entre en plein dans le jeu de Nimir. Encore que je ne voie pas en quoi le fait de prendre l'offensive puisse aggraver les choses. Si nous échouons, tes craintes se réaliseront avec quelques heures d'avance, voilà tout...

« Seul, et le plus tôt possible, tu devras donc te rendre à la demeure de Lantlu, affronter cette créature du Mal et son Maître des ténèbres, leur arracher Suarra. Si tu es vaincu, alors, je te le promets, tu ne deviendras pas l'habitation de Nimir. Car moi,

Adana, je ferai disparaître Yu-Atlanchi et tout ce qu'il contient de vivant de la surface de la terre – bien qu'en agissant ainsi, je devrai également disparaître. »

Elle retomba, sa langue rouge s'agitant.

« C'est ce que tu ferais, Graydon?

– Oui, Mère, répondit-il calmement, s'il est certain que Nimir sera anéanti au même titre que le reste.

– N'encombre pas ton esprit de doutes de ce genre, répondit-elle sèchement.

– Alors, plus tôt je partirai et mieux cela vaudra, dit-il. Dieu! qu'est-ce qui retient Regor?

– Il arrive, répondit-elle. Jette un œil autour de toi, Graydon. »

Pour la première fois, il prit véritablement conscience de l'endroit où il se trouvait. Il était sur une plate-forme circulaire s'élevant à une certaine hauteur du toit du temple. Cette plate-forme était un rond d'une soixantaine de mètres de diamètre, entouré d'une murette de métal ambre. Au bord, face aux cavernes, il y avait un de ces grands disques de cristal; un second disque était incliné en direction de la cité. Les bases métalliques sur lesquelles ils reposaient étaient ouvertes; elles contenaient des coffres oblongs de cristal remplis du vif-argent du sistre de la Mère. De ces coffres saillaient des barres de cristal pleines de la flamme pourpre de la colonne dévastatrice qu'il avait vue dans la caverne de la Sagesse perdue.

Près de l'endroit où était installée la Mère se trouvait un curieux engin ayant vaguement l'aspect de la cuvette d'où était montée la colonne de lumière violette, en beaucoup plus petit, et dont le sommet ressemblait à celui d'un phare que l'on pourrait orienter dans n'importe quelle direction. Lui aussi était garni de barres de cristal. Il y avait d'autres objets dont il était incapable d'imaginer l'usage, et dont il supposa qu'ils provenaient des mystérieux coffres que l'on avait apportés à la Mère. Puis, disposés çà et là, à l'intérieur du cercle de la plate-forme, il y avait les sept énormes sphères d'argent.

« Adana dans son arsenal. » Elle souriait pour la première fois. « Et si seulement tu savais, mon Graydon, ce que sont ces armes! J'aurais souhaité que l'on pût les détruire toutes dans la caverne avant l'arrivée de Nimir. Oui, et particulièrement ce rayon nourricier au moyen duquel mes ancêtres ont jadis construit de nombreux êtres étranges pour certains usages – et pour le plaisir – mais qu'ils ont toujours détruits dès qu'ils avaient cessé d'être utiles. Oui, je le souhaite beaucoup maintenant, moi qui, il y a peu de temps, espérais tout aussi sincèrement que Nimir l'eût découvert. Ah, ma foi! rends-toi à la murette et passe ta main au-dessus. »

En se demandant à quoi cela rimait, il obéit, étendit la main au-dessus du petit mur ambre. Il n'y sentit rien d'autre que le vide.

« Et maintenant... ». Elle se pencha dessus, touchant une barre dans la cuvette près d'elle. Du muret s'élança un anneau d'étincelles de lumière violette atomiquement minuscules. Il s'éleva à une trentaine de mètres de hauteur, se transforma en une boule de feu violet et disparut.

« Maintenant, tends la main », dit-elle. Il le fit. Ses doigts rencontrèrent une substance. Il y appuya la paume; elle lui parut légèrement chaude, vitreuse, elle donnait une mystérieuse impression d'impénétrabilité. Le bruit de la cité s'était tu. Autour de lui régnait un silence absolu. Il exerça une pression sur l'obstacle, le frappa de son poing fermé; il ne voyait rien, pourtant il y avait un mur. La Femme-Serpent toucha de nouveau le levier. Sa main partit si brusquement dans le vide qu'il faillit tomber.

« Même la plus puissante de vos armes ne pourrait venir à bout de cela, Graydon, dit-elle. Nimir, lui non plus, ne possède le moyen de le traverser. Si je pouvais ceindre le temple de ce mur, comme je peux m'en entourer moi-même ici, les gardes deviendraient inutiles. Cela n'a rien de magique, cependant. Vos sages savent que ce que vous appelez matière n'est rien d'autre que de l'énergie. Ils ont raison. Tout cela est de l'énergie transformée de façon un peu plus brutale en matière d'une certaine sorte, une matière des plus réfractaires, mon enfant. Oh! des plus réfractaires... Regor, tu as pris ton temps! »

L'ouverture de la plate-forme par laquelle ils étaient montés livra passage à Regor, tenant sur son bras une petite pile de vêtements.

« Ce n'est pas si facile de trouver quelque chose qui lui aille, gronda-t-il.

– Déshabille-toi. » La Mère fit un signe de tête à Graydon. « Enfile ça. Non, mon enfant, n'éprouve pas de gêne. Souviens-t'en : je suis une très, très vieille femme! » Son involontaire mouvement d'embarras avait fait pétiller ses yeux : « Et en t'habillant, écoute-moi. »

Il se mit à enlever ses vêtements.

« Voici ce qu'il en est, dit-elle. Je pourrais lâcher la destruction sur la ville, ou ne la lâcher que sur le palais de Lantlu. Mais les armes que je manie ne distinguent pas les amis des ennemis. Suarra serait tuée avec les autres. Cela est donc exclu, au moins (elle regarda Graydon de façon significative), au moins pour le moment. Nous ne pouvons pas non plus envoyer une troupe la délivrer, car cela signifierait la guerre ouverte et avant que nos hommes aient pu parvenir jusqu'à elle, on la ferait disparaître en un endroit où nous ne pourrions la retrouver. C'est une question de discrétion et de ruse, de courage et de débrouillardise – et c'est l'affaire d'un homme seul. Un homme peut passer inaperçu là où ce serait impossible pour plusieurs. Cet homme ne peut être toi, Regor, car tu as de trop nombreux signes distinctifs pour te dissimuler avec succès sous un déguisement. Ni Huon, car sa force ne réside ni dans la ruse ni dans la débrouillardise. Et je ne ferais confiance à aucun autre Yu-Atlanchien.

« Il faut que ce soit toi, Graydon, et il faudra que tu sois seul. De plus, ce sera la dernière chose à laquelle ils s'attendront, du moins, je l'espère. Tu porteras tes propres armes. »

Graydon, à demi vêtu, fit un signe approbatif quand à cela.

« Elle est dans la demeure de Lantlu. J'ignore si Nimir s'y trouve ou non. Tout comme il avait obscurci ma vue quand j'ai essayé de le trouver dans son repaire, il l'a fait là-bas. Où est Suarra, quel est son état? je ne puis le voir – il y a toujours ce voile de ténèbres qui me gêne. Ah! je t'ai dit que Nimir était plus malin que je ne l'avais pensé. Mais je peux expédier ton regard jusqu'à cet endroit, Graydon, afin que tu saches comment t'y rendre. Et il est une autre chose que je peux faire pour t'aider, mais plus tard. Incline-toi devant moi... »

Elle lui appuya la main sur le front comme lorsqu'elle avait envoyé son regard dans la caverne au moment où Nimir l'avait pris dans ses filets. Il lui sembla s'envoler du toit, s'éloigner du temple aussi rapidement qu'il était possible à un oiseau de le faire, survolant cette allée et cette autre, s'arrêtant ici et là pour noter un repère, pour arriver enfin à un palais de turquoise et d'opale, entouré d'arbres d'où pendaient de longues panicules de fleurs, toutes rouge et argent. Il y avait d'immenses fenêtres à deux battants, ornées de treillages en métal découpé d'un travail délicat comme de la dentelle. Derrière elles s'agitaient de nombreuses personnes. La lumière, le mouvement, il les ressentait plus qu'il ne les voyait car chaque fois qu'il s'efforçait de regarder à l'intérieur, sa vue se heurtait à ce qui semblait être une fine brume noire.

Il s'en revint à la même allure, s'arrêtant de nouveau aux repères qui lui serviraient de fil d'Ariane dans ce labyrinthe d'allées. Il se tenait, titubant légèrement, auprès de la Femme-Serpent.

« Tu connais le chemin! Tu t'en souviendras! » Comme la dernière fois, il s'agissait moins de questions que d'ordres. Et, comme la dernière fois, il répondit :

« Je le connais. Je m'en souviendrai. » Et il se rendit compte de ce que chaque mètre de terrain entre le temple et le palais était gravé dans sa mémoire comme s'il avait effectué dix mille fois le trajet.

La mère saisit le filet émeraude et en ceignit son front; elle lui jeta le manteau vert sur les épaules, en tira un pan avec lequel elle lui couvrit le bas du visage. Elle l'écarta, le regarda, paraissant hésiter.

« Pour la première fois, mon enfant, je regrette que tu ne possèdes pas la beauté dont je suis si lasse. Tu as un peu l'allure de quelqu'un qui se situerait à mi-chemin entre les Emers et la vieille race. Par mes ancêtres, pourquoi n'es-tu pas venu au monde avec les yeux bleus et non gris, et avec des cheveux blonds? Soit! on n'y peut rien! La conjoncture t'est favorable, il règne une grande confusion, et ils ne s'attendent pas à ce que tu les attaques, seul. »

Il s'inclina sur sa main et fit demi-tour pour s'en aller.

« Attends! » Elle se redressa, lança un doux appel, comme un faible écho des trompettes séraphiques. Et il comprit que si les serpents ailés qu'elle appelait ses messagers étaient invisibles à ses yeux, ils ne l'étaient pas aux siens. Elle étendit les bras, parut recueillir quelque chose dans chacun d'eux, l'attira vers elle, plongeant son regard dans des yeux que nul autre qu'elle ne pouvait voir. Elle se mit à triller doucement, suavement. Quel étrange effet procurait le fait d'entendre ce gazouillis auquel en répondait un autre sortant du vide tout près de ses lèvres. Elle baissa les bras.

Graydon entendit les ailes battre juste au-dessus de sa propre tête. Quelque chose lui toucha l'épaule, s'enroula gentiment autour de son arrière-bras et passa un anneau autour de sa ceinture; quelque chose lui effleura la joue.

Il caressa la forme, comme il aurait caressé un chien. Les anneaux s'éloignèrent. Le bruissement continua. En prêtant l'oreille, il eut l'impression qu'il y avait deux êtres ailés.

« Maintenant, pars, Graydon, dit la Mère. Pars vite. Ces deux-là t'accompagneront. Tu ne pourras leur parler. Montre-leur ceux que tu voudrais tuer, et ils les tueront. Aie confiance en eux. Ils possèdent l'intelligence, Graydon. Tu ne peux comprendre, mais ils en ont une. Aie confiance en eux... Va... »

Elle l'éloigna d'elle. Regor le fit pirouetter, l'accompagna jusqu'au bord du toit du temple. Arrivé là, il se baissa et amena une robuste corde à l'extrémité de laquelle était accroché un grappin. Il fixa le crochet à la corniche et lança la corde par-dessus.

« C'est l'allée qu'il te faut suivre, mon garçon, dit-il d'une voix altérée par l'émotion. La Mère désire que ton départ reste ignoré de tout le monde. A toi maintenant de passer par-dessus bord! Et prends ceci... »

Il fourra son long poignard dans la ceinture de Graydon. Le fusil en bandoulière, celui-ci attrapa la corde, passa par-dessus le parapet. Il parvint au bout de la corde, resta un moment immobile dans le noir, se demandant de quel côté se diriger.

Il sentit que l'un des messagers le touchait, le pressant de continuer. Et brusquement, dans sa tête, il vit se dessiner, aussi net qu'une carte, le chemin conduisant au palais de Lantlu.

Graydon se mit à courir le long des allées qu'avait suivies sa vue lorsque la Femme-Serpent lui avait posé la main sur le front. Devant, épousant son allure, battaient les ailes invisibles.

Chapitre XXIV

Fiancée de l'homme-lézard

La nuit était lumineusement claire. Il trouva sa route sans difficulté, comme si ses pieds avaient été, de longue date, instruits des moindres détours et virages.

Ce fut aux abords du palais de Lantlu qu'il fit sa première rencontre. D'une allée que dissimulaient les broussailles émergea un couple d'Emers portant des javelots et des flambeaux dans lesquels, au lieu de flammes, brillaient des sphères contenant une lumière d'or. Ils étaient suivis d'une litière portée par quatre Indiens. A l'intérieur, il y avait un noble vêtu de vert. Deux autres gardes fermaient la marche.

Graydon ne pouvait ni reculer ni se glisser dans l'ombre. L'occupant de la litière le salua d'un geste de la main. Graydon, dissimulant son visage du mieux qu'il put derrière son manteau, répondit d'un geste rapide, tenta de poursuivre son chemin. Ce brusque comportement ne correspondait apparemment pas à la coutume car le noble se redressa, donna un ordre bref à ses hommes, puis bondit au-dehors et avança sur lui, l'épée nue.

Il n'y avait qu'une chose à faire, Graydon la fit. Il montra du doigt les Emers et se jeta sur le Yu-Atlanchien. Il se baissa pour éviter un méchant coup de sabre, puis saisit d'une main le poignet droit du noble, tandis qu'il l'étranglait de l'autre. L'heure n'était pas aux subtilités. Il leva le genou qui atteignit son adversaire au bas-ventre. La douleur fit céder les muscles du Yu-Atlanchien, son épée lui tomba des mains. Graydon lui transperça le cœur avec la dague de Regor.

Il n'osa pas se servir de son fusil, aussi se baissa-t-il rapidement pour s'emparer de l'épée du mort, et pivota pour faire face aux Emers.

Eux aussi étaient morts.

Ils gisaient, tous les huit, lardés de coups de bec en rapière des serpents ailés.

Il considéra leurs corps. Il paraissait incroyable que ces huit existences eussent pu être balayées en un si bref laps de temps. Il entendit les ailes des créatures battre juste au-dessus de sa tête, et leva le regard en direction du bruit. Il y avait là, comme tracés dans le vide par un doigt invisible, deux minces traits cramoisis qui s'effacèrent, bientôt remplacés par une pluie de gouttes rouges : les serpents ailés nettoyaient leurs becs!

Tout sentiment de solitude avait disparu; il avait la sensation d'être soutenu par toute une armée. Il avança hardiment, d'un pas rapide. L'allée s'engageait dans un épais taillis d'arbres en fleurs. Il s'y glissa sans bruit. Il s'arrêta là où l'ombre était le plus profonde. Le palais de Lantlu était à moins de cent mètres.

Les murs octogonaux étaient recouverts de tuiles qui étincelaient comme si elles avaient été vernies avec de clairs rubis, des topazes soleil, des émeraudes vert d'eau. Ils étaient percés de fenêtres, les unes rectangulaires, les autres ovales, à deux battants et dont les treillages, de pierre et de métal, étaient travaillés délicatement comme de la dentelle. De leur base et sur dix mètres de large s'étendait un sol en mosaïque, assemblage de carreaux noirs et blancs en pierre polie. Une lumière douce filtrait à chaque fenêtre, à travers des tentures arachnéennes. Il n'y avait pas de porte.

Graydon se faufila jusqu'à l'orée du taillis. Entre lui et le sol en mosaïque, il y avait une bande plate de gazon, à découvert, et qu'il était impossible de franchir sans être repéré par une sentinelle. Il ne voyait personne, mais du palais lui parvenait une rumeur confuse. Sur sa droite, à une trentaine de mètres, les arbres en fleurs étaient plus proches des murs. Il se glissa le long du bosquet pour atteindre cette langue de terrain verdoyant. En se frayant prudemment un chemin jusqu'à son extrémité, il s'aperçut qu'il n'était plus qu'à une quinzaine de mètres des portes-fenêtres précédées de colonnes minces soutenant un dais de soie.

Les voix lui parvenaient nettement, les voix des nobles, hommes et femmes. Elles provenaient de la pièce où la lumière était le plus éclatante. Auprès des colonnes, une douzaine d'Indiens, armés de javelots et d'arcs, montaient la garde.

Alors qu'il hésitait, s'interrogeant sur ce qu'il convenait de faire, il entendit, venant de la pièce, un tumulte de cris et de rires, et le son de cornemuses jouant un curieux air de gigue. Puis, faisant taire les clameurs et la musique, s'éleva la voix moqueuse de Lantlu :

« Bienvenue à Suarra! Salut à la fiancée! Holà! Qu'on introduise le promis! »

Ce qui provoqua un second tumulte d'applaudissements et de rires.

Graydon bondit hors de l'ombre protectrice des arbres et désigna du doigt la garde Emer. Il entendit le bruissement d'ailes. Il courut vers le palais tout en libérant son fusil. Il n'avait pas parcouru la moitié de la bande de quinze mètres que déjà toute la garde était étendue sur le sol, cœurs transpercés, gorges tranchées. Précis, infaillibles, à la vitesse d'une rafale de mitrailleuse, les becs en rapière avaient frappé en silence – et c'est en silence que ces Emers étaient morts.

Y avait-il d'autres gardes à proximité? Il ne le savait ni ne s'en préoccupait; en fait, il n'y pensa pas. Les fenêtres ovales étaient grillagées comme celles qu'il avait d'abord remarquées. Il éprouva la première, mais elle était inébranlable. La seconde oscilla doucement sous sa main. Il ouvrit le verrou de sûreté de son fusil qu'il prit dans sa main gauche, écarta sans bruit, de sa droite, les tentures arachnéennes et regarda à l'intérieur de la pièce.

Ses yeux se portèrent directement sur Suarra. Elle se tenait sur une estrade dressée au centre de la grande pièce, à côté d'un divan couvert de fleurs. Elle était vêtue d'une robe verte à travers laquelle étincelait son corps d'albâtre. Elle avait une couronne de fleurs rouges sur la tête. Ses pieds étaient nus, ses mains croisées sur ses seins et des menottes d'or luisaient à ses poignets.

On lui avait peint la bouche, rougi les joues, et les taches de couleur ressortaient sur la pâleur de cire de son visage. D'une poupée de cire elle avait l'aspect inerte. Et juste au moment où il la regardait, elle frissonna, tituba et tomba sur le bord du divan.

« Comme il se doit, la fiancée est troublée à l'approche de son futur », dit Lantlu, doucereusement, d'une voix sonore, avec la gouaille d'un montreur de phénomènes de foire. « C'est ainsi qu'il convient d'être. C'est là un comportement conforme à la tradition. Sa virginité s'alarme. La timidité l'envahit. Mais bientôt... Ah! bientôt... Ho, ho, ho! » s'esclaffa Lantlu. Des quatre coins de la pièce, des rires méchants lui firent écho. La tête de Suarra s'affaissa davantage.

Des lumières rouges se mirent à danser devant les yeux de Graydon. Une colère si grande s'empara de lui qu'il en fut à demi étouffé. Il se maîtrisa, sa vue s'éclaircit. Il s'aperçut que des divans étaient disposés tout autour de l'estrade et qu'une vingtaine de Yu-Atlanchiens y avaient pris place. A s'en tenir à leur seule beauté, ils auraient pu passer pour des anges, mais derrière ces masques parfaits apparaissaient des démons de cruauté et de froide luxure. On ne lisait aucune pitié dans les regards étincelants qui se portaient sur Suarra.

A l'extrême bout de la pièce, à demi dressé, un genou sur le divan, une main caressant la chevelure d'une femme qui y était allongée, se trouvait Lantlu. Avec une satisfaction qui, pendant un instant, prit le pas sur sa colère noire, Graydon remarqua l'aplatissement du nez naguère parfait, la bouche toujours déformée, les signatures de son poing. Il en détourna rapidement le regard pour étudier la pièce du point de vue de ses accès et de ses gardes.

Lantlu était une cible facile... Le mieux serait d'entrer, de lui loger une balle dans la tête, d'en abattre quelques-uns, d'empoigner Suarra et de s'enfuir avec elle avant que les autres aient pu revenir de leur surprise. Il lui était désagréable de faire disparaître ce ricanant démon d'une façon aussi simple... il aurait préféré le soumettre, pendant un jour ou deux, à une moyenâgeuse chambre de tortures munie de tous les perfectionnements... Diable! Il allait oublier ses meilleurs atouts! Les deux messagers de la Mère! Avec eux et son fusil, il pourrait liquider toute cette compagnie de démons! Où étaient-ils?

Comme pour répondre à sa pensée, il sentit la pression d'un anneau de chaque côté; il comprit que les deux créatures planaient, attendant de franchir la fenêtre avec lui.

Il jeta un rapide coup d'œil sur Suarra avant de bander ses muscles pour bondir à l'intérieur. Il vit alors ce qu'il n'avait pas remarqué auparavant, qu'entre elle et la porte, le cercle de divans s'interrompait, ménageant un large couloir de l'entrée à l'estrade.

Et tandis qu'il regardait, les rideaux s'ouvrirent pour livrer passage à deux femmes Emer, nues, portant de grands paniers d'où, en marchant, elles extrayaient des poignées de fleurs dont elles jonchaient le sol.

Elles étaient suivies, à courte distance, par quatre Emers, armés de massues.

« Voyez! psalmodia Lantlu. Le fiancé! »

D'une démarche traînante, un homme-lézard franchit le seuil!

De même que Suarra, il était vêtu d'une robe verte transparente à travers laquelle luisait sa peau de cuir jaune. Une couronne de fleurs blanches d'où sortait hideusement sa crête rouge ceignait sa tête écailleuse.

L'air de gigue retentit de nouveau, sonore, venu de quelque endroit caché. Les yeux pourpres de l'homme-lézard se posèrent sur la silhouette de la jeune fille recroquevillée sur l'estrade.

Ses lèvres s'ouvrirent sur son museau, découvrant des crocs jaunes. Il bondit en avant.

« Par le Christ! » rugit Graydon – et il tira à travers les rideaux.

Le saut de l'homme-lézard fut interrompu comme sous l'effet d'un coup de marteau. Il tournoya au milieu de son bond. Il s'écrasa, le sommet du crâne éclaté.

Graydon sauta par-dessus le rebord bas de la fenêtre ovale. Il tira de nouveau, fusil à demi levé, sur Lantlu. Au moment où retentit le coup de feu, le maître des dinosaures s'affaissa derrière le divan, mais Graydon savait qu'il l'avait raté. Très bien, il l'aurait plus tard! Au tour des Emers, maintenant. Il leva son fusil, les Emers étaient à terre.

Les serpents ailés! Une fois de plus, il les avait oubliés. A ce coup-là, ils n'avaient pas attendu ses ordres. Les gardes gisaient, morts.

« Suarra! cria-t-il. Viens vers moi! »

Elle se tenait immobile, le regardant sans en croire ses yeux. Elle avança d'un pas chancelant.

Sans être tiraillé par le remords, il expédia des balles dans la tête de deux nobles étalés sur des divans qui se trouvaient entre elle et lui, rompant le cercle. Cela leur servirait de leçon, mais mieux vaudrait s'abstenir d'en tuer d'autres tout de suite; mieux vaudrait ne pas lancer les messagers contre eux avant que Suarra ne soit à son bras, les laisser tranquilles jusque-là, puis les envoyer tous au diable où était leur place.

Si seulement il savait comment parler aux messagers! Il les enverrait à la poursuite de Lantlu. Mais il n'est pas possible de dire simplement : « Attrape-le, Médor », à des choses comme celles-là.

« Suarra! » cria-t-il une nouvelle fois. Elle s'était laissée glisser du bord de l'estrade, courait vers lui... il ferait bien de surveiller la porte, on devait avoir entendu les coups de feu..., et cette fenêtre ouverte dans son dos..., ma foi, on ne peut pas regarder de deux côtés à la fois.

Suarra était auprès de lui!

« Mon amour! Oh, mon amour! » chuchota-t-elle d'une voix brisée, puis il sentit la pression de ses lèvres sur son épaule.

« Courage, chérie! Nous allons nous en sortir très bien! » dit-il. Il tenait les yeux et le fusil fixés sur le cercle des nobles muets et sur la porte.

Il se demanda s'ils allaient sortir immédiatement. Il vaudrait mieux s'en tenir à l'idée qu'il avait eue quelques instants avant : lâcher les serpents ailés, sortir par la fenêtre et fuir avec Suarra pendant que les messagers perpétreraient leur massacre ou bien les laisser en arrière-garde pour couvrir leur retraite avant qu'ils les rejoignent...

Trop tard.

Dans l'encadrement de la porte, brusquement apparu comme jaillissant du vide, se tenait Nimir!

Le Seigneur du Mal avait avancé d'un pas à l'intérieur de la grande salle et fixait son regard sur lui et Suarra, la surprise se lisant dans ses yeux bleu clair. A son côté surgit Lantlu, riant, les montrant ironiquement du doigt, les regardant avec un plaisir mauvais.

Graydon releva son fusil, le mit en joue. Avant qu'il ait pu appuyer sur la gâchette, Nimir avait ceinturé Lantlu de l'un de ses longs bras difformes et l'avait fait passer derrière pour lui faire un rempart de son propre corps. L'arme cracha. Graydon eut l'impression que la balle avait traversé la poitrine de Nimir.

Muet, indifférent, le Seigneur du Mal promena son regard étonné de l'homme et de la jeune fille au corps de l'Urd, la couronne de fleurs blanches jaunies par son sang, la dérisoire parure nuptiale verte déchirée dans les souffrances de la mort. Ses yeux se dirigèrent sur le chemin parsemé de fleurs, sur les cadavres des Emers et le divan jonché de fleurs sur l'estrade. Puis son regard vint à nouveau se poser sur Suarra vêtue de vert.

Le corps ramassé de grenouille parut grandir; il se dressa, tout droit. Le merveilleux visage luciférien posé sur lui devint blanc et dur comme la pierre, ses yeux clairs étaient de glace. Il pivota, saisit Lantlu, le souleva et le tint suspendu au-dessus de sa tête comme s'il avait l'intention de le jeter violemment à terre. Le maître des dinosaures se contorsionna et tenta vainement de se libérer de cette étreinte.

Le Seigneur du Mal le maintint un instant dans cette position, puis, contrôlant sa colère, le posa face contre terre à ses pieds.

« Imbécile! dit-il, imbécile que tu es de satisfaire tes plaisirs dépravés et tes haines contre ma volonté! Ne t'avais-je pas dit qu'aucun mal ne devait être fait à cette jeune fille, qu'elle ne devait pas être profanée? Et ne t'avais-je pas expliqué pourquoi? Comment as-tu osé faire une chose pareille? Réponds, idiot?

– Je lui avais promis de l'accoupler avec un Urd. Je tiens mes promesses. Quelle différence y aurait-il eu? L'étranger serait venu quand tu l'aurais appelé à comparaître devant toi. Il n'aurait été au courant de rien – ou trop tard. Et rien n'a été gâché, puisqu'il est là. Et même un peu plus tôt que tu ne l'avais envisagé, Maître des ténèbres! »

Il n'y avait pas trace de peur dans la voix de Lantlu, mais il y avait, par contre, une bonne dose d'ironique arrogance dans sa formule de politesse. Le Seigneur du Mal ne répondit pas, abaissant sur lui un regard impénétrable. Un cabochard, ce Lantlu, pensa Graydon. Pourri jusqu'à la moelle des os, mais difficile à mater.

Il observa le corps monstrueux, au visage d'ange déchu, au noble port de tête, son auguste puissance et sa majestueuse beauté; il ressentit une pointe de pitié pour le Seigneur du Mal! Après tout, pourquoi ne pas lui permettre d'avoir un corps qui conviendrait à sa tête... du diable s'il comprenait l'avantage qu'on pouvait tirer à faire endosser à Nimir cette monstruosité...

Brusquement, il prit conscience de ce que les yeux de Nimir étaient posés sur lui, qu'il avait lu ses pensées.

« Nous ne sommes pas si éloignés l'un de l'autre, après tout, Graydon! » dit le Seigneur du Mal, avec toute cette séduisante douceur contre laquelle il s'était défendu lorsqu'il luttait contre lui en tant qu'ombre sur le trône de jais.

Graydon se reprit d'un seul coup. Après tout, qu'avait-il à prendre Nimir en pitié! Ce qu'il avait à faire, c'était de mettre Suarra hors de danger et de se sauver lui-même s'il le pouvait!

Les yeux bleus du Seigneur du Mal étaient plus bleus, on y lisait de l'amitié, réelle ou feinte.

« Il faut que je te parle Graydon.

– Je le sais, dit Graydon avec un lugubre sourire. Et nous allons parler ici même, Nimir. Et tout de suite. »

Le Seigneur du Mal sourit, et le sourire lui donna cette sorte de dangereuse attraction que conférait la douceur à sa voix.

« Debout, Lantlu. Ne pars pas d'ici sans mon autorisation. Veille à ne rien faire pour nous interrompre. Je t'avertis – et pour la dernière fois! »

Lantlu se releva en prenant son temps, posa sur Graydon et Suarra un œil indifférent, se rendit d'un pas nonchalant vers son divan, s'y laissa tomber à côté de la femme qui s'y trouvait et dont il se passa le bras autour du cou. Beau travail, pensa Graydon à contrecœur.

Le Seigneur du Mal avança lentement vers lui. Suarra ne put réprimer un frisson. Lorsque Nimir ne fut plus qu'à une demi-douzaine de pas, Graydon tira le poignard de Regor, le pointa sur la poitrine de la jeune fille, au-dessus du cœur.

« Reste où tu es, Nimir, dit-il. Tu t'es suffisamment approché. Et laisse-moi parler le premier. Je sais ce que tu veux. Je suis prêt à en discuter. Si nous ne parvenons pas à un accord, et si j'ai la conviction que nous ne pourrons nous échapper, je tuerai

Suarra. C'est ainsi qu'elle voudrait que j'agisse. N'est-ce pas vrai, Suarra?

– C'est vrai, mon amour, répondit-elle calmement.

– Puis, poursuivit Graydon, je ferai tout mon possible pour te régler ton compte avec ceci... (Il toucha son fusil.) Si je me rends compte que je ne puis t'abattre, j'utiliserai ma dernière balle pour me faire sauter la cervelle. Et c'est une chose qui, je pense, ne te fera pas plaisir. Mais je le ferai. Je parle sérieusement, Nimir. »

Le Seigneur du Mal sourit de nouveau.

« Je te crois. Et c'est, comme tu t'en doutes, la dernière des choses que je voudrais voir se produire. Ce ne sera pas non plus nécessaire, si tu es raisonnable.

– Mon esprit est grand ouvert, dit Graydon, je t'écoute.

Le Seigneur du Mal s'inclina, puis le regarda un moment en silence. Graydon avait l'impression de participer à une pièce, une pièce de rêve dans laquelle il ne courait aucun risque réel; qu'il pouvait y choisir son propre texte, modeler ses situations. Il avait complètement perdu le sens de la plus sinistre des réalités qui avait transformé chacun de ses nerfs et muscles en autant de cordes d'arcs tendus.

« Ni l'un ni l'autre ne pourrez vous échapper sans mon consentement, dit Nimir. Tu ne peux me faire aucun mal, pas plus que ces serviteurs d'Adana que je vois planer. C'est la vérité, Graydon. Ma structure, quel que soit son aspect, n'est en aucune manière semblable à la tienne. Matérielle, oui, d'une certaine façon. Que tes engins la traversent, que ton poignard y plonge, ils ne me causeront aucun dommage. Si tu ne me crois pas, essaie, Graydon. »

Il ouvrit son manteau, découvrant le cylindre déformé de sa poitrine, et attendit. Graydon leva son fusil, avec l'idée, pendant un instant, de relever le défi. Il le rabaissa – inutile de gâcher une cartouche –, Nimir avait dit la vérité.

« Mais toi (le Seigneur du Mal couvrit son torse monstrueux), toi et Suarra, j'ai la possibilité, moi, de vous anéantir. Oh! très facilement. Mais une fois de plus, nous sommes dans une impasse, puisque je te veux, Graydon, disons intact.

– C'est ce que tu avais déjà fait clairement comprendre une première fois, dit Graydon d'un ton cassant. Bon, et alors?

– Le marché sera plus avantageux pour toi maintenant que cet obstiné imbécile a manqué sa fête! répondit Nimir. Et non seulement parce que, en agissant comme il l'a fait, il t'a donné le pouvoir immédiat de te rendre... inhabitable mais parce que tu as eu pour moi une pensée aimable, dit Nimir – il rit –, je trouve cela vraiment agréable.

– Le marché? dit Graydon avec impatience.

– Eh bien, voilà, poursuivit le Seigneur du Mal d'un ton doux. Je n'ai jamais eu l'intention de conserver indéfiniment ma forme. Même si elle n'avait pas été abîmée, elle n'aurait jamais été que... provisoire. Non, Graydon, je préfère de beaucoup de la bonne chair et du bon sang humains qui, traités comme il convient, peuvent être rendus éternels. Et ainsi que je te l'ai dit, et comme tu me le rappelles assez souvent, j'ai une nette préférence pour ton sang et ta chair. C'est pourquoi je vous renverrai en toute sécurité au temple, toi et Suarra – oui, même avec une garde d'honneur – si...

– J'attendais ce... si, dit Graydon.

– Si tu me promets qu'au cas où je remporterais la future bataille, tu me rejoindras de ton propre gré et que, lorsque je me serai débarrassé de mon accoutrement actuel, tu me laisseras occuper ton corps en permanence – je veux dire, bien entendu, en qualité de colocataire. En bref, je te renouvelle mon offre de partager ta demeure sans y prendre trop de place et sans te gêner d'autres façons, dit le Seigneur du Mal en souriant.

– C'est honnête, dit Graydon sans hésiter. J'accepte.

– Non, mon amour, non! cria Suarra en s'accrochant à lui. Mieux vaut la mort pour nous deux...

– Je ne pense pas qu'il sera vainqueur, chérie » dit Graydon... C'était un marché bougrement meilleur qu'il ne l'avait escompté... une proposition plutôt chic... il ne croyait pas à la victoire de Nimir... et même s'il gagnait, ma foi, lui, Graydon, était fort; il pourrait combattre son compagnon une fois qu'ils siégeraient l'un près de l'autre dans son cerveau, le contrôler, lui faire regretter son marché et, au pire la vie serait intéressante – pour s'exprimer avec modération... Diable, d'où lui venaient ces idées?... Pourquoi pensait-il ainsi? Il faiblissait..., pas d'importance, il devait sauver Suarra..., pas d'importance, il *devait* sauver Suarra, c'était le seul moyen!

« Je sais que je triompherai, dit le Seigneur du Mal à voix basse. Tu le sais aussi, n'est-ce pas Graydon!

– Non! » dit Graydon, qui se libéra du charme dont il était prisonnier et qui le faisait tout accepter sans défense. « Non, je ne le sais pas, Nimir. Et ne répands plus ta sorcellerie autour de moi

– ou je pourrais décider d'en terminer ici et tout de suite. Le marché tient! J'accepte! Et maintenant, partons!

– Bien! » Le Seigneur du Mal rit, d'un rire où il y avait beaucoup de la douceur dont étaient chargés les murmures de l'ombre. « Tu renforcerais encore ma détermination de vaincre, Graydon, si je ne savais pas que ma victoire est certaine. Il reste encore un détail. Je n'aimerais pas que tu restes dans le temple pendant mon petit débat avec la Femme-Serpent. En fait, je ne pense pas que tu le pourrais. » Il considéra Graydon avec une lueur d'amusement dans ses yeux clairs. « Mais maintenant que ta personne présente pour moi un si grand intérêt, j'ai sûrement le droit d'insister pour que toutes les précautions soient prises en vue de conserver – pour s'exprimer en termes courtois –, de conserver mon enjeu en état d'utilisation! Par conséquent, tu porteras ceci. »

Il sortit de sa ceinture un large collier de métal rouge légèrement brillant, s'avança en le tenant en main.

« Qu'est-ce que c'est? demanda Graydon, soupçonneux.

– Quelque chose qui t'évitera de te faire tuer par certains de mes puissants serviteurs, répondit le Seigneur du Mal, dans le cas où tu te trouverais éjecté du temple. Je ne vois pas d'inconvénient à ce que tu en parles à Adana. Elle comprendra parfaitement ce que je veux dire lorsqu'elle le verra. Vraiment, cela te donne un grand avantage. Mais j'y renonce pour des considérations supérieures. Allons (sa voix avait le ton d'un ordre implacable), c'est indispensable. Cela ne me donne aucun pouvoir sur toi, si c'est cela que tu crains. Mais avant que tu le portes, la fille ne pourra partir. »

Graydon baissa la tête, sentit le contact des doigts difformes sur sa gorge, entendit le clic qui se produisit lorsqu'ils lui fixèrent le collier au cou, entendit sangloter Suarra.

« Et maintenant, dit le Seigneur du Mal, allons chercher l'escorte qui vous reconduira chez Adana – qui tente si désespérément de voir ce qui vous arrive! Si furieuse parce qu'elle ne le peut pas! Suivez-moi! »

Le Seigneur du Mal en avant, ils quittèrent cette pièce pour entrer dans une grande salle bondée de soldats Emers et de nobles qui reculèrent au moment où Nimir, accroupi, s'approcha; ils reculèrent, lèvres closes et visages sans expression, pour les laisser passer. Ils regardaient à la dérobée le collier attaché à son cou; la pâleur envahit rapidement le visage de certains d'entre eux.

Ils parvinrent enfin à l'entrée du palais. Le Seigneur du Mal fit signe à un capitaine et lui donna des ordres rapides. On amena une litière à deux places, portée par huit solides gaillards en kilt vert. Nimir les salua avec courtoisie.

« Jusqu'au revoir, dit, souriant, le Seigneur du Mal.

– Puisse cela ne jamais se produire! répondit Graydon du fond du cœur.

– Je me réjouis d'avance des nombreux siècles agréables que nous passerons ensemble! » dit le Seigneur du Mal, et il rit.

Ce rire lui tintait encore aux oreilles lorsqu'ils pénétrèrent dans l'ombre des arbres. Brusquement, Suarra lui jeta les bras autour du cou, lui attira la tête sur sa douce poitrine.

« Graydon, Graydon, mon amour, j'ai peur! J'ai très peur! On te l'a fait payer trop cher, mon amour! Il aurait mieux valu, beaucoup mieux valu que je me tue avant que tu arrives! Mais je ne savais pas... j'espérais... »

Eh bien, lui aussi avait peur! Affreusement peur! Il la consola du mieux qu'il put.

Ils arrivèrent enfin au temple. Ils firent une halte. Tandis que l'officier et une escouade de ses hommes gravissaient les larges marches pour avertir les gardes de la mère, Graydon entendit quelqu'un les interpeller. Il reconnut le rugissement de Regor. Le géant dévala le grand escalier, parvint à leur litière et les étreignit comme des enfants ressuscités avant de les conduire jusqu'aux portes du temple.

En marchant Graydon perçut le bruissement des serpents ailés s'élevant comme des flèches jusqu'à l'endroit où attendait la Mère; en se retournant, il vit l'escorte entamer son retour.

Il ressentit une immense lassitude; il chancela, le bras vigoureux de Regor le retint, le porta.

Les portes du temple se refermèrent derrière lui.

Chapitre XXV

Le collier de Nimir

De ses mains douces, Suarra lui prodiguait des caresses et, d'une voix brisée, des paroles de pitié. Il maîtrisa sa faiblesse et quitta le bras de Regor. L'immense vestibule était rempli de soldats indiens en uniforme bleu de la Mère, et d'une vingtaine de nobles. Ces derniers se dirigèrent avidement vers eux, la curiosité ayant chassé leur habituelle pondération. Mais Regor les écarta d'un geste.

« Chez la Mère, et tout de suite. Suarra, tu n'es pas blessée? »

Elle secoua la tête et il leur fit hâter le pas. Son regard tomba sur le collier de métal entourant le cou de Graydon et il s'arrêta, le fixant d'un air perplexe.

« La marque de Nimir! » dit Graydon avec un triste rire. Le géant tendit la main comme pour le lui arracher.

« Non! » Graydon le repoussa. « Ce n'est pas aussi simple que cela, Regor. »

Le géant considéra le collier avec inquiétude, fronçant les sourcils.

« Cela concerne la Mère, dit Suarra. Vite, car la nuit est avancée. »

Elle prit Graydon par la main, l'entraîna rapidement avec elle. Ils traversèrent des couloirs pleins d'Emers et de petits groupes de la vieille race et arrivèrent à ce mur bombé d'où partait la cage conduisant au sanctuaire de la Femme-Serpent. Ils l'empruntèrent et en sortirent sur le toit du temple.

« Mère! » cria Suarra.

Pour la première fois, Graydon perçut dans la voix de la Femme-Serpent ce qui ressemblait étrangement à un sanglot humain.

« Ma fille! Suarra! Ma fille! »

Et Suarra s'accrochait à elle, pleurant, tandis que la bouche en forme de cœur de la Mère parsemait de baisers légers sa chevelure vaporeuse.

La Mère releva la tête, tendit une main à Graydon. Son regard tomba sur le collier du Seigneur du Mal. Elle s'écarta de Suarra, tendit le bras et toucha Graydon au cœur, au front; puis elle lui prit le visage dans ses mains minuscules et le regarda profondément dans les yeux. Et, progressivement, dans les petites mares pourpres, il crut voir s'inscrire la pitié, le regret, et une certaine crainte.

« C'est donc cela! murmura-t-elle, abaissant les mains. Voilà donc ce qu'il mijote! » C'est en elle-même qu'elle regardait maintenant, c'est à elle-même qu'elle parlait, comme ayant perdu conscience de leur présence... « Mais il répugnera à se servir de cette arme – sauf à la dernière extrémité. J'ai les moyens d'y répondre, oui. Mais moi-même, j'hésite à avoir recours à ce pouvoir; j'y répugne autant que lui. Par mes ancêtres, si j'avais seulement quelqu'un de mon ancien peuple à mes côtés! Oui, si j'avais seulement un autre Seigneur pour m'assister avec Tyddo, je n'aurais pas peur. Bien! Je n'ai pas le choix. »

Son regard se porta sur Graydon.

« Du calme, mon enfant, dit-elle à voix basse. Ne désespère pas. Ainsi, tu as eu pitié de Nimir, n'est-ce pas? Et tu as accepté son marché! Tandis qu'il versait son poison dans ton cerveau de si astucieuse façon – oh, de façon très astucieuse! Bien! c'était écrit, je suppose, et il fallait que cela fût. Ce n'est pas ta faute. C'est moi qui ai amorcé le piège, encore qu'inconsciemment, quand j'ai donné libre cours à ma vanité de femme et ai modifié son corps à ma fantaisie. Ce qui s'est produit n'est que conforme au plan que *moi* j'ai tracé. Tu ne pouvais pas agir autrement – et cela aurait pu être pire. Suarra... »

Elle se tourna vers la jeune fille. Elle remarqua enfin, la robe de mariée verte, les joues et les lèvres peintes. Elle projeta ses mains en avant, arracha la robe de la jeune fille qui apparut dans toute sa ravissante blancheur.

« Va laver ton visage! » siffla la Mère-Serpent, avec autant de colère qu'une femme vieux jeu qui aurait surpris sa fille trempant les doigts dans un pot de rouge.

La jeune fille suffoqua, disparut, ombre ivoire, dans la pâle clarté baignant le nid de coussins d'Adana. Et Graydon, en dépit de toute sa lassitude et de tout son émoi, sourit.

La Mère lui lança un regard furieux, leva la main comme si elle avait l'intention de le gifler; puis elle se glissa vers Suarra. Il l'entendit lui parler doucement, voire sur le ton du repentir. Puis elle l'appela.

Suarra s'était enveloppée d'un manteau et elle avait débarrassé sa figure de la peinture. Elle le regarda et baissa la tête. La Femme-Serpent rit, rapprocha leurs visages, joue contre joue.

« Ne t'inquiète pas, mon enfant, dit-elle. Il sait, j'en suis certaine, que les femmes ont un corps. Du moins le sait-il à présent. Et Regor est assez vieux pour être, au minimum, ton arrière-grand-père. Approche, Regor. Et maintenant, ma fille, raconte-nous ce qui est arrivé. Tiens, bois cela. »

Elle plongea la main dans le coffre, en sortit une petite fiole dont elle versa une goutte dans une coupe de cristal qu'elle avait remplie d'eau. Suarra en but une gorgée et tendit le verre à Graydon. Il but, il ressentit un picotement par tout le corps, et sa fatigue disparut; sa tension se relâcha, son cerveau s'éclaircit et il s'adossa près de Regor pour écouter Suarra.

De son récit, il y avait peu de choses qu'il ignorât mise à part la façon dont elle avait été capturée. Un officier Emer s'était rendu auprès d'elle alors qu'elle venait de quitter la Mère et qu'elle assistait à l'arrivée des réfugiés de Huon en provenance de l'antre. Il était porteur, lui dit-il, d'un message du seigneur Graydon qui se trouvait sur la terrasse inférieure du temple. Le seigneur Graydon y avait découvert une chose qu'il désirait lui montrer avant d'aller en rendre compte à la Mère. Le seigneur Graydon avait donné ordre à l'émissaire de la trouver et de la conduire à l'endroit où il l'attendait.

L'audace et la simplicité même de la ruse l'avaient fait tomber dans le piège. Elle savait que les terrasses du temple étaient gardées, et il ne lui était pas une seconde venu à l'idée de mettre en doute la sincérité de ce rendez-vous. Elle avait longé la terrasse inférieure, passant devant de nombreuses sentinelles et répondant à leurs sommations. Elle venait de passer devant l'un de ces postes de garde lorsqu'on lui jeta un manteau sur la tête, qu'on la souleva et l'emporta.

« C'étaient des hommes de Lantlu, dit Regor. Ils avaient tué nos sentinelles et pris leur place. Ils avaient revêtu les couleurs de la Mère. Nous avons retrouvé les corps de nos hommes à l'endroit où ils avaient été jetés par-dessus la terrasse. »

Lorsqu'ils furent à l'abri des arbres, poursuivit Suarra, on lui lia les poignets et les chevilles et on la mit dans une litière. Conduite directement au palais de Lantlu, des Indiennes l'y avaient enduite de rouge et couronnée, et, avant même qu'elle ait pu soupçonner leurs intentions, l'avaient habillée d'une robe verte, et lui avaient passé les menottes d'or. Puis on l'avait menée dans la pièce où l'avait trouvée Graydon afin d'apprendre, des lèvres ironiques de Lantlu, le sort qu'il lui réservait.

La Femme-Serpent écoutait attentivement, balançant, de façon menaçante, sa tête d'avant en arrière, les yeux étincelants; elle ne posa pas de questions, n'interrompit pas Suarra.

« Regor, dit-elle avec calme lorsque Suarra en eut terminé, va t'assurer qu'il ne reste plus le moindre interstice par lequel pourrait se faufiler un autre rat de Nimir. Prends autant de repos que tu le pourras, car, à l'aube, tout le monde devra être debout et à son poste dans le temple. A l'aube suivante, moi ou Nimir aura triomphé. Suarra, Graydon, dormez tous deux près de moi pendant le reste de la nuit. »

Et Regor parti, elle lui enferma une main dans deux des siennes.

« Mon enfant; dit-elle doucement à Graydon, ne crains rien. Il faut que tu dormes profondément, sans rêver ni avoir peur de Nimir. Il reste quatre heures à courir avant l'aube. Je te réveillerai et je te parlerai alors de ce qu'il faudra faire. Je veux dire à propos de cela... (elle toucha le collier au morne éclat) et d'autres choses. A présent, bois ceci – et toi aussi, Suarra. »

Elle replongea la main dans le coffre, en sortit une autre fiole, laissa tomber une goutte incolore dans la coupe. Ils burent le breuvage. Suarra bâilla, sombra dans les coussins, lui sourit alors que le sommeil la prenait. Il sentit une délicieuse léthargie s'emparer de lui et laissa tomber sa tête sur les oreillers. Il lança un nouveau regard sur la Femme-Serpent. Elle avait sorti son sistre, le brandissait. Il s'en échappa un mince pinceau de lumière laiteuse. Elle le dirigea vers le zénith et, dans son abîme, se mit à décrire une spirale de plus en plus large.

Elle faisait des signaux. Des signaux, se demanda-t-il somnolent, à qui?... à quoi? Il s'endormit.

La légère tape de la Mère le réveilla; il leva le regard sur le visage penché sur lui. Ses yeux pourpres étaient dilatés, phosphorescents, énormes au milieu de son puéril minois. Il se leva d'un bond. Au bout de la plate-forme, le Seigneur de la Folie scrutait l'horizon en direction du lac; auprès de lui, la silhouette écarlate de Kon, l'homme-araignée, et la masse noire de Regor. Suarra dormait encore, la joue nichée dans le creux d'un bras blanc sortant d'un amas de couverture de soie.

Graydon frissonna, ayant brusquement une sensation de froid.

Pour la première fois depuis son arrivée dans la Terre secrète, le ciel s'était obscurci. Les nuages étaient bas, à cent mètres maximum au-dessus du temple. Immobiles, ils ressemblaient moins à des nuages qu'à un épais plafond gris acier.

Au-dessus et tout autour de lui, il y avait un frémissement et un murmure ininterrompus qu'on eût dit produits par la ronde d'innombrables oiseaux immenses. C'est en cadence que battaient ces ailes invisibles...

Les serpents ailés! Les messagers de la Mère-Serpent!

C'étaient eux qu'elle avait fait venir d'au-delà de la barrière avec son mince rayon de lumière!

Elle lui prit la main, se glissa avec lui jusqu'au bord de la plate-forme, lui donna une lorgnette semblable à celle dont il s'était servi dans l'antre de Huon, lui désigna du doigt le rivage le plus proche du lac.

La rive était bourrée d'hommes-lézards! Ils s'y répandaient par centaines, par milliers, lui semblait-il; leurs rangs avançaient lentement, d'autres, sortant de l'onde, venaient les grossir. Et il s'apercevait à présent que la horde des Urds traversait le lac, venant des cavernes, que la horde nageante striait la surface d'un bord à l'autre. Et qu'avec ceux de première ligne, qui avaient déjà gagné la terre, une demi-douzaine de nobles de Lantlu chevauchaient des dinosaures noirs qu'ils maintenaient dans le rang à coups de fouet aux énormes lanières, pareils à ceux de cuir d'hippopotame ou de rhinocéros dont on se sert en Afrique du Sud et qu'on appelle des *sjamboks*. L'un d'entre eux se pencha sur le flanc de sa monstrueuse monture. Graydon vit un morne reflet de métal rouge autour de sa gorge, regarda plus attentivement.

C'était un collier tel que celui que le Seigneur du Mal lui avait attaché au cou.

Un autre de ces « chevaucheurs » de dinosaures portait cette marque de Nimir, un autre encore. Il abaissa la lorgnette, se tourna vers la Femme-Serpent. Elle fit un signe de tête, en réponse à sa question muette.

« Oui, dit-elle, Nimir t'a attaché à lui. Une partie de ce qu'il t'a dit, Graydon, était la vérité, mais une partie était des mensonges. Quand il t'a dit que cela te protégerait, il disait vrai. Mais lorsqu'il t'a dit que cela ne lui donnerait aucun pouvoir sur toi, là, il a menti, en fait. »

Elle garda le silence alors qu'il la regardait d'un air malheureux.

« Et c'est pourquoi tu ne peux rester ici avec moi pour nous aider, ainsi que je l'avais souhaité. Car Nimir est rusé et désespéré – et, je l'espère, sera plus désespéré encore avant longtemps. Il se pourrait que, profitant d'un de tes moments d'inattention, il ruine par ton intermédiaire tout le plan que j'ai conçu.

– Pas par mon intermédiaire! rugit Graydon. Non, non!

– Nous ne pouvons pas nous permettre de prendre ce risque, répondit la Mère. Je pourrais te débarrasser de sa marque, mais quelque chose me chuchote qu'il faut la laisser en place. Qu'en agissant ainsi avec toi, Nimir a commis une erreur. Que s'il avait été avisé, il n'aurait pas essayé de mettre dans son jeu plus d'atouts que je ne lui en avais donnés. Qu'il aurait dû consacrer toutes les ressources de son cerveau uniquement à ce problème, mais que son ardent désir de te posséder peut avoir sur lui les mêmes effets que la vanité a eu sur moi. Comment se présentera cet avantage, je n'en sais rien, mais il existe...

– Le dernier Urd a atteint le rivage, Adana, murmura Regor. Il nous faut partir.

– Va donc, toi, avec Regor et Huon, dit la Mère. Ils ont de quoi t'employer. Et sois assuré d'une chose : Nimir ne t'aura pas. Cela, je te le promets. Et moi, Adana, je te dis qu'il en sera ainsi. »

Elle se pencha soudain et appliqua ses lèvres sur son front.

« Réveille Suarra, dit-elle. Dis-lui au revoir, puis pars vite. Si nous ne devons plus nous rencontrer, sache que je t'ai aimé, mon enfant. »

Elle lui donna un nouveau baiser, puis l'écarta. Il se pencha sur la jeune fille endormie. Elle ouvrit ses yeux pleins de sommeil, le regarda, lui passa un bras autour du cou et attira ses lèvres sur les siennes.

« Oh! mais j'ai dormi, murmura-t-elle, seulement à demi éveillée. Et c'est déjà l'aube?

– L'aube est depuis longtemps passée, mon cœur, lui dit-il. Et je dois descendre dans le temple avec Regor et Huon...

– Dans le temple! » Elle se dressa sur son séant, tout à fait réveillée. « Mais je pensais que tu resterais ici. Avec moi. Mère...

– Ne crains rien, ma chérie, dit-il en riant, et seule Adana comprit combien lui coûtait ce rire, j'ai l'habitude de te revenir. »

Regor lui tapota l'épaule. Graydon, avec une extrême douceur, se libéra du bras qui s'accrochait à lui, lui donna un nouveau baiser, partit rapidement et à grands pas entre le géant et Huon. La dernière vision qu'il eut d'elle, alors qu'ils descendaient tous les trois le puits étincelant, fut celle de sa tête appuyée contre la poitrine de la Femme-Serpent, la main sur les lèvres pour lui envoyer un baiser d'adieu.

Chapitre XXVI

Ragnarok [1] en Yu-Atlanchi

De l'horreur des heures terribles qui suivirent son adieu à Suarra, Graydon ne fut que partiellement le témoin oculaire. Il dut en compléter le tableau d'après les récits que lui en firent les autres.

Avec Huon et Regor il avait poursuivi rapidement sa route, ne s'arrêtant que pour prendre son sac de cartouches. Lorsqu'ils étaient arrivés à l'entrée de la salle des trônes, Regor y avait fait halte.

« Nous avons détruit le mécanisme d'ouverture de tous les accès souterrains au temple, à l'exception d'un seul, dit-il tout de go. Celui-là, personne ne pourra le forcer. C'était un ordre de la Mère. A moins d'une erreur de calcul de sa part, on ne peut donc nous prendre par surprise de l'extérieur. L'objectif de Nimir et de Lantlu sera de nous faire sortir du temple pour nous amener là où ils auraient la possibilité de nous écraser avec les Xinlis et les Urds. Le nôtre sera d'éviter cela.

« Au cours de la nuit, nous avons édifié de puissantes barricades au travers des grandes marches. Des régiments ont pris position sur les trois terrasses entourant le temple. Si la bataille devient trop ardente, ils pourront se replier dans le temple en utilisant les échelles disposées aux fenêtres et aux portails. Toutes les fenêtres et issues sont gardées par des archers et des hommes armés de javelots et de masses de guerre. Huon commande la barricade. Toi, Graydon, tu te battras à son côté. S'ils chargent avec leurs Xinlis de monte, essaie de tuer les cavaliers avec ton arme. Si tes coups de feu obtiennent des Xinlis qu'ils se retournent sur ceux qui les suivent, ce sera très bien. Au pire, un Xinli sans personne pour le guider n'est pas d'une grande utilité pour Lantlu. Il faut les repousser, voilà tout. Nous ignorons ce que Nimir a dissimulé dans sa ceinture. Notre combattant suprême, c'est la Mère qui, elle, probablement le sait. Et elle dispose d'armes tout aussi mortelles que celles du Sei-

1. Le « Crépuscule des dieux », la destruction définitive du monde à l'issue du conflit opposant les Ases (dieux) aux puissances de l'enfer conduites par Loki, le semeur de discorde. (N.D.T.)

gneur du Mal, sois-en persuadé! Je ne pense pas qu'il s'agisse d'un adieu, mon garçon (la voix du géant devint rauque), mais si ce devait en être un... » Il prit Graydon dans son bras valide, l'étreignit puissamment, saisit la main de Huon et s'éloigna à grands pas.

« Nous voilà toi et moi, Graydon. » La voix de Huon était lugubre. « Tu te souviens de ce que je t'ai dit la nuit où tu te mis en route pour la caverne de la femme-grenouille : nous nous retrouverons, toi et moi, sous un ciel d'où tomberont des ombres glacées qui se battront contre des formes de feu. Ce moment est venu, et je m'en réjouis. Regarde. »

Il lui désigna une haute fenêtre par laquelle regardaient une douzaine d'archers. Elle permettait de découvrir un petit coin de ciel. Le plafond de nuages n'était plus gris acier. Il prenait une couleur blafarde, teintée de rouge sinistre qui, progressivement et tandis qu'il le contemplait, devenait de plus en plus foncé.

« Viens! » dit Huon. Il passèrent en silence dans le vaste vestibule sur lequel donnaient les portails du temple. Il était bourré d'Emers armés d'arcs de massues, d'épées et de javelots. Ils étaient placés sous les ordres d'une vingtaine d'hommes de la vieille race qui, eux, ne portaient que l'épée. Ils attendaient Huon car, à son approche, les épais battants métalliques des portes s'écartèrent. Les soldats à leur suite, ils sortirent sur la large plate-forme où aboutissait la colossale volée de marches de pierre.

Des soldats étaient alignés le long des parapets comme sur les remparts d'une ville assiégée. Une double barricade de blocs de pierre avait été élevée au travers de l'escalier. Elles avaient environ deux mètres de haut, la première commençant sur la terrasse inférieure, l'autre étant de quelque quinze mètres en retrait. Au pied de chacune d'elles étaient disposés des blocs sur lesquels les défenseurs pouvaient prendre position. Il songea que cet enclos de quinze mètres pourrait constituer un excellent piège, et aurait souhaité, du fond du cœur, qu'une demi-douzaine de mitrailleuses pussent être installées au sommet de la plus haute barricade. Quelles hécatombes elles pourraient faire!

Il se reprit; inutile de penser en termes de guerre moderne dans cette bataille où les deux généraux adverses possédaient des pouvoirs dont officiers et hommes de troupe n'avaient pas la moindre idée. Parvenu à l'extrême muraille, il prit son fusil en main, posa le petit sac de cartouches devant lui et en tâta le contenu à travers l'enveloppe. Pas plus d'une couple de centaines, estima-t-il avec regret. Bien, en ne les utilisant qu'à bon escient, elles pourraient causer pas mal de dégâts. Il chargea son magasin, tandis que Huon assignait leur place à ses hommes.

Graydon plongea le regard en direction de l'extrémité du lac. Cette lumière rougeâtre, d'une couleur bougrement sale, tombant de la voûte de nuages, formait un puissant écran qui empêchait de voir quoi que ce soit à distance. Ell était, bien entendu, l'œuvre de Nimir. Où se trouvait-il? Combattrait-il auprès de ses partisans ou, comme la Mère-Serpent, se tenait-il dans quelque secret endroit d'où il communiquait ses ordres à ses mystérieuses troupes?

Nimir avait paru très assuré de la victoire. Il avait pu lui mentir au sujet de certaines choses, mais pas sur ce point. Là, sa parole exprimait sa pensée. Ne vaudrait-il pas mieux, après tout, sauter la barricade, se rendre chez le Seigneur du Mal, et... lui faire cadeau de sa personne? Agir de telle sorte que soit entreprise sans tarder cette expérience infernale? Cela empêcherait Nimir d'entrer en action, provoquerait un armistice jusqu'au moment où le Maître des ténèbres aurait pris possession de lui. Après cela, il pourrait vider sa querelle avec Nimir. Par Dieu! pourquoi pas? Cela vaudrait d'être tenté! S'il en sortait vainqueur, il aurait sauvé Suarra, et la Mère, et Regor – ce brave gars de Regor. A quoi bon toute cette boucherie alors qu'il avait le moyen de l'éviter?

Cette idée lui faisait l'effet d'un chuchotement dans le cerveau.

Un chuchotement!

Graydon se ressaisit, sursauta. Un chuchotement? Semblable à celui de l'ombre!

La Femme-Serpent avait vu juste! C'était Nimir qui chuchotait dans sa tête, l'attirait, le tentait, lui mentait. Se jouait de lui! Grâce à Dieu, elle ne lui avait pas permis de rester là-haut sur le toit! Ses mains volèrent vers le collier, tirant dessus – il lui sembla entendre le rire du Seigneur du Mal!

Huon lui agrippa le bras. Graydon se tourna vers lui, tremblant, le visage inondé de sueur froide.

« Huon, dit-il haletant, si je me mets à courir vers l'ennemi, si je fais le moindre geste qui ne te paraît pas être... être moi-même, assène-moi un coup d'épée sur la tête. Ou transperce-m'en, si tu le juges nécessaire.

— Ne crains rien. » Huon hocha gravement la tête. « Je veille et tu ne seras pas trahi. »

Du temple parvint la sonnerie des trompettes d'alarme. Au loin, sur les confins de la prairie, se produisit un mouvement d'écailles noires étincelantes et de peaux au sombre reflet de cuir jaune.

« Ils arrivent! » dit Huon, qui cria un ordre à ses hommes. Le cri se répercuta au long des terrasses. Il y eut un bruit de cordes d'arcs qu'on essaie. Suivi d'un silence, les défenseurs observant l'approche de l'ennemi.

Les assaillants, dans un premier temps, avancèrent lentement. L'avant-garde était constituée par les gros dinosaures, sur un rang, à cinq mètres les uns des autres. Avec regret, Graydon constata que les cavaliers étaient vêtus de cottes de mailles, le visage étant protégé par une visière. Il n'avait jamais eu l'occasion de mettre ce genre d'armure à l'épreuve de ses balles; il se demanda dans quelle mesure on pouvait les traverser; il se consola en se disant que, dans le pire des cas, l'impact les désarçonnerait probablement.

Derrière les dinosaures, trottinait la horde des hommes-lézards. C'était véritablement une horde, sur six rangs, au coude à coude et sur un front de plus de trois cents mètres. S'il y avait des chefs parmi les Urds, ils appartenaient à la même espèce et rien ne permettait de les distinguer de la masse. Ils allaient, sur leurs bourrelets, dans le sillage des noirs sauriens, les yeux rouges étincelants, la tête projetée en avant, griffes sorties.

A cent mètres derrière les Urds, venaient en bon ordre les compagnies des Indiens en kilt vert que commandaient les nobles de Lantlu.

Graydon crut deviner le plan d'attaque. Ce serait un coup massif, en l'absence de toute subtilité stratégique. Les gros dinosaures, insensibles aux flèches, ainsi, sauf chance et adresse extraordinaires, qu'aux épées et aux javelots, allaient enfoncer la défense comme à coup de bélier. Les Urds, peu commodes à tuer, jouant de leurs crocs et griffes venimeux, s'infiltreraient dans les brèches... Les Emers s'engouffraient à leur suite, envahissant le temple avec les nobles de Lantlu... Mais où étaient Lantlu et sa meute squameuse?

Un tumulte de trompettes retentit dans les rangs qui avançaient. Le galop des noirs dinosaures, qui s'étaient mis à courir, faisait un bruit de tonnerre. Les hommes-lézards déferlèrent en une longue vague jaune et sifflante. Ils s'élancèrent contre le temple.

Un rayon de lumière laiteuse partit du toit. Aussitôt, l'air s'emplit du chant des serpents ailés!

La ruée des dinosaures et des hommes-lézards fut instantanément endiguée. Un bon tiers des cavaliers des Xinlis furent arrachés de leurs selles comme s'ils avaient été pris au lasso, saisis dans les anneaux invisibles des serpents ailés et jetés à terre.

Un maelström de coups s'abattit sur les hommes-lézards. Braillant et sifflant, ils sautaient, bondissaient, frappaient de leurs griffes acérées comme un ciseau; abattaient quelques-uns des messagers, les lacérant à coups de crocs et de griffes, ainsi qu'on pouvait le constater par les mouvements qui se produisaient çà et là. Mais les Urds eux-mêmes tombaient par centaines, le cœur et le crâne transpercés par les becs rapières.

La moitié des dinosaures étaient privés de leurs cavaliers. Et les monstres étaient en mauvaise posture. Graydon les vit tournoyer frénétiquement sur leurs lourdes pattes arrière, lançant des sifflements de colère, assenant des coups avec leurs membres antérieurs ridiculement courts, utilisant avec hargne leurs cous reptiliens comme des massues.

L'un d'eux fit demi-tour, puis un autre, et encore un autre. Ils rebroussaient chemin, traversant les rangs des hommes-lézards parmi lesquels ils provoquaient des ravages. Les Indiens s'étaient arrêtés puis, voyant les sauriens s'engouffrer parmi les Urds, hésitèrent, rompirent les rangs et s'écartèrent de leur chemin. Sur ce chemin s'élancèrent des nobles qui, s'emparant des rênes qui pendaient, s'efforçèrent de soumettre les monstres. Ce qu'ils réussirent avec certains mais, avant qu'ils y soient parvenus, une vingtaine au moins de Yu-Atlanchiens avaient été piétinés.

Du temple retentit un appel de trompettes. Sur la gauche, d'autres y répondirent. Des régiments d'Emers en kilt bleu, sous la conduite de nobles en cotte de mailles, manteau bleu accroché à l'épaule – l'uniforme des troupes de la Mère – se lancèrent à la charge sur la prairie. Ils s'étaient dissimulés jusqu'alors et, en les voyant charger, un chant de victoire s'éleva dans le cœur de Graydon. Les hommes de première ligne se mirent en position de tireurs à genoux. Une pluie de flèches s'abattit en sifflant sur les rangs rompus des soldats de Lantlu. Ils se relevèrent, firent un bond en avant, et déferlèrent comme une vague sur les Indiens vêtus de vert.

Deux batailles se livraient simultanément sur la prairie : celle des serpents ailés contre les Xinlis et les Urds; et derrière, entre les rangs serrés des nobles et des Emers.

De partout dans le temple retentit un immense cri de triomphe.

Mais soudain, de loin, du côté des cavernes, parvint un vrombissement qui s'éleva jusqu'à devenir une plainte aiguë, mettant les oreilles à la torture; puis, s'affaiblissant au point de devenir inaudible, il se transforma en un son imperceptible qui ébranlait le cerveau et les nerfs et conduisait au bord de la folie. Ce bourdonnement se rapprocha, avançant à la vitesse d'un projectile. Il marqua un temps d'arrêt au-dessus de leurs têtes et vint s'arrêter juste à la perpendiculaire du temple. Le bruit exaspérant devenait tour à tour aigu et grave – aigu et grave...

Et brusquement, tout l'espace compris entre la terre et le ciel blafard fut traversé par les rayons d'une sinistre lumière rouge. Ils paraissaient rigides, ces rayons – striés. Ils déchiraient les yeux comme le bourdonnement déchirait le cerveau.

Sur le moment, Graydon ignora ces stridences. Il ne sentit rien; l'irritant vrombissement n'était pour lui que le ronflement d'une gigantesque toupie, rien de plus; les rayons rouges l'épargnèrent.

Sans en comprendre la raison, il vit Huon lâcher son épée, chanceler, s'abriter les yeux derrière ses mains...

Et il vit apparaître dans cette lumière rigide, inexplicable... les serpents ailés. Les messagers de la Mère – sans la protection de leur manteau d'invisibilité.

C'étaient des formes noires, prises dans les rayons. Et eux aussi aveuglés. Avec des tourbillons et des culbutes, s'attaquant les uns les autres, ils tombaient. Petits et grands, les serpents ailés s'abattaient, les anneaux s'agitant, sous les griffes des Urds, des hommes-lézards, insensibles, comme Graydon lui-même, aux intolérables vibrations de ce mélange de lumière et de son.

Comme si leur intensité y était encore augmentée, le son et la lumière provoquaient, à l'intérieur du temple, un affolement total. Tous et chacun n'avaient qu'une seule et même idée dans leur tête mise au supplice : sortir à l'air; fuir, fuir... ce vrombissement et cet éprouvant rayon. Les énormes portes s'ouvrirent à la volée. Il s'en échappa des Emers et des nobles, hommes et femmes.

Expulsés du temple, exactement comme l'avait promis le Seigneur du Mal!

Au bourdonnement se mêla un horrible murmure, un infernal

sifflement. Il sut de quoi il s'agissait avant que ses yeux le renseignassent. Les meutes de dinosaures de chasse. Les écailles d'émeraude et de saphir étincelant dans la lumière rouge, les yeux rouges flamboyants, ils surgirent des arbres sous lesquels ils s'étaient abrités et qui couvraient la portion de terrain allant de la prairie du temple à la cité. Lantlu chevauchait seul à leur tête, monté sur son Xinli. En hurlant, il se lança à l'assaut de l'escalier.

Graydon rompit les liens de sa paralysie, leva son fusil; en jurant, il tira balle après balle sur le maître de la meute. Impassible, intact, Lantlu continua d'avancer, les Xinlis sautillant sur ses talons...

C'est alors que du toit du temple, refuge de la Femme-Serpent, partit l'une des immenses sphères d'argent; les autres la suivirent à un rythme rapide. Elles s'arrêtèrent, planant à haute altitude dans un cercle de trois cents mètres au-dessus de la plaine. Elles se mirent à vibrer en émettant des rayons d'un blanc brillant; et, tout en vibrant, elles grossirent, se transformèrent en une petite couronne de soleils incandescents dont les rayons, d'une blancheur incandescente, se mêlèrent aux rayons striés d'un rouge lugubre.

Le bourdonnement cessa subitement. L'agitation des serpents ailés s'interrompit. Ils regagnèrent leur invisibilité. Et disparut la torture des cerveaux et des nerfs et des yeux.

C'était au tour de Graydon de souffrir. Les rayons blancs lui brûlèrent les yeux, et, par leur intermédiaire, mirent son cerveau au supplice. Et, une fois encore, ce supplice, il était le seul à le subir avec les Urds, les sauriens, et ceux de la vieille race qui portaient le collier de Nimir. Ce collier l'avait protégé du bourdonnement et du rayon rouge, mais l'avait trahi devant cette arme de la Femme-Serpent.

Avant que la souffrance l'ait vaincu, l'ait terrassé, face contre terre, les mains étroitement collées sur les yeux, il vit la monstrueuse monture de Lantlu faire un écart en arrière, se libérer de ses rênes, ouvrir les mâchoires et tituber en poussant des cris perçants. Il vit Lantlu tomber de sa selle, se remettre sur pied avec sa vitesse de panthère, et chanceler, le visage enfoui dans les bras. Il vit les hommes-lézards courir en débandade, tomber sous les coups des serpents ailés.

Les soldats du temple s'abattirent sur les Xinlis et les Urds, jetant les hommes-lézards à terre à coups de masse de guerre, coupant les jarrets des monstres avec leurs épées, frappant de leurs javelots l'endroit vulnérable de leur gorge, massacrant la meute affolée de Lantlu.

Tout à son ennemi, Huon avait oublié Graydon. Il avait sauté sur la barricade, était à mi-chemin de son sommet, lorsqu'il tourna la tête pour voir où il se trouvait. Il fut, le temps d'un souffle, partagé entre le souci qu'il avait de Graydon et la haine qu'il éprouvait pour Lantlu. Il redescendit d'un bond, le prit dans ses bras, entreprit de le transporter dans le temple...

Un vent chargé du froid de l'espace extérieur souffla autour d'eux. Et, à son contact, les souffrances de Graydon cessèrent. D'une torsion, il se libéra de l'étreinte de Huon. Ils étaient immobiles, le regard fixé sur les sphères irradiantes. Leur intensité lumineuse avait diminué. Ils étaient enveloppés par une pellicule de ténèbres. Progressivement, cette pellicule gagnait en densité. Les sphères disparurent!

Ensemble ils sautèrent la barricade. Près de la base de l'escalier, l'épée dégoulinante de sang, le cadavre d'un noble en uniforme bleu à ses pieds, se tenait Lantlu, leur lançant des regards furieux et, comme Graydon, libéré de la torture.

Graydon leva son fusil, ajusta lentement sa cible. Avant qu'il ait pu appuyer sur la détente, Huon lui avait fait lâcher son arme.

« C'est à moi de le tuer! Pas à toi! » cria-t-il en dévalant les marches, l'épée à la main, se dirigeant vers le maître des dinosaures qui l'attendait, lèvres retroussées, l'épée rouge prête.

Le ciel cramoisi se mit à palpiter – une fois, deux fois, trois fois – à l'instar d'un cœur géant. En descendirent, pareilles à d'énormes chauves-souris, des ombres noires. Et de plus en plus cuisant devenait le froid.

Graydon considéra cette pluie terrifiante pendant un moment. Les ombres paraissaient se former juste au-dessus de la voûte de brume rouge. Elles n'avaient ni forme ni contours, mais étaient d'un noir si dense qu'on les aurait dites découpées dans le manteau de la nuit la plus épaisse. Elles descendaient en tourbillonnant, en vrille. Elles tombaient à la vitesse de l'hirondelle. Elles s'abattaient sur toute la plaine, sur les hommes-lézards tout comme sur les Emers et les nobles.

Il entendit le choc des épées, vit Huon et Lantlu se jetant l'un sur l'autre, cherchant mutuellement à se transpercer.

Entre lui et les deux hommes s'engouffra un groupe d'Urds et d'Indiens qui se battaient. Une ombre s'abattit sur eux, les enveloppa, les dissimula, puis remonta. Il regarda le petit groupe qu'elle avait recouvert. Ils ne se battaient plus. Ils se tenaient immobiles, inertes. Ils chancelèrent. Ils tombèrent. Graydon dégringola les marches, s'arrêta auprès d'eux. L'herbe était noire, comme calcinée.

Il jeta un regard vers Huon. Son épée s'abattait sur le poignet droit de Lantlu. Le maître des dinosaures hurla, fit un bond en arrière, rattrapant son arme de sa main gauche avant qu'elle tombe. Indifférent à sa blessure, il se rua sur Huon.

Et Huon évita la charge, s'écarta, et lorsque Lantlu se tourna vers lui, il le frappa au ventre et, d'un brusque mouvement vertical, il l'ouvrit jusqu'à la poitrine.

Le maître des dinosaures lâcha son sabre, lança un regard furieux à son meurtrier, les mains sur le nombril, le sang coulant à travers ses doigts. Il s'effondra sur les genoux. Tomba en avant...

Une ombre descendit en silence. Elle enveloppa le mort et le vif.

Graydon entendit le son aigu d'une voix qu'il ne connaissait pas, se rendit compte que c'était la sienne, partit en courant droit devant lui.

L'ombre s'éleva, s'écarta de lui comme s'il l'avait repoussée, prit en tourbillonnant le chemin du ciel. Huon était figé, considérant son ennemi.

« Huon! » cria Graydon. Il le toucha à l'épaule. Elle était froide comme de la glace.

Et, au contact, Huon tituba, tomba à plat ventre sur le corps de Lantlu.

Graydon se releva, lançant autour de lui des regards hébétés.

Qu'étaient ces lumières? Des formes ailées de feu verdâtre au centre incandescent... jaillissant du vide, agité par l'air... aux prises avec les ombres. Des formes de feu qui se battaient avec des ombres meurtrières... et Huon, gisant à ses pieds, mort sous un ciel cramoisi...

Tel que l'avait prédit Huon – quand était-ce? Il y avait des siècles et des siècles.

Son cerveau était engourdi. Et la détresse... une détresse noire qui ralentissait les battements de son cœur et qui lui coupait le souffle s'emparait de lui. D'où provenait cette marée noire... jamais auparavant il n'avait éprouvé quoi que ce soit de semblable? La haine, aussi, une haine froide, froide et implacable comme ces ombres meurtrières... elle s'imbriquait au désespoir. Qui haïssait-il ainsi? Et pourquoi? Si seulement il pouvait dissiper cet engourdissement envahissant de son cerveau.

Ces sacrées formes de feu! Elles étaient partout. Et regardez-les courir : les Emers et les Urds et les rejetons de la vieille race... Mes hommes... s'enfuyant... vaincus! Mes hommes? Que voulait-il dire?... Mes hommes? Quelle lumière du diable! Quelle nuit épouvantable! Tiens, la rime est riche... l'expansion de ce maudit engourdissement en paraissait endiguée. Essayons d'autres vers – poussière pour poussière, et cendres pour cendres, par ombre ou flamme ailée, tu te feras descendre. Non... ceux-là ne sont d'aucun secours. Que diable se passait-il dans sa tête? Pauvre Huon... Il se demanda si Suarra savait qu'il se trouvait là... se demanda où était Nimir... Ah! maintenant il savait qui il haïssait si fort... la Femme-Serpent... maudit monstre... *oui, Maître des ténèbres, j'arrive!*

Sapristi! Qu'est-ce qui lui a fait dire ça? Bande tes forces, Nick Graydon... Nick Graydon de Philadelphie, école des mines, Harvard, États-Unis... bande tes forces!... *Oui, oui, Maître des ténèbres... je... j'arrive!*

Un bras l'entoura. Il recula en grognant. Tiens, c'était Regor. Regor! Son cerveau fut soulagé d'une partie de l'inertie qui s'y infiltrait.

« La tête! Regor! Il y a quelque chose qui ne va pas!

– Oui, mon garçon. C'est parfait. Viens à présent – avec Regor. Qui va te conduire chez... chez Suarra. »

Suarra? Oui, bien sûr, qu'il voulait aller avec Regor chez Suarra. Mais pas chez la Femme-Serpent! Non, non! Pas chez elle... elle n'était pas humaine... *Non, pas chez elle, Maître des ténèbres...*

Tiens, le voilà de retour dans le temple! Comment diable est-il arrivé là? Quelque chose tirait sur ce collier. Le tirait par le collier. Il se refusait à partir! C'était de là que provenait l'engourdissement : du collier. Ah! mais il serait obligé de partir! Mais pas avant d'avoir tout raconté à Suarra. Ah, la voilà! Mais pas la Femme-Serpent... *Non, Maître des ténèbres, je ne...*

Comme c'était bon de se trouver dans les bras de Suarra... la tête sur sa poitrine...

« Serre-le bien, Suarra, dit la Mère, avec calme. Embrasse-le. Parle-lui. Fais n'importe quoi, mais qu'il soit conscient de ta présence. Kon! »

L'homme-araignée sortit de l'ombre. Il lança un regard attristé sur Graydon qui marmonnait.

« Veille attentivement sur lui, Regor. Kon devra peut-être te donner un coup de main pour le maintenir. Quand il ressentira pleinement les effets de l'appel, sa force ne connaîtra pas de bornes. Si cela est nécessaire, ligote-le. Mais, pour des raisons personnelles, je préférerais que tu n'y sois pas réduit. En dépit de tout, Nimir ne l'aura pas. Tiens-toi prêt, Tyddo! »

Toute la terre secrète fut inondée par une lumière verte aussi éblouissante que l'éclat du soleil. Les ombres meurtrières avaient disparu, la lumière cramoisie avait déserté les nuages. De la plaine, à mi-chemin du temple et du lac, s'éleva une immense colonne de feu vert coruscant. Son mouvement ascensionnel s'accompagnait d'un grondement. Elle vibrait à un rythme lent, régulier. Au-dessus, à sa base et tout autour jaillissaient des éclairs, et le tonnerre paraissait charrier des torrents de verre brisé.

Sous cette lumière terrifiante, les combattants de la prairie et de la plaine s'immobilisèrent, puis, en poussant des cris de panique, se ruèrent en quête d'abris.

Dans tous les secteurs, des formes ailées de feu prirent consistance. Elles se dirigèrent vers la colonne, s'y intégrèrent, la nourrirent.

« Sa dernière carte, Tyddo, murmura la Femme-Serpent. Mais ce pourrait être la meilleure. »

Le Seigneur de la Folie hocha la tête et prit position au système de manœuvre des barres de cristal. Les deux grands disques émettant des rayons couleur de lune et des fils de toile d'araignée tourbillonnaient. La Femme-Serpent se glissa d'abord vers l'un, puis vers l'autre, pour actionner les leviers disposés à leurs bases. Leur vitesse décrut lentement.

« Et maintenant, que mes ancêtres m'assistent! » murmura la Mère-Serpent.

Les disques ralentirent leur allure. Les formes de feu alimentant la colonne devenaient de moins en moins nombreuses. Et il n'y en eut plus.

La palpitante colonne trembla, chancela, et, dans un fracas de tonnerre, bondit à trente mètres du sol. Elle s'abattit sur l'amphithéâtre des faiseurs de rêves. En tonnant, elle s'élança à nouveau de l'endroit où s'était trouvé l'amphithéâtre.

Cette fois, elle monta plus haut. Elle tomba sur les arbres de la cité. Un nouveau coup de tonnerre suivit...

Les disques étaient immobiles. La colonne de feu se dirigeait à toute vitesse vers le temple.

« Allons-y! » cria la Femme-Serpent au Seigneur de la Folie. Du mécanisme qu'il manipulait jaillit un gigantesque éventail de rayons violets, droit sur la colonne en marche. Il se heurta à elle, la stoppa, s'y mêla. La colonne se plia, se tordit, s'efforça, comme un être vivant, de lui échapper.

Un énorme hurlement retentit, puis un fracas semblable à celui de l'éboulement d'une montagne.

Les ténèbres et un effroyable silence suivirent.

« Du très beau travail, souffla la Mère. Et grâces soient rendues à mes ancêtres qu'il soit achevé! »

Graydon souleva sa tête de la poitrine de Suarra. Il était pâle, ses traits tirés, les yeux révulsés de sorte que les paupières supérieures recouvraient presque entièrement les pupilles. Il paraissait écouter.

La Femme-Serpent s'approcha de lui, le regarda attentivement. Ses lèvres remuaient.

« *Oui, Maître des ténèbres, j'entends!*

– Nous arrivons à la conclusion. Emmène-le, Regor. Non – laisse Kon le porter. » Elle se glissa vers son coffre, en sortit le sistre à la sphère de vif-argent, et un autre plus grand, orné de multiples perles de la même matière brillante; en sortit aussi un tube de cristal à bout rond tenant prisonnière une flamme violette semblable à celle de la canne dont s'était servi le Seigneur de la Folie dans la caverne de la Sagesse perdue. Elle lui tendit le second sistre.

L'homme-araignée prit Graydon dans ses bras. Il s'y tint immobile, donnant l'impression de continuer à écouter. La Mère, par ondulations de son corps, s'approcha de lui.

« Regor, murmura-t-elle rapidement, toi, tu restes ici avec Suarra. Non, mon enfant, inutile de discuter ou de pleurer. Tu ne peux nous accompagner. Tiens-toi tranquille! » dit-elle d'un ton sévère, alors que la jeune fille levait des mains suppliantes. « Je vais sauver ton amant. Et en finir avec Nimir. Regor, j'emmène Kon. Maintenant, pressons... »

Elle émit un cliquètement à l'adresse de l'homme-araignée. Avec Graydon dans les bras, il monta sur la plate-forme mobile qui masquait le puits aux parois brillantes. Elle se glissa près de lui, se leva, fit une place au Seigneur de la Folie. La plate-forme descendit. Ils débouchèrent dans le couloir du puits.

Graydon ploya son corps comme un arc.

« J'entends! J'arrive, Maître des ténèbres! » cria-t-il, en essayant de se dégager des bras de l'homme-araignée.

« Oui, siffla la Femme-Serpent. Mais par ma méthode, non par celle de Nimir. Pose-le à terre, Kon. Laisse-le aller. »

Graydon, les yeux toujours levés, sans rien voir, tournait la tête, tel un chien cherchant une piste. Il se mit à courir le long du couloir, droit en direction des portails du temple.

La Femme-Serpent le suivait, le sistre levé, le tube de feu violet dans l'autre main, réglant sans difficulté son pas sur le sien, elle-même suivie, sans plus d'efforts, par le Seigneur de la Folie et par Kon. Ils arrivèrent au corridor menant à la salle des trônes. Du sistre partit un mince rayon. Il atteignit la tête de Graydon. Il fit un écart, se retourna. Un second rayon jaillit, passa par-dessus lui pour venir frapper un mur. L'un des rideaux de pierre se souleva, découvrant le passage. Le rayon retoucha Graydon. Celui-ci se précipita dans ce couloir.

« Bien! » souffla la Mère.

A deux nouvelles reprises, le rayon du sistre ouvrit un passage. Graydon poursuivait son chemin, comme un fétu qu'attire un remous, comme un grain de fer qu'attire la magnétite.

« Mais, Adana, Nimir ne saura-t-il pas que nous sommes derrière? » Le Seigneur de la Folie s'exprimait sans manifester le moindre signe d'inquiétude.

« Non », répondit tout aussi sereinement la Mère. « Quand Nimir m'empêche de le voir par la pensée, il s'interdit à lui-même de me voir. A travers ce voile, nous ne pouvons nous voir ni l'un ni l'autre. Il attire cet homme à lui, mais il ignore par quel moyen il arrivera. Tout ce qu'il sait, c'est qu'il est en route.

– Il accélère le pas, dit le Seigneur de la Folie.

– Il approche de Nimir, dit la Femme-Serpent. Je ne guide pas cet homme, Tyddo, c'est lui qui me guide. La seule chose que je fasse, c'est de lui ouvrir le chemin le plus court conduisant à celui qui l'appelle... Ah, c'est ce que je pensais! »

Graydon avait couru, en aveugle, droit vers un mur orbe. Au contact du rayon du sistre, une pierre s'était levée. Par l'ouverture filtrait une lumière rouge rouille.

Ils pénétrèrent dans l'antre de l'ombre.

Allongés sur le sol de la caverne, à plat ventre, des centaines d'hommes-lézards, les femelles et les jeunes des Urds ainsi que tous ceux qui avaient survécu au massacre du temple, se reposaient. La senteur obscène du jardin de l'ombre se mêlait à l'odeur âcre de leurs corps.

Et, accroupi sur le trône de jais, Nimir!

« Maître des ténèbres, me voici! » Graydon s'exprima d'une voix blanche; il s'interrompit comme dans l'attente d'un ordre.

Le pâle regard de Nimir se détourna des rampants vestiges de la horde. Son corps monstrueux s'enfla, se souleva du trône; ses longs bras difformes s'étendirent avidement, le triomphe lui illumina le visage.

« Approche! » chuchota-t-il, et comme si ses muscles avaient été des ressorts d'acier tendus, Graydon, d'un bond, gagna l'estrade.

« Non! » Ce fut un cri strident que poussa la Femme-Serpent. De son sistre jaillit le mince rayon qui atteignit Graydon à la tête. Il tourbillonna et s'affaissa presque aux pieds de Nimir.

Le regard du Seigneur du Mal se posa sur la Femme-Serpent, il prit soudain conscience de sa présence, comme si s'était déchirée la sorte de voile qui les séparait. Ses yeux étincelants se portèrent rapidement d'elle sur le Seigneur de la Folie et sur l'homme-araignée, puis se mirent à flamboyer de tous les feux de l'enfer.

Ses mains volèrent à sa ceinture d'où il sortit un objet qui avait un éclat de feu vert figé. Avant qu'il ait pu le brandir, la Femme-Serpent l'avait mis en joue avec le tube de cristal qu'elle tenait dans sa main gauche. Un rayon d'une intense couleur violette en jaillit. Il frappa la main de Nimir et ce qu'il y tenait enfermé. Il y eut un bruit d'explosion, et le Seigneur du Mal et son trône disparurent dans un nuage d'étincelants atomes pourpres faisant la ronde autour d'eux.

La Femme-Serpent arracha le grand sistre des mains du Seigneur de la Folie. De ses innombrables petites sphères s'élancèrent des rayons de lune, qui se condensèrent en une sphère de trois pouces d'un aveuglant éclat. Elle s'enfonça dans le tourbillon de brume pourpre à hauteur de la tête de Nimir — et poursuivit sa route. Elle heurta l'écran sculpté de pierre, et se répandit sur sa surface. D'un bout à l'autre, et de haut en bas, l'écran se fendit et éclata, puis s'effondra.

A l'endroit qu'il avait occupé, béait la bouche noire d'un tunnel.

Au contact de la sphère, la brume pourpre s'était dissipée. La tête basse, à croupetons près du sol de l'estrade, Nimir n'avait pas été touché par l'engin de la Mère. Avant qu'elle ait pu en lancer un second, il se saisit du corps de Graydon, le jeta sur son dos comme un manteau en s'élançant dans l'obscurité du tunnel.

La Femme-Serpent émit un sifflement de fureur. L'anneau soutenant sa tête s'éleva très haut. Son long corps brillant franchit le bord de l'estrade et s'engouffra à travers la noire ouverture. Et, sur ses talons, se précipitèrent le Seigneur de la Folie et Kon.

Ils n'avaient pas besoin de lumière pour se guider, ces trois-là dont les yeux, comme ceux de Nimir, voyaient aussi bien dans le noir qu'à la lumière. Et, brusquement, au bout du passage, se silhouetta la forme monstrueuse de Nimir. Elle s'obscurcit jusqu'à n'être plus que quelques traits vagues, puis disparut...

Le souterrain s'était ouvert sur la caverne du Visage! Désespéré, pourchassé, Nimir s'était replié dans son cachot.

La Femme-Serpent y fit une halte. Nimir piqua une tête au milieu des marches, s'accrochant à son bouclier de chair et de sang. Parmi les tempêtes d'atomes lumineux s'évadant des murs de la caverne, le grand visage plana au-dessus d'elle. Du petit anneau ceignant son front gouttait encore une sueur d'or; de ses yeux coulaient encore des larmes d'or, et des coins tombants de la bouche se répandant une salive d'or.

Morts étaient les yeux de pierres bleu pâle du Visage. Ils brillaient, mais ils étaient vides. Nulle trace ne subsistait des appels impérieux, des fallacieuses promesses de domination. Le Visage avait un regard indifférent, aveugle, passant au-dessus de la tête de Nimir – Nimir qui, si longtemps, si longtemps, l'avait habité.

De la gorge de la Femme-Serpent s'échappa une note de trompette. Une autre lui répondit, venue d'au-delà de l'endroit où le sol de la caverne aboutissait au bord des profondeurs insondables. De l'espace qui surplombait l'abîme, jaillirent, comme des flèches, deux serpents ailés.

L'un s'abattit sur les épaules du Seigneur du Mal, le bourrant de coups d'aile. Le second lui emprisonna les jambes dans ses anneaux.

Le Seigneur du Mal chancela, lâcha Graydon, se défendant contre les ailes qui le martelaient.

Les anneaux se resserrèrent autour des jambes. Le Seigneur du Mal tomba.

Il roula en bas des marches. Le corps de Graydon gisait, inerte, à l'endroit où il l'avait laissé choir.

La Femme-Serpent cliqueta. L'homme-araignée dévala l'escalier, empoigna Graydon, repartit avec lui, et le posa à terre auprès d'elle.

Les ailes et l'anneau des serpents ailés abandonnèrent Nimir. Il se releva en titubant. Il bondit vers le Visage.

Il parvint à son menton. Il se retourna, fit face à la Mère. Il y avait là deux visages du Seigneur du Mal. Le grand, de pierre, inerte, indifférent – et sa réduction, faite d'un mélange de matière de rêve et d'atomes rouillés, dotée de vie.

Le Seigneur du Mal s'appuyait contre le menton escarpé, les bras tendus, regardant la Femme-Serpent en face. Dans ses yeux vifs ne se lisait ni crainte ni appel à la clémence.

On n'y voyait que haine et impitoyable menace. Il ne prononça pas un mot, elle non plus.

La Femme-Serpent leva son sistre. Il en jaillit une sphère rayonnante. Puis une autre, et encore une autre. La première atteignit le Visage en plein front, les deux autres, à peu près simultanément, aux yeux et à la bouche.

Elles éclatèrent et se répandirent. Il en sortit des langues de feu blanc. Le Visage parut grimacer, se contorsionner. Sa bouche de pierre se tordit de douleur.

Une quatrième sphère s'envola. Elle atterrit sur le corps du Seigneur du Mal en train d'escalader le Visage, l'un et l'autre furent dissimulés à la vue par les langues de feu blanc.

Quand ces langues de feu disparurent, il n'y avait plus de Visage dans l'abîme! Seulement un petit emplacement de pierre noire, lisse et fumante. Il n'y avait plus non plus de Seigneur du Mal! Seulement une tache d'atomes rouillés sur la pierre brûlée. La tache frissonna. Elle donna l'impression de tenter faiblement de s'accrocher.

Une autre sphère brillante le frappa. Les langues blanches la léchèrent...

La pierre était propre!

Et à présent le sistre lançait sphère luisante sur sphère luisante. Elles frappaient les parois de la caverne, et les tempêtes d'atomes étincelants cessèrent. Les fleurs et les fruits de pierres précieuses décorant les murs se flétrirent et tombèrent.

Dans la caverne où s'était trouvé le Visage dans l'abîme, les ténèbres devenaient de plus en plus épaisses – de plus en plus épaisses.

L'obscurité la plus dense l'emplit.

La voix de la Femme-Serpent s'éleva en une longue, triomphale note de trompette, sauvage, perçante.

Elle fit un signe à l'homme-araignée et lui désigna Graydon. Elle tourna le dos à la tombe sombre du Seigneur du Mal. Elle se glissa à travers l'entrée du tunnel.

Puis suivirent le Seigneur de la Folie, et Kon... portant le corps de Graydon contre sa poitrine écarlate, comme on porte un enfant, le caressant doucement de ses lèvres, lui fredonnant à l'oreille une chanson qu'il n'entendait pas.

Chapitre XXVII

L'adieu de la Mère-Serpent

Ce ne fut qu'au bout de cinq jours que Graydon recouvra la pleine conscience de lui-même. Pendant tout ce temps, il était resté dans le boudoir de la Mère-Serpent, Suarra veillant sur lui. La Mère n'avait pas voulu lui enlever le collier de Nimir.

« Je ne suis pas encore certaine », dit-elle à la jeune fille et à Regor lorsqu'ils lui demandèrent de l'ouvrir et de l'en débarrasser. « Il ne peut pas lui faire de mal. S'il devait constituer une menace pour lui, je le lui retirerais très vite, je vous le promets. Cependant, il constitue un lien, et un fort lien, entre lui et Nimir, c'est un appât puissant. Je ne suis pas certaine que ce que nous désignions sous le nom de Nimir ait été entièrement absorbé par ce dans quoi il s'est répandu. Je ne sais pas encore ce qu'était cette ombre. Mais s'il en subsiste encore quelque chose, ce quelque chose sera attiré par ce symbole et tentera de pénétrer en lui par son intermédiaire. Aussi veux-je voir quel genre de force possède ce quelque chose. Si rien ne subsiste de Nimir, ce collier ne peut causer aucun dommage. Mais jusqu'à ce que je sois fixée, il le portera. »

Cela mit un point final à cette affaire. Le premier jour, Graydon fut agité, parlant du Maître des ténèbres, prêtant l'oreille à des mots qu'on lui aurait dits, s'adressant de temps à autre à quelqu'un d'invisible. Seule, la Femme-Serpent savait s'il s'agissait d'une émanation suppliante de Nimir ou d'un fantôme, produit de son esprit malade. Son malaise s'accrut au cours de la seconde nuit, et il en fut de même de ses marmonnements. La Mère venait le voir de temps en temps et se lovait près de lui, lui soulevait les paupières et examinait attentivement ses yeux. La nuit où son agitation atteignit son comble, elle demanda à Regor de déposer son corps nu sur son propre nid d'oreillers; Elle prit le petit sistre et le tint au-dessus de sa tête. De doux rayons se mirent à s'en évader. Elle promena le sistre autour de lui, le baignant des pieds à la tête de sa lumière. Le troisième jour, il était beaucoup plus calme. Cette nuit-là, elle l'examina soigneusement, hocha la tête en signe de satisfaction, et projeta un puissant rayon du sistre sur le collier. Graydon émit un faible grognement, entreprit de lever ses mains tremblantes comme pour le protéger.

« Tiens-lui les mains, Regor », dit-elle impassible. Un rayon plus puissant jaillit du sistre. Le collier du Seigneur du Mal perdit son lugubre éclat, prit une teinte brune, sans vie. Elle s'en saisit et le brisa. Entre ses doigts, il se transforma en une pincée de poussière. Graydon se détendit sur-le-champ et tomba dans un profond sommeil.

Le matin du cinquième jour, il se réveilla. Suarra et Regor étaient à son chevet. Il tenta de se lever, mais il était trop faible. Il avait perdu toutes ses forces. Son esprit, cependant, avait la clarté du cristal.

« Je sais tout ce que vous allez me dire contre ce que je vais vous demander », leur dit-il avec un faible sourire et en étreignant fortement Suarra. Mais cela ne sert à rien. J'ai l'impression d'avoir été roué par les ailes d'une douzaine de moulins à vent. En fait, je me sens bougrement mal en point. Néanmoins, je ne refermerai pas les yeux avant d'avoir été mis au courant. Tout d'abord, qu'est-il arrivé à Nimir? »

Ils lui racontèrent la chasse donnée au Seigneur du Mal, et sa fin dans la caverne du Visage, selon le récit que la Mère leur en avait fait à eux-mêmes.

« Les Urds s'étaient enfuis de la caverne rouge, enchaîna Regor. Ce qui en restait est allé chercher refuge dans leurs plus lointains repaires. Le lendemain de votre retour, la Mère a dressé l'inventaire de ce qui subsistait de l'ancien Yu-Atlanchi. De ceux de la vieille race qui défendirent le temple, il n'y avait qu'une centaine de survivants à peine. De ceux qui combattirent dans le champ de Lantlu, environ quatre-vingts adressèrent un ambassadeur à la Mère pour demander un armistice et implorer son pardon. Elle leur ordonna de se présenter à elle, en exécuta une douzaine et gracia les autres. Je suppose qu'il y en a à peu près autant qui, sachant qu'ils ne pouvaient espérer sa clémence, se sont retirés dans les grottes et la forêt – qui sont devenus des hors-la-loi comme nous l'étions nous-mêmes, Graydon, avant ton arrivée.

« Quant aux Faiseurs de rêves qui ne s'étaient pas rendu compte qu'il y avait eu des combats, elle les fit réveiller et conduire à la salle des trônes. Du moins, la plupart d'entre eux – car il y en eut un certain nombre dont elle ordonna l'exécution sans autre forme de procès. Elle leur donna le choix entre renoncer à leurs rêves et s'ouvrir les portes de la vie et de la mort, ou alors, la mort tout simplement. Une cinquantaine optèrent pour la vie. Les autres ne lui trouvèrent aucun attrait. Ils furent autorisés à regagner leurs foyers, à entrer dans leur monde favori de fantômes, et, peu après, eux et leurs mondes cessèrent d'exister.

« Des serpents ailés, les messagers de la Mère, il ne survécut pas plus du quart. Il ne reste qu'un millier d'Emers – je veux parler des hommes. Pour la plupart, ceux qui n'ont pas participé au combat. Nos soldats et ceux de Lantlu ont été à peu près totalement exterminés. Les ombres de Nimir et les flammes de la Mère ne faisaient aucune distinction entre amis et ennemis. Il y a deux jours, sur l'ordre d'Adana, le gros de ces Emers a été envoyé aux cavernes pour exterminer les vestiges des Urds. Une demi-douzaine de Xinlis de chasse ont échappé au massacre, ainsi qu'un nombre égal de Xinlis de monte. Les premiers seront traqués et tués; les autres, nous les garderons.

« Cela me paraît être à peu près tout. La vie recommence en Yu-Atlanchi avec quelque trois cents hommes de la vieille race, dont beaucoup plus de cinquante pour cent de femmes. Tous et chacun, par nécessité, nous avons renoncé à l'immortalité. La Mère a personnellement veillé à ce que les deux portes soient grandes ouvertes. Il vaut mieux toutefois, ajouta méditativement Regor, qu'il y ait plus de femmes que d'hommes, et non le contraire. »

Graydon ferma les yeux; il resta à réfléchir à ce qu'il venait d'entendre. La Femme-Serpent agissait certes avec efficacité une fois entamée l'action! Impitoyablement! Il imagina les faiseurs de rêves exterminés au milieu de leurs mirages qui paraissaient si réels. Il nourrit l'espoir que celui qui avait créé sur la toile du rêve le monde miraculeux de la couleur avait opté pour la vie...

Graydon sombra dans un profond sommeil.

Il n'aperçut pas une seule fois la Femme-Serpent pendant plusieurs jours. Elle s'était rendue aux cavernes, avait dit Suarra, en compagnie du Seigneur de la Folie et de Kon, dans une litière portée par les Indiennes, et sous la seule garde de ses messagers. La plaine naguère fleurie s'étendant entre le temple et le lac était calcinée et désolée, brûlée par les ombres glacées et la sautillante colonne de feu. Une mince couche de poussière impalpable marquait l'endroit où s'était élevé l'amphithéâtre des faiseurs de rêves. En bordure de la prairie, de nombreux arbres étaient morts ou en train de mourir. Et là où la colonne s'était abattue sur la ville se trouvait un vague cercle de six cents mètres de diamètre au sein duquel demeures et végétation avaient également été transformées en cendre fine.

Il demanda à Suarra ce qu'on avait fait des morts. Les Emers en avaient fait de grands tas, lui dit-elle; puis on les avait, eux aussi, réduits en poussière au moyen d'appareils dont la Mère avait ordonné l'installation. Huon reposait avec ses ancêtres dans la caverne des Morts.

La Mère fut de retour le lendemain; et par la suite, pendant une semaine, Graydon passa plusieurs heures par jour en sa compagnie; répondant à ses innombrables questions, lui parlant en détail de la vie des hommes au-delà de la barrière, de leurs coutumes et de leurs aspirations, et, cette fois, également de leurs guerres et de leurs dieux, et de toute la longue histoire de la race en commençant par les foyers de Cro-Magnon éteints dans leurs cavernes depuis vingt-cinq mille ans. Il parla des objectifs et des conditions de vie des races, blanche et jaune, noire et rouge; et de la terne expérience du communisme en Russie, et du grand malaise existant entre Chinois et Indiens en Asie.

Puis, à un autre moment, elle cessa de l'interroger, lui parla à son tour de cette civilisation oubliée que dominait sa race étrange, et de la façon dont elle avait vu le jour; d'autres civilisations et races perdues, enfouies sans laisser de traces sous la poussière du temps; elle lui donna des aperçus éblouissants sur des réalisations scientifiques représentant, par rapport à celles qu'il connaissait un progrès identique à celui que constituait la géométrie d'Einstein sur celle d'Euclide; lui communiqua des observations sur la matière et l'éenergie qui le stupéfièrent.

« Rien de ce que tu as vu, lui dit-elle, ne contenait la moindre parcelle de sorcellerie ou de magie. Tout ce dont tu as été le témoin, toutes les manifestations ne résultaient que de la manipulation consciente de forces purement naturelles, mon Graydon. Les ombres meurtrières? Une énergie précise obéissant à la volonté de Nimir par des moyens purement mécaniques. Pour te le faire comprendre en tes propres termes : il s'agissait de vortex d'éther, puissant concentré de cet océan universel d'énergie dans lequel nous baignons. Les formes de feu auxquelles j'ai fait appel pour les affronter? Une autre force domestiquée qui neutralisait les atomes déchaînés. La colonne de feu? Le dernier atout de Nimir et celui que je craignais vraiment. Car, par sa rapide interception de ce qui donnait naissance aux formes, il perturbait brusquement l'interaction des deux forces, prenait sur moi l'avantage; il espérait qu'avant qu'il m'ait été possible d'en assurer le contrôle l'immense énergie libérée qui avait pris la forme de cette colonne m'aurait écrasée. Et il s'en est fallu d'un cheveu qu'il eût raison! »

Pendant un instant, elle garda le silence; puis elle parut avoir pris une décision; elle se leva.

« Toi, va rejoindre Suarra, mon enfant, dit-elle. Amusez-vous. Rétablis-toi vite. Dans les prochaines quarante-huit heures, je n'aurai besoin ni de toi ni d'elle. »

Et ces deux jours écoulés, une invitation à venir la voir lui fut transmise par la Mère, Regor servant d'émissaire. Il la trouva dans son boudoir, lovée sur ses coussins, se regardant complaisamment dans son miroir tandis que Suarra la coiffait. Le boudoir semblait étrangement vide, nu. Et des larmes retenues humectaient les yeux de Suarra. Le Seigneur de la Folie était avec elle. Elle posa son miroir, offrit sa main au baiser de Graydon.

« Je vais te quitter, mon enfant, commença-t-elle sans préambule. Je suis fatiguée. Je vais aller dormir – oh, pour un long, long moment. Non – ne prends pas cet air surpris et malheureux. Je ne songe pas à mourir? Je ne connais aucun autre monde où me rendre. Mais je n'ai pas l'intention de vieillir... » Ses yeux pétillèrent en voyant l'expression de surprise que n'avait su réprimer Graydon à l'audition de cette extraordinaire déclaration, lui qui lui donnait des milliers d'années. « Je veux dire que je n'ai pas l'intention d'avoir l'air vieille. C'est pourquoi je vais dormir pour me régénérer, ainsi que mon allure. C'était la coutume de mon peuple.

« Et voilà ce que j'ai décidé. Vous n'êtes plus guère nombreux en Yu-Atlanchi, c'est vrai. Mais, à brève échéance, la population augmentera. Vous pouvez faire confiance à notre race en cela, à défaut d'autres choses. Que toi et Regor gouverniez, avec l'aide de Tyddo. Nimir a disparu à jamais. Ceux des siens qui se terrent, hors-la-loi, détruisez-les aussi rapidement que possible. Ne laissez rien subsister de lui ou de Lantlu. Si des faiseurs de rêves retombent dans leur hérésie, tuez-les. C'est là que se dissimule le danger... Suarra! Cesse de pleurer! Tu me tires les cheveux! »

Elle fronça les sourcils un instant devant le miroir.

« Je t'ai dit, poursuivit sèchement la Mère, que je ne songeais pas à mourir. Et je n'ai certes pas l'envie d'être dérangée pendant mon sommeil. Je n'ai pas une très haute opinion des gens dont tu m'as tant parlé, Graydon. Oh! je ne doute pas qu'on rencontre parmi eux un certain nombre de personnes aussi estimables que toi. Mais pris collectivement, ils m'irritent, pour employer un terme modéré. Je ne tiendrais pas à ce qu'ils viennent faire des fouilles dans les environs de l'endroit où je dormirai, ni faire sauter les choses avec leurs explosifs, ou construire... quel est le mot bizarre que vous employez?... des gratte-ciel au-dessus de ma tête. Pas plus que je ne voudrais les voir mettre nos cavernes au pillage en quête de trésors, ni fureter pour découvrir des choses qu'ils feraient mieux de continuer à ignorer, et dont ils ne sauraient que faire s'ils les trouvaient. Je ne veux pas que la terre secrète soit envahie.

« En conséquence, j'ai, pendant ces deux derniers jours, pris des dispositions pour que cela ne puisse pas arriver. J'ai détruit une quantité des objets que Nimir avait récupérés dans la caverne de la Sagesse perdue. J'ai détruit mes deux disques grâce auxquels je convoquais les formes de feu. Vous n'en aurez pas besoin — ni moi non plus, désormais. Enfin, j'ai posté mes messagers au-delà de la barrière, pour éviter qu'elle puisse être franchie, notamment par vos bateaux flottants qui ont tant fait pour rendre les barrières négligeables. Ils les abattront impitoyablement. Et, tout aussi impitoyablement, ils détruiront ceux qui survivront à leur chute. Nul regard ne devra se poser sur Yu-Atlanchi dans le but d'y ramener de puissantes compagnies qui détruiraient mon sommeil. Je m'exprime ainsi, mon enfant, pour ne pas heurter tes sentiments.

« C'est définitif. C'est irrévocable. Et c'est ainsi qu'il en sera », dit la Femme-Serpent, et Graydon ne douta pas que tout serait accompli aussi inexorablement qu'elle l'avait exposé. « Et si, par quelque nouvelle découverte, ils triomphaient de mes messagers, Tyddo me réveillerait. Et moi, Graydon, ils ne me vaincront pas. Cela, aussi, est certain. »

Elle jeta un nouveau coup d'œil à sa chevelure.

« Suarra, c'est vraiment très joli... Aaah... mais je suis fatiguée! » Elle bâilla, sa petite langue pointue voletant dans sa bouche écarlate en forme de cœur. « Tout cela a été fort agréable, mais fatigant. Et je pense... (nouveau coup d'œil au miroir) oui, je suis certaine d'avoir pris quelques rides... Aaah... il est temps que je dorme! »

Ses yeux, embrumés eux aussi, se posèrent avec tendresse sur la jeune fille en larmes. Quelle que fût la nécessité qui poussât la Femme-Serpent à partir, Graydon ne tarda pas à se rendre compte que son cœur était loin d'être aussi léger qu'elle aurait voulu le faire croire.

« Mes enfants », elle passa son bras autour du cou de Suarra. « Viens avec moi. En chemin, il me faudra condamner la pièce dans laquelle donnent les portes de la vie et de la mort. Il faut que tu assistes à cela. »

Elle fit un signe de tête à Suarra. Touché par la jeune fille, le mur faisant vis-à-vis à la porte d'entrée s'ouvrit. Le corps écarlate de Kon apparut en tanguant dans l'ouverture, suivi de quatre de ses congénères qui portaient la litière de la Mère. Elle donna un dernier coup d'œil à son miroir, puis installa ses anneaux dans les oreillers de la couche. Kon en tête, Graydon et Regor en serre-file, Suarra allongée à son côté, la tête dissimulée dans la poitrine de la Mère, le Seigneur de la Folie fermant la marche, ils passèrent dans une grande salle vide, franchirent son mur le plus éloigné et descendirent une grande rampe.

Bien au-delà des fondations du temple, ils arrivèrent à une alcôve qui formait un creux arrondi et peu profond dans la paroi du souterrain. Là, la Mère fit un signe à ses porteurs. Ils s'arrêtèrent à proximité. Elle tendit une main dans laquelle se trouvait le petit sistre. Un faible rayon heurta le mur. Apparut une issue ovale, comme si le rayon avait fait fondre la pierre. Elle appela Graydon d'un geste et pressa Suarra contre elle pour lui permettre de voir à l'intérieur.

Ils découvrirent un endroit qui ressemblait à une perle gigantesque coupée en deux. Son sol circulaire avait environ vingt mètres de diamètre. La pièce baignait dans une lumière rose limpide comme si le soleil luisait derrière ses murs incurvés. Le sol semblait être d'obsidienne noire; il y avait deux nappes d'eau, ovales, de six mètres de long et moitié moins larges. Entre elles se trouvait une couche de la même matière vitreuse noire, portant en creux les contours d'un corps humain, comme si, en réalité, on y avait appuyé quelque corps parfait d'homme ou de femme, du temps où la matière était encore plastique, et dont celle-ci, en durcissant, aurait gardé l'empreinte.

Dans l'une de ces mares, l'eau – mais était-ce de l'eau? – était couleur de vin clairet, et traversée par des tourbillons et des lueurs fugitives d'un rose plus foncé. Dans la seconde, le liquide était totalement incolore, diaphane, calme, impressionnant dans sa sérénité.

Ils la contemplaient lorsque cette sérénité fut troublée. Quelque chose, venu de ses profondeurs, se mit à flotter en surface. Et, tandis que l'objet s'approchait de celle-ci, le liquide de la mare s'agita également, entamant une danse joyeuse avec des pétillements de champagne.

De chaque pièce d'eau une bulle s'éleva, s'enflant lentement jusqu'à les recouvrir d'un bord à l'autre.

La bulle rose et la bulle à la clarté de cristal éclatèrent? Une brume irisée envahit la salle traversée par de petites particules ultra-rapides de lumière aux couleurs du prisme. Il s'y produisit une vibration qui ne dura pas plus que le temps de trois battements de cœur.

La Femme-Serpent brandit le sistre. Elle envoya un rayon droit dans la mare calme. La mare palpita à la manière d'un cœur vivant. Un nuage de petites bulles s'y forma et monta rapidement à la surface, donnant l'impression de vouloir fuir le rayon Les bulles éclatèrent en émettant un faible et lugubre soupir. La mare retrouva son calme, mais la sérénité avait perdu tout caractère grandiose.

Le rayon du sistre plongea dans la mare rose. Un fantastique remous agita un instant ses profondeurs. Un nouveau nuage de bulles qui éclatèrent dans un soupir. Puis, elle aussi, se tint calme – et morte.

« C'est fini! » dit la Femme-Serpent d'une voix blanche. Ses traits étaient tirés, ses lèvres décolorées, ses yeux de pierre.

Elle passa le sistre par l'ouverture. La paroi réapparut, née, eût-on dit, du vide. Elle fit signe aux hommes-araignées. Ils reprirent silencieusement leur route.

Ils parvinrent enfin à une autre niche peu profonde. Là, sous l'effet du sistre, le mur se sépara pour former un portail bas et rond. Ils le franchirent. La pièce était circulaire, comme celle des mares, mais de taille moitié moindre. De pâles rayons bleus filtraient des parois, se concentrant sur un énorme nid de coussins. De nombreux coffres étaient disposés le long des murs. A part cela, la salle était vide. Graydon constata la présence d'une odeur légèrement âcre, curieusement fraîche.

La Femme-Serpent se lova dans le nid de coussins. Elle les regarda, ne cherchant plus à dissimuler les larmes qui, s'échappant de ses yeux pourpres, roulaient sur ses joues. Elle donna le sistre au Seigneur de la Folie, serra Suarra sur sa poitrine. Elle fit signe à Graydon. Et, avec une infinie douceur, elle unit les lèvres des deux jeunes gens.

Et, brusquement, elle les écarta un peu d'elle, se pencha, les embrassa l'un et l'autre sur la bouche, leur lança un coup d'œil malicieux, chargé de tendresse, et éclata de son rire gazouillant.

« Réveillez-moi pour me présenter votre premier bébé! » dit la Mère-Serpent.

Elle les éloigna, s'installa sur ses coussins, et bâilla. Ses yeux se fermèrent, elle hocha la tête à une ou deux reprises; endormie, elle bougea en quête d'une meilleure position.

Mais alors que Graydon faisait demi-tour pour partir, il lui sembla que le visage de la Mère commençait à se transformer – que sa beauté extra-terrestre commençait à s'estomper... comme un voile qui tombe...

Il détourna énergiquement la tête, s'interdit de regarder, demeura dans le doute... comme elle avait désiré qu'il la vît; c'était ainsi qu'elle resterait dans son souvenir...

Ils franchirent la porte basse. Suarra étroitement collée à Graydon pleurait doucement. Le Seigneur de la Folie brandit le sistre. La pierre du portail se remit en place.

La salle secrète où dormait la Mère-Serpent était fermée.

Table

Bulletin de commande
à remettre à votre libraire

1	Stanley G. Weinbaum	☐	*La Flamme noire*
2	Nathalie Henneberg	☐	*Le Mur de la lumière*
3	Henry Kuttner	☐	*Le Monde obscur*
4	Arthur C. Clarke	☐	*Les Prairies bleues*
5	Patrick Ravignant	☐	*Les Mutants de la Voie*
6	Frank Herbert	☐	*Le Monstre sous la mer*
7	E. E. « Doc » Smith	☐	*Triplanétaire*
8	Ray Cummings	☐	*La Fille fantôme*
9	David Maine	☐	*Les Disparus du club Chronos*
10	Isaac Asimov	☐	*Le Voyage fantastique*
11	Charles Platt	☐	*La Planète des Vôles*
12	Francis G. Rayer	☐	*Le Cardinal des étoiles*
13	Fred et Geoffrey Hoyle	☐	*Les Hommes-Molécules*
14	Jack Vance	☐	*Les Maisons d'Iszm*
15	Isidor Haiblum	☐	*Le Tsadik aux sept miracles*
16	E. E. « Doc » Smith	☐	*Le Premier Fulgur*
17	Jack Williamson	☐	*Légion de l'Espace*
18	Philip K. Dick	☐	*Les Clans de la lune Alphane*
19	Poul Anderson	☐	*Le Hors-le-Monde*
20	Edmond Hamilton	☐	*L'Astre de Vie*
21	James H. Schmitz	☐	*Race démoniaque*
22	N. et R. Carrigan	☐	*Les Étoiles Sirènes*
23	E. E. « Doc » Smith	☐	*Patrouille galactique*
24	Jack Williamson	☐	*Les Cométaires*
25	Robert Heinlein	☐	*Le Ravin des Ténèbres*
26	Anne McCaffrey	☐	*Décision à Doona*
27	Keith Laumer	☐	*Cœur d'Étoile*
28	Daniel-Yves Chanbert	☐	*Les Sirènes de Lusinia*
29	Jack Williamson	☐	*Seul contre la Légion*
30	Abraham Merritt	☐	*Le Visage dans l'abîme*

NOM : . . . .

ADRESSE : . . . .

ACHEVÉ D'IMPRIMER

LE 16 SEPTEMBRE 1974

PAR L'IMPRIMERIE FLOCH

A MAYENNE (FRANCE)

(12665)

NUMÉRO D'ÉDITION 5300

DÉPÔT LÉGAL 4e TRIMESTRE 1974

PRINTED IN FRANCE